i
imaginist

想象另一种可能

理
想
国
imaginist

西伯利亚
一年

一个芬兰家庭
在永冻土之地的
奇异之旅

Jussi Konttinen

[芬]尤西·孔蒂宁 著　颜宽 译

Suomalaisen perheen ihmeellinen vuosi ikiroudan maassa
SIPERIA

SIPERIA - Suomalaisen perheen ihmeellinen vuosi ikiroudan maassa
By Jussi Konttinen
© 2019 Jussi Konttinen
First published by HS Kirjat, Finland, in 2019.
Published by agreement with the Kontext Agency, through Chinese Connection Agency.
All rights reserved

著作权合同登记号：23-2024-020 号

图书在版编目（CIP）数据

西伯利亚一年/（芬）尤西·孔蒂宁著；颜宽译.
昆明：云南人民出版社，2025.1. -- ISBN 978-7-222-23028-6

Ⅰ. I531.65

中国国家版本馆CIP数据核字第20242HX932号

责任编辑：	肖　薇
特约策划：	李恒嘉
装帧设计：	高　熹
内文制作：	陈基胜
责任校对：	柴　锐
责任印制：	代隆参

西伯利亚一年

[芬]尤西·孔蒂宁 著　颜宽 译

出　版	云南人民出版社
发　行	云南人民出版社
社　址	昆明市环城西路609号
邮　编	650034
网　址	www.ynpph.com.cn
E-mail	ynrms@sina.com
开　本	880mm×1230mm　1/32
印　张	15.875
字　数	354千
版　次	2025年1月第1版第1次印刷
印　刷	山东韵杰文化科技有限公司
书　号	ISBN 978-7-222-23028-6
定　价	88.00元

献给我亲爱的祖母,

基拉·斯廷克琳(1906—1996)

前言

"亲爱的,假如我们和孩子们搬去西伯利亚的雅库特村庄,在最寒冷的人类定居点,一个没有自来水管与室内厕所的房子里生活一年,你愿意吗?"

我向妻子提出了这个请求,我们一同生活在芬兰南部,距离雅库特5000公里。幸运的是,妻子同意了我的请求,但我生怕一年以后她会因此和我离婚。

许多人对西伯利亚的印象与我的妻子类似,并不是特别有好感。西伯利亚远离一切。这是又冷又难熬的"俄罗斯地狱"。但我们芬兰人在潜意识中还是为西伯利亚的存在而感到高兴,因为有了一个更冷更艰难的地方做对比,芬兰就成了一个美好的地方。

芬兰人常说:"西伯利亚教会人生存。"西伯利亚是一个流放之地,它给予人全方位的考验,以此来教会人生存。在英语中,"siberia"一词意味着惩罚性的任务或者遥远的地方。[1] 波兰记者雷沙德·卡普钦斯基[2] 曾这样形容西伯利亚：冰天雪地＋独裁。这样的形容表达了对西伯利亚作为流放之地的态度。

当美国参议员约翰·麦凯恩（John McCain）被禁止入境俄罗斯时，他开玩笑说，非常可惜，他在西伯利亚的休假取消了。不过，俄罗斯人很少会前往这个地方度假。我在西伯利亚遇见的旅行者，一只手就能数过来。其中一位是年轻的莫斯科企业家，他已经游历了上百个国家，现在决定是时候认识一些祖国的风景名胜了。

是的，西伯利亚是俄罗斯的一部分，但不仅仅是一部分。它像是另一片大陆——北亚洲。最后几块并入帝国的西伯利亚土地是符拉迪沃斯托克（Владивосток）、哈巴罗夫斯克（Хабаровск）与图瓦（Тува）。这发生在相对较近的时代，符拉迪沃斯托克与哈巴罗夫斯克在160年前被并入，而图瓦是在70年前。

西伯利亚地域宽广。它占据亚洲1/3的面积，是地球表面的1/12。它相当于3个欧盟，40个芬兰。倘若在晴朗无云的天气，乘飞机从亚洲东部到欧洲北部，就能极好地认识到它的面积之广阔。在下方，数小时内交替出现荒芜的山脉、原始森林和苔原，但看不见任何人类存在的痕迹。

俄罗斯称亚洲的地理中心是西伯利亚的克孜勒（Кызыл），

---

[1] 来源：http://onlineslangdictionary.com/meaning-definition-of/siberia. ——俄译注。本书注释如无特别说明均为俄罗斯本博拉（Бомбора）出版的俄语译本注释。

[2] 雷沙德·卡普钦斯基（Ryszard Kapuściński，1932—2007），波兰作家，记者。

这是图瓦共和国的首府，位于俄蒙边境。俄罗斯 3/4 的面积位于亚洲，但这里只生活着 3800 万人，也就是说每四个俄罗斯人中就有一个是亚洲人。

西伯利亚不是一个地方，而是诸多地方的统称。有位于西西伯利亚的工业城市，如西伯利亚大干线上的鄂木斯克（Омск）与新西伯利亚（Новосибирск）。有俄罗斯人迁入的农业草原地区。有开采矿石、石油与天然气的西伯利亚地区，而满是矿井的西伯利亚，换句话说，是俄罗斯扩张与征服西伯利亚的现代化延伸。有属于原住民的西伯利亚，它是遥远的部落领地。还有太平洋沿岸的远东地区，比邻中国与朝鲜。

俄罗斯对"西伯利亚"一词的用法与其他国家稍显不同：上百万人口的叶卡捷琳堡在地理上不属于西伯利亚，而属于乌拉尔地区。太平洋沿岸的符拉迪沃斯托克也不属于西伯利亚，而是远东地区。在俄罗斯人看来，只有搞不清楚状况的外国人才将从乌拉尔至太平洋的区域统称为西伯利亚。"西伯利亚"这个名字更像一个殖民地称呼，它将亚洲北部斑驳的区域整合为一体，基于这些区域并入俄罗斯后相当短暂的历史。出于方便，我决定做一个愚蠢的外国人，用西伯利亚称呼所有乌拉尔山脉背后的地区。在俄罗斯历史上，也曾有过这样的叫法。

于是我有了一个外乌拉尔的称呼。这样的叫法当然取决于我们从哪个方向看向乌拉尔山脉。如果遵循这个地理术语的传统意义，那么观测者当然位于莫斯科或者彼得堡。相应的，外乌拉尔意味着乌拉尔以东。外贝加尔意味着贝加尔湖以东，远东的"远"也只是相对于西边的观测者而言。

西伯利亚人也以一个玩笑回应了这一点。当有人前往乌拉尔以西的莫斯科，人们就会说，他是要"翻过巨石"。不得不承认，这将西伯利亚人的孤傲性子体现得淋漓尽致。没有西伯利亚的俄罗斯会变成什么样？一个中等程度的东欧国家？一个放大版的波兰，不得不考虑如何让自己的经济多样化？没有俄罗斯的西伯利亚会变成什么样？也许是中国的一个省份或者美国的海外领地？这是许多俄罗斯人害怕看见的情况。或许是独立的西伯利亚合众国？它的国民将富得流油。

正是西伯利亚帮助俄罗斯不仅仅在领土上，也在经济上成为一个大国。

西伯利亚提供了巨量的自然资源。那里蕴藏着全球10%的石油、12%的煤炭、1/4的天然气、超过1/5的镍、9%的黄金、8%的铀、7%的汞。

苏联解体后，俄罗斯变成了一个更加极地化、北方化、依赖西伯利亚的国家。俄罗斯大部分出口商品是开采自西伯利亚的原料。如果以金钱来衡量，其中最重要的莫过于石油，而这些石油近半开采自一个独一无二的地区——汉特-曼西斯克自治区（Ханты-Мансийский автономный округ）。在西伯利亚最富裕的地区，如亚马尔、汉特-曼西斯克自治区和萨哈林，人均生产总值高于亿万富翁与中产阶级群居的莫斯科。

西伯利亚在经济上既是俄罗斯的火车头，也是俄罗斯的负担。因为管理偏远地区需要大量投资——需要将建筑材料与食物运送数千公里，而西伯利亚的供暖也消耗许多能量。人们谈论过"西伯利亚的诅咒"：俄罗斯凭借富有的自然资源可以将人口迁入国内任何角落，但这样做是否有意义，就是另外一码事了。俄罗斯最贫穷的地区位于国家东部，比如图瓦共和国。俄罗斯人均寿命最低的地区在东西伯利亚与远东。

也许，距离感是关于西伯利亚最直观的印象。公里数字固然令人印象深刻，但转换成时间也许更有冲击力。从彼得堡到符拉迪沃斯托克的火车需要行驶一周。西伯利亚有许多无法乘坐汽车或火车直达的大城市。因为道路不通，即使是一段很短的距离也会变得漫长。

飞机并不总是最快的交通工具。当我前往堪察加（Камчатка）半岛上遥远的塔洛夫卡（Таловка）村时，原本一周的行程被耽搁成了三周，有几天为了等待合适的航班，我甚至与喝醉的领导和警察待在航司值班室里过夜。而如果有人想从塔洛夫卡前往首都莫斯科，一张机票就价值14万卢布，这往往会劝退许多人。

距离还意味着时差：俄罗斯横跨11个时区，西伯利亚总是走在最前。当莫斯科的工作日刚刚开始，符拉迪沃斯托克的工作日已经接近末尾。"工作时间好"，俄罗斯人常在邮件中如此问候彼此，因为你永远不知道，收信人此刻正在何处。

西伯利亚的大自然是如此多姿多彩，变化多端，遍布了数千公里的面积。沼泽与森林，北部的苔原，南部的草原，东部的群山地貌，美得令人难以置信的贝加尔湖。老虎与乌龟徘徊在远东，北冰洋东部生活着这个星球上绝大部分的北极熊与海象，而在群山中雪豹与雪山羊正在四处奔跑。最具异域情调的地貌似乎应该是普托拉纳（Путорана）北部高原，我前往那里欣赏不计其数的瀑布与陡峭的山峰，它们是二叠纪—三叠纪大灭绝的产物。

西伯利亚最典型的风景当然是原始森林，北部森林以松树与云杉等针叶林为主。乌拉尔山脉以东地区的森林有大量冷杉与雪松，到了东西伯利亚，原始森林才终于变成了用鲜嫩绿叶装点夏季的阔叶林。

西伯利亚原始森林是世界上面积最大的森林，它比亚马逊森林大得多，占据地球森林总面积的1/5。大多数原始森林没吃过斧头的苦，但却年年遭受火灾摧残。2019年夏天，将近13万平方公里的森林燃烧殆尽，这相当于整个希腊的面积。许多大火都是人为引起的。在森林最深处，人们会尽力用飞机喷洒水的方式灭火，但更经常的处理方式是任其燃烧，直至自行熄灭。

在西伯利亚原始森林中，人们还是会感受到自己在大自然面前的渺小。那里没有道路，也没有手机信号——人会走不出那里。

在原始森林迷路是一种特殊的体验。我曾经骑马在萨彦岭茂密的原始森林穿行了150公里。我的图瓦向导们本职工作是收集松球，他们清楚每一道山坡，能在几公里外找到跑丢的马匹。当我脱离队伍走丢后，我陷入了生平从未有过的情况：我完全不知道应该向哪个方向前进，如何找到其他人，以及如何在广阔的无人森林中生存下来。幸运的是，我的向导们并不像我一样无助，他们毫不费力地就在这个星球上最大规模的原始森林中找到了我。我想，哪怕是我的马也能自行找到回家的路。

每年西伯利亚都会报道森林求生的新闻：人们在原始森林迷路但最后依靠浆果和鱼生存下来，其中甚至包括小孩。2014年，一个4岁的女童在雅库特森林中度过了12天并且存活下来。在雅库特的萨克雷尔（Саккырыр），人们告诉我一个关于17岁姑娘的故事，她在原始森林中失踪了一个月，依靠去年的浆果充饥。女孩本来打算去雅库茨克上学，但中途改意，决定步行穿过森林去找男朋友。最终，一切有惊无险地结束，他们找到了彼此。但并不是所有故事都有一个幸福的结局。

人类依旧没能在西伯利亚完成上帝的训示，没能遍布大地：这里的人口密度为世界最低，每平方公里少于3人。因此，在西伯利亚可以轻而易举地找到没有一个人影的荒区。当地人也常常与自然环境融为一体，甚至难以察觉其存在。有一天，我驾驶雪地车，在雅库特北部的森林苔原疾驰数百公里，迎面看见了一栋小木屋。一位79岁的老人从木屋里钻出来，他整个冬季都与朋友住在那里，以钓鱼打猎为生。猎人可以在这样的地方生活一周或者一个月，而驯鹿人和自己的鹿群能够迁徙上千公里。

那么我，一个42岁的芬兰人，为什么偏偏要携家带口地前往西伯利亚呢？

目 录

迁往新居

开端 3

西伯利亚 13

家 35

弥赛亚 40

诺里尔斯克 52

抵达 64

村庄 67

学校 78

萨哈 88

埃文基人 106

官僚主义 116

"瓦滋旅行者" 122

秋

奥克佳布丽娜 131

海象 136

狩猎 155

堪察加 164

假期 173

生病 177

金刚石 181

孩子们 196

符拉迪沃斯托克 205

冬

冬天 221

严寒 232

马加丹 249

雅库茨克 264

希望 275

禁酒令 281

电影 288

成名 297

西伯利亚的初创公司 304

节日 312

"萨满" 320

饮食 332

春

春天 339

石油 345

选举 361

亚马尔 366

交通 380

间谍 396

老虎 405

大学 414

夏

回家 425

厄瑟阿赫夏至节 431

猛犸 436

稀树干草原 448

气候变化 457

回到乔赫乔尔 475

迁往新居

开端

记者下定决心前往西伯利亚，举家迁徙。

"在伊尔库茨克，我们生活在只有一层楼的木屋里。窗外的街面上时常响起马蹄声。"这是我从祖母的童年回忆中唯一得到的，有关革命前西伯利亚的描述。从 3 岁到 7 岁，她一直生活在伊尔库茨克与克拉斯诺亚尔斯克，那是 1909 年到 1913 年。

我的祖母是俄罗斯人。她出生于一个军官家庭，她的父亲服役于帝国的各个角落，从波罗的海沿岸到中俄边境。家庭总是随着她的父亲四处迁徙，于是我的祖母就在西伯利亚度过了童年。我印象中，她并没有将此看作特别的经历。在他们的意识里，西伯利亚不过是沙皇的一个乡级辖区，就像俄国的任何其他地点一样。话说回来，这在今天看来也是如此。

在十月革命时期，祖母度过了一段艰难的时光，她在革命爆发后的短短几年里失去了所有家人。1924 年，18 岁的祖母到芬兰拜访姑母，此后便在新的故乡度过了余生。

在我 22 岁那年，祖母去世了。我很后悔，当时没向祖母询问更多关于西伯利亚的事，没有采访过她。但冥冥中自有安排，我被引领着追寻她的足迹。在祖母去世后的第3年，我到伊尔库茨克学习了一年俄语。迎接我的是一座1906年建成的漂亮的火车站，当年我祖母一定也去过这个车站。如今，一批出租车守候在车站前，像饿了几天的鬣狗，等待着乘客。市区里还保留着一些沙皇时期的、有雕纹装饰的小木屋，它们早已被永冻气候折磨得不成模样。也许，我的祖母就曾生活在这样的房子里。

那时候，也就是2001年到2002年，伊尔库茨克还是个贫瘠的城市，当地爆发了许多与毒品和艾滋病相关的问题。我差点在大街上被袭击。但无论如何，在伊尔库茨克的冬天成了我人生中最美妙的一段日子，这在很大程度上得益于我结识了一批出色的人。我很快就掌握了俄语，这既是多亏了私教课，也是因为在这座西伯利亚城市中同龄人之间很容易交朋友。我的大部分新朋友是来这儿求学的，他们来自一些小型的工业城市，比如布拉茨克、乌斯季伊利姆斯克、乌斯季库特，或者来自贝阿大铁路两边的落魄的工人村。尽管出身相当卑微，但就本性而言，他们是对生活有着开阔视野和好奇心的世界公民。对我这个冬季爱好者来说，生活在贝尔加湖畔的每一天简直如同过节，因为那里的气温经常低到零下40度。天气一直保持晴朗，十分干燥。我常常在附近的露天市场买冻鱼和肉。

而游览当地村落就更有趣了。一群与蒙古人同宗的、半佛教半萨满信仰的布里亚特人，邀请我参加过一次骑马旅行，我们骑马前往萨尼亚山脉，那里的风景像极了神秘主义画家尼古拉斯·洛里奇（Nicholas Roerich）笔下迷雾缭绕的画面。我同室友乘坐过一辆冻得像冰窖似的巴士前往俄蒙边境的奥尔利克。在回来的路上，我们感觉暖和多了，因为与我们同乘的还有某婚姻登记处的女领导，我们一路上都在为她新买的皮靴"施洗"——一个劲儿地举杯畅饮。在图瓦共和国，我们从牧民那儿买了一整只羊，但为了打趣，他要求我们必须亲手抓住它。

西伯利亚对我而言是一段难以置信的冒险。那是一个奇迹般的东方国度，那里有可爱的人们，不可思议的大自然，而寒冷的日子总是晴朗明媚。

它以最难以预料的方式回应我的渴求。我能如此一心迷醉于西伯利亚还在于，那时我没有成为一名记者，否则我的注意力就会集中在一些令人沮丧的缺点、社会问题、自然资源的浪费、殖民主义，以及从那时开始建立的权力体系。我去寻找的是祖母的回忆，至于我个人则逃避了现实。在伊尔库茨克之旅后，我更加期待下一趟旅程。

第二年秋天，我继续深造俄语并为此前往堪察加，它离莫斯科有9小时的时差。我之所以选择那里，大概是因为它是最边疆的地区，离中心最远。在俄罗斯，我从未见过比这个北方半岛冻原上的塔夫洛瓦克村更贫穷的地方。人们喝酒，患上结核病，饿到虚弱不堪，吃掉了集体农庄绝大多数的鹿。我投宿的女主人玛琳娜·克奇格尔科特令我大为震撼——她是一位养鹿人、歌手、舞蹈演员，她向我夸耀说，凡是男人能干的活，她都能干，从狩猎到放养鹿群，再到驾驶雪地摩托。她让我相信，她甚至说男人的语言（在楚科奇语中男性与女性使用不同的词汇）。

最终，在 2008 年我第一次去了雅库特。我和一个芬兰朋友游览了北冰洋（Северный Ледовитый океан）沿岸，为了到那去，我们的向导用雪地摩托载着我们，依靠雪地上风刮出的槽痕辨别方向，在光秃秃的冻原和结冰的海面上驰行了 300 公里才抵达那里。5 月 1 日，我们在一个极圈内的村庄里看见了孩子们如何在零下 20 度的严寒中放飞五颜六色的气球。我们认识了地区就业中心的主任，他正计划着将就业中心的那栋建筑物据为己有，还认识了当地的极限运动达人，他踩着自己发明的滑雪板从山上直接冲进了村庄，因为这款滑雪板无法转向。

当我回到芬兰后，西伯利亚并没有远离我。在赫尔辛基阴郁多雨的秋季，我感到一股无以言说的思念，想念俄罗斯东部无时无刻不存在的严寒，想念大陆性气候，它的寒冷能磨砺思维，而阳光能照亮心灵和鼓舞精神。我总想回到那个独特的角落，在那里我体会到了什么是无边无际的原始森林，柏树的气息令我迷醉，我喝过天然的矿泉，吃过冻鱼，受到当地人热情的招待。我想将这样的西伯利亚带给我的家人们。

自愿流放到西伯利亚的想法开始成熟。多年来，这个想法逐渐变成了写一本关于今日的西伯利亚——它的美好和恐怖的书。2014 年 12 月，我收到了 Kone 基金会的资助，这几乎让我的想法变成了现实。剩下的只有说服家人加入，向单位请假，并获得俄罗斯当局的工作许可以及搬家。

移居西伯利亚——这当然不是我妻子的梦想，但她对俄罗斯也并不陌生，她甚至去过一次乌拉尔。我们曾一起在阿尔泰的群山间游荡，赞叹山顶的雪峰，在冰川边缘又蹦又跳，从亮盈盈的、绿松石色的山涧里舀水喝,从热气腾腾的汗蒸房里跳进冰寒刺骨的湖泊。我们笨拙地走过一座摇摇欲坠的悬桥,桥下是幽深的峡谷与湍流。我们也有过肾上腺素飙升的体验:在树林中遇见了一摇一摆走向我们的、真正的原住民——一只阿尔泰小熊。

在阿尔泰时,我们还没有确定任何关系,但倘若不是后来决定嫁给我的话,她不可能和我一起去西伯利亚。我能直截了当地说:俄罗斯成为了我的一部分。毕业以后,我成为《赫尔辛基报》的记者,在彼得堡工作了 6 年。从伊尔库茨克回来后,我又在乌克兰敖德萨学习了一年俄语。我还在卡累利阿的省会彼得罗扎沃茨克实习过,写过一篇关于开设在废弃幼儿园的秘密科创小组的毕业论文。早在伊尔库茨克之行后,我就能流利自如地说俄语了。

我和妻子也是在彼得堡相识的。她在嫁给我时就知道我是个什么样的人。关于我们某一天会去俄罗斯短居一段日子这件事,似乎是我们婚前就协商好了的,至少我是这么觉得的。我提交了《赫尔辛基报》常驻莫斯科记者的岗位申请,但幸运的是,我并没有被选中。我们注定要去往西伯利亚。对妻子来说,这是不幸中的大幸,因为她非常喜欢大自然,对大城市避之唯恐不及。

我们商量好了从 2016 年 8 月到 2017 年 7 月生活在西伯利亚,也许还会再待上一年,这个到时候再说。妻子会先帮助孩子们克服文化冲击。在他们熟悉学校和幼儿园后,她才会着手自己的工作。而想要说服 3 个六七岁大的孩子移居西伯利亚并不困难，只要答应给他们买一台任天堂的Wii U游戏机就足够了，但我想，他们那时应该不太明白自己签下了一个怎样的"条约"。

我的妻子去过俄罗斯并且了解俄罗斯文化。总的来说，她对俄罗斯是又爱又恨。她十分赞赏俄罗斯人的创新思维，以及可以适应任何环境的能力，但她无法忍受权力的滥用。妻子的俄语水平足以应付日常生活。她的职业是文物修复师，曾在彼得堡市郊的叶卡捷琳娜宫见习过，那时候她在用金子点缀沙皇的家具、画框、装饰物与屋顶。她游遍了拉多加一带，而卡累利阿是我们都喜爱的地方。我有些担心妻子的耐寒能力。她的血液循环并不顺畅，在芬兰的冬天，她的手脚尚且冻得冰凉，而在那儿可是零下50度的严寒！

孩子们在拉多加的乡间达恰[1]度过假，他们在那时候熟悉了俄罗斯。移居西伯利亚并没有令他们感到不开心，这或许是因为，他们对雅库特的未来生活还懵懂无知，他们甚至不知道那是哪儿。实际上，我们7岁的大儿子几乎想在西伯利亚待满3年，这样就可以避开赫尔辛基的四年级独立日舞会，就可以不用穿上西服，不用在摄像机面前围着女士们打转了。两害相较，他选择西伯利亚。

他在芬兰念完了小学一年级，在学校表现不错。他是个小心翼翼的保守派，所以一说到有机会尝遍雅库特的独特风味时，

---

[1] 达恰（дача）。俄罗斯人修建在城郊地区的乡间小屋，具有休闲度假，栽种农用经济作物等功能，是俄罗斯庄园文化的一种体现。此前，该建筑被翻译为"别墅"，但二者无论在经济规模，还是文化内涵上均不对等，故音译为"达恰"。——译者注。

他并没有显出高兴，不过我们也没有期待他突然变成一位西伯利亚内脏食品的爱好者。我们的二儿子易于冲动，活跃且喜爱冒险，总是四处爬上爬下，他经常难以适应群体以及服从别人立下的规矩。看起来，他在西伯利亚会收获许多奇遇。我们的小儿子——大家的掌中宝，通情达理的淘气鬼，没有人不喜欢他。他也会在雅库特生存下来。

我的任务是为全家在雅库特找到一处宜居的住所，将孩子们安排进小学和幼儿园。大儿子将不得不入读乡村小学，因为在雅库特根本没有什么国际学校，想都不用想。我们的二儿子本应在芬兰就读一年级（学前班），但眼下取而代之的是西伯利亚的幼儿园。我们还想将3岁的小儿子也安排进去，因为妻子打算远程工作，所以她必须长时间地坐在电脑前。

我们远不是第一批前往西伯利亚寻找幸福的人，我们的家庭迁徙不过是漫长历史中的一小环。

西伯利亚的大地上不只有镣铐和死亡，它也一直是宝藏与机遇的沃土，人们自愿前往那里追寻奇遇与更好的生活。

在沙皇时期，我的同胞们纷纷前往西伯利亚，要么移民，要么朝圣，要么就是出于职务上的责任。

旅行家们踏遍了西伯利亚的每一寸土地，他们中的第一位是马蒂亚斯·卡斯特伦[1]，他用时最长的一次探险持续了4年，那是在19世纪40年代。在探险过程中，卡斯特伦的健康急剧

---

1 马蒂亚斯·卡斯特伦（Matias Castrén，1813—1862），语文学家，民族学家，研究芬兰—乌尔戈语族与萨莫耶德语族，以及其民间文学。

恶化，他染上了结核病，在回到故乡的第三个年头就离开了人世。阿道夫·诺登舍尔德[1]在1878至1879年间第一个完成了从大西洋经北海航线到太平洋的穿行，随后驻扎在楚科奇半岛（Чукотский полуостров）沿岸的冰面上过冬。卡阿波·格拉尼奥，也就是加布里埃尔·格拉诺[2]，出生于西伯利亚，他的父亲约翰内斯·格拉诺在当地被流放的芬兰人中担任路德教牧师，并就自己的冒险经历写出了一本《在西伯利亚的六年》。就算是现在，在西伯利亚也生活着不少芬兰人——传教的牧师、交换生、大陆冰球联赛俱乐部的冰球运动员们。

　　前往西伯利亚，但是去西伯利亚的哪里？选择有很多，整整5000公里，从乌拉尔到太平洋。我不想住在大城市，而伊尔库茨克我已经住过一段时间。况且，大城市的生活在哪儿都一个样，无论是在西伯利亚，还是更近一点的地方。更令我感兴趣的是西伯利亚最广阔的那片区域，那个远离铁路，远离百万人口城市的地方，在那里文明才刚刚站稳了脚跟。尽管俄国人早在1580年就翻越了乌拉尔山脉，但西伯利亚绝大多数的区域依旧荒无人烟，在那里，自然比人更强大。

　　我看着地图，目光久久停留在雅库特。这是俄罗斯最大的一片行政区，它的面积达到了310万平方公里，一个雅库特共和国就有整个印度的大小，但在那里生活的人口却不足百万。

1　阿道夫·诺登舍尔德（Adolf Erik Nordenskiöld，1832–1901），地理学家，地质学家，北极极地研究者。
2　加布里埃尔·格拉诺（Gabriel Granö，1882–1956），地理学家，考察研究西伯利亚与蒙古。

它以勒拿河（Лена）为分界线，沿河流南端向北展开，一直抵达北冰洋边缘。当我在伊尔库茨克学习时，我结交了一些雅库特人。2008年春天，我去了一趟雅库茨克。在我看来，雅库茨克是一个比普通俄联邦省会城市更有趣和更国际化的地方。本地居民有一副亚洲人的面孔，但和大街上的外国人打招呼时说的是英语。那一回，雅库特人的强烈自尊和独特文化给我留下了深刻的印象。

我还知道，雅库特是西伯利亚中的西伯利亚。延绵不绝的原始森林与冻原带，绝无人迹。就气候特征来说，它是地球上最寒冷的有人居住的地区。从9月份到第二年的4月份，那里驻扎着北半球最强的反气旋，而冬季的气温可以低达零下60度。几乎整个雅库特都位于永冻土带上，冻土向地下延伸到极致，达到了1.5公里的深度。在那里可以明显地觉察到因全球变暖而导致的解冻。

这是俄罗斯自然资源最丰富的区域。全世界有超过1/4的钻石产自西伯利亚，除此之外还有石油、天然气、煤炭、黄金和各类贵重矿石。雅库特自身的文化也同样有趣。这里的本土居民比例为西伯利亚区域最高，在雅库特共和国的百万居民中，雅库特人、埃文基人、埃文人与尤卡吉尔人占了一半以上。有着32万人口的雅库茨克是俄罗斯远东地区少见的高速发展城市。我想，我将在雅库特见证今日之西伯利亚正经历的变化。

共和国的官方名称是萨哈共和国，但许多人更习惯于它的俄语名——雅库特。"雅库特"是埃文族语中对雅库特人的称呼。"萨哈"则是操突厥语的萨哈人为共和国取的名字。重音落在单词的最后一个音节。我把雅库特与萨哈当作同义词来使用。我在2016年计划好的旅程马上就要开始了,但我第一次陷入了真正的犹豫:我到底在干什么?

我突然感到恐慌,一想到我的家人们也许会在西伯利亚遭遇危险。如果我的孩子们被挖苦嘲笑,这将成为他们一辈子的心理创伤,怎么办?如果我的妻子因为休假而被开除,怎么办?我们的婚姻该如何承受这一切。显然,西伯利亚是我的渴望,但这股渴望是否令我们身处险境。如果万一,我们死在了西伯利亚怎么办?

西伯利亚

水陆兼程,前往雅库茨克以及一段中亚简史。

赫尔辛基—莫斯科—叶卡捷琳堡—托博尔斯克—克拉斯诺亚尔斯克—新西伯利亚—布拉茨克—乌斯季库特—佩列杜伊—连斯克—奥廖克明斯克—勒拿河—雅库茨克

    白色的界碑从车窗旁飞驰而过。

    火车就这样平静地翻过了乌拉尔群山,从欧洲大陆驶入亚洲腹地。把这些丛林密布的丘陵,低矮的山岗称为群山,确实有些夸大。我及时地用手机拍下了界碑,惊讶于不知出于什么缘由,是谁给予的权力,让一位在波尔塔瓦战役中被俘后流放至西伯利亚的瑞典军官,菲利普·约翰·冯·史托兰伯[1],将此处定为了两块大陆的分界线。

    2016年6月末,我前往雅库特为全家迁居作准备。妻子与孩子们留在芬兰等候。

    为了切身感受这块大陆的宽广,我决定沿水陆两路向东前进。按计划,我搭乘火车与轮船的时间应当需要一周多一点,这比旧时代快了不少,要知道在17世纪沿水路从莫斯科到雅库

---

1 菲利普·约翰·冯·史托兰伯(Philip Johan von Strahlenberg,1676—1747),在流放托博尔斯克期间绘制了《1730年俄罗斯与大鞑靼利亚地图》,写就了《欧洲与亚洲北方及东方历史地理记》。

茨克就要一年半的时间。

在越过欧亚分界线后，我的列车来到了第一站——叶卡捷琳堡。我蹦出车厢，想要打量打量这座150万人口的城市，看一看它斯大林式的宽阔严肃的街道。

叶卡捷琳堡是一座相对年轻的城市。1781年，叶卡捷琳娜二世下令在丰富的铁矿产区旁修建了这座城市，从此以后它一直是金属加工业与国防工业的中心。亚历山大一世的参谋，费奥多尔·罗斯托普钦在19世纪初，在俄国准备反击拿破仑的士兵时，指出过俄国的优势面。他认为，俄国具有两点防御优势：广阔的领土与恶劣的气候。而到了二战，当美国决定性的援军力量跨越西伯利亚，而苏联西部的工厂撤退到这里，到乌拉尔时，这两张王牌又一次被摆上了桌面。

俄罗斯的亚洲领土如今被划分为3个联邦区域。乌拉尔——省会是叶卡捷琳堡，西伯利亚——省会是新西伯利亚，这是俄国东部仅有的两座人口达到150万的大都市。第三块区域被称为远东，它的省会在2018年变更为符拉迪沃斯托克，它的最大城市是有60万人口的哈巴罗夫斯克。

叶卡捷琳堡以自己伟大的自由之子为荣——鲍里斯·叶利钦。为了纪念这位前总统，人们修建了叶利钦中心，他的形象被刻画为一位伟大的民主主义者。但我到这儿来的目的不是追随叶利钦的步伐，而是顺路完成一些工作。我想见一见活生生的、真正的民主主义者——这座城市的市长。

54岁的罗伊茨曼——少见的思想自由、灵活多面的领导人。他是通过选举上台的，并且不属于任何党派。我们在罗伊茨曼的私人博物馆[1]见面,这里存放着这位犹太裔政治家从整个乌拉尔地区搜集来的旧圣像画。

一头漂亮银发的罗伊茨曼坐在我面前,他看起来有些疲惫,但仍然礼貌地回答着所有问题。他在他的同行中是个例外:他出行不带保安,并且公开接待市民来访。他的座右铭是"真理即是力量"。这听起来不错,但我感兴趣的是克里姆林宫对这座城市的看法。市长叹了一口气,"我国政体的中央集权性很强,它应该更具灵活性。叶卡捷琳堡是一座茁壮成长在欧亚边界上的富足城市。如果中央能给予地方政府更多的自主权,城市仅凭自身就能应付经济危机。"他回答说。

罗伊茨曼认为,100年前在沙皇时期,叶卡捷琳堡拥有更多的权力,尽管那时它还不是省会。现如今,比起各区市的本土法律,联邦法律更大范围地影响着人们的生活。仅有18%的税收被保留在了本土。他们需要向莫斯科苦苦哀求拨款,而这是一种卓有成效的管控手段。

罗伊茨曼所说的是一个老生常谈的问题:疆域广阔的西伯利亚想要发展,就不能让千里之外的莫斯科攥得太紧。可惜的是,罗伊茨曼没能继续为乌拉尔省会的发展贡献力量。2018年5月,为了抗议市长直接选举制的取消,他辞去了市长一职。

与罗伊茨曼告别后,我继续自己的旅程。我由西向东前进,一路探寻着俄罗斯人当年征服西伯利亚的足迹,回顾他们是如何一步步地深入了西伯利亚腹地。我中途向北偏行过200公里,

---

[1] 涅维扬斯克圣像博物馆,位于叶卡捷琳堡。

去了一趟托博尔斯克。这里有许多金顶教堂，还有西伯利亚唯一的、令人叹为观止的军事城堡，城墙环绕其一周，构成了托博尔斯克的古内城。这一切都由波尔塔瓦战役后的3000名瑞典与芬兰俘虏亲手修建而成。

托博尔斯克建立于1598年，是西伯利亚历史最悠久的城市，在将近两百年的时间里曾是西伯利亚的首府。在内城坐落的山坡脚下还闪耀着清真寺的金色半月牙。托博尔斯克有6个西伯利亚鞑靼穆斯林居民区，他们在这里定居的历史比俄罗斯人要悠久得多。我去过托博尔斯克附近的一个村落，那里的老人们戴着碗状的帽子——中亚风格的绣花小帽，他们的眼睛像蒙古人一样，内眼角多有褶皱。

当俄罗斯人在16世纪80年代翻越乌拉尔山脉时，西伯利亚绝不是一片真空，在当时的气候与生产条件下，这里的土地尽最大的能力养育了将近二十二万人。当时这片土地上存在着120种不同的语言，是现在的4倍还多。其中一些语言过于冷门，甚至找不到相似的语种。当时最强盛的民族是突厥鞑靼人，他们在14世纪末接受了伊斯兰教。

在我参观托博尔斯克期间，恰逢城郊外举行了一场旧式的骑士比武。这样的活动在今日俄罗斯非常流行。参加比武的双方身着铠甲，头戴面盔，手持木剑相互厮杀，再现当年俄罗斯人与鞑靼人的西伯利亚之战。许多人在哥萨克人首领叶尔马克的木质纪念像旁拍照留念。

对于俄罗斯人来说，叶尔马克是一位英雄，他击败了库楚汗，从鞑靼人手中解救了西伯利亚。但事实上，叶尔马克是一名雇佣兵，在此之前他和自己的匪帮在水陆两道干着抢劫的买卖。叶尔马克从鞑靼人手上夺走了现在的托波尔斯克，但3年后就被库楚汗的手下杀死。直到1598年，俄罗斯人才击败了库楚汗并且打通了通往西伯利亚的道路。

在离托博尔斯克15公里的额尔齐斯河一带，有一处地势较高的河湾地，那里如今是寸步难行的风折木林，没有任何路标。但正是在那里坐落着曾经由库楚汗统治的西伯利亚汗国的王地——喀什里克。人们不仅对它的历史感兴趣，也对它的名字好奇。按照某个最可靠的说法，整个西伯利亚就是因此而得名。它来自于鞑靼语中的"水"与"树"两个词。这个名字首次见于18世纪中亚地区的《蒙古人的秘密故事》。这本书里提到，成吉思汗的儿子击败了喀什里克的森林原住民。

在俄罗斯，人们常以为，西伯利亚是在接纳文明的过程中被和平兼并的，易言之，完全不像美国人当年掠夺印第安人那样。但事实上，征服西伯利亚的过程与其他殖民国家的扩张进程一样。几乎所有的西伯利亚原住民都反抗过侵略者，只不过他们已被压制。

俄国人与鞑靼人的统治方式相同。他们夺走被征服者的土地，挟持人质，逼迫他们成为奴隶，施行一系列的大屠杀。他们利用谷物、盐、伏特加、烟草等货物牢牢控制住原住民，将欠债的人长时间关押在监狱。许多人死于俄国人携带的各种传染病：麻风、梅毒、天花和流感。1647年，俄国人已经横穿西伯利亚抵达了太平洋海岸，并在那里修筑了第一个殖民点——鄂霍次克堡垒。这比俄罗斯进入波罗的海与黑海的时间还要早。

在发现石油之前，夺取西伯利亚是为了一种小型鼬科动物——貂。

貂皮在当时备受欧洲追捧。从16世纪到18世纪，貂皮是俄罗斯最重要的出口产物，它几乎占到了国库收入的1/3。俄罗斯人获取貂皮的方式很简单：他们要求当地居民上缴"亚萨克"，即鞑靼人口中的毛皮税。那些缴不上税的人就要挨罚或者吃牢饭。很多地方的貂被赶尽杀绝了，这促使俄国人迅速地向东推进，他们不得不一直前往新的土地。

我沿着铁路主干道从托博尔斯克继续向前。

最终，我的思绪在秋明换乘时被打断。

我一走进包厢时就被瘫倒在地上的男人绊了一跤。他在清醒后自我介绍叫萨沙，来自新西伯利亚，是一家炉厂的经理，阿富汗战争的老兵。

萨沙一路上都大方地向我讲述他的艳遇：他在两个国家的3座城市有"差不多"7个妻子，6个孩子。为了证实所言非虚，他向我展示了手机中隐藏的聊天截图与来自女大学生的邀约。萨沙一路上都在卖力搭讪火车上的其他女乘客，而来自餐车的娜塔莎甚至开始招架不住了。萨沙很看重家庭的意义，他认为，不应该为了一些微不足道的小事，比方说出轨，而破坏婚姻。他的婚姻已经成功走到了第25个年头。在这25年间，他每次"偏离了方向"后都会向妻子"坦诚交代"。

他对婚姻制度的信念是如此强烈，以至于他坚信，现在统治俄罗斯的总统是普京的替身。他向我强调，如果普京真的还活着，他的妻子柳德米拉是绝不会与他离婚的。

前往雅库特的行程已经过半，火车到达了新西伯利亚，是时候与萨沙说再见并回到现实了。150万人口的新西伯利亚与叶卡捷琳堡的规模相仿，它兼具混乱的交通与苏联式的巨物崇拜，在它宽阔的街道上，人会不由自主地感到一些不自在。城市的名字说明了一切：这是一座崭新的西伯利亚城市。它始建于1904年，而仅仅到了1959年就发展成了一座百万人口的大都市。

它的地理位置也极佳：尽管乌拉尔象征性地将俄罗斯划分为东西两块，但它真正的地理中心却在这里的亚洲腹地。

如果俄罗斯要在中部的大都市里挑选其一作为首都，那必然是新西伯利亚。西伯利亚70%的人口，大约270万人生活在叶卡捷琳堡到伊尔库斯克的铁路沿线，而其中规模最大的定居点正是新西伯利亚。它是俄罗斯第三大城市，仅次于莫斯科与圣彼得堡。

新西伯利亚是一座工业城市，但它还有另一副面貌。在松木林的阴影深处坐落着拥有38所俄联邦科学院的科学城，新西伯利亚大学，俄罗斯最好的科技园——柯里佐夫科创园，略带神秘感的、不对外开放的矢量研究所，那里保存着世界上已经消失的病毒，比如天花，这是为了有朝一日研发生物武器（如果有必要的话）。现在，那里正在生产一种应对新冠病毒的疫苗。

有一种说法认为，建造科学城是为了汇聚西伯利亚的人力资源，但事实上，这是一种强制性的国家战略布局：苏联需要在远离首都的后方建立一处科研中心，避免被轻而易举地轰炸。现在，全俄前十的高校中有三所坐落在乌拉尔山脉以东，其中之一就是新西伯利亚大学。另外两所始建于沙皇时期，它们位于北方200公里以外仅有50万人口的托木斯克。

我迫不及待地想要感受一下西伯利亚的科研氛围，于是前往参观了科学城的骄傲——粒子加速器实验室，并与物理系的博士生巴维尔·克罗科夫内谈了谈。他在研究暗物质，据说它蕴藏着宇宙中绝大部分的能量。克罗科夫内曾在日本与德国留学和工作，但最终回到了西伯利亚。"对我来说，重要的是让孩子们在俄语环境下长大。"他解释说。回国工作需要爱国主义热情，因为这里的科研机构的薪水比西方国家低得多。俄联邦的科学事业正在度过一个特殊时期。国家给科学院的拨款在削减，而卢布的贬值更加重了这一情况。

新西伯利亚的人口众多，科研机构也不少，但城市并不特别富裕。它主要的资源还是人力。在莫斯科的克里姆林宫看来，这座城市有可能成为西伯利亚反对势力的大本营，事实上也的确如此。在我待在俄罗斯的这一年，新西伯利亚爆发了多次反对水电费上涨的大规模群众抗议。

新西伯利亚每年都会举行一次行为艺术性质的抗议游行——"时威"，人们会在活动中高喊一些达达主义风格的口号。我认识了"时威"的组织者之一，年轻的艺术家菲利普·克里库诺夫，他向我展示了游行中的标语牌。"这不是你们的莫斯科"，一块标语牌上写着，"朝鲜以北！"——另一块上清晰地印着。

尽管这场游行更多的是娱乐性质，而非政治意义，但警察仍紧盯着活动现场，此前还会定期逮捕它的组织者。"时威"

的积极分子会强调他们的西伯利亚出身,在人口普查时称自己为西伯利亚人,而非俄罗斯人。他们想为西伯利亚人争取少数民族地位。在 2014 年他们在新西伯利亚组织了一场效仿乌克兰联邦制的西伯利亚联邦制游行,也就是将西伯利亚提升为联邦主体。

我顺便去了克里库诺夫朋友们经营的出售当地工艺品的小商店。店里有一件印有美国国旗的 T 恤,但仔细一看,上面点缀的不是星星而是雪花,下方配文——西伯利亚合众国。我不知道,这件 T 恤的设计者想表达什么,但西伯利亚与美国的对比有点意思。早在 19 世纪中期俄国的西方派亚历山大·赫尔岑[1]就断言,西伯利亚原本能够像美国一样高速发展。

根据"分离主义者"说法,西伯利亚对俄罗斯来说,就好比美利坚之于不列颠,是一个殖民地,所以为了获得成功,西伯利亚应该从它的祖国脱离出去。根据另一种说法,西伯利亚当然和美国相似,但只是像它的狂野西部。它与莫斯科的关系就好比狂野西部与美国的东海岸,二者有着直接的地理联系,并且主要的居民均是那些殖民者的后代,就像在这个国家的其他地方一样。

在历史上,俄罗斯一直将西伯利亚视作自己的殖民地。"西伯利亚就像拴在俄罗斯身边的熊"[2],俄罗斯作家菲利普·维格利在 1805 年这样写道。列宁大骂沙俄"在经济意义上将西伯利亚视为殖民地",但这样的情况后来也并没有得到改善。

---

1 亚历山大·赫尔岑(Александр Герцен,1812—1870),著有《往事与随想》。
2 菲利普·维格利(Филлип Вигель,1786—1856)《札记》(索·雅·什特拉伊哈编),莫斯科:扎哈罗夫出版社,2000 年。

和叶卡捷琳堡的情况一样,新西伯利亚大部分的税收都上缴国库,而那些负责开采西伯利亚地底矿石的总办事处却坐落在莫斯科。这有时会引起当地人的不满。在19世纪60年代西伯利亚出现了一股社会运动潮流——地方主义。这一主义提倡国家联邦化、宣扬民主理念、要求自决权以及保护本土居民。地方主义的代表甚至考虑过建立独立的西伯利亚人民政府。尼古拉·亚德林采夫（Николай Ядринцев）是地方主义的主要理论家之一,他的主要论著是《作为殖民地的西伯利亚》。亚德林采夫以美国独立为例,曾要求西伯利亚的经济生活保持独立,创办自己的大学,以及最终完全独立。沙俄并不赞赏这些想法,于是在1865年将亚德林采夫关入监狱,随后竟然将他驱逐出西伯利亚！这在当时是绝无仅有的。

现在,少有人期望西伯利亚的独立,但是各区域的真正自治对于俄罗斯这个庞大的国家来说却至关重要。自治并没有实现,因为中央不信任外省。在俄罗斯的当代领导集团中西伯利亚的代表一如既往地少得可怜：在32位部长中仅有5位来自于西伯利亚。各省的省长从1990年代的一方诸侯变成了替克里姆林宫打杂的仆役,他们随时可能被替代。区域学家娜塔莉亚·祖巴列维奇（Наталья Зубаревич）认为,当下省长们的主要职责在于保持地区安定、阻拦抗议、化解与本土精英阶层以及安全部门代表人员的冲突。对于莫斯科而言,省长还有一个重要的任务,那就是保证选票该有的结果以及较高的参与投票比。

我乘坐的火车从新西伯利亚开往了另一座百万人口的城市——克拉斯诺亚尔斯克（Красноярск）,我的祖母曾经也在此处生活过一段日子。这已经是西伯利亚的中部，四周环绕着茂密的森林。在城市的边缘，隔着叶尼塞河与城市遥相呼应的是一片广阔的自然保护区——斯托尔贝保护区（Красноярские Столбы）。我决定在原始森林的山坡上小憩半日，品尝它醉人的芳香。山坡一旁高耸着千奇百怪的岩峰，山脚下是来回穿梭的西伯利亚花栗鼠，它们像是动画片里的奇奇与蒂蒂。

我太过沉浸于自然保护区的风景，差点错过了火车。幸运的是，在紧急时刻你永远可以相信俄罗斯人。公园里仅停的一辆车是一台老式的萨马拉（Самара），司机是一位嘴里叼着香烟、光膀子满身文身的男人。当我问他能否有偿载我到公园大门时（这大概是 5 公里的路程），他回答我："免费跑一趟。"我在大门口又拦下一辆奥迪越野车，司机是一位带着孩子旅行的年轻女子。她在听到我着急赶车后，说："要不我把您载到市中心？"

在驶过克拉斯诺亚尔斯克之后，人烟明显变得稀少。火车偶尔停靠在灰蒙蒙的城市，但站与站之间的距离变得越来越长。这种集中型的定居结构在西伯利亚或者说整个俄罗斯，都十分典型：人口大多集中在少数大城市，而在城市与城市之间几乎一片荒芜。

在兼并西伯利亚后，莫斯科不得不解决向新区域输送粮食与农业人口的难题。到 17 世纪末，共有 20 万俄罗斯人定居西伯利亚，这个数量与本土原住民相当。而到了 18 世纪初，俄罗斯人已经增加到了 90 万，占当地人口的大多数。到 18 世纪中期，俄罗斯人口数量暴增到了 270 万。

在人口迁移最高峰的1908年，共计有759000人迁往了西伯利亚。1912年，政府将西伯利亚西部的阿尔泰边疆区10万平方千米的土地划拨给了200万移民。到了1911年，生活在西伯利亚的俄罗斯人与其他外来民族人口总数已经达到了800万，而本土原住民仅占总人口的11.5%。哥萨克或自愿或被迫地娶当地女子为妻，部分原住民与外族人建立了血缘关系。到今天为止，混血现象在西伯利亚居民中还很普遍。

西伯利亚的殖民化，就像征服美洲一样，不仅受国家政策推动，也受个人利益的驱使。就像在其他的殖民地一样，第一批殖民者总是勇敢而残忍，他们寻求机遇，渴求荣誉与横财。芬兰的第一位西伯利亚研究者马蒂亚斯·卡斯特伦称赞过西伯利亚的俄罗斯人是多么坚韧不拔与善于适应环境。西伯利亚从未有过土地奴隶制，因此普通百姓的生活质量比西部地区农民更高。就同时代人的描述来看，自由是他们骨子里的天性：相比于生活在欧洲部分的同胞们，西伯利亚的俄罗斯人更自食其力，少有依赖政权。在革命前西伯利亚已经不是落后地区，而是先进的农业地区，它产出了大量的种子和黄油。

人们曾经沿着水路征服了西伯利亚，而它的第一条陆路，西伯利亚大干道，铺设在最易开辟的地方——南方草原的边界。这条沟通西伯利亚与欧洲的道路在1890年的路况糟糕透了，用契诃夫的话来说，像是患上"一场持久的重病"或者"黑痘疹"[1]。

---

[1] 契诃夫《来自西伯利亚》，《契诃夫全集（卷18）》，莫斯科：高尔基世界文学研究院出版社，1974—1982年。

这块殖民地类似美国的狂野西部，依靠铁路与宗主国建立紧密的联系。西伯利亚横贯干线（транссибирская магистраль）的修筑始于1891年。未完工前，火车行驶在铺设于贝加尔湖冰面的铁轨上。铁路从莫斯科到符拉迪沃斯托克全长9500公里，恰好于革命前夕的1916年开始动工。

经过了4800公里的旅程，我从圣彼得堡抵达了泰舍特（Тайшет）站，列车从此离开了西伯利亚大铁路，向东拐上了北贝加尔－阿穆尔铁路干线（северная Байкало-Амурская железнодорожная магистраль），又称贝阿干线（БАМ），它的终点在4300公里往东，临近日本海的苏维埃港（Советская Гавань）。

贝阿干线的俄罗斯风情味十足。我在列车上认识了一群年纪轻轻就没了牙齿的机械师，他们聚集在餐车车厢，在工作以外的休息时间小酌几杯。他们热情地推荐我看了一段油管（YouTube）视频，画面中一列火车在翻过大名鼎鼎的穆鲁林山隘（Муруринский перевал）后，不受控制地俯冲向下[1]。

修筑贝阿干线是为了方便开发煤炭矿床与其他自然财富。从另一方面来说，也是出于政治安全的考虑。在中苏交恶的1950至1960年代，开辟另一条远离边境线的路线以保证西伯利亚货运的安全变得日益必要。但由于贝阿干线完工于苏联解体时，它在很长一段日子被认为不实用，人们戏称它为"无用的铁路"或者"不知去向的路"。如今情况不一样了，在近

---

[1] 这是发生于1992年贝阿干线上的真实事件，后来被载入史册。

二十五年里，这条线路从没像现在这样忙碌过，贝阿干线的铁轨已经达到了负荷极限，发出被压迫的轧轧声。主要的货物是煤炭。它们正在被越来越多地往外运输，就好像忘记了全球变暖与《巴黎协定》。

在苏联时期，贝阿干线是一项振奋人心的伟大创举，是苏联共产主义青年们的重要成就。在1970至1980年代共青团员有偿修筑过贝阿干线，但是为它奠定基础的是古拉格的囚犯们。1930年代有超过20万因犯参与到贝阿干线的修筑工程中，他们主要来自贝加尔—阿穆尔劳动改造营（Бамлаг），这是古拉格群岛的集中营之一。

就像澳大利亚之于英国人，西伯利亚也是俄罗斯人最顺理成章的流放地：逃跑的难度很大，严酷的自然环境加重了对逃犯的惩罚。

流放西伯利亚的举措始于1648年，是沙皇阿列克谢·米哈伊洛维奇·罗曼诺夫的主意。此举可谓是一箭双雕：既扫清了身边罪犯与政敌的威胁，又推动了西伯利亚的移民计划。第一个被流放到西伯利亚的人是反对教会的神甫阿瓦库姆（Аввакум）。17世纪50年代，阿瓦库姆同家人在贝加尔湖东岸生活了6年。他因屡次顶撞当地长官而遭受惩罚。生动的《阿瓦库姆行传》是第一本讲述西伯利亚流放的书，也是一本讲述他与妻子爱情的书。该书以手抄本的形式在旧礼仪派教徒中流传。这本书一直到阿瓦库姆受火刑后200年才得以出版。

后来，1825年起义的俄罗斯年轻知识分子"十二月党人们"也获得了前往西伯利亚的车票。"十二月党人们"被判终身流放，他们中的许多人最后在西伯利亚担任要职,并参与了地区发展。

早在沙皇时期,就有过大量人口被流放至西伯利亚的例子。10万参与起义的波兰人曾被流放至西伯利亚东部。1905年革命失败后,数万人也被发配至西伯利亚。在沙皇政权的最后几年里,西伯利亚成了未来苏联领导人列宁与托洛茨基的生活导师。斯大林也曾来过这里,并且两次成功逃跑。除了政治犯外,大量的刑事罪犯也被发配至西伯利亚,他们逃跑后就会在当地作乱。

19世纪末至20世纪初,在芬兰并入俄国国土期间,有3400人从芬兰被流放至西伯利亚。他们中的大多数是刑事犯,比如大名鼎鼎的马蒂·哈波亚[1],也有部分政治犯,其中最有名的是未来的芬兰总统——斯温胡武德[2]。但他在托木斯克省的流放生活看起来并没有太残酷:他与其他被流放的知识分子一起唱歌,参加文学小组的活动。被困在集中营的作家瓦尔拉姆·沙拉莫夫(Варлам Шаламов)读到他们在沙皇时期的流放经历后,倍感失望,因为这些流放犯居然可以骑马到火车站并购买车票。

这个制度残酷得令人难以置信。西伯利亚成了摧毁上百万人的集中营群岛的中心。各个民族成批地被送往西伯利亚。这其中最可怕的莫过于西伯利亚东北部马加丹(Магадан)矿厂一带的铁路集中营与科雷马集中营(колымские лагери)。

---

[1] 马蒂·哈波亚(Matti Haapoja,1845—1895),芬兰杀人犯,抢劫犯,他被怀疑犯下了20多宗命案。到1995年为止,他的尸体一直被保存在芬兰万塔的罪犯博物馆。
[2] 佩尔·埃温德·斯温胡武德(Pehr Evind Svinhufvud,1861—1944),于1931—1937年任芬兰总统。

西伯利亚作为流放地的印象并没有成为过去式，那里至今还有许多监狱，近二十年里监禁了许多大名鼎鼎的政治犯。米哈伊尔·霍多尔科夫斯基（Михаил Ходорковский），这位尤科斯（ЮКОС）石油公司的前总裁正在赤塔（Чита）一带服刑，而在克里米亚（Крым）被捕的乌克兰导演奥列格·先佐夫（Олег Сенцов）则被监禁在雅库茨克与亚马尔（Ямал）。在西伯利亚的个别村庄里，有相当一部分居民是刑满释放的囚犯。

而我们将在这座监牢似的西伯利亚迎来一年的生活。在继续向东的路上，我扪心自问，这真是一个好主意吗？况且妻子对未来一年的态度也很勉强："既然已经答应了，坐牢就坐牢吧。"这当然不得不令我再三考虑，但我发现，随着火车逐渐驶入空旷的大地，随着周围的文明痕迹越加稀少，我的呼吸也变得越发轻盈。贝阿干线两边是清一色的沼泽与森林。从这里开始，我们进入了最原始的西伯利亚。

苏联时期的人们谈到开发西伯利亚，大多指的是它的工业化与矿藏开采："就让城市宛如水泥的铠甲披挂在西伯利亚羸弱的绿色胸膛，一根根工厂的烟囱是它的枪口，一条条铁路是它的钢箍；就让原始森林被砍伐，被焚烧殆尽，让人们踏破草原……因为只有在水泥与钢铁之上才能筑牢所有人的，铁一般的兄弟联盟，全人类的钢铁兄弟情谊。"西伯利亚文学会的第一任主席弗拉基尔米·扎祖布林（Владимир Зазубрин）在1926年这样写道[1]。

---

[1] 引用自《西伯利亚的火焰》杂志，第六期，2010年。

集中营时代结束于斯大林去世。西伯利亚需要自愿的劳动力。越来越多的人开始前往西伯利亚东部，在整个苏联时期，西伯利亚乌拉尔东部区域的人口数量增长了3倍，这引起了西伯利亚各方面的变化。

那时候，工业成为了国家的经济支柱。人口集中在紧邻矿石开采场而建的新兴城市。这使得西伯利亚真正成了俄罗斯人的地盘。许多西伯利亚人已经是当地的第二或者第三代俄罗斯人了。在俄罗斯，人们将西伯利亚的居民统一称为西伯利亚人，无关乎他的民族。

俄罗斯是一口文化大杂烩的炒锅，就像另一个占据整片大陆的国家——美利坚合众国。帝国的扩张有赖于吞噬非俄罗斯的成分、消除文化差异与创造共同体，这一过程大大减轻了殖民与国家管理的负担。比方说，假如现在让符拉迪沃斯托克与维堡（Выборг）的居民互换位置，他们也不会有什么不适应。方言的差异并不是关键，身份认同感与宗族以及家乡的联系也并不像在许多其他国家那样紧密。这只是一个生活居住地的问题。

我想，除了原住民，西伯利亚居民并不觉得自己是亚洲人，所以他们非常害怕"亚洲人"的字眼，这个词在俄罗斯意味着另一个人种与"东方文化"。陀思妥耶夫斯基早就写道，如果说俄罗斯人在欧洲是乞丐或奴隶，那么他在亚洲就摇身一变，好像主人。在欧洲他们几乎就是鞑靼人，而在亚洲他们又觉得自己是欧洲人。[1]

---

[1] 费·米·陀思妥耶夫斯基《作家日记》，1881年1月，第二章，列宁格勒：科学出版社，1984年。

修建于苏联时期以及解体之后的西伯利亚城市与这个国家其他区域的城市并没有什么不同。如果隔着电车窗户向往看去，西伯利亚的小城镇并没有太多的异域风情，就仿佛赫尔辛基的城郊。我以为我的下一站工业城布拉茨克（Братск）也是如此。但它却给了我一种狂野东部的感觉。

我无意间碰上了一个城市观光团，车上的导游手边搁着一根棒球棍。"这是以防万一。"戴着刺猬帽的司机耸耸肩解释说。他的T恤上印着穿和服的普京。棒球棍与这座城市的形象契合，它的名字与特定的帮派文化押韵（俄罗斯的匪帮常常以"兄弟"[1]相称）。

杰尼斯·库奇缅科（Денис Кучменко）是我的老朋友，我们早在伊尔库茨克相识，这些年他一直起起伏伏，坎坷不断。如今他在当地的自由派媒体《城市》担任主编。当我在办公室见到他时，他的右手正打着石膏。一个月以前，他在家门口被人狠揍了一顿。库奇缅科认为，这和一篇抨击市长的材料有关，该文章发表在市长竞争对手所筹建的媒体平台——《城市》。

2000年初，我在伊尔库茨克结识了一批朋友，库奇缅科是其中为数不多还留在西伯利亚的，而且他还返回了故乡布拉茨克。其他人早已散落在世界各地，有的去了莫斯科，有的去了圣彼得堡，还有去中国台湾地区的，有的去了土耳其、瑞士、法国、德国、英国和美国。其中一人最终还是回到了西伯利亚，因为不满孩子在莫斯科的成长环境。

---

1 兄弟（брат）与布拉茨克（Братск）发音相似。

我当时最好的朋友如今生活在波兰，对西伯利亚毫无挂念。她的经历很好地说明了，一个人也许真的会选错出生地。她是俄罗斯人，但却与俄罗斯的文化水火不相容，她出生在西伯利亚，却压根无法忍耐寒冷，况且她也无家可回。她出生在贝阿干线边的一个工人村，她的父亲参与修建了俄罗斯最长的火车隧道。随着2003年北穆亚隧道（Северомуйский туннель）竣工，那个村镇就被拆除了。多年以来，她一直被登记在一个已经不存在的村子里，这就是我们的当代死魂灵。

当然，不是所有的西伯利亚人都热爱这块土地，许多人仅仅是为生活所迫才留在西伯利亚。我的一位马加丹熟人谈起已经迁往莫斯科的朋友时说："他从奶奶那继承了一套莫斯科的房子，自然要好好利用一下。"只有那些热爱当地自然环境的人才会在西伯利亚过得怡然自得。

西伯利亚的人口随着苏联解体而发生变化。自1989年起，外乌拉尔（Зауралье）地区的人口数量每年削减9%。苏联时期的许多人是冲着北方的高薪水才来到西伯利亚，但现在没了高薪补贴，许多人自然也就回去了。最大的一次人口回流发生在苏联解体之后，但在本世纪头十年，西伯利亚人口数量仍在减少，这其中的主要原因还是人口外流。每三个离开西伯利亚的人中就有一个受过高等教育，这对于西伯利亚来说是一笔不小的损失。

我从布拉茨克出发，沿着贝阿干线向东又行驶350公里，到达了乌斯季库特（Усть-Кут）。这是我的陆路终点站，我终于结束了以赫尔辛基为起点，横跨欧亚大陆的6000公里火车旅程。铁路的尽头是勒拿河，我将从这里起航，走完剩余的2000公里，直到我的新家——雅库茨克。

尽管勒拿河的上游看起来还没有巴黎的塞纳河宽阔，但它与鄂毕河（Обь）、叶尼塞河（Енисей）并称西伯利亚的三大河，一齐浩浩荡荡地流入北冰洋。论水流量与长度，勒拿河还是世界前十五的大河。

勒拿河的源头距离世界最深的湖泊——贝加尔湖西畔仅有10公里，但它并不发源自贝加尔湖。它流经雅库特时宽窄不一，河面狭窄时仅有1公里，宽阔时能达到10公里。在历经4400公里的陆地旅程后，勒拿河在北冰洋入海口形成了世界第三大的三角洲。

我纵身一跃，跳上了"彗星号"。船上还载着40台电锯与4名展开寻根之旅的澳大利亚旅客。一名雅库特妇女注意到了我们，她向我们提供了免费的咖啡，并责骂船长慢吞吞的像个老头。我在河上走了5个昼夜，换了3艘船，其中两天花在码头等待客船。我的第一站是雅库特的一座港口小镇——佩列杜伊（Пеледуй）。我住在一个极小的旅馆房间里，同寝的还有一个年轻鞑靼小伙。他此行的目的是讨债，万幸他似乎没带什么武器。

我逛遍了城市，瞧见人们在沙滩上晒太阳，在勒拿河里游泳。相比于叶尼塞河与鄂毕河，勒拿河的河水非常干净，甚至可以直接饮用。热闹的航运仅仅发生在上游，那里的夏季拖船成批地运送着钻石与石油公司的货物。

我的第二夜是在小镇连斯克度过的，我住在方圆百公里内唯一一家Airbnb民宿。房东阿列克谢似乎并不在意他的民宿生意：我是他两年里的第二位房客。而且据我估计，我付给他的1050卢布最终也落不进他的口袋，毕竟他执意要请我撮一顿，还要开车载我游览城市。

为了打发时间，我找到连斯克乌鲁沙[1]的负责人，在他的单人松木办公室对他进行了采访。他告诉我，地区如今有了新的副业：开采石油与天然气。早先，并没有石油开采商光顾雅库特。但自2009年起，当地修起了长达4700公里的东西伯利亚—太平洋石油管道，于是苏尔古特石油天然气公司（Сургутнефтегаз）与俄罗斯石油公司（Роснефть）的石油开始"咕噜咕噜"地流淌此处。而俄罗斯天然气总公司（Газпром）则修建了直通中国的"西伯利亚力量"天然气管道。地方领导当然希望，村庄能从路过的管道里多少分一点天然气，改善他们如今用木材与柴油供能的窘境。

许多人记得2001年发生的连斯克洪灾，普京亲自飞来指挥救灾。洪灾过后，人们修建了新的住宅区，并围绕着城市筑起了高达19米的大坝。如今，据说人们常常在勒拿河上锯断、凿沉和炸开冰层，以防流冰堵塞河道。

我从连斯克前往奥廖克明斯克（Олекминск）乌鲁沙，那里的人物纪念像都开始展露东方棱角。17世纪末，俄罗斯人正是沿着这条勒拿河抵达了雅库特人和埃文基人的领地深处。俄罗斯人生活在佩列杜伊和连斯克，但从勒拿河中段开始，坐在

---

[1] 乌鲁沙是西伯利亚地带一种传统的行政地域单位，包括居民点、社会经济基础建筑、耕地资源、森林资源与水资源等，行政中心位于城市、村镇或乡村。

船舱两侧的就多半是雅库特人了——他们的摩托艇总是困在河中心，我们见状就将他们捞上了船。

这里的大自然景色壮丽——峻峭的山峰、斑驳的丘陵、清澈见底的河水，最后，还有河岸边生长出的一根根连斯克石柱，这些直耸向上的钟乳石被收录进联合国教科文组织名单。它们极力耸向天空的样子，就仿佛是要回归到另一个世界。

再有几百公里的艰难路程，我就要抵达目的地雅库茨克，这座欧洲以东第三条北纬线上的城市。

家

住房紧张，或者芬兰一家人如何定居雅库茨克村庄。
地点：萨哈共和国（雅库茨克），乔赫乔尔（Тёхтюр）

  阳光照耀下的雅库茨克十分迷人。

  年轻人在球场上打篮球，有的一家人在勒拿河边的沙滩上闲散舒适地打发时间。但我们不打算在城里耽搁。这样的生活太轻松了。我们需要住在更靠近大自然的地方，万幸的是，妻子与我在这一点上达成了共识，因为只有在乡下你才能看见真正的西伯利亚。况且在大自然的怀抱里，我们也更容易照看自己的"羊群"（我们的男孩子们）。

  抱着这样的目的，我在地图上找到了乔赫乔尔村，一个只有800人的村庄，距离市区43公里。在西伯利亚，这意味着一小时的车程——恰到好处的距离。

  村庄位于勒拿河畔，这里有供孩子们嬉戏玩耍的地方，几公里以外就有高山滑雪场和动物园。我提前联系了乔赫乔尔的村主任尼古拉，他派来了自己的儿子，20岁的小尼古拉。他多少会些英语，以防我突然忘记了俄语，我们还能用英语勉强沟通。

小尼古拉开着他的丰田车来雅库茨克接我们。我们驶过了老城区，并离开了雅库茨克。我们沿着河谷一路向上，爬上陡峭的丘陵，前往原始森林。尼古拉在丘陵的最高点停下了车子。这是一处圣地，要履行一些仪式——这在雅库特很常见。需要将一小块碎布系在树上，然后将巴掌大的小麦薄饼丢在地上。根据当地的习俗，这样做是为了赚得神灵的一路庇佑。我用绳子将布头系在树枝上，并祈祷我们在雅库特的生活顺利。

驶过圣地后，我们又逐渐向下，回到了岸边的草地。我们开始驶入雅库特人散居的区域——埃尔肯（Эркээнь）河谷草原。奶牛和雅库特矮种马在草原上觅食，其中一群围住了公交车站，就好像准备乘车进城。河谷尽头是一处陡峭的山坡，涓涓细流沿着山壁侵蚀出一道道皱纹，溶解了永冻土的冰芯[1]。连绵不尽的原始阔叶林在更远处延展开来。

一些小房子陡然出现在草场中央。这些房子由原木搭建而成，有的已经墙面发灰，有的加上了彩色的金属墙板。它们齐齐地站作几排，构成几个井然有序的街区，稀疏草地上不甚清晰的车辙印子暂且充当了道路。尽管有着优美的自然风景，但村子本身还是称不上美丽如画：放眼望去，四处都是人类与漫漫长冬作残酷斗争的痕迹。

这就是乔赫乔尔村，它本意为"高处的地方"。据说，这是因为勒拿河的春汛从未流淌到这里。但我们能否在此处为自己找到居处，这个村庄是否会成为我们的家？

---

1 又叫冰脉（ледяная жила），埋藏在永冻土内的大面积冰块。

村长老尼古拉本人不在村里，他指派了自己的助手帮助我们打听当地房屋的出租情况。但漂亮的女秘书阿纳斯塔西亚（Анастасия）面对我们的询问只是狡黠地一笑，耸了耸肩。这里的租赁市场情况不简单。村民们自己的住房就很紧张，年轻人都与父母挤在同一屋檐下，没有自己的住处。有的空房子会租给自家亲戚。当然啦，也可以考虑盖一处新居，但要引来天然气就是一件异常复杂的事情。而在雅库特如果没有天然气，仅靠木柴生存是很成问题的。于是我与小尼古拉吃了几串路边摊的烤肉，就返回了城里，我的计划就像寡淡的烤肉一样，毫无进展。

我明白，想要找到房子，就得亲自下场。我租了一辆老旧的丰田车，再次前往乔赫乔尔。我决定在村子里逛逛看，挨家挨户地询问。我没能取得实质性的进展。一个男人说，他的房子在冬天空置，但他不缺钱，所以不打算出租。另一个男人向我推荐了一处看起来多年无人居住的老房子，它的前门甚至关不拢。一只小耗子大大方方地溜过房间中央，惊奇地看着我们——它完全不知道害怕为何物！

第三个男人没有空余的房子，却有各种各样的故事。他确信，我们应验了百年前雅库特作家阿列克谢·库拉科夫斯基[1]的预言。他曾预言：雅库特将成为各民族大移民的中心，而我们就是应验的第一个结果。

---

1 阿列克谢·库拉科夫斯基（Алексей Кулаковский, 1877—1926），雅库茨克作家、诗人、雅库茨克文学奠基人。

第二天我又驱车前往乔赫乔尔，当天下起了滂沱大雨。雅库特本来很少下雨，但 6 月恰好是雨水最集中的月份。乡间的小路变得泥泞难行，租来的车子陷入了泥洼，我不得不拜托某位拖拉机车主将我拖出烂泥。后来我又陷进了一处马路上的大坑，坑口的尖锐边缘划破了外胎，而备用胎似乎并不匹配，好在隔壁车库的工人正在修理拖拉机，他们目睹了我的遭遇并告诉了我换胎的地方。

我又将希望寄托在隔壁的恰帕耶沃村（Чапаево）。当地有一所国立特殊院校，专门招收具有数学天赋的儿童。当然，低年级也招收一些普通乡村儿童。我与校长做了一番交谈，他已经同意招收我的大儿子，这是个好消息，因为老大的数学的确不赖。

村子里有一些居住条件舒适的现代化木屋。它们原先是供教师住宿的公房，但正像在俄罗斯常见的那样，它们很快被老教师们"私有化"，新来的教师不得不在其他地方自寻住处。我在恰帕耶沃没能找到空房，不得不遗憾告别这里的精英中学。

直到我第三次来到乔赫乔尔，努力才得到了回报。一个在路边修车的男子指向了隔壁的木屋，它贴着一层黄色的金属墙板，窗框以及房檐各处都有花纹雕饰。我刚一走进院子，这里的女主人，寡妇奥克佳布丽娜（Октябрина）就让我画了一个十字。她告诉我她打算冬天搬到城里女儿家，所以房子会空出来。

我在奥克佳布丽娜这儿立刻找到了家的感觉。这栋木屋虽然已有 30 岁的"高龄"，但被照顾得不错。两间卧室和一间宽敞的客厅,屋里没有内门,这是为了让暖气在冬天更好地循环。这房子真不错,墙壁是原木的,从窗户放眼望去是一片草地。两间狭小的卧室被稍作了一番装修:8张不同的墙纸贴在墙面上,部分墙纸甚至高出墙面一头,多余的部分挤在天花板上。不过这也无所谓,反正我们不是来西伯利亚欣赏墙纸的。

奥克佳布丽娜的房租要价比较合理:月租5000卢布。相同面积的租金在雅库茨克市里要贵出5倍不止。电与煤气费需要自缴。屋里没有水管水槽,也没有洗手间,这有些不方便,但全村都一个样。按照当地习惯,厕所一般位于院子远处的角落。看起来,我们这个家里再也不会有人抱怨冬天有人霸占厕所了。

我们签订了合同,奥克佳布丽娜认为这是多此一举,因为在雅库特握手就等于签合同。现在已经万事俱备。老尼古拉答应安排孩子们入学。只有一个问题有些棘手:雅库特的乡下,还有小学的课堂上通常使用雅库特方言。不过没关系,我的孩子们本来也不会俄语。我们希望,就如我们芬兰人常说的,西伯利亚将成为一个"好老师"。

弥赛亚

为了遇见救世主,作者回到西伯利亚,他发现,毒蛇已经爬进了伊甸园。西伯利亚,应许之地,萨彦岭

确定好雅库特的住处后,我们的迁居如今只取决于俄联邦外交部,它应当给我们发放必要的信用凭证与签证。在这段等待的时间里,我决定去看一看另一个西伯利亚,回到那个我一生所见过的最奇特的地方。

2003 年,我前往克拉斯诺亚尔斯克区的萨彦岭原始森林,那里有一处名为维萨里昂(Виссарион)的生活社区。该社区的宗旨是向人们展示,人可以不依赖金钱,仅凭自己的劳动生存,与自然环境和谐相处,这样可以让人与人之间的关系建立在善的基础上,并驱赶那些不好的想法。

这个社区还有一点与众不同:它的领袖维萨里昂坚称自己是基督的化身。我决定见一见维萨里昂。他身着金线刺绣的天鹅绒法袍,一头耶稣式的栗色长发披散开来,起着画框的作用,将蓄须的面孔定格在视野中央。我问他是否真的是救世主。

"他到底是谁,他的真理又是怎么样的,当下没有人知道,除了他化身的那一个与诞下他的那一个。那个 2000 年前在以

色列的生命，是的，那是我的生命。"维萨里昂语气柔和，微笑着说。

西伯利亚一直是各种乌托邦社区的理想地，是少数宗教团体的庇护所。从 17 世纪起，旧礼仪派就为了免遭迫害而来到这里。苏联时期，西伯利亚成了耶和华显灵派（свидетель Иеговы）的大本营，而如今这个教派在俄罗斯又一次被禁止。维萨里昂的世俗名是谢尔盖·托罗普（Сергей Тороп），他正在西伯利亚延续传道的事业。

众所周知，他此前在米努辛斯克（Минусинск）的道路交通局工作，于 1989 年被辞退。两年以后，他的眼睛就"失去了世俗的视野，并且记忆被蒙上了一层薄膜"，他宣称自己是基督。1994 年，维萨里昂带领自己的信徒爬上萨彦岭，在季别尔库利（Тибелькуль）湖旁的高山上，指出了建立天国之城的地点。上千人将维萨里昂奉为救世主，他的 3500 名兄弟追随着他来到应许之地。修建在山上的太阳城——黎明之所是信奉"终约"（Последний Завет）的维萨里昂教会的中心地，它的信徒散居在周围的 10 个村落中。

按照维萨里昂的说法，上帝选择了西伯利亚，因为它将在遍布全球的可怕大灾变与淹没全世界的大洪水中幸存。当末日来临时，地球上绝大部分地区都会被沙土掩盖。西伯利亚决定了人类的未来，他在 2003 年对我这样说。

我现在想再见见维萨里昂，瞧一瞧他的王国。我对此充满了期待，极高的期待。

即使作为应许之地，它也实在太遥远了：从克拉斯诺亚尔斯克到规模最大的维萨里昂村落需要将近十一个小时的车程。村落的建筑风格立刻吸引了我：几栋建筑物刻有花纹装饰，它的小塔像是佛教的浮屠塔，塔檐向各个方向展开。最漂亮的建筑当属钟楼教堂，它由数个小塔楼组合而成。牧女漫步在木板铺就的小道上，节日用的礼堂里正在准备婚礼，一支民乐乐团为年轻人的节日增添了气氛。

我住在由一名叫作比尔季特（Биргит）的德国波恩女教师亲手搭建的一间民宿客房，她与另一名当地女人合唱维萨里昂的赞美诗。"我见识过德国各地的生态社区，但从未见过这样的社区。如果人们缺乏共同的信仰，就会一事无成。"她说道。

这里的人员复杂程度难以想象：既有前政府官员、学者、工人、艺术人士，又有酒鬼、吸毒者和囚犯。其中一位教堂牧师竟然是退役的火箭兵团团长。

这里似乎女性居多。许多居民来自城市，因此没有耕种土地的经验，得吃过一番苦后才能学会。应许之地也吸引了一些外国人：德国人、保加利亚人、波罗的海沿岸的居民。我认识了一个在社区久居10年的比利时人，他在这里结了婚，生了3个孩子。"我想弄明白维萨里昂所教授的知识，这里让我感到非常幸福，在比利时，人们生活得很自我，不会相互关注。"他说道。

我尝试找到此前在2003年认识的一群人。我没能找到他们所有人，但除了其中一个以外其余人都像从前一样住在应许之地或者附近。来自莫斯科的阿尼亚·杰尼索娃（Аня Денисова）曾留学美国与西班牙，在莫斯科开设了自己的弗拉明戈舞蹈小组。但现在她与丈夫生活在彼得罗巴甫洛夫卡（Петропавловка）。她生下了两个孩子，正在教育他们长大成人。尽管生活在偏远的西伯利亚农村，还要去脏兮兮的牛栏后挤牛奶，但她看起来很幸福。"奇迹诞生了。我刚到这儿，就明白这就是我该来的地方。在这里，我们携手克服困难。你永远能开口寻求帮助，不用担心遭到拒绝。"她说。弗拉明戈依旧是她的最爱，现在她在自己的舞蹈室教社区的女人们跳舞。

她的母亲，塔吉亚娜·杰尼索娃（Татьяна Денисова），立马记起了我。她搬出维萨里昂教会的圣书——《终约》。这是一本类似于《圣经》续集的书，维萨里昂最亲近的兄弟，使徒瓦季姆（Вадим）在其中记下了维萨里昂的教义。瓦季姆在这本书里记录下我在2003年为《Image》报采访了维萨里昂（第13部分32章）。"祝贺您！您被载入了历史！1000年以后的人也会知道您的。"她高兴地说。

2003年的时候，我就很难理解维萨里昂的教义，但我着实被社区成员之间绝对的友谊、他们的平静与对事业的忠诚所震撼。他们微笑着欢迎外来者，主动与他们交谈、拥抱，提供帮助。我把这称之为奇迹。如今，我坐在一群维萨里昂男信徒中，观看一场足球比赛。比赛双方甚至为对手的进球感到高兴。这里正在建设一种新型社区，它杜绝诸如愤怒与自私的负面情绪。它要创造一个"和谐统一的社群"，这些人生命的意义在于相互服务。"人与人之间免不了有些磕磕绊绊，但我们不会让它升级。"踢球的年轻人向我解释。

碰上日常生活的矛盾，每个人都应该先从自身找问题，努力与对方达成和解。这里奉行着"第三方原则":不应该在背后说人坏话,甚至把人往坏处想。应当一对一地解决矛盾,如果事情没得到解决,就会移交给社区议会。如果这也行不通的话,事情就会交由基督裁判所来判决。

维萨里昂提出了实在可行的信仰之路,简单易懂的规则,以及富有意义的生活方式。他告诉人们应当怎样"正确地"生活,免除了他们独自探寻道路的辛苦。孩子们在社区的教会学校学习。他们的成长应该"远离侵略、恐怖、愤怒与欺骗"。学校不会教孩子们战争史或者"不良文学",而是告诉他们"人类的善良成就"。

性别差异是这里的重要教育内容,它进一步地强化了俄罗斯社会中本就严格区分的男女社会角色。只有男性才能参加议会。社区将女孩子培养成聪慧能干的女主人,将男孩子培养成精神与体力事业的劳动者。15岁到18岁的男孩子们生活在太阳城的"修道院"中,他们在这里成长,远离女性的致命影响。社区医生解释说,女性与男性的差异甚至深入到细胞层面:女性在经历诸如荒淫与酗酒的堕落后,她的细胞无法自我修复,但男性可以。维萨里昂认为,男性的道路是服务上帝,而女性通过服务男性来服务上帝。

教会提出了著名的"三角家庭学说",如果一个已婚男性爱上了另一个女性,那么他的妻子应该邀请她生活在一个屋檐下。而如果一个女性爱上了另一个男性,那么她的丈夫应该放手,因为女人不能同时"帮助两个男人"。否则的话,这就是自私。但在实践上,大部分的居民都遵循传统的夫妻关系。

应许之地的中心理念是环保主义与自给自足的生活。这意味着需要养羊、奶牛、家禽以及修建菜园。居民的口粮是一些基本食品，比如白菜、南瓜、土豆和其他块茎农作物。但从2003年起，维萨里昂社区居民们的食谱还是发生了变化。当时社区实行的还是纯素食主义，牛奶只提供给孩子们。但现在，成年人也能享用自家家畜生产的奶制品，也可以吃鸡蛋。

自给自足的理念不得不稍加修正。在应许之地有许多手工劳动者，比如木匠、铁匠，还有乐器制作师。但是他们还是从社区外采购生活必需品。衣服由亚麻与荨麻缝制，而鞋子似乎是多余的。在2003年的报道中我写到社区想要弄到铁矿，炼出生铁与钢。但村里的铁匠至今还是从外面购买熟铁。令人惊奇的是，尽管身处原始森林之中，村民们并没有就地取材，同样从村外购买原木。

近年来，维萨里昂着力发展"共有家庭"，谈论土地劳作与畜牧业的意义。每一个维萨里昂村庄都是一个由信徒组成的共有家庭。在共有家庭中，每人每周要干满19个小时的工作量。他可以放牧、挤奶、修房子、种菜或者囤干草。除此之外，每年每个男性还需在太阳城工作4周。

这造成一种结果，应许之地的基建工作需要花费大量精力，以至于人们忽视了人际关系的建立。致力于社区繁荣的工作让人们无暇顾及自己的家庭，照顾自家的农作物、牲畜与教育孩子，所以人们渐渐离开了共有家庭。

在这13年间，新一代人出现了。那些在2003年充满干劲，生活得热火朝天的奠基者们，如今已经变成了鬓角发白、头戴宽檐帽的男男女女。慕名而来的人越来越少：现在不比苏联解体后渴求精神生活的时代，一个原始森林中的老年嬉皮士的教派在基于消费理念的当代俄罗斯已经失去了吸引力。

应许之地的第二代人已经成长起来，《终约》之于他们就好比母亲的乳汁，从小哺育他们长大。但这并不能保证年轻人就会接受与认同维萨里昂的世界观。恰恰相反，许多与我交流的年轻人根本不相信维萨里昂。在温暖的6月夜晚，在彼得罗巴甫洛夫斯克（Петропавловск）举行了一场与教会毫无关系的《跳蚤摇滚》摇滚音乐会。现场有几个信徒家庭的孩子，其中有人在喝啤酒。"我们的父母是有信仰的，但我们完全不是。等毕业了，我想搬到城里去。"其中一个女孩子说。教派生活面临的最大威胁就是代际更替，因为《终约》允许下一代自主选择道路。

所有朝圣之旅的高潮是参观季别尔库利湖区的太阳城。在2003年，我沿着10公里的羊肠山道步行到太阳城，人们将这条道路称作"主的指环"。现在游客可以乘车直接上山。但他们需在入口接受检查。如今记者已不被允许在城区独自行动，需要有专人陪同，后者会通过对讲机协调好路线。从城中向山下望去，可以饱览山间的壮丽景色，方圆数十公里内放眼望去尽是原始森林。这里最神圣的山峰掩藏在丘陵树海之间，从那里可以看见湖泊。城中居住着三百来人，他们得到了维萨里昂的祝福特许。如果有人违背了戒律，就一定会被"下放"。老人与生病的人同样也会被下放到村里。

我在城中的牙医德米特里·阿斯塔宁（Дмитрий Астанин）

家过夜。德米特里早在1997年就从喀山（Казань）来到了这里。他家很整洁，现代化，生活相对便利，家里装有热水器、洗衣机和太阳能电池，还有整个太阳城最潮流的电器——冰激凌机。羊奶的巧克力冰激凌是6月消暑最好不过的甜品。德米特里的儿子常常小心翼翼地将美食送往导师维萨里昂处，供他品尝。

当初没有电力的、生活不便的艰难岁月已经翻篇了。现在的太阳城里装有卫星天线、家用卫生间、太阳能电池、发电机、地暖、洗衣机、洗碗机、冰窖。以前所有的工作都靠人或者马匹来完成，现在多使用升降梯与拖拉机。一个男人问我：与上一次参观相比，应许之地发生了什么变化？当我提到家里出现电器时，他讪笑一声，"没错。人们又引入了自己一度逃离的文明。"

在2003年，维萨里昂还住在太阳城的最高处，在山上的天国居所；但几年前，他最终得出结论，高处的生活太艰难了。信徒们在城郊为他修建了新的住处。那里像是洛杉矶的贝弗利山或太阳城内的鲁布廖夫卡（Рублёвка）；那里是使徒瓦季姆和其他的导师亲信的房子。我在陪同游览的过程中不被允许靠近这个区域。

城市中心是被天使图腾环绕的中央广场，我在这里参加了复活节的弥撒活动。人们一齐唱着自己编写的歌词。教民们像极了童话故事里的人物：男人身穿白色长袍，头戴白色的编织帽或者绑着白布三角头巾。女性戴着亮色的太阳帽。

仪式过后，人们走进山中的汇合谷，维萨里昂有时会凭心情在那里现身。那里修筑着一条向下的石阶，维萨里昂会沿着它走向鹰羽装饰的木质王座，主持仪式。人们一边歌唱，一边等待救世主的出现，但今天他并没有出现。取而代之的是两位修士，他们在空荡荡的王座旁高举酒杯，引领圣餐。这场面有一种喜剧感。

人们说，维萨里昂如今在社区中越来越少现身。与信徒的单独会面也完全中止了。导师不再参与解决他们的争吵，而是让人们自主解决争端。但他现在开通了网络博客并且注册了facebook。以前，维萨里昂会在俄罗斯和海外四处云游，传播福音。而现在，据说，他会去泰国度假。神也是需要休息的。维萨里昂教导人们应该重视劳动，不要好逸恶劳。但他从不亲手搭建房子，从不用锄头为菜园松土，也不做饭。据说，他有些身体不适。

2003年以后，导师的精神生活经历了一次变革。他的妻子柳波芙（Любовь）为他生过5个孩子，并且按照社区原则邀请那些爱上他丈夫的女性同住，帮忙分担家务。不过后来，这一切令她感到厌倦。她迁到了克拉斯诺亚尔斯克，开始学习心理学，救世主妻子的经验似乎很好地帮助了她。新妻子索尼娅（Соня）要比导师年轻许多。一开始她"帮助"维萨里昂操持家事，顺便也担当他绘画练习的裸体模特。

我当然尝试再次与维萨里昂见面，但正如他的助手所说，"他已经回答了所有问题"。如今，维萨里昂极少在媒体露面，2013年澳大利亚电视台的采访是一个罕见的例外。采访中的那个人完全不是我在2003年见过的模样，他的头发变得斑白，眼神中透露出明显的疲惫。他大名鼎鼎的、标志性的美式笑容也消失了。他已不是群众愿意追随的那个人了。在第二次采访中，维萨里昂承认自己感到疲惫。一位信徒附和说，事实的确如此，因为他太过操心社区问题。做一个救世主是不容易的。

更糟糕的是，社区似乎终于放弃了经济独立的原则。苏联的旧制度就是这么流产的。应许之地的居民们发现，现阶段没钱是难以生存的。每年居民们可以去外地工作两个月，休息一个月。他们收入的 20% 需要用以支付教会税。这笔钱的一半会流入共有家庭，它将用以维护建筑与支付教师工资。剩下一半会交给教堂。至于这笔钱怎么花费，将由教堂议会决定。议会的成员包括维萨里昂的男性亲信、使徒瓦季姆与教堂主事瓦洛佳·韦杰尔尼科夫（Володя Ведерников）。

正是韦杰尔尼科夫接待我在应许之地的参观。他与其他社区成员一样，友善而乐观，但他的地位和生活保障水平却又显然有别于普通居民。他有一辆尼桑奇骏的越野车，在车内的前置摄像头下，他确实从不拒绝他人的请求，而且还乐意捎带普通信徒。只有他的车可以不经检查驶上圣山，直接抵达礼拜地点。这一切就像奥威尔在《动物庄园》中所写的：人人平等，但某些人更平等。13 年来建立的乌托邦社区并没有成长，反而开起了后门。

一位在 2003 年接受过我采访的居民已经离开了社区，他"砰"的一声关上了天堂大门。民族音乐家弗拉季斯瓦拉·纳季沙拉（Владисвар Надишара）在我第一次拜访时就猛烈地批评了社区。他批评个人崇拜，认为这是"东正教共产意识"的一种表现。"或许，我们不过是在创造一个新的母体。"他暗示那部著名电影和其中的虚拟意识[1]。

现在纳季沙拉生活在柏林，演奏世界各地的音乐。他是反维萨里昂个人崇拜团体的一员，他们共同运营着一个论坛：vissarion.borda.ru。论坛成员发布一些揭露性的，但也不乏幽默感的文章。"封建农奴制万岁！这是全人类的光明未来。"另一位开起了玩笑："有一天，耶稣基督行走在季别尔库里湖面上，看见了岸边的维萨里昂。'嗨，过来，我们走吧！'耶稣喊道。'啊哈，马上，但我要先穿上救生衣。'维萨里昂回答说。"

一名维萨里昂的信徒建议我放弃雅库特，举家搬来社区加入他们。他认为，这里的环境对孩子更友好。我以答应家人在雅库特生活一年为由拒绝了。

我在2003年关于应许之地的文章结尾处写道："当我们离开太阳城时，一位陌生的维萨里昂女信徒站在家门口，微笑着祝福我们，用手在空中画着十字。在此以后返回普通生活是困难的。我立马在外面的世界碰了个鼻青脸肿，让我不由得想回到那里。"

现如今，我甚至感到如释重负，终于不用待在那个地方。当年我感叹于他们之间不分你我的和睦，现在我发现了高低贵贱。他们的共同生活有着鲜明的时代特征：推行个人崇拜、缺乏公共劳动工具、努力创造新人、改编历史等等。它的失败无疑令人感到惋惜。嘲笑维萨里昂追随者的信仰是容易的，但令人感到沉重的是，他们的失败意味着独居一隅的城市日常居然

---

[1] 指《黑客帝国》——译者注。

是我们唯一可行的生活方式。

　　维萨里昂没有直言自己是否永生，但他说过，在自己离开后应当有足够的人能够沿正确的道路继续前进。"时间已经不多了，我们需要加紧。"他在面对澳大利亚电视台的采访中反复说。

　　不知道我在太阳城的最后一晚是否与维萨里昂所说的"紧迫"有关，但无论如何，它给我留下了深刻的印象。当暑热过后，天空响起阵阵雷鸣，下起了大雷雨，规模之大是我生平仅见。每隔几秒就有一道闪电划过，这样的情况持续了数个小时，火红的反光照亮了数十公里的地平线。万幸的是，高空的避雷针发挥了作用，闪电并没有击中圣山。这样的末日景象也许是一个预兆？《圣经》中写到过，被驱逐的撒旦如闪电般划过天空。这意味着，恶魔被驱逐了。

　　2020 年 9 月，维萨里昂、使徒瓦季姆与弗拉基米尔·韦杰尔尼科夫因涉嫌对他人施加心理暴力与伤害他人健康而被捕。

诺里尔斯克

斯大林的极北幻景。

在我心目中，只有去过诺里尔斯克（Норильск）的人才算见识了真正的西伯利亚。在这个闭塞的采镍城市中，一切都以极端的形式存在：气候、自然资源、数不尽的折磨与自然问题。这座北方埃尔多拉多（El Dorado）黄金国的冬天完全符合外国人所说的"俄罗斯地狱"：持续一个半月的极夜、零下40度的严寒、暴风雪与强风完全是家常便饭，与此同时，工厂的烟囱还在夜以继日地熏黑天空。诺里尔斯克，这个人口17万的城市是世界第二大极地城市，但要论天气条件，它却要比第一大的、气候更温和的摩尔曼斯克恶劣得多。

这座镍之都出自囚犯之手，是自然资源开采史上的独特壮举。当我抵达诺里尔斯克时，适逢一个"好天气"：10度的气温，风从冻原吹来，没有下雪。警察早已在机场等候我们。他们认真地检查了证件。在自由的1990年代后，外国人必须经由内务部批准才能进入诺里尔斯克，幸运的是，你可以从旅游公司手上买到这种批准。在城里接待我的是开采公司的副主席，与我们同行的还有一个沉默寡言的人，他时不时地记录些什么，别人说他是山区管理人员。俄罗斯总是近乎偏执地保护自己富饶的东部自然资源。

从建筑学的角度来说，诺里尔斯克本身就是一个奇迹，是被群山环抱的，荒芜冻苔原上的海市蜃楼。

我少有见过保存如此完好的苏联城市。城市的中心建筑呈现了原汁原味的斯大林式巴洛克风格，整个诺里尔斯克简直可以宣布为联合国教科文组织世界遗产。其中最杰出的建筑物当属十月广场。两栋带有柱子与塔楼的建筑物一左一右，呈对称之势，广场中央是一尊列宁雕像，但事实上，诺里尔斯克必然是斯大林的杰作。

十月广场、建筑与火车站都依照城市总设计师，来自列宁格勒的维托利德·涅博科伊奇茨基（Витольд Непокойчицкий）的设计。他是诺里尔斯克城里为数不多的自由工作者，也是为数不多领取薪水的人。而那些伫立在街尾的漂亮屋子却出自流放此处的亚美尼亚建筑师米卡埃尔·马兹马尼扬（Микаэл Мазманян）与格沃尔克·克恰尔（Геворк Кчар）之手。但是斯大林的城市建设热潮并没有持续太久。领袖去世还不满 5 年，在 1958 年，国家的建筑风格就发生了变化：尼基塔·赫鲁晓夫（Никита Хрущев）指示，要与建筑浮夸风和古典主义的面子工程作斗争。

诺里尔斯克的整体建筑都被很好地保留了下来，因为自苏联时代起，这里就没新添过建筑物。建筑材料的运送费用很高，而且人口数量也下降到了原来的 1/3。老旧建筑物因永冻土的融化而有崩塌危险，其中一部分已经被废弃，其墙面有明显的长裂痕。在近一千年的时间里，这座城市脚下的土地温度上升了整整一摄氏度。已经有9栋建筑物因为地基受损而被拆除，另有一些建筑未被拆除，是因为它们是大型砖石结构，拆除起来太过费事。

在十月矿井的控制中心，我阅读了英文版的安全须知，穿上工作服，戴上钢盔与防护面具，坐进了一部巨大的电梯。电梯抖动着，一路向下，下降的速度之快令人不得不捂住双耳，我们就这样被送往距地面一公里的深处。在地底，许多隧道、矿车道、钻井塔和管道交错盘旋。诺里尔斯克的矿井地下深度超过了一公里，十月矿井是8个矿井中最深的一座，但也只是目前为止：人们正在挖掘地底深度达两千米的新矿井。

对俄罗斯而言，这座城市是无价之宝。这里有世界上最大的镍矿床。除此之外，这里还有铜、钴、铂、铱、硒、钯、铑、钌、锇、硫与碲。据说，诺里尔斯克的矿藏至少可以满足100年的用量。这里的矿藏量远比芬兰最大镍矿井塔尔维瓦拉（Талвиввара）多得多。这一切都属于最大的镍矿开采公司——俄罗斯诺里尔斯克镍矿公司，它开采了全世界16%的镍矿，还有近乎一半的钯，后者被用于工业催化与手机制造。

公司在本地比政府更有威信。当地21万居民中有5万9千人就职于诺里尔斯克镍矿公司，这个数量比1980年代还少了一半多。该公司承担了整个克拉斯诺尔斯克行政区40%的税收。除了工厂和矿井，诺里尔斯克镍矿公司还承担建筑工程，有自己的道路交通部门、机场、农场与消防部门。公司账面上还记有两个水力发电厂，三个火力发电厂，一家天然气公司和319公里铁路。如今，公司正在城里铺设上千公里的光纤。

在公司的安排下，我采访了集团的某位副经理，某个维克托·伊万诺夫（Виктор Иванов）。镍矿的价格在这几年遭遇了滑铁卢，但是据伊万诺夫所说，"集团完全没有受到影响"。集团40%的利润来自于钯矿以及铂系金属，它们的价格是稳定的，他向我保证。据他所说，集团在选矿工厂与熔炼车间的现代化上投入了数十亿资金，与此同时也在兴建新的矿井。几年前，集团卖掉了海外财产，集中精力发展诺里尔斯克与科拉半岛（Кольский полуостров）的开采工厂。它唯一的海外分公司位于芬兰——哈尔亚瓦尔塔的镍矿加工厂。

自1995年起，诺里尔斯克镍矿的主人就是莫斯科银行家、寡头弗拉基米尔·波塔宁（Владимир Потанин），在此之前他没有任何从事开采行业的经验。1995年他建议总统鲍里斯·叶利钦（Борис Ельцин）拍卖国有企业，以应对国库的严重赤字危机。于是乎，波塔宁银行以1亿6000万欧元的价格获得了诺里尔斯克镍矿的控股权。如今，该集团的市值在考虑通胀后仍较当初增长了十余倍。

修建于1949年的炼铜厂令人想起但丁《神曲》中的炼狱。旋转的巨大料斗将融化的铜倾注入容器，工人们用牙齿紧咬住一根软管，呼吸过滤的氧气。人们向我解释说，即使是在室外也要戴好防毒面具，因为工厂的烟囱正在维修。诺里尔斯克的环境问题也很特殊。它是极地区域内最大的废料排放地。布莱克史密斯研究所将诺里尔斯克列为世界十大污染城市之一。

诺里尔斯克的工厂每年向空中排放几乎200万吨的二氧化物，这是整个芬兰排放量的20倍不止。半径10公里以内的树木都因此枯亡，城市四周的废料堆积如山，冬天的雪都被染成了黑色，工厂还是一副百年前的旧模样。但现在诺里尔斯克的居民们能呼吸上稍微清新一点的空气了，因为集团在今年关停了1942年修建的炼镍厂，它每年能向空中排放40万吨的二氧化物。此外，诺里尔斯克镍矿公司还投产了废物利用系统，这会将废物排放量降低到眼下的1/4。它造成了有害物在自然界中的积累，诸如镍、铜、钴与苯并芘都会污染水源与诱发癌症。在2015年，由于多方抗议，集团清理了工业废水，但也只是总排放量的1/6。此前，公司并未因环境污染问题而付出过高昂的代价。但在2020年，它因石油泄漏最终收到了一张巨额罚单——1460亿卢布的罚金。

只有从集团内部才能知晓有害排放物的相关信息。在2016年，整座城市里只能找到一位负责周边区域的俄罗斯自然监测委员会的官员。他的办公室大门紧闭，电话也打不通。根据俄罗斯科学院的统计，在2007年，相比于克拉斯诺亚尔斯克的其他区域，诺里尔斯克儿童患血液病的患病比例高出44%，患神经疾病的比例高出38%，患肌肉与骨骼疾病的比例高出29%。在诺里尔斯克也有更多早产与不足月婴儿的情况。但诺里尔斯克镍矿公司对此还很乐观。"人们都很健康，踢足球、捕鱼、烧烤。前些天我还去了城郊20公里外捕鱼，直接喝的河水。"副经理伊万诺夫告诉我。

芬兰也为诺里尔斯克的历史做过贡献。在乌尔霍·吉科宁（Urho Kekkonen）执政期间，他签署了一份合同，让芬兰人参与建设了世界上最大的炼镍厂——纳杰日金斯基炼镍厂（Надеждинский）。芬兰的奥托昆普公司（Outokumpu）制造了大型的悬吊熔炼炉，而芬马—雷诺拉（Rauma-Repola）与奥斯龙（Ahlstrom）公司负责其他设备。两三百芬兰人在这座封闭的城市工作过。1981年，高级工程师尤哈·于尔海（Juha Jylhä）携他的妻子和两个孩子在这里生活了两年。"大多数的经历是不错的。"30年后尤哈回忆说，外国人单独居住在特别的街区。当地居民不需要去市场购买食物，它们由飞机空运至城市。"我们收到过冷冻的肉和鱼，有时还有希腊的橘子汁，有一天甚至送来了一整只没剥皮的羊。很难弄到新鲜的蔬菜，但可以从市场商贩手上买到煮熟的土豆。"

外国人的一言一行都被密切关注着。比方说，向外界打电话需要提前两周预约。神奇的是，当地居民恰恰喜欢与外国人交流。好几个芬兰人在诺里尔斯克找到了老婆。

尤哈是真正的诺里尔斯克老兵，最近几年他作为芬兰奥托昆普公司代表回来过几次。该公司升级了选矿站和熔炼厂，为它们的现代化投入了超过1亿欧元。芬兰美卓公司（Metso）安装了研磨设备。"与芬兰人的合作过去有，现在有，将来也会有。"副经理伊万诺夫肯定地说。"政治形势虽然有变，但它绝不会影响我们。"他补充说。

遍布矿井与工厂的诺里尔斯克是劳役经济最直观的"成果"。如果没有古拉格，也就没有这座城市。从1935至1956年，在极端的气候条件下，诺里尔斯克集中营总计收押了50万人。国家急需镍矿制造坦克，而召集志愿者又根本来不及，在1938年，诺里尔斯克有10000人口，其中9000人是被流放者。在1953年，这座封闭城市里的人口达到了68000人，而其中普通的国家公民仅有9000人，就连探查矿床的地质学家尼古拉·乌尔万采夫（Николай Урванцев）也是以苦役犯的身份在这里工作。这也算是另一种意义上的"是金子总会发光"吧。

令人感到神奇的是，今天的诺里尔斯克完全没有了集中营的痕迹。板棚被拆毁了，铁丝网也不见了，但囚犯们亲手搭建的工厂与宿舍还被保留着。想要找到一位挺过了诺里尔斯克刑期的活人并不容易，你需要化身一名真正的侦探，仿佛在这里压根没有受害者似的。但如果我想见一见伟大卫国战争的老兵，那就是另一回事了，立刻会有一整车的人向你集结。我最终还是弄到了奥尔佳·雅斯金娜（Ольга Яскина）的电话号码。"您来吧，我告诉您。"一位70岁的女性在电话里回复我。

第二天我前往她家，结果因为迟到受到了严厉的批评。作为一名会计，雅斯金娜直言自己对迟到深恶痛绝。她的叙述有条不紊，不像其他老人那样容易跑题。

"大家都说，这座城市是由共青团员所建，撒谎！诺里尔斯克是由背上缝着号码的人建成的，比如我，我的号码是X401。号码不仅出现在背上，它还在所有的衣物上，在袜子上，在胸罩上。"她说。

雅斯金娜出生在波兰，但她的父亲在战后同情苏联，决定举家移居到苏联。这显然是一个错误的决定。他们很快被宣布为人民公敌并被发配到乌拉尔一带的彼尔姆边疆区（Пермь）。在那里，这位16岁的姑娘依据臭名昭著的刑法第58条被宣判犯有背叛国家罪。"我的罪行就在于，我给另一个被流放的姑娘写信，告诉她别哭，玛鲁西，太阳还会为我们升起。"雅斯金娜说到这里几乎潸然泪下。

雅斯金娜被安置在诺里尔斯克六号强制劳动营，营内有12000名女性。那里的女性当然不从事传统意义上的女性工作，她们和男人一样干着建设城市的活儿。她们要点燃篝火，融化永冻土，为地基挖出深坑。她们一周工作六天，从早上8点到晚上8点。"列宁大街10号，博格丹·赫梅利尼茨基大街21号，其他的，我已经记不得了，"雅斯金娜数着她亲手盖起的楼房，"大家要干砌墙的活，干不了的，比如我，就要用小车拉着泥浆爬楼。"女性板棚比较暖和，但食物匮乏。"每天早晚休息时用餐。大麦、圆白菜、茶，有时候供应土豆，肉很少见。工作期间会发放一小袋面包片，有时是鲱鱼片。我常常吃不饱，站不稳。到出狱那天，我的体重只有40公斤。"

雅斯基娜在集中营生活一年后，一切就迎来了变化。1953年3月5日斯大林去世的消息在营内的囚犯间迅速传开。"老太太们用手帕掩面哭泣。"雅斯金娜说。1953年5月诺里尔斯克集中营爆发了抗议。严格意义上来说，这只是一场罢工。"那天我们没有一个人出工，除了'马屁精'。"雅斯金娜回忆道。

囚犯们要求重审案件、减少工作日、改善生活条件与停止滥用职权，比方说，不能再使用水刑——把人关进水深20厘米的禁闭室里。抗议活动被胡萝卜加大棍的方式镇压了。带头人被调离了集中营。他们中的许多人来自乌克兰与近波罗的海地区，他们更勇敢地走上反抗的道路。抗议终究还是取得了效果。"我们获得了进入商店的许可，工作时段的武装看守也被撤走了。"雅斯基娜说。

但她还是不得不等到 1955 年才重获自由。在同一年，她嫁给了营地的前看守。他们早在流放前，在乌拉尔就相互认识。当他在释放人员名单里看见她时，立刻前往营院大门口拦下她。他们最终手牵着手离开了那里。新婚夫妇在诺里尔斯克分得了一个宿舍单间。丈夫当了矿工，而雅斯基娜成了房管所的会计。

多年以后，丈夫已经去世，她与自己的工程师儿子生活在一起。她的身体状态不错，只是偶尔感到腿疼。"人们总是称赞斯大林的好，但实际上并非如此。就让他在坟墓里也感到良心不安吧，他居然就这样夺走别人的孩子，给他们扣上人民公敌的帽子！"

诺里尔斯克在尽力地抹去集中营的历史。城市博物馆的前馆长斯维特兰娜·斯列萨列娃（Светлана Слесарева）在 2016 年被开除，她认为自己是因为坚守原则而被开除。她是古拉格主题博物馆展览的策展人，并且在 1990 年为了纪念牺牲者而成功创立了一处纪念地——诺里尔斯克髑髅地。她现今在"纪念碑"（Memorial）——一家研究集中营历史的机构工作。

诺里尔斯克镍矿公司的新闻发言人抱怨说，外国记者总是老调重弹，批评诺里尔斯克是一座建在白骨之上的城市。也许正是因此，集团为我雇佣的导游斯坦尼斯拉夫·斯特留奇科夫（Станислав Стрючков）额外强调说，诺里尔斯克集中营的口粮比其他集中营更多，死亡率更低。囚犯的衣服质量不错，他们也可以领到一部分的薪水。他们可以蒸桑拿浴，在必要的时候还可以看医生。

更荒诞的是，斯特留奇科夫还介绍说，在铁路上工作的囚犯如果超额完成任务，可以得到香槟与鱼子酱的奖赏。他不认为所有的囚犯都是无辜的，这样的看法是大错特错。比如，就应该让乌克兰人多干活，因为他们都是班杰拉分子和敌人。斯特留奇科夫恨透了纪念碑，因为它受美国资助，它们的工作原则是：谁能讲出最恐怖的古拉格故事，谁就能拿到更多的钱。最后，斯特留奇科夫还举出了一名芬兰的诺里尔斯克诽谤者——威勒·哈派塞罗（Ville Haapasalo）。这位芬兰演员在自己的一档旅游主题的、完全不带恶意的节目中讲述了诺里尔斯克。

诺里尔斯克的末日景观对于摄影发烧友来说简直就是天堂：冻原、斯大林时期的工厂烟囱、堆积成山的垃圾、苏式建筑、废弃的房屋与废墟。但不同于来自莫斯科与国外的游客，当地的摄影爱好者选择从另一个角度拍摄城市：在他们的作品中美与正常的生活取代了断壁残垣。尽管诺里尔斯克令人想起世界末日，但这还是一座相当无聊，同时被精心"照料"的城市，大街上四处溜达的都是清一色"生活富裕"的居民。商业中心是这座亚北极带城市的心脏，它看起来与其他地方的商场也一个样：扶手电梯、时装店、美食广场……唯一的特色是卖鹿肉的商店，以及一处绝对的热门景点——全市唯一的海洋公园。

公司每月付给员工7万卢布，这在如今遭遇经济危机的俄罗斯算是相当丰厚的薪水。罗曼·舍申与瓦季姆·舍申（Роман Шешин и Вадим Шешин）两兄弟在工厂工作，一个是焊工，另一个是电工。他们新买了一艘快艇，上面装有现代化的导航设备与90匹马力的雅马哈马达。入夏以后，每逢周末他们就开船到诺里尔斯克以东120公里的拉玛湖（Лама）钓鲑鱼。"钓鱼季只有3个月，所以不能浪费时间。"罗曼说。根据法律，北方居民享有额外津贴与两年一次的公费旅游。矿工的退休年龄是45岁，他们中许多人都离开了诺里尔斯克。"退休以后我会去克里米亚生活。"40岁的工程师德米特里·谢列斯格洛夫（Дмитрий Селескеров）如此打算。他多年积攒下来的钱足以在另一个城市买下一套房子，而且公司也会资助。

但不是所有城市居民都在公司工作，也不是所有人都过上了不错的日子。超过20万人只是"意外地被拴在"俄罗斯的北方。他们有权在俄罗斯中部或者南部得到住所，但国家并没有兑现。"25年前我的父母只是临时来这里工作一段时间，但后来因为经济崩溃不得不久居。我一直觉得，我们只是暂时生活在这里，是为了攒够迁回莫斯科的钱。"22岁的达丽亚·巴克拉诺娃（Дарья Бакланова）说。

斯大林希望诺里尔斯克发展成一座长久繁荣的大都市，希望它比淘金热时期在阿拉斯加修建的诺姆（Nome）更漂亮。现在已经没人单纯为了采矿在极端气候下修建一座10万人口的城市。矿井与冶金厂也不再需要那么多工人。老旧熔炼工厂的关停进一步地降低了对工人数量的需求。这座城市在未来或许会迎来更穷困的生活。

今天，诺里尔斯克成了大转折时代的巨型纪念碑，它见证了这个国家在 20 世纪的经历——民族财富最终沦为了某个银行家的私人财产。但历史还未结束，沙皇给予一切，也可以剥夺一切。正如保罗一世曾说："在俄罗斯，我与谁交谈，谁就是大人物，当我停止交谈时，他就什么也不是。"

抵达

莫斯科同意放行,幸福一家人终于前往西伯利亚。

俄联邦的官员们将悬念保留到了最后一刻。我们一直等待在西伯利亚工作与生活的必要许可,但在5个月的时间里没有收到一点消息。

一般来说,人们都是被迫流放至西伯利亚,像我这样主动申请的应当不会受到阻拦,但我是一个悲观主义者,我担心热切的愿望最终会落空。

阿纳斯塔西亚(Анастасия)是俄联邦外交部的工作人员,她确认所有的证件事实上已经准备好了。只需等副部长签字。基层的官员当然没法解决这个问题。最终,副部长的名字出现在了证件上,莫斯科为我们亮了绿灯。我成了从乌拉尔到符拉迪沃斯托克,这5000公里跨度的地域内唯一得到驻外工作许可的外国记者。现在我们可以前往西伯利亚,愿望成真了!

我们在8月底,恰好是我们约定出发的那一天,从俄联邦驻赫尔辛基大使馆处拿到了签证。我和朋友拖着一板车行李直接驶过了芬俄边境,从那儿开到了彼得堡市郊的某个分拣货运站。我想借火车货运将行李发往西伯利亚。货运站的工作人员询问了我们的货物吨数,并保证货物会在3周以后抵达目的地。我们将总计0.3吨的17个编织袋留在了货运站,它们就像一堆没人要的垃圾。

我上一次用俄罗斯铁路寄快递还是在15年前的伊尔库斯克。当行李抵达目的地后,我发现行李箱里的旧笔记本电脑不见了,取而代之的是一截铁轨。但愿如今的俄罗斯能有所改善。

"让我们与行李合个影。"朋友建议说。然后他驱车返回芬兰,我继续自己的行程。

我们差点误了飞机。妻子和孩子们搭乘另外一辆车抵达了圣彼得堡机场,我的手机恰巧没电了,我们一时间联系不上对方。妻子在航站楼里寸步难行——她身边依偎着3个孩子与130公斤的行李箱,外加5副雪橇。最终,我们还是成功会和并在最后一刻完成值机。

飞往雅库茨克的机票不知道为什么比更远的符拉迪沃斯托克与哈巴罗夫斯克要贵出许多。而且我们不得不承担双倍的价格,因为8月底是全年航班最繁忙的时段之一。我们希望儿子能赶上两天以后,也就是9月1日的开学,但家长们都打着一样的如意算盘。于是飞机上挤满了人。

雅库特航空公司的蓝白色波音飞机从圣彼得堡起飞了,我们将在亚欧大陆上空飞行7个小时。飞往东方的航班总在夜里起航,没有了眺望晴空的可能,我们能更好地专注睡眠。况且,我们还得适应6小时的时差,但孩子们全程没合过眼,他们沉迷于空姐分发的游戏机与平板电脑。终于,在晨曦中,波光粼邻的勒拿河流淌在我们脚下，宽达 4 公里的河面闪耀着金光，睡意正酣的我们降落在了雅库茨克机场。此时的芬兰尚在午夜，而这里已经是早上 6 点。

在前往乔赫乔尔村的路上，孩子们总算因为疲倦而睡着了。我们分别搭乘两辆车。我租了夏天开过的老丰田，拉着一车行李。其他人则搭乘谢尔盖的出租车。我们后来成了这位俄罗斯司机的熟客之一。

奥克佳布丽娜和她的两个孙子正在家中等候我们。当我们抵达时，她还忙着擦拭冰箱并为我们准备了肉汤。奥克佳布丽娜还没有给我租赁合同，但保证稍后会准备好。孩子们到家的第一件事就是从行李中翻出任天堂的 Wii U 游戏机，这是我说服他们搬来西伯利亚的筹码。但令他们感到失望的是，游戏机与奥克佳布丽娜的老式彩电并不匹配。最终，失望与疲惫放倒了孩子们。我们的西伯利亚生活开始了。

村庄

起初，乔赫乔尔是一家人的世外桃源，但一个月以后他们注意到了奇怪的东西。

雅库特是个寒冷的地方，但 9 月的雅库特从不会令人感到寒冷。大陆性气候名副其实：当太阳高挂在无云的晴空，狠狠地炙烤大地时，白天的气温能上升到 20 度。

我们勉强靠着从芬兰带来的几条 T 恤和短裤应付这种温度。乔赫乔尔在 3 周的时间里只下过两场雨。夜晚的群星格外闪亮，银河也为没有灯光的村庄披上了一层白色面纱。

开头几天，我们忙于适应新居与添置家具。我们缺少双耳桶、餐具碗碟以及清洗它们的水盆。为了方便起夜，我们买了一个成人夜壶。新家处处都是不便，热水凉水统统没有，当然也没有带淋浴的卫生间。这在雅库特的乡下很常见，因为村子脚下的永冻土深达 200 米到 400 米，根本无法铺设地下水管。而铺设地上水管对防腐的要求非常严苛，只有城里人才出得起这笔钱。

拜永冻土所赐，这里也无法掘井。1830 年，人们曾在雅库特挖过一口深达 116 米的水井。这口井位于当时的大商人费多尔·舍尔金[1]（Федор Шергин）家的院子里。如今井眼犹存，但里面已经滴水不存。这口井虽然没有完成它的使命，但科学家们还是对永冻土有了新的认识。现在，人们已经在雅库茨克的某些地方开凿过井眼，从层层冻土的间隙处取水，

但对村里人来说，这是想也不用想的奢望。村里的水依靠每周两次的水车供给，它从附近的湖里汲水。需要买水的人家会在门口挂上红色的旗子。水车并不十分准时，所以人们要一直留心听着响动，注意它的到来。一桶水的价格是 100 卢布，折合欧元是 1.5 欧。欢快的运水工是我妻子最喜欢的本地人。他告诉我们，我们一家是村里人常谈论的对象。

为了实现洗澡自由，我们在院子里搭了一间澡堂。我们在入冬前就着手准备：劈柴、拉来砌炉子用的石料，砌了一口非常不芬兰的炉子：生锈的铁皮小火炉上垒着几块石头，用几个陶瓷制的绝缘子固定电线。即使如此，这样一间澡堂在村子里也十分鲜见，可以说是相当奢华的存在。

俄罗斯人早就给雅库特带来了澡堂，我们不过是步其后尘。但一个当地人还是对此感到惊讶，他认为修建澡堂是多此一举，他还说，俄罗斯人洗完澡总有一股怪味。而令我感到好奇的是：雅库特人究竟怎么洗澡？是不是别有妙方？或许是在木屋里用盆洗澡？

而令我们非常失望的是，我们一家不是屋子里唯一的住户。

---

[1] 费多尔·舍尔金：商人，俄美联合公司办公室经理。这口井被划为受国家保护的古迹，当地人称它"舍尔金的矿井"。

一到深夜，蟑螂就会爬过地板和桌子，打扫食物残渣。在俄罗斯，蟑螂已经比较少见了，甚至有学者好奇，这个古老的物种在近二十年里为什么从家中消失了？对此有各种各样的说法，有的说是因为杀虫剂，有的说是因为家用化学制剂，有的说是因为蚂蚁，还有说因为辐射和清洁。但雅库特乡下的屋子里却蟑满为患。也许，我们应该为屋子里物种群落的丰富多样性而感到高兴？从古罗斯起，人们就相信蟑螂可以带来好运，因此许多从西伯利亚迁居到远东的家庭会从旧宅里收集蟑螂。我们甚至可以吃掉一些蟑螂，据说它们的蛋白含量是肉类食品的两倍还多。

除了蟑螂，我们的屋子还附带了其他动物。老山羊瓦西里警觉地看守着通往厕所的小径，一有机会就顶人。它和一群母鸡住在一处哈东（Хотон）里——这是一类梯形板棚，四面墙壁均向内倾斜，墙面上涂抹着粪肥以起到保暖作用。从前，雅库特人也住在类似的建筑物里，它的外形好比削去尖端的金字塔，屋顶搭着草皮，用牛膀胱或者冰块做窗户，当地人把这叫作"窝棚"。

哈东与窝棚都用原木搭建。人们先将木桩垂直打入地面，然后令墙面倾斜，这样做是为了让粪便更好地覆着在墙面上。现在窝棚只被用作郊外达恰、猎人小屋，或者节日草原上露天博物馆里的展品。而奇形怪状的哈东则见于每家每户的后院，常被用于圈养牲口。我们的院落里共有两处哈东，多亏了它们，我们不用担心孩子们没有玩耍的地方，他们很快就在其中找到了快乐。

我们住在卡兰达拉什维利（Каландарашвиль）大街。在雅库特有许多以人名命名的大街,但这条街却是其中最重要的一条:1922年3月,亲白俄的雅库特人在这条街的另一头伏击了"西伯利亚之父"涅斯托尔·卡兰达里什维利(Нестор Каландаришвили)。这位格鲁吉亚革命家在内战期间被派遣至雅库特,经历了战火的淬炼,成了游击队队长,最后却命丧于此。或许是由于命运的嘲弄,人们恰恰用拼写错误的姓名命名了这条大街。除此之外,这条街的肮脏程度也是一言难尽,你不得不在大街上成堆的粪便、动物骨骸和坑坑洼洼之间曲折而行。

乔赫乔尔是一个田园牧歌式的天堂,马匹与牛群自由自在地在草原上闲逛,有时,我们不得不紧盯着它们,以防它们闯进院子里大嚼特嚼奥克佳布丽娜的农作物。轰隆隆的拖拉机与汽车时不时地从一旁经过,偶尔会响起马蹄声。这栋老屋的窗框都刻有彩色的雕饰,院子里竖着几根精心雕刻的木质塞尔盖(сэргэ)——一种仪式性的立柱。它们本来的用途是拴马,但后来渐渐成了婚嫁丧葬中的仪式用品。根据雅库特神话,柱子上的三道槽痕象征拴住天国之人、尘世之人与地下之人马匹的三个环。

家门口有一片马群与奶牛的牧场,精力充沛的黄鼠狼在这片草原上打了无数的洞。在离我们两公里以外,草场的另一边流淌着一条勒拿河支流,天气暖和的日子里,我们会在这里休闲一番。尽管水温并不适宜,水流也很湍急,但却有绵延一公里的美丽沙滩。美中不足的是,总有马匹在沙滩上嬉戏,要是有人能劝诫一下它们就更好了。村子坐落在山脚下,沿山坡向上是一排排树林,再往上就是延伸几千公里的原始落叶松森林。

我们进入森林采过几次越橘,但每次都无功而返。我们最终还是在雅库茨克的农集上买了过冬的浆果。

几乎所有的村民都是说突厥系雅库特语的本地人。这个草原游牧民族在大约800年前来到了这里。即使是在这里,在这片原始森林中,他们终究还是找到了几片草原,比方说,我们村子周围的埃尔肯河谷。村子附近有一处刻有雅库特诗歌的纪念碑,上面记载着伟大的雅库特领袖蒙尼扬·达尔汉(Мунньян Дархан)出生在此地,他是17世纪传奇人物特格恩·达尔汉(Тыгын Дархан)的父亲。在纪念碑附近不得喧哗,因为相邻的地方葬着萨满。

乔赫乔尔一开始是一个俄罗斯人的村落。沙皇时期,政府开通了沿勒拿河从伊尔库茨克到雅库茨克的邮政通路。为此,政府在18世纪迁来了60处俄罗斯人的村落。于是,一座为邮政而生的村镇出现了。当地的雅库特人负责供应马匹,以供邮差换乘。但如今,村子里的俄罗斯人寥寥无几。我们家对面的教堂看守是一位老奶奶,她就是村里为数不多的俄罗斯人之一。这些俄罗斯人都是当年邮局驿站马夫的后代,他们是乔赫乔尔的原住民。而雅库特人是在苏联时期由政府从相邻地段,从阿拉斯加地与岸边草场迁来开拓这一地区的

乔赫乔尔并非一个凋敝的村落。尽管雅库特的农村人口在下降,但相比俄罗斯与芬兰的村庄,这里的村子还是保持住了活力——村里能见到许多儿童和年轻人。乔赫乔尔的人口甚至还在增长,许多当地居民在雅库茨克工作。村里大部分的工作是国营性质的:中小学、幼儿园、政府机关、邮局、图书馆。

我家附近还有一块神秘的隔离保护区，人们称之为"民防中心"。

村里也有传统畜牧业，人们在雅库特主要是养牛和放马。上百头奶牛和上千匹以耐寒闻名的雅库特矮种马在村子周围觅食。近处的草地已经因为过度放牧而变成了一片光秃秃的沙地，简直就是扎嘴的刺猬。勒拿河中央沙洲的草场要更翠绿些，到了夏天，马群就会渡河到这里饱餐一顿。不过乔赫乔尔绝不是一个供矮种马安享生活的大型马厩，雅库特人养马是为了吃马肉。秋天就是宰马吃肉的季节。这时候就连小马驹也岌岌可危，因为雅库特人认为这是最美味的马肉。一匹一岁半的小马驹可以卖出两百斤的肉。

几乎所有牲口都属于村合作社，也就是之前的集体农庄。合作社也管理着村里的商店。合作社主任塔玛拉·奥西波娃（Тамара Осипова）认为，现在很少有人愿意为了15000卢布去干放马或者打扫牛栏的重活。她挖苦说："年轻人受不了粪肥的臭味。他们一心想着在城里多挣点，但钱都花在了来回的路上。"因为本地人力的短缺，合作社不得不从外省雇佣工人。许多人家有自己的奶牛和马。我们就从邻居库兹明家买鲜奶、酸奶油和奶渣。他们也常拿着奶制品去城里售卖。

在西伯利亚的未来一年看起来不赖，我们心怀好奇地度过了第一周。但一个月以后，我突然意识到，居然没有一位邻居来我们家做客。我和同村的人打过交道，但他们从不邀请我们做客，甚至连客套话都没有一句。妻子惊讶于村里只有孩子们会和我们打招呼，其他人——比方说，我们的邻居——总是避开我们。

我们是否真的住在这里,并且一致批评了满地乱扔的乐高玩具。一个酒气熏天、双腿残疾的男人向我们推销冻鲫鱼,因为他急需一笔钱用。我们买了一些。另一个情况几乎一模一样的男人向我们推销一台傻瓜照相机。我们没有买。还有一个年纪稍大的乡下人坚持向我们推销柳条凳,我们以行李太多为由拒绝了。一个中亚男人买走了山羊瓦西里。

的确,想要融入当地生活并不容易,但也没有许多人想象的那么困难。村子里的许多人出于关心询问我们有没有被谁欺负过,被谁威胁过,有没有被酒鬼找过麻烦。这些都没有发生。在雅库特的日子里,我们没有受过侵犯。我们的生活独自静好。

学校

西伯利亚的学校教会了我们"抢棍子"以及称呼老师"您"。
萨哈（雅库特）共和国，乔赫乔尔

难道新学年就要这样开始了吗？全俄罗斯都在庆祝9月1日的知识节。所有的学校，从小学到大学，都敞开了自己的校门。而我们为了让大儿子赶上这一天，咬牙花了双倍价钱，买了在8月底飞往雅库特的机票。但现在，只有我坐在乔赫乔尔中学体育馆的节日现场，我的儿子不知怎么中了毒，现在正躺在家里抱着脸盆呕吐。

一年级新生向老师们赠送鲜花。女孩子们扎着大大的白色蝴蝶结，男孩子们穿着黑色西服，整齐地面向全校师生。村长尼古拉进行发言并分发书本作为礼物，然后孩子们就各自回家了。开学典礼的热乎劲还没过，学校就停课了，因为根据法律，学校不能在停暖的情况下开课，哪怕学校里还算暖和，户外气温也在20度以上。而供暖要等到一周以后，这意味着孩子们收获了额外一周假期。

与几乎所有的俄罗斯中学一样，乔赫乔尔中学也是一所十一年一贯制学校，这里既有一年级的小学生，也有十一年级的高中生。学生总数是 101 人，教师 31 人，其他岗位工作人员 18 人。正如所见，教职工的数量是学生的一半，学校在提供工作岗位上发挥了重要作用。

我们 7 岁的大儿子在芬兰刚刚读完一年级。村长和我打包票，可以搞定他的入学，他的话有些分量，因为他的老婆娜塔莉亚（Наталья）是本地学校的校长。但我们在选择入读几年级时犯了难。按照年纪，他应该上二年级，但是他对学校里的两门教学语言（俄语与雅库特语）一个字也不认识。校领导希望把他安排进一年级。最后为这件事拍板的是精力充沛的伊丽莎白·玛尔特诺娃（Елизавета Мартынова）。作为地区教育局的领导，她恰好来学校视察工作。"作为一名老数学教师，我告诉你们：男孩子没法上两遍一年级的数学课，他会感到无聊。就让他读二年级吧，我们会为他开设每日的俄语辅导课。"

然而，年迈的教学主任达丽娅（Дарья）面无表情地告诉我们，不可能开设专门的辅导课，"至少不可能免费开设"。另外，就学校接收学生的事情，我们应该向雅库特共和国教育部征求许可。玛尔特诺娃出面为我们解决了这个问题："根据法律，辅导课是必须的，而且是免费的。另外，不需要向雅库特政府征求任何许可。"

但当领导一走，老师们就开始互相推诿责任，大家关于谁来上辅导课这件事没有定论。一开始，学校为我们指派了一位小学老师，但临上课前，又换成了一名社会辅导老师。上了两次课后，授课老师又换成了学校的心理老师昆涅（Кюннэй）。她因为从没教过外国孩子而感到十分紧张，更不用说她还没有必需的课本。但两节课后，昆涅惊讶于小男孩居然还真学会了几个俄语单词。

大部分的时间里，她都在教我的孩子书法。这项技能在俄罗斯备受推崇：所有的家庭作业都必须写得工整好看。芬兰的习字法和俄罗斯的书法比起来根本不值一提。芬兰的单词看起来就是一串一模一样的小钩子，想要知道它的意思，你只能连蒙带猜。大儿子很轻松地学会了造句，但是如此顺利的辅导课却在11月的第一周戛然而止。如今没有了上级领导，严肃的达丽娅全权决定我们的命运。"不再有辅导课了。"她很干脆地告诉我们。

在俄罗斯，开学就意味着令家长头疼的一大堆麻烦事与更多的开销。课本是免费发放给孩子们的，但是练习册以及各科目的笔记本就需要在不同的地方自行购买。我们花了一周的时间，跑遍了雅库特各地的文具品店才买齐了它们。还需要购买美术课用的水彩笔，手工课用的橡皮泥和体育课穿的绿色足球服——孩子们在体育运动时应该着装一致，没有人怀疑这一点。

购买校服又是另一个故事。在俄罗斯，孩子们是否要穿校服取决于学校自身。每一个学校，甚至每一个班级都有自己的制服。校长通过WhatsApp发来了乔赫乔尔中学二年级学生的校服相片。但是与学校签订合同的公司已经停止生产这一款校服，我们不得不又一次跑遍商店，寻找相似的西裤、衬衣、马甲和鞋子。但到后来，我发现完全没必要这么恪守规则，学生们还是各穿各的。学校解释说，穿校服是为了避免攀比：孩子们应该保持平等，不应该有人吹嘘自己穿名牌。但我对此表示怀疑，真正的原因在于人们对制服本身的热爱。一个经济紧张的雅库特家庭未必能承受一套价值100欧元的校服。相比之下，市场上的名牌仿冒品就便宜得多。

我在雅库茨克市和一个男人交流过。当他得知我们选了怎样一所学校后，他摇摇头："好家伙！你们来自世界顶尖的中学教育强国，却把孩子塞进了本地的乡村小学。"乡村学校的名声并不好，因为那里很难吸引优质的师资。在考大学时，村里的孩子们又陷入了经济上的不利地位，因为大学里的大多数学位都需要自费。俄罗斯正在失去自己的人才。社会的上升通道早已被摧毁。

乔赫乔尔的状况还没有那么糟糕。村子就在雅库特郊外，教师岗位也是满编。当然，这里的工资比城里少了一半。副校长格奥尔吉（Георгий）说，这里的平均月工资是20000到35000卢布。但许多毕业生后来都考入了心仪的学校。

乡村学校也有自己的优点：我们的二年级生可以自己徒步上学。假如是在市里，我们就不得不接送他上下学了。市里的学校一个班有30至40人，他们分上午班与下午班。而在乡村学校，我们的孩子只有12个同学。和城里的学校不同，乡村学校提供免费的餐饮。而且乡村学校的氛围也很不一样，大家都知根知底，熟悉对方的家庭。与芬兰不一样，我从未在村里见过校园暴力与霸凌，也没见过游手好闲的孩子。

在学校，学生们两两一对组成同桌，我儿子的同桌是数学小天才科里亚。班里的氛围很安静，与赫尔辛基学校里的混乱相比甚至有些令人昏昏欲睡。学生们用"您"以及名字加父称的方式称呼老师，尽管如此，师生之间并没有很强的距离感。大儿子班上的老师是一位讨人喜欢的年轻女性。但是在头几周里她还在住院，甚至直到年底她都经常请病假。顶替她的是一位年纪稍长的女老师。她的本职工作是 25 个残疾儿童的家教，但因为来做代班老师，她的残疾儿童们不得不以函授的方式通过 Skype 上课。这是一位典型的雅库特老太太，或者用当地话称呼——"阿背"。她说话很直接，怎么想就怎么说。她的原话是"我们妨碍了教学进程"，我们是弄得她头大的"包袱"和"惩罚"。不过，一段时间以后，她变得非常友善，甚至在 WhatsApp 上给我发过表情。

她的痛苦可以理解，因为坐在班里的不只有我的孩子，还有我。

我重回了小学课堂，我想在一开始帮孩子渡过难关。这对我们两人来说都不容易：一周六堂课，用两种语言，可怜的家伙，他一门语言都听不懂，而我只能听懂俄语。在整个过程中，我都没弄明白，乔赫乔尔中学的官方语言应该是俄语还是雅库特语？所有的课本都来自莫斯科并且用俄语编写，有的老师爱使用俄语授课。但与此同时，却用雅库特语与学生互动，还有相当多老师用雅库特语授课。

雅库特和鞑靼斯坦是少有的不以俄语为教学语言的地区。在其他芬兰—乌尔戈语系的共和国里教学语言是俄语，而原本的母语仅仅是一门中学课程。在雅库特，有 40% 的孩子就读于雅库特语学校。但随着政治形势逐渐变得紧张，这些少数的母语学校突然变成了莫斯科的眼中钉。2017 年 8 月，总统普京签署命令，要求官员们审查全国中学的教学语言种类以及语言课质量。总统委派的检察官对雅库特地区的语言课情况做了调查，他的结论令所有人大吃一惊：雅库特语中学不选择俄语作为教学用语就是违反俄联邦宪法[1]。看起来，克里姆林宫认为，从幼儿园开始强制推行俄罗斯化是唯一可靠的办法。

万幸的是，上层的疯狂决定并没有立马落实到地方。根据二年级的教学大纲，雅库特语言文学还是有不少课时——一周五节课，但它仍然少于一周八节的俄语语言文学课。虽然我的大儿子对两门语言都一无所知，但学校领导一边坚持用俄语授课，一边却免除他的雅库特语课。他的俄语学得很慢，大部分时候都在痛苦地自学，因为语言和文学课超出了他的能力范围。在俄语课上，老师还额外教授正字法：什么样的元音跟在嘶音后？可检验的与不可检验的非重读元音有什么区别？老师将课本上的单词一个个地灌进孩子们的脑袋里："文本由句子组成，句子之间依靠意义紧密相连，构成共同的主题。文本的主题就是文本中表达的内容。文本的标题反映了它的主题。"

在文学课上，孩子们学习诗歌，他们阅读了乡村诗人伊万·苏里科夫（Иван Суриков）以及两届斯大林奖获得者斯捷潘·希

---

[1] 根据俄罗斯联邦法第九章第二条（1998年7月24日修订的第126版）："俄联邦公民有权以母语接受基础教育，也有权利选择教育框架体系内允许的语言作为教学语言。"根据第十章第三条："各个共和国依据各地法规教授国家标准语与其他语言。"萨哈语作为教学用语的法规被写入了俄联邦与萨哈（雅库特）共和国法第六章《教学用语》，以及萨哈（雅库特）共和国法第二十七、第十六、第二十和第三十章。

帕切夫（Степан Щипачев）的作品。尽管我在俄罗斯生活过10年，但也没法完全理解这些古朴的、华丽的诗词。他们在课上还学习谚语："学习是光明，不学无术是黑暗。""阅读是最好的学习。""宁要苦口的真相，不要甜蜜的谎言。"

与芬兰的教学理念不同，这里的学习更多依赖背诵与重复例子，而不是讨论或者鼓励活学活用。我当然没有和孩子在赫尔辛基一起上过课，但在这里，在俄罗斯学校的角落里，有时我会不由自主地好奇："老师们到底有多少兴趣教育学生？还是说，他们只是机械式地，年复一年地转着同一张唱片？这里的教学法显然是照搬经过检验的苏联模式。"

与芬兰不同，在俄罗斯的学校里人们并不反感给学生打分，甚至是给低年级的学生打分：所有的家庭作业与课堂作业都会得到一个分数作为评价。如果你的成绩不佳，你就要留级复读。我儿子的同学，一个8岁的小男孩就留级了。

儿子的绘画与数学学得比较好。在美术课上，老师教他们如何调色，并给一种盛乳酒的雅库特三脚容器——乔波尔（чорон）的铅笔底稿上色。在第一节音乐课上，学生们学会了雅库特歌曲《阿塔拉肖尔焦列尔》（万马奔腾，Аттар сююрдюлер）。名为工艺课的课程实际上是手工课，孩子们在纸上黏贴落叶或者用陶土捏出雅库特的花纹装饰。

我信心满满地以为，俄罗斯的数学教育将是最顶级的，但结果是这里二年级的教学大纲还落后于芬兰。这个秋天，芬兰的二年级已经开始教授乘法表了，而这里还在学习一百以内的数字以及大于号、小于号的用法，用我们孩子的话说，"他在芬兰一年级的时候就练过一百万遍了。"不过,这里有很多口算题,它们对于一位俄语半吊子来说很复杂。

俄罗斯学校的英语课一如既往的糟糕。这部分是课本的错。比如,莫斯科出版的英语课本教孩子们用英语提出一些非常重要的问题:"Are you a vegetable?"(你是蔬菜吗?)与"Are you a mineral?"(你是矿石吗?)用英语和别人交谈:"I'm a hen."(我是一只母鸡)以及"We are not friends at all."(我们完全不是朋友)。二年级的学生知道火车在英语里叫作"jiggity jig",而器皿叫作"clinkety clink"。还好经验丰富的英语老师叶莲娜·索洛莫诺娃用自己的积极行动挽救了颓势。她是各种学校和乡村活动的积极举办者、村委会成员,而我们非常需要这种友善的并且让我们感到自己是受欢迎的人。

我在乔赫乔尔学校最喜欢的课程是体育课,这门课实际上和军训差不多,竞赛是课程的主要形式。孩子们要练习齐步走、横向看齐以及根据口令向右转。还好,多亏了年迈无力的体育教师尼古拉,体育课的氛围并没有太压抑。老师指定了具体任务:俯卧撑、引体向上、蹲踞式起跑、传排球。老师会打分并且表扬优秀的孩子。九年级以下的男孩子和女孩子在一起上体育课,但他们的任务各有不同。比方说,在完成引体向上时,女孩子的任务就是监督男孩子们。

在体育课上,学生们会将更多的精力花在一些民族传统运动。低年级学生们最喜欢的一种运动就是抢棍子,或者称为"马斯—塔尔德黑"(Мас тардыхыы):双方选手面对面坐下,共同握住一根棍子,将脚伸在板凳下,竭尽全力扭转棍子,掀翻对手。

第二个游戏是扯绳子：孩子们趴在地上，将一根皮带系在双方脖子上，然后拔河。雅库特的户外体育课比较少，因为根据法律，只有在温暖的天气下，才能在户外上课，也就是说只有在9月和5月份。我们的孩子赶上了学校的两次秋游。课间休息时，孩子们会在操场上追逐打闹，到了漫长的冬季他们就改在走廊里玩闹。我们的大儿子眼看着正在成为著名的画家，蝙蝠侠漫画的未来作者。他也会下国际象棋，但暂时更喜欢凑在手机屏幕前。学校提供早饭和午餐。大儿子说菜单通常是"肉酱通心粉、肉酱荞麦或者干脆只有肉酱"。他有些挑食，所以决定回家吃午饭。不过星期六的午餐很不错，因为这一天学校提供小面包和香蕉。

学年初的时候，我还为儿子感到高兴，因为他有如此之多的兴趣活动可以选择！晚间兴趣小组听起来都棒极了：机器人技术、信息学、国际象棋、口琴、雅库特角斗、雅库特跳远、迷你模型设计、美术和舞蹈。

我们的小小保守主义分子兼工程师选择了机器人技术与迷你模型，但学生和家长很快就被浇了一盆冷水。在机器人技术小组中，老师只是一边给孩子们分发乐高积木，一边说："孩子们，你们一块儿玩吧！"而且不是所有的兴趣班老师都准时出现，那些没有老师的孩子又在走廊里相互追逐。有的课则根本没有学生，比如口琴课。事实上，兴趣班的初衷只是为了代替家长照看小学生一段时间，这样一来，老师既不用强迫任何人，还能领到一些微薄报酬。

我们觉得孩子的必修课已经够多了——在俄罗斯就连周六

也要上学。每天晚上，妻子要教他芬兰语以及其他芬兰教学大纲的科目。周末，我会督促他学俄语。渐渐地，我们的小学生取得了进步，开始听懂课程了。3周以后，他已经请求我别再和他一块儿上学了。我把这个请求当作一种报答接受了。现在我和妻子只有在受到英语老师邀请的时候才会去学校。我们受邀和学生们交流，讲述了人们在芬兰是如何关心自然环境，还有圣诞老人的故事，但大部分孩子并没有听懂。为了表示感谢，英语老师将我的相片挂在了学校的展示墙上。"我的爸爸是乔赫乔尔最有名的人。"我的孩子骄傲地宣布。

萨哈

400 年的时间里,俄罗斯的 50 万雅库特居民保持着他们的面孔和地区影响力。

乔赫乔尔、雅库特、波克罗夫斯科(Покровск)

空气中洋溢着大型体育节日的气氛。

雅库特运动场成了最能展现雅库特民俗与国家化标准结合的地方:五颜六色的彩灯环绕着楚马(Чумы)[1],传统大鼓发出震耳欲聋的响声,人们穿着民族特色服饰,披上狼皮袄子,头戴鹿角帽,当然,还有大型环舞奥苏奥哈伊(Осуохай)。观众主要是当地的雅库特人,他们成群结队地来一睹国际青年运动会——"亚洲儿童"的闭幕式风采。这项赛事已经举办了六届,尽管它被冠以亚洲的名号,但实际上,这是一项由萨哈共和国组织的赛事,目前为止也仅在雅库特举办过。

在闭幕式上,观众们随着官方主题曲《雅库特子民》舞动起来。在 MV 里,冬天的雅库特,敞篷的花车满载着舞动的人群,萨满敲击手鼓,但令人惊讶的是,屏幕上居然打出的是一串俄语:"亚洲的孩子们应该见识我们雅库特子民的舞蹈。"

---

1 一种雅库特传统住宅建筑。

这项体育赛事并不是为了体育而办。它的主要目的是让雅库特，或者说雅库特语的萨哈共和国走向世界，至少有一定的国际知名度。

不过仅凭自己的幅员辽阔，雅库特就很难不在世界地图上被注意到，但它总想要更多，不满足于仅仅作为俄联邦的一个共和国。雅库特在西伯利亚具有独特的地位。在本地人看来，它既不属于西伯利亚，也不属于远东，甚至也不像是俄罗斯的一部分。当雅库特人说起俄罗斯时，他们似乎在谈论某个乌拉尔山脉以西的遥远地方。

如果俄罗斯是一个帝国，那么雅库特就是帝国中的帝国。这是世界上最大的一个行政区域，它占据俄罗斯1/5的面积，横跨3个时区。雅库特的深处蕴藏着数之不尽的财富，但它的气候和生活条件是如此恶劣，以至于少有俄罗斯人愿意来此一游，甚至想都不会想，更不用提迁居了。

无论是从文化上，还是地理上来说，雅库特都是一个偏僻遥远的地方。没有通往省会的火车，到了春秋道路泥泞的季节，甚至无法从勒拿河对岸抵达那里。从雅库茨克到共和国最偏远的居民点切尔斯基（Черский）行政中心，需要飞行2000公里。

雅库特是俄罗斯亚洲部分的中心，只需瞧一瞧大街上行人的面孔，就能确认这一点。一个同村的雅库特人告诉我，20年前，俄罗斯人在雅库茨克的公交车上听见雅库特语会生气。"但现在不是这样了，我们取得了胜利，我们成了大多数，我们的精神比俄罗斯人更强大。"

雅库特人的胜利是人口层面的胜利。他们成功地在自己的土地上成了大多数。最新的 2010 年官方人口普查显示，雅库特人与另一支也属于雅库特民族的多尔干人数量迈过了雅库特总人口 50% 的大关。他们总计达到了 50 万人。雅库特家庭与俄罗斯家庭不同，其家庭规模更大，而且不会搬离雅库特。苏联时期，全国各地大量人口涌入雅库特，这批人中超过 20 万人已经离开了这里。

西伯利亚的总人口为 3800 万，其中少数民族仅有 150 万人，而且少数民族只在图瓦与雅库特两地占据大多数。但西伯利亚还是在悄悄地西伯利亚化：人口数量增长最多的地方恰恰是非俄罗斯人居住区，这归功于布里亚特（Бурятия）、图瓦、阿尔泰山地（Горный Алтай）、亚马尔、汉特－曼西自治区（ХМАО）、雅库特与楚科特卡（Чукотка）本地人口的增长。

西伯利亚的诸多少数民族都消失在了历史的打谷场上，但雅库特一族得以延续。他们没有遭排挤的困扰，恰恰相反，他们在共和国内扮演着举足轻重的角色。到处都能听见突厥系的雅库特语，许多学校用雅库特语授课。

雅库茨克的现代化机场用三种语言欢迎乘客：俄语、雅库特语与英语，这是绝无仅有的情况，这在俄罗斯的其他共和国——比如在芬兰—乌尔戈语地区——是无法想象的。

具有雅库特民族特色的圣像画也值得一看。楚马又叫作乌拉哈（Ураха），这种模仿传统过冬窝棚的简易帐篷和画有图腾的塞尔盖遍布各地。雅库特马是本地的骄傲。有一些盛乳酒的三角杯的确产自中国，但是你可以在每一个家庭里喝到这款母马乳汁酿成的饮料。当城里上演根据民族史诗《欧隆克》(Олонхо)改编的歌剧《尼奥尔贡·波欧杜拉》(Нюргун Боотур)时，舞台上没有一个俄罗斯演员。当勇敢的大公击败敌人时，观众会与演员一起高呼"乌拉！"剧院休息室的壁画展示了厄瑟阿赫（Ысыах）夏日节的场景，在上百张雅库特人面孔中仅有两张茫然失措的、奇怪的俄罗斯人面孔。

雅库特正式并入俄罗斯也被当作一个过节的理由。2007年，人们为了庆祝雅库特并入俄罗斯375周年，在雅库茨克市中心竖立了一块显眼的纪念碑[1]，不过它的确也被泼过脏水。而相应的，2017年秋俄罗斯东正教会设立了连锁博物馆"俄罗斯——我的历史"雅库茨克分馆，颂扬了俄罗斯国家、沙皇和东正教信仰的统一。由此看来，人们对于萨哈共和国并入俄罗斯的历史有着不同的解读，否则为什么要单独拎出来提醒人们呢？

雅库特的民族觉醒浪潮出现在1980年代末，准确来说是一直被压抑的民族自我意识得到了解放，这一点从新生儿的名字就能看出。在19世纪末改信东正教以及在施洗中获得俄罗斯名字的雅库特人可以减免一半的税收。但现在，越来越多人会给孩子取传统的雅库特名字。

我儿子的班上就有萨伊阿拉（Сайаара）、阿伊阿恩（Айан）与季乌卢乌尔（Дьулуур）。他们的女老师叫作阿姆加连（Амгален），这是两条雅库特大河的组合名字。我们村新来的行政领导叫作克斯基尔（Кескил），它的意思是"光明的未来"，

---

[1] 纪念雅库茨克的建立者彼得·别克托夫（Пётр Бекетов）与雅库特加入俄罗斯375周年。

叫这个名字的人还不少。女性名阿伊塔林（Айталин，意为月光）、基奥恩涅伊（Кюнней，意为太阳）和萨尔达阿恩（Сардаан，象征雅库特一族的黄色花朵，百合花的一种）是最受欢迎的女性名。男性名尼乌尔古恩（Ньургун）的意思是英雄，而女性名尼乌尔古亚娜（Ньургуяна）意味着一种对雅库特人来说很重要的花朵——雪莲花。萨哈阿伊阿（Сахаайа）与萨哈明（Сахамин）的意思是我是萨哈人。

埃文基人和埃文人是部族[1]，而雅库特人是民族[2]，来自30公里外涅苗金（Немюгин）村的雅库特乡村教师普罗科皮·诺戈维岑（Прокопий Ноговицын）这样向我解释雅库特各部族间的区别。他是本地生活各领域的积极分子、民族学电影导演。每到夏天，他都会带领小学生们进行考古挖掘。诺戈维岑解释说，这是雅库特人在征服土地，学习各个部族的优秀生活技能，以及吸收被征服民族的力量。

今天，绝大多数的埃文基人、埃文人和尤卡吉尔人使用雅库特语生活。诺戈维岑的话听起来有些自大，但这不是没有根据的。雅库特的民族自尊心历经数个世纪依然挺立，这足以说明他们是一个追求进步的、聪明的、坚毅而自立的民族。想要明白他们如何能经历俄罗斯数百年的统治，就要了解他们的历史。

经过基因和语言学研究，以及对养马和畜牧科技的考古挖

---

[1] 部族（Народа）更接近一种具备共同文化、习俗与语言的自然群落——译者注。
[2] 民族（Нация）指代一种经济、政治利益上的共同体——译者注。

掘，人们认为，雅库特人当初也许是为了躲避成吉思汗的侵袭，在18世纪从贝加尔湖西岸迁徙到如今这片土地。他们是从邻近的蒙古布里亚特人那里汲取了养马文化。

他们的近亲是几个使用东突厥语的民族：图瓦人、托法人、阿尔泰人、吉尔吉斯人。与汉蒂人、涅涅茨人等其他西伯利亚原住民一样，雅库特人也有着芬兰血统。雅库特男性与芬兰男性的Y染色体上都存在在世界其他地区十分罕见的单倍群N，据说它遗传自中西伯利亚地区的远古人类。

当雅库特的祖先来到现今的雅库特一带，他们与本地的原住民埃文人、埃文基人、尤卡吉尔人发生了冲突。雅库特人从雅库特中部向东、向西与向北扩展自己的势力范围，击败了其他民族。在这个漫长的过程中，他们发展出了博采众长的本领，从原住民的文化中吸纳了萨满教，掌握了养鹿与缝制衣物的技术，与此同时还吸收了绝大多数的人口。当18世纪俄罗斯人抵达这里时，雅库特人已经达到了成熟文化水平：他们能够从矿石中提炼铁，可以制作陶器以及在住宅里使用烟囱。所以令人惊讶的是，俄罗斯人居然如此轻松地就征服了雅库特人。这其中的原因也许是雅库特内部的分裂与各族之间的斗争。

早在俄罗斯人到来前，雅库特人就建立了自己的社会等级体系。尽管俄罗斯人对待雅库特人就像对待其他西伯利亚民族一样，将他们视作蛮族，但俄罗斯人依旧沿用雅库特的社会体系来统治他们：雅库特各族的酋长——多伊奥恩（тойон）负责管理地方，他们为俄罗斯人征收毛皮税，并且拥有审判和惩罚的权力。

雅库特终究是西伯利亚的一个特殊地方。在这里，被征服的民族居然迫使征服者入乡随俗，甚至改变语言。雅库特中层阶级的通用混合语不是俄语，而是萨哈语，甚至俄罗斯人在觐见省长时都要说萨哈语。俄罗斯人也开始抽雅库特式的烟斗，穿雅库特式的马皮靴。俄罗斯的地主老爷们酷爱雅库特服饰，将自己的孩子交给雅库特的嬷嬷照看。迄今为止，在雅库特勒拿河与阿姆加河（Амга）中游的几个村庄里还生活着金头发蓝眼睛、酷似俄罗斯人的居民，但他们的母语是萨哈语，这是18世纪被流放至此的俄罗斯人的后裔。

在俄国，似乎也就只有雅库特能有这样的韧性。

早在叶卡捷琳娜二世执政的1780年代，雅库特就派出自己的使臣索要自治权以及会说雅库特语的警察。最关键的民族自我意识觉醒发生在20世纪初。推行自由民主理念的政治家瓦西里·尼基福罗夫（Василий Никифоров）掀起了民族运动，要求自治权与所有与雅库特经济作物土地相关的权益。雅库特人要求在刚成立的俄国杜马中增设本民族代表的要求被接受了。在苏联政权建立后，雅库特的布尔什维克知识分子遵循列宁的民族政策，尽一切可能普及母语教育与争取自治权。雅库特语有了书面语，到1937年，大部分的雅库特学校已经在用雅库特语教学。

雅库特民族运动在1930年代开始式微，它的参与者被逐出雅库特。部分人被移至白海运河和索洛夫卡（Соловка）的苦役营。一小部分到了芬兰，他们的后裔迄今为止都生活在那里。我有幸认识了他们其中的一员，卡丽伊塔·阿尼奥女士（Кариитта Аарнио）。

与此同时，越来越多的人从全国各地被发配往雅库特。二战后，迁入雅库特的俄罗斯人数量依旧在增长，劳动力大量涌入新兴的矿业城市——阿尔丹（Алдан），涅廖恩季（Нерюнги），米尔内（Мирный）。在1917年，雅库特俄罗斯人的占比还只有9%。到了1939年他们的数量就达到了36%，而到1989年则超过了50%。雅库特人面临着与其他少数民族相仿的命运——在自己的土地上变为少数民族。

雅库特共和国领导人伊戈尔·鲍里索夫（Егор Борисов）出席了国际运动会闭幕式，在雅库特语中他被称作"伊尔·达尔汉"（Ил Дархан）。共和国的最高领导人应该是总统，但现在已经不能使用这样的称呼了，因为在俄罗斯只能有一个总统。

然而雅库特是一个聪明的民族，他们想出了另一个名字："伊尔·达尔汉"。

根据官方的俄语翻译，它是"领导"的意思，但在历史上"达尔汉"具有大公、雅库特部族领袖的涵义。对于雅库特人来说，这个名字令人联想起一位强硬的领袖——特格恩·达尔汉，他在17世纪合并了雅库特中部的数个部族。他也与俄罗斯人打过仗。尽管鲍里索夫是雅库特人，但人们认为，作为达尔汉他还远不及特格恩，他在闭幕式上的发言并没有引起太大的反响。

当运动会的奠基人及雅库特共和国的第一任总统米哈伊尔·尼古拉耶夫出现在主席台时，人群沸腾了。满头银色鬓发的尼古拉耶夫英俊帅气，他的发言虽然有气无力，空洞乏味，但并不妨碍观众们在发言结束后一致起身高呼"乌拉"。鲍里索夫也许是达尔汉，但尼古拉耶夫确是实打实的雅库特民族英雄，一点也不遑多让。

尼古拉耶夫是雅库特人，他出生于我们的邻村恰帕耶沃。他并没有忘记自己的家乡。在他的支持下，那里设立了培养天才儿童的数理中学、教育中心与豪华的尼古拉耶夫总统图书馆。

尼古拉耶夫在1991年开始领导雅库特，这一年鲍里斯·叶利钦击败了他的对手，爬上了莫斯科市中心的坦克。尼古拉耶夫支持叶利钦，他们成了好朋友。叶利钦在执政期间曾穿着雅库特民族服饰在厄瑟阿赫节上跳舞。当他命令各地区"尽可能多地拿走主权"时，萨哈共和国走在了最前面。

早在1990年9月，苏维埃共和国的雅库特自治区就宣称自己具有国家主权。到了第二年，共和国的名字就变成了萨哈共和国（雅库特），俄语名被放在了括号里并且一直保持到现在。1992年，雅库特通过了雅库特共和国宪法，1995年，仿效鞑靼斯坦共和国，雅库特共和国与俄罗斯联邦签订了协议。自此以后，俄罗斯与雅库特的关系不再是国家与省份。中央权力担负起保卫全境的责任，但是根据地方宪法，自然资源应该优先服务于萨哈共和国的发展，而不是莫斯科。

尼古拉耶夫的英雄壮举在于，他没有利用这突如其来的财富中饱私囊，而是修建学校、医院和住宅。尼古拉耶夫发展了雅库特的大学，向雅库特的年轻人们提供助学金，让他们在境内外的一流高校深造。唯一的条件是他们必须回到家乡，为这个遥远寒冷的共和国的繁荣做出贡献。

尼古拉耶夫将雅库特带上了国际舞台。他成立了雅库特的外交部，它的首要目标是促进与欧洲、斯堪的纳维亚、加拿大、美国北部以及一些亚洲国家，包括日本、韩国和中国之间的联系。他在雅库特为联合国教科文组织设立了特别办公室，召开了北方论坛（北境联盟），参与方包括了拉普兰（Lappi）一带的芬兰北方地区。双语技能帮助雅库特人更好地融入国际社会，更快地掌握外语。受过教育的雅库特年轻人似乎比俄罗斯其他大城市的同龄人更好地学会了外语。

2018年，当共和国的权柄被交予新一任伊尔·达尔汉时，米哈伊尔·尼古拉耶夫提醒他，工作的主要方向不是农业的现代化，而是社会与意识的现代化。在他看来，必须逐渐转变人们"安于苟活"的民族性格，因为这阻碍了发展。只有改变自己的意识，雅库特人才会竭尽全力提升自己的生活水平，发展地方，取得成功，并最终引领祖国走向繁荣。

伊万·尼古拉耶夫伸开四肢懒洋洋地瘫坐在我面前，虽然与米哈伊尔·尼古拉耶夫同姓，但他们并不是亲戚。强壮结实的尼古拉耶夫自信地半躺在沙发上。他的姿态表现出对记者过于天真的提问的不屑。在沙发旁的桌子上放着一本厚得夸张的书，封面上长发飘飘的伊万·尼古拉耶夫光彩照人，他穿着民族服饰，腰间佩戴一把短刃。"我们被俄罗斯殖民了400年，然后我们获得了主权。我们宣布所有的土地财富属于人民。一场文化革命开始了，我们复兴自己的传统、精神发展、民族教育。"他一一列举说。

伊万·尼古拉耶夫的外号"乌哈纳"（Уххана）更广为人知。

他是 1990 年代民族运动的重要人物，曾经是一名记者。但现在他与雅库特共和国当局分道扬镳。"我还在尼古拉耶夫时期就知道，一切都注定要完蛋，因为雅库特对于俄罗斯而言是一块太诱人的蛋糕。"

而乌哈纳是对的。弗拉基米尔·普京终结了米哈伊尔·尼古拉耶夫的时代。

雅库特人民想要推选尼古拉耶夫连任第三届总统，这本身违反了共和国宪法。普京没有允许这样的情况发生，并在 2002 年任命了一个出生于雅库特的俄罗斯人——维亚切斯拉夫·什特罗夫（Вячеслав Штыров）为共和国总统。在此之前，他是钻石公司"阿尔罗萨"（АЛРОСА）的高层领导。他的执政意味着雅库特失去了使用自然资源的优先权，并且损失了相当一部分的税收。"共和国再也无权管理土地和自然资源的税收，这些均由莫斯科接管，"乌哈纳说道，"俄罗斯最富有的共和国变成了吃补贴的穷国。"

普京任命的共和国领导人什特罗夫的任务之一就是修订许多莫斯科方面认为与俄罗斯宪法冲突的法律条文。雅库特共和国外交部调整为办公厅[1]。萨哈－土耳其安纳托利亚大学因为担心被指控"泛突厥主义"而被关停。2010 年权力更替，鲍里索夫上台执政，但在乌哈纳看来，新的总统依旧推行什特罗夫的政策，将共和国的利益出卖给许多大公司。

他对阿伊先·尼古拉耶夫（Айсен Николаев）的评价也高

---

[1] 自 2018 年起，它又恢复为萨哈（雅库特）人民共和国对外联系事务部。

不到哪里去。这位出生于 1972 年的雅库茨克前市长精力充沛，总是面带笑容。他在 2018 年接替了退休的鲍里索夫成了共和国领导人。尽管也姓尼古拉耶夫，但他既不是米哈伊尔·尼古拉耶夫的亲戚，也不是伊万·尼古拉耶夫的亲戚。

雅库特人阿伊先·尼古拉耶夫毕业于物理学专业，普京对他的任命出乎所有人的意料，因为他在当地人群中颇受欢迎。近年来，克里姆林宫常任命默默无闻的技术官员担任省长[1]。说实话，阿伊先恐怕很难满足人民的期待。另外，他的统治从一开始就建立在不民主的前提下——反对派候选人被禁止参选。尽管如此，反对派的萨尔达纳·阿夫克先季耶娃（Сардана Авксентьева）却当选了雅库茨克市长，这令所有人都大吃一惊。

无论如何，在当前条件下，尽可能保护共和国政治与经济上自决权的愿望将雅库特的精英阶层团结了起来。

尽管雅库特臣服于莫斯科，但没有任何一个萨哈共和国的儿女愿意在历史中留下叛徒的骂名。倘若俄罗斯是一个民主国家的话，那么掌握雅库特的将会是雅库特民族主义分子。在俄罗斯有史以来最自由的一届大选上，即 1917 年 11 月的选举，具有雅库特民族主义倾向的联邦工人联盟党成了雅库特地区毫无争议的胜利者。在当代雅库特，选举自然和其他的地方一样都是一场滑稽剧。甚至在我居住的村子乔赫乔尔中，想要进入村委会或者成为行政领导，就必须先加入统一俄罗斯党。在

---

[1] 指俄联邦共和国的领导人，在俄罗斯社会中，常用省份来指代各联邦主体——译者注。

2016年9月杜马议会选举期间，统一俄罗斯党的旗帜飘扬在乔赫乔尔中学与幼儿园的篱笆上。在文化之家废墟上醒目地挂着普京的名言："言出必行"。

废墟前非常应景地站着一头奶牛，我拍下了它和宣传横幅的合影。一旁的政府办公楼里似乎有人瞧见了这一幕。第二天，这些横幅就被挪到了别的地方。

表面上风平浪静的雅库特实则酝酿着强烈的反对情绪。在2018年春总统选举期间，普京的竞争对手、俄罗斯共产党总统候选人巴维尔·格鲁季宁（Павел Грудинин）在WhatsApp上爆红。"普京，感谢你带给我负债累累的一生。"人们这么挖苦地说。格鲁季宁在雅库特获得了最高比例的选票，根据官方统计达到了27%的支持率。在乔赫乔尔就有149票，而普京则收到了249票。在本地附近的两个村子里，格鲁季宁的官方选票甚至击败了普京。

雅库特比俄罗斯其他区域的社会价值观更加多样。2017年春，雅库特爆发了示威游行。政府禁止了反对派人士阿列克谢·纳瓦利内（Алексей Навальный）支持者的集会，逮捕并拘留审问集会的年轻组织者。尽管如此，还是有50名活动参与者出现在了市中心。两周以后，大约有3000名不满国家政策的示威者集中在雅库特。这是一场群众性的社会示威活动，许多参与者是成年人。

雅库特的媒体甚至都相对自由些。直言不讳的俄语报纸《雅库茨克晚报》为捍卫言论自由做出了巨大的贡献。这是一份诚实的报纸，特别是它的政治专栏记者维达利·奥别金（Виталий

Обедин），他大胆地批评了雅库茨克现行的政策，"阿尔罗萨"钻石开采公司的不合法私有化，甚至揭露了几位政治要员子女惊人的发家史。我最喜欢的新闻网站 news.ykt.ru 以自己的政治中立态度赢得读者的信任，而反对党的新闻媒体则有干劲十足的 bloknot-yakutsk.ru 和 yktimes.ru。

波克罗夫斯科是我们村所属的行政区域的中心，当地将近一万名居民中一半是俄罗斯人，一半是雅库特人。这里的警察局气氛友好得有些黏腻，就像电视剧里的纽约警局的白人与黑人互相捉弄对方，常常勾肩搭背一样。雅库特的俄罗斯人与雅库特人关系总的来说相当融洽，他们有足够多的时间学会如何比邻而居。

但在友谊的表面下也涌动着暗流。早在沙皇时期，流放到此间的大量人口就是雅库特人的心病。许多当代雅库特人反对修建铁路，因为这只会给他们带来不幸：移民、毒品和犯罪。当俄罗斯政府宣布要分发一公顷的远东土地并且要求各地方与居住在俄罗斯其他地区的居民共享这片免费的土地时，雅库特人着实被吓得不轻。

与在其他地方一样，雅库特也有种族主义，但现在它主要针对的不是雅库特人，而是从南边的前苏联加盟共和国移居到这里的人，吉尔吉斯人、乌兹别克人和亚美尼亚人，他们在雅库茨克甚至有自己的社区，自己的汽修厂、教堂和食堂。

隔壁村子的一名出租车司机和我分享了他关于民族的看法。从中亚北上的外来务工人员令他很恼火，但更令他生气的是那些住在波克罗夫斯科，却不会说雅库特语的雅库特人。"每次去那里买东西我就生气。你问雅库特小姑娘售货员一些事情，她居然回答说，不会讲雅库特语。"

雅库特人与俄罗斯人的关系是一个敏感的问题，它很少在日常交谈中被提及。

在苏联时期的雅库特也发生过雅库特人与俄罗斯人的种族冲突。到了1980年代这些问题变得更加尖锐。今天，这已经非常罕见。在一些开采工业城市，如涅廖恩格里（Нерюнгри）、阿尔丹（Алдан）、米尔内（Мирный）等，俄罗斯人占据大多数，那里的生活与俄罗斯其他地方无异。但事实上，雅库特人才是这里的主人，特别是在雅库茨克和雅库特中央区。

雅库特的俄罗斯人，在雅库特语里被叫作"努乌奇恰"（нуучча），他们在雅库特的人数还太少，较为低调。在这里，他们是一个谦虚安静的民族，只在熟悉的、自己人的和睦环境下才表露自我。一个住在伊尔库茨克的俄罗斯男人哈哈大笑地说："你知道雅库特的抢棍子游戏吧？只是那里用的棍子不对，应该是昂贵的美国棍子。雅库特人和俄罗斯人都争先恐后地向美国献殷勤呢。"一般而言，当地的俄罗斯人对待欧洲面孔的外国人都相当友善。雅库特的洗衣店和备用零件商店的工作人员对我们就格外亲切。

尽管雅库特和雅库茨克的领导人是俄罗斯人，但是雅库特人占据了大部分政府重要岗位。如果我是一个俄罗斯人，我也会感到奇怪，为什么大家都一样缴税，但身居高位却总是雅库特人？对于稍稍有点地位的雅库特家族来说，他的子女总能在某个适合的部门找到自己的位置。

俄罗斯人工作在各种各样的岗位上。许多俄罗斯人在联邦部门工作，比如检察机关、地理测绘单位。俄罗斯人在某些行业里占据了大部分，比如河道航运。但大多数俄罗斯人的职业是工人、司机、机械师和环卫工人。

在日常生活中，雅库特人与俄罗斯人少有交集。在苏联时期，民族之间的通婚很常见，但到今天每十个雅库特人中才有一个与外族通婚的例子。

在雅库特最好打交道的是半雅库特半俄罗斯的混血儿，因为他们有很强的共情能力。我早在伊尔库茨克学习期间就认识过一个年轻的雅库特女子，她有一半雅库特一半布里亚特血统，她的雅库特语说得很糟糕。所以在雅库特，她总觉得自己是个外族人，不想回到那里去。

政府提出过全国各民族融合一体的"俄罗斯民族"概念。甚至在俄罗斯的法律中都明确规定了，"俄罗斯人"这个词被用来指称所有国民。

但雅库特人并不买账。尽管他们已经在俄罗斯生活了近四百年，但出人意料的是，他们并没有被同化。东正教没有将萨哈人民俄罗斯化，伏特加和共产主义也没有。不过，尽管颇有毅力，他们还是担心本族语言、文化和人口的延续。早在沙俄时期，他们就有这样的顾虑。他们在地方上的霸权主义也与此有关。

如果雅库特也像那些芬兰—乌尔戈语系的共和国一样照顾俄语，比方说，如果公司里哪怕只有一个人不懂当地语言，那么整个团体都要转而使用俄语，那么雅库特语是不可能保存下来的。这样的不幸就发生在卡累利阿（Карелия）：当地语言被俄语挤到了灭绝的边缘。雅库特语的地位总体来说还算稳固，但很多人还是担心这门语言会消失。在城市里民族混合的俄语学校中，雅库特人不学习雅库特语，而俄语正在成为孩子们之间的通用语。我熟悉的一家人从村里搬到了雅库特市里，很快连家长也不再教孩子说雅库特语了。

> 零下五十度
> 是这里的态度
> 有型，帅气，
> 我们都很冷酷。
> 我们有一身皮草，
> 你只会站着沉默，
> 雅库特，萨哈
> 在你的面前。
> 我们是北方小伙，
> 这里有半年寒冬。
> 永冻土，不可怕，
> 我们总穿三条裤，
> 一切都很酷。
> 哎，姑娘！
> 倒上一杯马奶酒，
> 跟着我就走。

这是《霍图乌奥拉特塔拉》（Хоту Уолаттара）的歌词，或者说《北方小伙》，它根据一首流行英文歌"Uptown Funk"改编而成。在短视频中年轻小伙们在雪地里跳着霹雳舞，切开冻鱼干，穿着毛皮靴在结冰的勒拿河河面打高尔夫。雅库特人很擅长自嘲。

雅库特人从来没想过，有什么是他们做不到的：他们用母语教学，争取使用自然资源的权力，减少酗酒或者发展自己的电影工业。

雅库特人用行动赢得了尊重。他们利用远离莫斯科之便为自己争取到了利益。

雅库特人熬过了沙皇与斯大林，他们也会熬过现阶段。

雅库特人有着坚韧不拔的精神，但在俄罗斯他们还需要更多的忍耐。最重要的是——学会等待，发展自己的社会以及避免被大众吞噬。雅库特人希望自己能够走上国际舞台，而自然资源、高素质的居民、民族知识分子将会有所帮助。如果雅库特的各族人民能够和平相处，我相信，雅库特将会变得繁荣昌盛。

埃文基人

原住民比所有人都清楚，原始森林里最好的交通工具就是鹿。

阿穆尔州，乌斯季纽克扎（Усть-Нюкжа），斯达诺沃伊山脊（Становой хребет）

偶尔需要将目光从雅库特挪开一会儿，稍作休息，看一看雅库特以外的西伯利亚。埃文基人与我们的雅库特邻居截然不同，他们甚至有自己独特的交通工具——鹿。此前，我答应过参加一场为时一周的鹿背旅行，同行的包括三位芬兰朋友和一名埃文基导游，我们将沿着雅库特南部的斯达诺沃伊山脊骑鹿旅行。于是我们来到了出发地，准备"上鹿"。鹿背绑缚有驮鞍，但没有脚蹬，我手中有一根木棍，在必要的时候可以用它作为支撑。年轻的埃文基小伙扎哈尔·阿布拉莫夫（Захар Абрамов）提议由他半跪着帮我骑上鹿。养鹿人好奇地聚集在一块儿，想一看究竟——这反而令我更加紧张。最终，我用力一蹬，跨上了驮鞍，鹿开始向前踱步。但鞍子立马歪倒向一边，我的身体也随之倾斜。这自然逗笑了养鹿人们，而我在这一刻猛然闪过一个念头，自己是何苦答应这场旅行呢？我们原本计划沿着阿穆尔与雅库茨克的边界线上的斯达诺沃伊山脊骑鹿漫游一周。但现在看来，这几乎不可能实现。

如果你想体验一下在鹿背上看世界，那就去西伯利亚东部吧。叶尼塞河东岸绝大多数游牧民都生活在鹿背上。一般来说，他们是埃文基人和埃文人。这里的鹿论体型比芬兰的大得多，因为他们是森林鹿，而非冻原鹿。据说，它们可以承载体重达到 80 公斤的人类。在雅库特的米尔内市中心，甚至立有一尊纪念像：两名地质学家艰难地徒步跟随在一名埃文基导游身后，而导游骄傲地坐在鹿上。

我们曾见过这样一幕场景，一个几乎迈不开腿的老头将备好鞍子的鹿牵到一截横倒的枯木前。老头踩着树干蹦上了鹿背，一阵抖擞后拍鹿就走。在斯达诺沃伊，骑鹿不是什么新鲜事，而是穿越原始森林的便捷方式。有时候，鹿是白雪皑皑的复杂地段唯一的交通工具。

骑鹿旅行是熟悉当地埃文基人或者通古斯人的绝佳方式。古时候，埃文基人与他们的近亲埃文人占据着也许是世界上最大的生活区域，从西边的叶尼塞河到东边的鄂霍次克海，从南边的中国边境到北边的泰梅尔（Таймыр）半岛。整个东西伯利亚均是他们的领土，直到布里亚特人、雅库特人和后来的俄罗斯人出现。时至今日，在俄罗斯依旧生活着 3.8 万名埃文基人与 2.2 万名埃文人。早在沙皇时期，就有人预言过埃文基一族的灭绝，但这暂时还没有发生。相反地，我身边的埃文基人还十分健康和充满活力。

根据西伯利亚的标准，斯达诺沃伊山脉不算是难以攀登的高峰。贝阿干线延伸到了这里，成了西伯利亚最北的铁路。它铺设于1970年代，深入埃文基人的领土，通向它的中心腹地。我们乘火车抵达了尤克塔利（Юктали），从那里又前往乌斯季纽克扎——俄罗斯最大的埃文基村落。这里大约生活着650人。乐观的安德烈耶夫一家，60岁的斯拉瓦（Слава）与塔玛拉（Тамара）夫妇在当地接待了我们。他们在村里有一栋舒适的圆木房子，但出人意料的是，他们并不把这栋屋子视作自己的家。

"埃文基人的家在原始森林里。我们在那里度过整个夏天和秋天，直到新年时才回到村里并待到来年夏天。"塔玛拉解释说。能干的塔玛拉操持着家族的养鹿合作社"阿格丹"（Агдан），在埃文基语中意为"原始森林的树木"。合作社饲养了上千头鹿，共有18名家族员工。他们依靠地方政府的微薄薪水生存。

斯拉瓦与塔玛拉用温柔的埃文基语同儿女和孙子孙女们交流。现在只有1/10的埃文基人懂得自己的语言。在乌斯季纽克扎也常听到俄语。学校每周只有两小时的埃文基语课。语言掌握得最好的是那些在流动学校上课的孩子们。这样的学校在斯达诺沃伊已经运行了11年。流动学校的教师与养鹿民众的孩子们一起四处迁移，完成一到四年级的教学任务。

我想见一见学校的创始人，一名法国学者，阿列克桑德拉，她每年有6个月的时间待在乌斯季纽克扎。当地人告诉了我一些关于这个巴黎女人的事情。她嫁给了一个埃文基人，为他生了一个孩子。但她的丈夫并不想在冬天搬去巴黎，于是她找了另一个愿意去巴黎的埃文基人。可惜的是，就在我们抵达的前夕，阿列克桑德拉离开了。塔玛拉认为，她是因为害怕记者而有意避开我们。

我们坐了4个小时的卡车从乌斯季纽克扎来到斯达诺沃伊山脊。整装待发的鹿与养鹿人已经在那里等待我们。他们为我们的4人团体准备了15头驮行李和用以骑乘的鹿。我们的向导包括米沙·瓦西里耶夫、扎哈尔·阿布拉莫夫、安德烈耶夫一家的女婿们以及他们的女儿卡佳·瓦西里耶娃。他们都是曾经的养鹿人。除此之外,我们还有两只莱卡犬做伴——图济克(Тузик)与图坎(Тукан)。

骑乘训练并不十分复杂,我很快就掌握了要领:到第二次上鞍时,我已经能在鹿背上坚持两分钟。扎哈尔表扬了我,并鼓励我下次直接跳上鹿鞍。出发前,我们需要让鹿驮上行李,但行李实在太重,压得鹿站不起身。我们不得不减少部分行李。直到傍晚,我们才出发上路。15头鹿组成的队伍令人想起古时的商队,驮行李的鹿之间用绳索相互牵引。

骑鹿需要渐入佳境,最终你会感到轻松,并且比骑马更有趣。在鹿背上要时刻保持坐姿,可以稍稍放松身体,但也要挺直了背。需要保持平衡时,可以抓住鞍子或者用棍子撑地。鞍子的位置很高,与鹿的肩隆平行。骑乘者可以用脚踢侧身或者用棍子轻击臀部催促鹿。鹿的脸部缠绕有缰绳,用以控制方向或者勒停。还可以用脚踢击脖子控制方向。鹿的速度并不是很快,相当于人类的快步走,所以在鹿背上感觉不到短跑健将的那种风驰电掣。

我们很快就明白了,每一头鹿都有自己的脾气。个头最大的鹿叫作布伊沃尔(Буйвол)。它很强壮,但也很缓慢。当我们需要它走快点时,我们便将它拴在其他鹿身后。我的坐骑是鹿群的首领,它精神抖擞地走在队伍前列,但也常常调皮捣蛋,好几次将我掀翻在地。我们不得不横渡过许多河流。其中一头鹿有些怕水,于是它的主人就扑通一声栽进了水里。鹿很擅长穿越沼泽地。它们可以毫不费力地行走在泥泞的地面上,灵活地攀爬上陡峭的高地,但凹凸不平的山岩峭壁并不能支撑驮有行李的鹿久站,向导们命令我们加紧步伐。

我们并不是第一批做客埃文基的芬兰人。1846年夏天,芬兰学者马蒂亚斯·卡斯特伦在叶尼塞河附近遇见了当地居民。埃文基人笑吟吟地围着他,并对他的眼镜感到惊讶。"而我也惊讶地打量着这些黄皮肤的通古斯人、他们高隆颧骨上的弧形文身,他们垂在脑后的、用珠子点缀的长辫,他们独特的服饰。"学者这样写道。"通古斯大公"满怀敬意地接待了他:摘下帽子,伸出一根手指以示欢迎,并将他带入自己的帐篷。

尽管卡斯特伦提到了大公,但现今人们普遍认为埃文基人没有严格的社会阶级划分。所有人都能使用土地,而土地收获被大家平分。在历史记载中,埃文基人是绝无仅有的热情好客、简单直率、值得信任的民族。我认为,他们直到现在也都是一些热心肠的、随和的人。他们性格谦让,好说话并且爱好和平,这有时候让他们接近于斯德哥尔摩综合征患者,因为大部分的埃文基人忘记了自己的语言,并且不觉得这是文化霸权的结果。

走在队伍最后的旅客还没有靠近营地,就已经听见了电锯的尖啸。埃文基人自古生活在具有民族特色的圆形帐篷里,但在最近几十年里,他们也开始使用带炉子的野营帐篷。

配合默契的扎哈尔与米沙支起了帐篷,也很快让炉子冒出了浓密的黑烟。帐篷里的地面上铺满了杉树的嫩枝条,散发出柠檬的气味。

向导们对动物的照顾很是用心。他们在选择扎营地时首先考虑它们的口味:营地四周必须有充足的鹿苔与嫩叶。鹿们被拴在位置合适的木桩上,这样既能保证它们自由地寻找食物,又能防止它们逃跑。如果一旦发现有驮行李的鹿擦伤,他们会即刻卸下它的行李。他们为狗准备了单独的食物,抛给它们肉块和添香的桂叶。

清晨,我们被帐篷前的野兽鼻息声吵醒。有人将自己的鹿群留在了我们的营地。我们不知道这是谁的鹿,直到两个女人来到我们的营地。看来,她们就是这群鹿的主人。

"你们是不是给我们的鹿拍照了?你们没有这个权利,我要检查你们的相机!"其中一个年纪稍长的女人激动地说。

向导告诉我们,这是当地的女疯子,不必在意。我当然很高兴遵从他的意见,如果不是看见她手里有猎枪的话。

"再向前一步,我就开枪了!"她威胁说。

突如其来的倾盆大雨拯救了我们。我们躲进了帐篷,而两个女人带着她们的鹿自顾自地离开了。

米沙与卡佳从事养鹿业已经 20 年了。米沙来自斯达诺沃伊山脉的另一侧一个叫作伊耶恩格尔(Иенгр)的雅库特村庄。他是制作刀鞘的大师——将木头削出形状然后蒙上兽皮。

卡佳甚至从小婴儿起就生活在原始森林,无论寒暑。尽管她现在只有 41 岁，但已经当过两回奶奶了。她坐在鹿上，上身穿着皮外套，下身是一条豹皮裤子，嘴里叼着一根香烟。她向我们抱怨说，原始森林变得陌生了。和所有埃文基女性一样，卡佳擅长缝制鹿皮衣服，用鹿腿部的兽皮（他们称之为卡穆斯，камус）制作乌恩特（унты），即长筒软底皮靴。乌恩特这一词原本来自埃文基语，现在已经广泛见于西伯利亚各地。埃文基女性在家庭中通常负责储备食物与水、收集木柴与缝制衣物，而男性则从事狩猎与捕鱼，但这样的分工并不绝对，夫妇往往从事所有的事情。女性也会射击，而当缺少女性时，男性也会缝补与哺育孩子。所有人都要放牧鹿群。

卡佳在帐篷里用鹿肉为我们做饭，每次都有新花样——烤的、煮的、煎的，甚至还有半熟的煎鹿肝。埃文基人会挤鹿奶喝，但在我们的队伍里没有奶鹿。埃文基人没有吃午饭的习惯，这在他们看来纯属浪费时间。但是他们的早饭堪比午饭，每天的第二次进食要等到傍晚返回营地。

灌木上长满了越橘，我们敞开了肚子大吃特吃。原始森林中生长着许多草药，比如粉色的红景天，落叶松下生长的多孔菌蘑菇，它的形状酷似锤子，而味道像是茴香。埃文基人说，它包治百病。我们唯一缺少的是鱼。当初导游向我们保证，将会有许多钓鱼的机会。在当地河流里原本栖息着茴鱼与细鳞鱼，这些都是本地的鲑科鱼类。但随着水位暴涨，鱼群都游走了。我们也没弄到野味，尽管导游们都带着猎枪。每当狗子开始在大树下狂吠，那里就只剩下花鼠了。扎哈尔与米沙本想在深夜里出发狩猎驼鹿，但中途改变了主意，因为他们怕浸湿鞋子。

扎哈尔今年34岁，他性格开朗，活泼好动，这也许是混血的缘故。他的父亲来自塔吉克斯坦。一年前，扎哈尔放弃了铁路上的工作，开始以狩猎为生。他狩猎驼鹿、野鹿和花貂（为了它的毛皮）。原始森林的所有居民从10月到12月都忙于狩猎。对于埃文基人而言，狩猎鹿是自古以来的生活方式的一部分。通过狩猎来获得肉食，远比养殖快得多。"鹿群一般由10头至15头鹿组成。需要绕到队伍前方，打伤它们的头领。其他的鹿就会慌作一团，这样就很容易射击了。"扎哈尔解释说。同许多埃文基小伙一样，他自10岁以来就在狩猎了。

现在，埃文基人抱怨说，原始森林已经无法像之前一样养活他们了。我们渡过了淘洗金子的河流。河岸边有一堆矿渣与垃圾，小河的河槽像极了月球表面，坑坑洼洼。扎哈尔说，淘金业污染了水流，毒杀了鱼群。"这些公司本应该清理掉这一堆垃圾，但他们贿赂了相关人员，啥都没干。沉淀物渗透向深处水源。那里已经发现了汞。"据说，鹿开始患上前所未有的疾病：它们的身体变得肿胀，关节和眼睛出现浮肿。

埃文基人并不关心黄金。根据当地传说，黄金会带来死亡。但与此同时，当地人告诉我，他们当然知道金脉在哪。如果想的话，他们也可以成为百万富翁。但向导说，埃文基人以狩猎、捕鱼和饲养鹿为生，这些猎人和采集者们可以在村里安然入睡，却无法适应城市，他们在城里会疯掉。

到了第四天，我们沿着溪流向斯达诺沃伊山脊前进，我们在山脚下的小树林里扎营，并在那里发现了熊的踪迹。这只米什卡[1]挖出了花鼠埋藏的松果，并且蹭破了树皮。向导告诉我们，去年，有一只熊在这个地方撕碎了一个男人，他是那个带枪疯女人的丈夫。一开始，米沙咬死了鹿，但当人类出现时，它便扑向了他。人们最终没能抓到这只熊，它至今还在某处游荡。

第二天，山中起了浓雾。但我们还是决定沿着刮风的山坡逛一逛。扎哈尔一个劲儿地催促我们，他说："在冻原与原始森林活动应该麻利些。"他自己几乎跑了起来。他们对速度的追求是刻在骨子里的。他们总是保证能轻装上路。人们都说，他们的步伐比雅库特人更轻盈，但身形更为瘦小。

可惜的是，天气条件并不适宜长时间的散步。雨一连下了好几天。向导开玩笑说，这是因为带枪的疯女人抖动了熊皮。这是埃文基人求雨的土方子。但有一天早晨，雨声终于没有那么响亮了。我钻出帐篷一看，原来是冬天来了。雨点混杂着雪花无情地鞭打我们的帐篷，多亏了向导的大火炉，我们才烤干了衣服。

河流水位明显上涨了，我们几乎要与世隔绝了。我们等待了一昼夜，直到水位下降才渡过河流。在回去的路上，我们已经疾驰在30厘米深的松软的雪面上。幸运的是，一辆横渡湍流的卡车及时赶到，拯救了我们。我们与鹿群分手告别，它们现在将返回自己的牧群。

我们在乌斯季纽克扎，在扎哈尔组织的夜间俱乐部里度过了告别前的最后一晚。迪斯科的彩灯不断闪烁，一只白色的猫

---

[1] 在俄语中米沙、米什卡是熊的常见昵称——译者注。

咪从门外观察着当地人与游客如何在吉尔吉斯斯坦流行乐的伴奏下甩动身体。天花板下悬吊着一个扎哈尔用驼鹿皮缝制的拳击沙袋。向导们在旅途中不能喝酒，但现在他们可以放松片刻了。

我们还学会了埃文基语的祝酒词："克乌恩加尔（Кеунгал）！"

官僚主义

永冻气候只是强化了官僚主义。

萨哈（雅库特）共和国，乔赫乔尔，莫赫索戈洛赫（Мохсоголлох），雅库茨克

怎么说呢，还是得感谢威勒·哈派塞罗，一个普通芬兰小伙子在俄罗斯成了人尽皆知的演员和世界级明星。我和他的护照上标明着同样的国籍，而在 20 年间，我与他也仅有几次交集。感谢他的光环以及我们的同胞关系，我本人成功地在汉加拉斯基乌鲁沙的波科罗夫斯基市道路交通管理局完成了车辆登记。那里的几台电脑都死机了，值日的操作员在一小时内只接待了一个人。

但我很轻松地搞定了这件事。当这位工作人员知道我是一个芬兰人时，他很高兴并且主动为我加了一小时的班，还欢快地与同事们分享了这个消息：办事处来了一个真正的芬兰人。下班以后，他还为我上了一堂"如何驾驶苏维埃产的瓦滋旅行者越野车"驾驶课。

道路交通管理局的气氛温馨极了，以至于我几乎想留在那里工作。但我并不想在开车的路上遇见这些小伙子们。他们吹嘘说自己刚去了一趟我们村，去逮无证驾驶的拖拉机手。

西伯利亚作为流放地声名在外,这很容易让人误以为俄罗斯东部是一片无人愿意前往的地区。但事实上,想进入西伯利亚并不是一件简单事。为了成行,我们得先应付重重的官僚系统,为此我们可是费了好大的劲作准备。出发前一个月我们就在等待许可证,它将决定我是否能够以记者身份进入西伯利亚,带着自己的家人在那里生活,

该在当地办理居住许可和延签了。这可影响着购物、汽车维修和其他所有的事情。在抵达乔赫乔尔的 10 天内,我们就必须完成租住登记。但这趟手续既没法在雅库茨克,也没法在波科罗夫斯基的市政中心办理,而是要到 54 公里以外被熏黑的莫赫索戈洛赫镇去,那里只有监狱和一座水泥厂。

在那里的一栋高楼上,一幅画着列宁的宣传画伴着口号迎接我们:"党就是时代的智慧、名声与良心。"从扬声器里传来一段嘶哑的旋律以及一个平静的男性声音。他告诉我们,现在正在测试雅库特乡镇的信号。正是在这里,在一栋半荒废的斯大林时期建筑物的二楼坐落着这一行政区的移民办。这要么是为了方便外国囚犯,要么就是为了方便附近水泥厂的亚美尼亚老板帮前来工作的老乡登记。

我们的房东奥克佳布丽娜与我们同行,因为缺了她,我们就不能登记。我非常感谢奥克佳布丽娜同意帮助我们登记,因为在俄罗斯许多房东不愿意与机构打交道,这不难理解。算上路途时间,一般需要花上整整一天来搞定这件事。但办事处并不想给我们盖章,因为拥有签字权限的部门领导在休假。最后,他们找来了带着圆边大檐帽的警察局局长,他是另一个具有签

字权限的领导。我们聊了聊不久前的一次不走运的狩猎。然后领导就签下了他的大名，于是我们就获得了留在雅库特境内的合法身份。

下一个任务是解决签证问题。俄罗斯只给来访记者和他的家人们入境签。可以凭借它进入俄罗斯，但不能离境。我们可不想让西伯利亚成为最终的归宿，所以我们必须在雅库特拿到新的签证。

市移民办的工作人员叶莲娜中士对身着军装的自我感觉良好，但与此同时，根据她古铜色的皮肤可以推断，她应该喜欢在南方休假。她告诉我们，外交部发给我们的签证时间太短——仅有3周，这不能支撑到我们获得新的签证。这给我们造成了麻烦。现在的签证只允许我们再待上3周，超过期限以后，我们就算违法滞留，但我们又不能凭这个签证离开俄罗斯。这是一个自相矛盾的事情。不过，根据这位长官的说法，这当然是我们自己的问题。

这是俄罗斯机关常用的心理策略，它的目的是让办事的人认清自己的地位。有人说俄罗斯不是一个法治国家，但俄罗斯当然有法律，只不过它是官老爷的法律，而非公民的法律。这并不总是指贿赂，甚至绝大多数情况下都与贿赂无关，最主要的是要承认官员的绝对权威。

一个有求于官员的老百姓应当恭顺地承认，他从一开始就不对，并且尽可能地表示他完全仰仗官老爷的恩情。接着，官员可以大方展示自己的慷慨，出手解决他的难题（实际上，这是官员自己造成的问题）。

我们就是这么解决签证问题的。这位官员同意在破纪录的3周时间内为我们发放新签证。但有一个前提，那就是我们必须向她提供外交部的纸质原件。为此我不得不向莫斯科申请，并且通过快递服务获取文件（因为他们不接受电子扫描件）。你可能会感到惊讶，在21世纪尚且需要从数千公里外发送纸质文件来办公，这样怎么可能管理一个如此广阔的国家？我们实在是没有别的办法，好在我们在雅库茨克找到了一家名为萨哈优速快递的公司，它的老板是一群年轻雅库特小伙。多亏了他们，我们在两天之内拿到了莫斯科发来的文件。

在那之后，我们不得不又一次前往被水泥厂熏臭的莫赫索戈洛林，因为我们现在拿到了新的签证，所以需要再一次注册。但是，奥克佳布丽娜去圣彼得堡的女儿家做客了，而移民办的领导无论如何都要求她必须到场。在承认了自己的错误和公职人员至高无上的权力后，正如你们所见，问题最终得到了解决，即使奥克佳布丽娜没有出现。

至于车的问题，那就更折腾了。我可以将它登记在自己名下，但是每当我拿到一次新签证，我就必须进行一次车辆检修和登记在册。这当然不会令我感到兴奋，所以我决定更简单地处理这个问题：把车登记在某个当地人名下。这个人就是村长的儿子，尼古拉。我一眼就看出他是一个值得信任的人，于是尼古拉幸运地成为了一辆俄罗斯越野车的主人。我果然没看走眼。特别是在春天，当我的车被交警扣押3天的时候，尼古拉踏破了各部门的门槛，各处盖章和交罚款。他为此忙活了一整天，没去上班。我们给了他补偿。

但至于俄罗斯的车辆检修，它有一个优点，那就是免去了一切不必要的标准。只有商业公司在从事检修的活儿，而你甚至不需要把车开过去，只需提交文件即可。工作人员看过文件后，就会收取费用，然后盖章。无论是什么样的车子现在就是合格的啦！

鉴于重复是官僚主义的重要成分，我们不得不再次登记车辆（开个玩笑）。事实上，是我们自己弄丢了登记证明原件。5个月的时间里，我们一直处于无证驾驶的状态，并且祈祷不要被交警拦下或者希望原件自己冒出来。最终，我们失去了一切希望，只好乖乖地前往波科罗夫斯基的交通管理所，乞求发给我们一份新的证明。而几周以后，旧的证明原件就从家门口的雪地里钻了出来。

在俄罗斯，就连一项生活爱好也得经过重重的官僚审批。我们原本设想过，漫长的雅库特冬季正是在泳池里扑腾的好时机。但在俄罗斯，你需要先从医生那得到一纸证明才能进入公共泳池。而为了得到这张证明，你得进行皮肤病、艾滋病与性病检查，拍 X 光、化验血常规与验便。这个步骤每 3 个月就要重复一次。当我攥着一份 A4 纸包裹的大便样本，去登记肺部 X 光拍摄时，我终于忍无可忍。

我在网上找到了几家可以开具医疗证明的雅库特本地公司。我在 WhatsApp 上联系了其中一家公司，我们约好在当地最大的商务中心的"杜尹马阿达"停车场碰面。

一个裹在皮草大衣里的中年女人坐在一辆白色丰田 Avensis 的黑皮前座椅上。她指了指后座，示意我坐进后排。她用精心涂抹的长指甲数出早已填好的泳池证明，从小巧的手提包中取出医院印章，就在前排的仪表盘上盖好了章。我按约定付给她700卢布，感谢她的帮助并将后排的位置让给了下一位客户。当然，贪污是不好的，但它有时候能帮到所有人。

后来，我不得不再次开具去大学工作的医疗证明。校方还要求我出具艾滋病检测为阴性结果的证明。在俄罗斯政府看来，在世界上所有的不幸中只有艾滋病可以切断人，也就是外国人，进入大学学习或者工作的途径。艾滋病检测是一件非常严肃的事，所以丰田车里的女人这一次也爱莫能助。我不得不亲自前往雅库特的国家艾滋病中心。由于雅库特的艾滋病患病率很低，所以这家医院的主要工作就是检测外国人并为他们开具证明。为了证明清白，我站在了40名中亚务工人员的队伍里。看来，外国人在接触建筑材料时也要确保没有携带艾滋病毒。

当然，芬兰也有不少针对外国人的官僚手续，我也并不是说，在前往西伯利亚之前，我对俄罗斯的官僚体制一无所知。但现在我更加明白，为什么在这个国家诞生了许多伟大的无政府主义理论家。

"瓦滋旅行者"

在西伯利亚生存，你需要一辆车灯像拖拉机探照灯那么亮的苏联越野车。
萨哈（雅库特）共和国，乔赫乔尔

说实话，迁居西伯利亚是买下苏联传奇越野车"瓦滋大面包"，也就是"瓦滋2206型"的好借口。它在芬兰就人尽皆知，因为"大面包"曾在军队服役。在俄罗斯，这位勇士的绰号来自于它奇特的车身造型，它几乎违背了一切空气动力学原则。两盏圆溜溜的前车灯像是一双眼睛，增添了几分人的灵性。

这款成功的设计诞生于1958年，后来乌里扬诺夫（Ульянов）汽车厂将该车型投入流水线生产。它至今还在量产，因为俄罗斯需要这样的交通工具。尽管它的生产地是伏尔加，但这是一款纯粹的西伯利亚车，它可以适应所有的路况，走别人没法走的路。

一开始，它是一款军用车。很长一段时间里，俄罗斯所有的瓦滋旅行者，包括民用的，都要登记在国防部以备动员之需。如今，"大面包"在村镇地区广泛充当起了救护车，人们把它叫作"药片"。它简直无所不能！它既是货车、中巴，又是猎人的越野车、拖拉机，甚至还能是装甲车。装甲版的瓦滋旅行者特别适合我，因为普通款未必经得住欧洲的车辆防撞测试。司机与"敢死队员"几乎坐在车鼻子上，引擎就安置在他们两人中间。民间有这么一句俗语——坐在"大面包"里，离死亡只有1.5厘米，也就是指车皮的厚度。

在雅库特的第一周，我就开始淘瓦滋旅行者。我把网上的消息翻了个遍，然后去了雅库特的二手车市场。事实上，这个市场仅仅是一些私人卖家在尘土飞扬的路边的摊位。我对车不懂行，所以邀请了一位年轻的机械师，他是村长儿子的朋友。他在一辆瓦滋旅行者中与卖家用雅库特语聊了几句，然后就建议我买下这辆2013年产的"帅哥"。

这远不是一辆博物馆的老古董。它没有使用"史前文明"的化油器，而是安装了燃料直喷式马达、防抱死系统与动力转向系统。得到抬高与加固的车身在雅库特冬季的道路上也十分实用。车轮使用了镀铬轮毂，车辆被改装为全驱动模式。清新的空气从车顶天窗吹来，甚至还有安全带！挡风玻璃上划有两道弹痕，但这并不影响我对它的好感。

无论我和谁交谈，当地人都提醒我：瓦滋旅行者的优点是越野能力好、效率高与车厢够宽敞，但它的发动机备件质量要比当初糟糕得多，车皮金属软得就像罐头盒。"你花了这么多钱，还不如直接买一辆外国车！"一位同村的村民建议我说。

他非常推崇丰田，这也的确是雅库特眼下最流行的牌子。如今西伯利亚的汽车市场与其说是受到西方车的冲击，不如说是东方车的威胁更大。

俄罗斯东部的大部分私家车都是来自日本的二手旧车，这与日本本土施行车辆强制报废的政策有关。俄政府曾尝试禁止进口右舵车，但这在俄东部激起了强烈的抗议。这种原本设计为靠左行驶的右舵车在雅库特如此普遍（它们在雅库特靠右行驶），以至于乘客很快就适应了左前排的副驾驶位，这样一来在超车时常说的"懦夫座位"[1]就变得名副其实了。

丰田车并没有征服我，我拒绝相信关于瓦滋旅行者的污蔑。我支付给这位从700公里外的上维留伊区跑来兜售自家老破车的卖家35万卢布。他与村长的儿子，也就是我为了免除官僚繁琐手续而将车子登记在其名下的那一位，很快办妥了所有手续。两周以后，这位卖家给我打了一通电话。他有一个特殊的请求：如果有人打电话问我这辆车的卖价，希望我能报一个比真实价格更低的数字。原来，这个男人是受委托来卖车，真正的车主显然不知道真实价格。我嘟囔了几句，然后挂断了电话。幸运的是，后来再没有类似的电话打来。

我的梦想成真了。现在唯一要做的就是搞清楚车辆仪表盘上无数的按钮以及学会如何驾驶这辆庞然大物。好的一点在于，发动机的位置很近，可以不用下车，甚至无需离开驾驶座就能轻松够到发动机。俄罗斯汽车的一个显著特点就是配件质量参差不齐。车门把手经常坏，于是我时不时地就要猫着腰从驾驶位钻到后排去，从那儿下车。右后视镜与遮阳板在剧烈震动时会突然掉下来，这在行进过程中可能会相当危险。发动机的声

---

[1] "懦夫座位"一般指驾驶人的座位。在紧急遇险情况下，司机往往会本能地躲避危险，从而置副驾驶于危险中，故而戏称为"懦夫座位"——译者注。

音很恼人，但一位当地的车友说服我，这是瓦滋旅行者的鲜明特点。他还说，我的车里没有太大的汽油臭味，这实属罕见。

实话实说，车子在第一个月里就出现了几个毛病。它在换挡时会发出一阵刺耳的声音。我将车子开去维修，他们换掉了离合器、散热片以及车轴头。三周以后，瓦滋旅行者在去雅库茨克的半路上熄火了。我不得不叫来一辆拖车，将它拖去维修。维修厂的人解释说，这辆车的电路有大问题，在第一次维修时没能更换。我将车子退回到同一家汽修店，要求保修服务，结果我为了同一个问题支付了两遍费用。一个月以后，保险装置又烧断了。幸运的是，车子熄火时，已经进入了村子。离村办公大楼的车库只有50米距离。我在附近的地下酒吧里很快就找到了一伙醉汉，他们帮我将车子推进了维修车库。

阿利克（Алик）是地方政府机关的司机，他渐渐成了我最信任的机械师。他也是我最喜欢的乔赫乔尔当地人，因为他喜欢当面抱怨，这总比虚情假意的微笑更实在。与沉默不同，这是信任交谈者的表现。

阿利克以幽默风趣的态度对待所有与维修我的瓦滋旅行者相关的麻烦事。当我向他抱怨刹车时，他安慰我说，瓦滋旅行者不怎么需要刹车。当我去城里修车时，他相信，我"又一次"地上当受骗了。有一回，他怀疑汽修厂调包了齿轮，偷换了品质更差的零件。但这也无法得到证明，因为没有人在维修前为车底盘拍过照。

找备件在雅库特并不是一件难事，这里简直是瓦滋旅行者的配件天堂。一对讨人喜欢的俄罗斯年轻夫妇就在干这门买卖。

他们能满足客户最讲究的需求，并且每当我的妻子带着孩子来买配件时，他们就对她表示十分的同情。汽配店的商标简单明了，上面画着一辆可爱的大面包瓦滋旅行者。

经过一番折腾后，我的车子比刚买到手时好多了。一开始，我投入了3万卢布用以维修，这是一笔很正常的开销。毕竟没人会期待刚入手的瓦滋旅行者已经全副武装，就算是原厂出产的车子通常也会更换大批零件。所幸，现在已经不用年度车检了，只需在某个零件损坏时送去修理一下。

我们对淘来的宝贝相当满意，以至于一想到离开时我们将不得不抛下瓦滋旅行者，心里就感到难过。这是适合我们全家的理想车型。它很宽敞，能坐下9个人，而且还不需要考额外的巴士驾照。座椅是可拆卸的，这样一来就能装进家具，或者让全家人紧贴着坐成一排。车子的外形看起来就像是嬉皮士的大篷车与苏联遗产的迷人混合。车辆证件的亮灰色有一个浪漫主义的名字——白夜之色。车窗挂有紫色窗帘，我们在挡风玻璃前挂上了在雅库特必备的象征物——马尾编织的幸运护身符。

孩子们很快爱上了爸爸的"梦中情车"。车子装有弹簧悬挂，每当驶过路坑时都蹦得老高，孩子们因此激动得尖叫。而当车子停下来时，它又是绝佳的攀爬处。我的小儿子部分继承了我的品位，称它是"世界上最好的车。"

我最喜欢的是瓦滋旅行者给予我的驾驶掌控感。30厘米至50厘米的车底盘高度、结实有力的4个轮子、112匹马力配上208牛米的扭力。这样的车子可以跃出所有的路坑。万一它真的爬不出来，我还买了121厘米高的千斤顶。为了测试它的能耐，我们跑遍了附近人迹罕至的原始森林与雪原。这车子在乡村泥泞的道路上也如鱼得水。开春时，我们在结冰的河面上奔驰了300公里，去了一趟有名的勒拿河风蚀柱（Ленские Столбы）国家公园，它也是受联合国教科文保护的自然遗产。道路时不时地延伸向岸边，那里的积雪在阳光的照耀下融化成一团脏兮兮的烂泥，但这对我们的瓦滋旅行者来说都不是问题。

不过说实话，这车在城里开起来确实有些笨拙。在狭窄的小巷里倒车很不容易。生涩的变速杆和陷入车底的离合器能很好地锻炼驾驶者的肌肉。车椅安装得过高，以至于每次蹦上车座，都要冒着撕开裤裆的风险。

在公路上，时不时有丰田车潇洒地从后方超车，但当这款日本车陷入麻烦时，就轮到我这个外国人驾驶的瓦滋旅行者帮忙了。在前往勒拿河风蚀柱公园的路上，我将一辆本地丰田车拖出了泥沼。在拍摄一部僵尸题材的雅库特电影的现场，我拯救导演的车子于积雪中。但最令我高兴的是，当阿利克的丰田车在乔赫乔尔以外40公里的地方抛锚后，我拯救了他，将他的车子拖了回来。

瓦滋旅行者的设计特别考虑到了俄罗斯低廉的汽油价格，因此它的耗油量相当可怕：100公里就需要消耗10升至15升汽油，到冬季，同公里数的耗油量还会再提高五成。雅库特的燃料价格也是圣彼得堡的1.5倍，而且现代版的瓦滋旅行者已经不再使用便宜的76号汽油，改用92号。给车加油又是单独的一个话题了：瓦滋旅行者有两个油箱，所以在加油时，你不得不两边来回倒腾。尽管它吞下了这么多汽油，或者说恰恰相反，多亏了它能吞下这么多汽油——瓦滋旅行者让许多石油商有利可图——这才让它在俄罗斯通过了欧盟第四代环保标准认证。但我仍怀疑，它与欧洲的标准相去甚远。

我的妻子很快就成为一名真正的司机。当她手握方向盘时，她立马赢得了尊重，因为瓦滋旅行者本是男人的交通工具。对于当地人而言，最有趣的莫过于我坐在懦夫座位上。不过，有一天交警拦下了我的妻子，扣下了车，当时我正在出差，这发生在进入雅库茨克市的一个检查站。

交警从始至终没有给出一个明确的扣车理由：先是因为没安装儿童椅，然后是没有保险（事实上我们有保险），没有驾照的俄语翻译件，最后是没有护照。我的妻子被带进了警察局接受询问，然后被起诉。在取回车子前，她不得不在 3 天的时间里跑遍城市的各个角落，从各个机构处获取各种各样的文件。这件事折腾得我们很生气，自那以后，我们开始寻找绕过检查站进入库尔茨克的道路。我们发现了一条小路，它直直地穿过泥泞的草原，但这对瓦滋旅行者来说不成问题。就让这帮警察守株待兔去吧！

秋

奥克佳布丽娜

草垛上玩耍的小芬兰人吓坏了西伯利亚老太太。

萨哈（雅库特）共和国，乔赫乔尔

初到乔赫乔尔时，我们最先熟悉的人当然是房东——76岁的寡妇奥克佳布丽娜。她出生于隔壁的奥廖克明斯克市，但在雅库特北部工作了多年。她的丈夫出生于乔赫乔尔村。老两口在退休以后决定搬回老家。自前几年老伴去世后，奥克佳布丽娜就独自生活。她的一个女儿带着孩子生活在雅库茨克，另一个住在圣彼得堡。

一开始，奥克佳布丽娜对我们非常友善，给我们送土豆，治疗孩子们的荨麻疹，告诉我们在哪里购物。但我们很快就明白，这样的蜜月期不会超过一个月。奥克佳布丽娜属于那种相当常见的俄罗斯房东，她们不信任租赁合同，总是注意着住客的一举一动，确保自己在有关住房的任何问题上具有绝对裁决权。

奥克佳布丽娜告诉我们，她将搬去雅库茨克的女儿家，但事实上，她搬去了村子另一头亲戚家的小房子里，这样她就能轻而易举地"从天而降"。她因为在我们的灶台上发现了食物残渣而不满,尽管我们认为这是件能轻松摆平的小事。她因为满地乱扔的玩具以及我们的教育观念责备我们。据说,雅库特小孩只有在 5 岁以前可以被纵容淘气,5 岁以后就要严加管教。因为房东的缘故,妻子很快在家里感到越来越不自在。

房东指责我们不收拾屋子,我们反驳的证据之一就是清理了蟑螂。它们早在奥克佳布丽娜时代就存在了。奥克佳布丽娜说,它们来自邻居家,现在已经无法摆脱它们了。但我们还是决定试一试。最简单的方法当然是让屋子冻上一宿,但因为暖气片的原因,这无法实现。在雅库茨克一家屋子的外墙上,我们看见过某个消毒杀虫公司的广告。度假之前,我们叫来了烟熏杀虫服务。为此需要预先清理一切摆在表面的东西、将食物拿到室外、将衣服收进衣柜。然后,一个俄罗斯年轻小伙乘坐班车从雅库茨克来到村里,他穿着不合身的防护服,头戴防毒面具,对着墙面、地板和屋子喷了一个半小时的烟雾。消毒结束以后,我们还要在屋外等待 6 小时。为了让等待变得轻松一些,妻子烧热了澡堂。消毒工人与我们一起在澡堂等待回雅库茨克的班车。他一边喝啤酒,一边向我们分享他在雅库特的生活。他原本生活在西伯利亚中部的克拉斯诺亚尔斯克,但因为听信一个朋友吹嘘这里的工资高,所以搬了过来。结果现在他为了一丁点薪水干着杀蟑螂的活儿,并且震惊于雅库特的高物价。"这里的人们只想着挣钱。"他抱怨说。

我们最终也不知道,这位同志向我们的房间角落喷洒了什么,但自那以后蟑螂开始死亡,最后灭绝。我们挺了过来,然而这场化学战争的滞后反应还很难说。屋子里的"生机"并未中断，随着冬天到来，老鼠直接取代了蟑螂。这对我们来说不算新鲜事，因为在赫尔辛基我们也住在木头房子里，那里也有老鼠。妻子开始无情地铲除这些乔赫乔尔本地"居民"。

除了爱干净外，奥克佳布丽娜还特别节俭。我们购买过滤水这件事在她看来是纯粹的疯狂。她并不贫穷，但总觉得物价虚高，所到之处都是骗局。她对波科罗夫斯基市中心打折促销的商店了如指掌，并且一一指给我看。此前，我们一直保卫院子不受动物的侵袭，直到有一天邻居的奶牛在我们的窗户底下大嚼特嚼冻僵的干草。当我们驱赶奶牛时，邻居告诉我们，奥克佳布丽娜已经卖掉了我们院子里的草料。与此同时，他们还纵容奶牛大口大口地喝掉我们从水车订购来的饮用水。

奥克佳布丽娜的极端节俭还表现在她完全不想解决燃气供暖的问题，因为这需要花费700卢布。"告诉老太婆，这必须修理，否则不安全。如果将来还出现什么问题，您别告诉她，直接联系我。"煤气工人强调说。

10月份接连发生了三件事吓坏了奥克佳布丽娜。第一件事是我将几根原木从院子一边拖到了另一边，方便日后劈柴给澡堂烧火用，但妻子从与奥克佳布丽娜的交谈中明白，我们本不应该这样做，这是一个可怕的错误：这些原木是别人的，不能擅自使用。我趁还没有劈开赶紧将它们送回了原处，但错误已经犯下，奥克佳布丽娜对我们的态度明显冷淡下来。

在这之后，我们的孩子又在凉棚的草垛上大闹了一番。"这些干草该怎么卖哟？它们都被弄脏了！"奥克佳布丽娜看见一团糟的草垛后大声哭诉起来。我们赶紧向她保证会恢复原初。

第三个不幸是关于院子后门。后门本装有插销，但奥克佳布丽娜出于保险，又为它缠上了一道铁丝。我拔掉了铁丝，因为我们偶尔要穿过后门去幼儿园。"你们干什么！你们不知道，这个小门不能开吗？"奥克佳布丽娜在发现铁丝消失后愤怒地朝我们大叫。

挪动原木、弄脏干草、使用后门——这严重破坏了奥克佳布丽娜的安全感，她再也不会像当初那样信任我们。她的声音里透露着懊悔——"我就不应该让你们进屋"。但问题不在于我们是绝对糟糕的租客，而在于很难让奥克佳布丽娜满意。她也当着我们的面抱怨过前几任租客，他们的罪行在于将食物残渣丢进了茅坑。"我再也不会租给他们"，奥克佳布丽娜发誓说。这种厌恶的感情是相互的，我们之前的一位女租客告诉我的妻子，他们也并不喜欢住在奥克佳布丽娜的房子里。

因为某种原因，奥克佳布丽娜造访的频率开始降低了。我不知道，是不是我的雇主《赫尔辛基报》发表的一篇文章的缘故。在这篇文章中，我讲述了蟑螂的故事，并且写道，按照我们女房东的说法，这些蟑螂来自隔壁邻居。文章被翻译成俄语发表在互联网上，并且在雅库特传播。"棒极了，他陷入了双重困境！"一名网友很高兴地评论道。

最终，就在圣诞节当天我们明白了，在雅库特握手并不意味着租赁合同。奥克佳布丽娜将租金提高了四成。"那你们打算怎么办呢？留下来吗？"她对我们的决定非常好奇。我告诉她，我们并没有太多选择。况且租金从70欧元涨到100欧元（4900卢布到7000卢布）暂时还不会让我们的钱包太过干瘪。一开始，奥克佳布丽娜不好意思给我们涨租金，因为以她的节约思维来看，我们始终都会觉得这个房租价格是虚高的。

我们与奥克佳布丽娜之间还有过一段有趣的小插曲。尽管她这个人有些一言难尽，但时不时地还是帮我们一把。奥克佳布丽娜不想和我们续租，但是同意我们登记在她家的请求。可惜的是，由于当地机关的专横武断，她也表示爱莫能助，这已经是后话了。

在最后一次见面时，奥克佳布丽娜出人意料地敞开心怀。她告诉我们，她的舅舅死于芬兰俘虏营。在1990年代初，奥克佳布丽娜和亲戚们前往芬兰寻找舅舅的墓地未果。她在那时形成了关于芬兰的准确印象："清一色的森林和草原，稀稀拉拉的房子，灰色的天空。我不喜欢你们的国家。"她直言不讳地宣布。

海象

我们与楚科奇半岛的 7 万头长牙美人面对面。

楚科奇自治区、阿纳德尔（Анадыр）、拉夫连季亚（Лаврентия）、洛里诺（Лорино）、埃努尔米诺（Энурмино）、肯吉斯武恩（Кенгисвун）

    我即将迎来在西伯利亚一年最为漫长，也最为艰巨的一趟旅程。旅途的终点在大陆东北角白令海峡一岸——童话般的楚科奇半岛。

    在楚科奇自治区的首府阿纳德尔，尽管希望渺茫，我还是尝试登上飞往自治区最东北角拉夫连季亚的航班。这很不容易，因为从网上早就买不到楚科奇航空的机票了。我不得不在机场的长队中等待，航司工作人员会自行从中选择登上飞机的幸运儿，只不过他的选择始终不是我。

    但因祸得福，第二天我就坐上了锈迹斑斑的索特尼科夫船长号。这是一艘从阿纳德尔开往拉夫连季亚的客船，一年只有几班，我恰好在它出发的当天赶上了为期三天的最后一趟航程。

    白令海峡一带生机勃勃，在楚科奇自治区首府沿岸活动着许多贪玩的白鲸。第二天清晨，我们就在船上瞧见了灰鲸的脊背与白鲸的尾鳍，一头灰鲸甚至跃出海面数米之高。大西洋的鲸鱼每逢夏季就会游至北方。

河岸边高耸着覆盖积雪的山崖。这里便是童话般的楚科奇半岛，离阿拉斯加最近的一个欧亚大陆时区。在这里今天变成了昨天，因为在距离此处 100 公里的地方就是国际日期变更线，跨过这条线，远东就变成了极西。芬兰航海家阿道夫·努登舍尔德（Adolf Nordenskiöld）详细地考察过当地原住民的生活。他是第一个发现这里的人。1878 到 1879 年，他的织女星号在楚科奇半岛北岸的冰面被困整整一年。努登舍尔德借此良机认识了楚科奇人，了解了当地自成一体的文化。芬兰民族学学者萨卡里·帕尔西[1]恰好在距今 100 年前，也就是 1917 年圣彼得堡突发政权更替之际，绕行半岛一周。他讲述了一些令人震惊的当地习俗。比如，当一位父亲沉入暮年，行将离别之际，他的长子会在专门的节日上杀死他。

我此行唯一的目的是近距离接触海象（odobenus rosmarus），这是北冰洋体型最大的鳍脚目动物，在俄语中它被叫作"莫尔日"（Морж）。一头成年公海象的体重可达 1.5 吨，体长可达 4.5 米。他们的普遍寿命为 40 年。这些长牙美人是极地的原住民，它们的生活与冰面息息相关。这里有相当数量的海象，在阿拉斯加与楚科奇之间定居着最大的海象群，大约有 22.5 万头这样的獠牙生物。

一次饱览大量海象的最佳方法就是前往他们的栖息地。秋天时，数以千计的海象会群聚在固定地点。大部分这样的栖息地位于楚科奇海峡北部沿岸或者楚科奇海面，后者属于北冰洋

---

[1] 萨卡里·帕尔西（Sakari Pälsi, 1882—1965），芬兰考古学家、民族学家、作家。

最东部的时区。最大的海象栖息地位于那里的海岸,楚科奇人称它为肯吉斯武恩,意思是"有许多海象的地方"。

但前往栖息地可没那么容易,因为几乎整个楚科奇自治区都紧邻国境线,属于持有特殊许可方能进入的区域。许可本身其实是免费的,但只能通过旅游公司申请。当地的旅行经营商叶甫盖尼·巴索夫(Евгений Басов)收取了整整5万卢布的相关费用。而第二个令人头疼的地方在于交通,因为无法沿陆路前往那里。

幸运的是,我已经坐上了航船。但这本身又是一个新问题。我们越靠近白令海峡,风浪就越大。在梅奇格缅湾我们遇见了暴风雨,强风在小船两侧掀起了数米高的巨浪。小船颠簸在风浪中,一个劲地撞击水面,连带着掀翻了耳舱床铺上的我。我离开了客舱,走进休息室,与另外两位"幸存的"游客坐在一块儿,我们一边被颠簸与恐惧吓得脸色苍白,一边欣赏着汹涌澎湃的大海。除了糟糕的自我感觉外,还有一个问题折磨着我们:这颠簸到底什么时候是个头?

终于,我们抵达了稍微能躲避风浪的拉夫连季亚海湾。旅程的终点——拉夫连季亚行政中心——就闪烁在两公里外,但碍于风浪实在太大,我们等待了18个小时才上岸。第二天一大早,一艘接驳旅客上岸的铁皮快艇来了,船长就将所有人赶下床,因为根据俄罗斯的习俗,长久等待后就要迅速行动。

在拉夫连季亚我不得不继续等待。我需要继续飞往北海岸的埃努尔米诺村,但最近一趟直升机航班定在5天以后。

我想顺便去一趟洛里诺,楚科奇的捕鲸中心,它距离拉夫连季亚 40 公里。那里的原住民享有按需捕鲸的权利。许多村庄一年的捕鲸上限是 5 头，但洛里诺可以捕鲸 50 头，因为鲸肉不仅养活着居民，还养活着当地兽场的北极狐。

村民们没有带我一起狩猎，却用小船拉着我欣赏了村子周围的鲸鱼。一头白鲸就在我们小船的正前方扬起巨大的尾鳍，我们还看见一头灰鲸，它最后急躁起来，开始频频跃出海面数米之高。

当我在起飞日返回拉夫连季亚机场时，航班却因为糟糕的天气被取消了。第二天又重复了同样的一幕。与隔壁的阿拉斯加不同，楚科奇半岛的天气很任性，航班总被取消。

第三天的天气正常了，但直升飞机要先执行医疗救援，它在途中受了损伤，结果只能等待从阿纳德尔运来的配件。当配件抵达时，因为恰逢周末，楚科奇所有的机场都关闭了，尽管天气好极了。

周末过后，天气又变糟了。直升飞机直到周三才终于起飞。它先飞往了另一个村落，在返回的途中再次受损。对于我们这一批想去埃努尔米诺的乘客而言，现在又该等待从阿纳德尔运来的配件了。我离开了机场，可两个小时后就听说，直升飞机抛下我飞往了埃努尔米诺。它收到了医疗救援的命令，于是这堆破铜烂铁就奇迹般地自行修复了。

我一度相信，我命中注定要永远困在拉夫连季亚了。第二天清晨，我几乎不抱希望地，多半出于责任感才勉强来到机场，但机场的工作人员愉快地宣布，"即将飞往埃努尔米诺！"一开始完全没有航班，现在居然连续两天都通航。

直升飞机在皑皑雪山上摇晃了一个钟头后飞到了北冰洋上空。长条形的埃努尔米诺村与灰色建筑物分布在隔绝大海与淡水泻湖的狭窄浅滩上,知名作家尤里·雷特海乌[1]笔下的楚科奇村庄就在这里。斯塔斯·塔耶诺姆(Стас Таеном)开着村子里唯一一辆越野四轮摩托等候我的到来。36岁的斯塔斯是供暖车间主任,同时也是当地的成功商人。他的成功秘诀很简单:不喝酒,并且将所有的闲钱都投资在四轮摩托上。

我们坐四轮摩托爬过了沼泽山地,在山脊高处稍作停歇,饱览四周的景色:村落位于山峰一侧,大海在村落后方;山峰的另一侧是被山崖峭壁环抱的肯吉斯武恩海湾。我们向下进入山谷,熄灭马达后徒步走在沙滩上。"快卧倒!"斯塔斯轻声对我说。我们躺进山坡脚下的堑壕中,然后小心翼翼地探头看向外面。

那场面壮观极了。一公里的沙滩上密密麻麻地躺满了皱皮脑袋的长牙海象。这么大一群嚷闹的、不成形的东西让人误以为抵达了巨型虫子的巢穴,从中散发出刺鼻的尿骚和狗腥味,不间断地传来嘶哑的,宛如打嗝一般的吠叫声。海象群始终保持活跃。一些海象将长牙歪倒一旁,躺下睡觉;另外一些在打滚;还有一些用鳍作支撑,一瘸一拐地在四周活动,抑或是不管不顾地直接撞向它的同类。海岸线一侧是喧嚣的楚科奇海。

想看海象,就得来这相当遥远的,荒无人烟的地方。全世界共有大约25万头海象,它们大部分栖息在白令海峡一带。

---

[1] 尤里·雷特海乌(Юрий Рытхэу, 1930—2008),楚科奇作家、翻译家。

海象的一生是在冰上漂泊和捕食的一生。每到冬季，它们会南下太平洋，抵达白令海。夏天时，它们会返回北冰洋，而秋季是它们躺在海滩上的短暂歇息期。肯吉斯武恩是世界上最大的海象栖息地，这里通常会迎来11.8万头海象，几乎占了全世界海象的一半。今天这里大约群聚了7万头海象，创下了秋季海象数量的最高纪录。在这颗星球上，人类总是大多数，鲜有在大量野生动物包围下变为少数的时刻，但在肯吉斯武恩，你几乎每天都能体验到这种既不舒服，又令人头晕耳鸣的包围。

一只海象从浅滩的沙丘后探出头，抻着光亮的圆脑袋，瞪大了红色双眼，紧张不安地环顾四周。如果不是从嘴里伸出两根可怕的长曲牙，我会误以为这是个活人。当海象注意到靠近的人类时，它的眼神中会迸发恐惧和慌张。它会蹦跶向前，撞击附近的海象，后者也会翻过身叫醒一旁睡着的同伴。

但本该害怕的应是人类，更何况海象还在数量上占优——单这一个地方就群聚了7万头海象。半米长的獠牙也是强大的武器，只要一个摆头就足以对人类造成严重的伤害。然而，奇怪的是，这些海象却害怕一切。想要接近它们，就要做到悄无声息，要猫着腰或者匍匐前进，否则它们就会陷入恐慌，没头没脑地相互撞击。

"它们害怕一切：人类、熊、微风和同类。它们很容易受惊，这对它们彼此而言非常危险。"俄罗斯的海象研究者马克西姆·恰基列夫（Максим Чакилев）向我们解释说。

29岁的马克西姆与岸边的海象已经共同度过了6个秋天。这个快乐的农村小伙不是西伯利亚本地人，他来自乌拉尔西部。

他的母亲是科米人，也是芬兰—乌尔戈民族的一支。恰基列夫在彼尔姆学习生物学，但命运将他抛到了离家5000公里的北冰洋，于是他开始研究海象。他生活在一栋木屋科研站里——这是一处简陋的农舍，有些危险地立在栖息地中央。透过唯一的窗户，可以持续观察海象的动向。而它们也始终与门口保持着10米左右的距离。

海象偶尔会壮着胆子靠近木屋。两年前，它们闯入了前厅，打翻了所有东西，咬坏了恰基列夫的橡皮艇。恰基列夫每年都会周期性地陷入围攻，被海象团团包围。为此他需要准备充足的食物与水，在前厅解决大小便。

我们住进了科研站的木屋，但那里并不暖和。我们不能生炉子，因为南风会将炊烟吹向动物。这里的生活是海象说了算。恰基列夫很快睡着了，而斯塔斯却恰恰相反，怎么也睡不着。或许，他海象猎人的原始血脉在数千只长牙小伙的包围下觉醒了。他时不时地下床走动，将敲击墙壁的海象吸引到一边。

第二天，海象的数量减少了。海象会分群活动，公海象组成一群，雌海象和幼崽组成一群。兽群通常会在海岸边休息数天，然后前往大海捕食，所以肯吉斯武恩的海象处于持续活动中。它们从这里出发，游往数百公里外觅食，它们最重要的觅食场所位于楚科奇半岛与阿拉斯加之间。海象凭借松软的胡须在海底搜寻贝壳与其他软体动物。这里的大海很浅，所以海象可以轻松下潜。它们能潜入80米深的水底，在水下连续活动半小时。

海象的节日与人类无异：喧闹、推搡、臭气熏天。但出于敬意应该指出，它们从不在岸边交配，而是羞涩地在水下完成，而且还是在一月份。

"挪一下，蠢货！"如果我们能听懂海象的语言，这也许是它们最常说的话。海象发出的叫声分为两种。常见的叫声介于吠叫与呻吟之间。第二种叫声则是海象的喘气声，是一种咕噜咕噜的低吼。

斯塔斯与一头海象成功搭上了话，它用吠叫回应斯塔斯并且寻找着声音的源头，但这是一个玩弄海象感情的残酷游戏，因为它已经惨遭不幸。这头雌海象在寻找自己的孩子，但它的孩子大有可能已经被压死了。尽管海象聚集是一件非常欢快的事，但这常常会造成踩踏死伤。身形硕大的公海象经常会将海象幼崽或者雌海象踩踏至死，这常见于海象们纷纷夺路逃跑的时候。马克西姆·恰基列夫周期性地清点岸边的尸体。两周的时间里，他就发现了70具海象尸体。一只生病的雌海象已经在岸边苟延残喘多日。她的眼神看起来很忧伤，她尝试爬行靠近其他同伴。一只海鸥在四周打量，时不时地啄它一下。

海象是群居动物，落单的海象会张皇失措。被遗弃的公海象幼崽仍然可以存活，但它就变成了独居动物，用楚科奇语来说，它是"克格留奇"（Кеглюч）。它的生活方式与群居的伙伴不同。克格留奇不会迁徙，它们无论冬夏都在一个地方。它们能捕杀海豹并且对人类造成威胁。

在大海中，虎鲸是海象唯一的天敌，而在陆地上，海象的天敌是棕熊与北极熊。它们会攻击海象幼崽。狗熊踏出过一条通往肯吉斯武恩的道路，路上可见成年狗熊与幼崽的踪迹，还有排泄物。现在狗熊没有必要去攻击活海象。海岸上有充足的海象尸体,狗熊会在夜间出来享用食物,白天则隐蔽在浓雾重重的山间。

到了第四天,栖息地出现了一个穿白色羽绒服的大胡子男人——阿纳托利·科奇涅夫。他是楚科奇与俄罗斯最著名的海象和北极熊研究专家。他来自300公里外的雷尔凯皮(Рыркапий)海角。白色羽绒服并非偶然,他想避开北极熊的注意。"那里有二十来只北极熊,它们在捕食海象,光是它们的出现就能把海象吓得够呛。"科奇涅夫满意地谈起雷尔凯皮的旅程。

幸运的是,北极熊抵达肯吉斯武恩的时间较晚,一般是海面封冻的初冬。它们会吃掉海象尸体,时不时地刮挠埃努尔米诺居民房屋的窗户。据说,北极熊是对人类威胁最大的动物,可科奇涅夫与当地的居民并不这么认为,一般而言,棕熊的行为才更加难以预料。"北极熊的确不畏惧人类。它们会出于好奇靠近,但并不攻击人类,因为它们不了解人类。"科奇涅夫肯定地说。

学者们之所以认为北极熊威胁更大,或许是因为北极熊是纯肉食动物。"北极熊是天生的猎人,它们会小心翼翼地避免受伤。而普通狗熊如果受伤,在不能捕食的情况下会以浆果为食。"人们可以通过高举棍子吓退北极熊,因为它会以为这是海象的獠牙。北极熊会在陆地与冰面上杀死海象幼崽,但它们并不敢攻击成年海象。它们通常捕食海豹。

北极熊与海象的命运相仿:它们的生存都极依赖冰面。但不得不说，它们的未来并不乐观。这里 10 月的平均气温在零度以上，冰面会消融并漂流到上百公里以外的洋面。"1983 年我刚开始工作那会儿，冰面从这里的沿岸一直覆盖到极地圈，整整两年不会消融。但现在弗兰克尔（Врангель）群岛以外数百公里都是海水。对我而言，全球变暖的指标不是年平均温度，而是大洋上是否还有冰面。我亲眼见证了这些不可逆的变化。"科奇涅夫说。

他举出一个令人悲伤的事实：如今聚集在这里的海象越来越多，它们长时间地躺在陆地上，这不是一件好事，而是一个令人担忧的信号。"历史上从未有过这么多的海象来到这里。它们来这里是因为没有冰面。此前的秋天，它们稍微摆摆双鳍，游动到浮冰区就能获得食物，但现在它们不得不完成一段疲惫的远游才能抵达觅食处。"科奇涅夫说，埃努尔米诺的居民认为，海象的数量很多，但是在更南边的白令海域，几乎看不见海象的踪迹。科学家们计算过，海象如今的后代成长率为 8%，但让延续种族存活至少要达到 20%。长此以往，这将对海象构成威胁，更何况每年的海面封冻期也将来得越来越晚。"我担心，它们到时候会灭绝。也许，它们会改变捕食对象。海象已经开始攻击鸟类了。"

因为冰面消融，北极熊不得不前往内陆寻找食物，它们会碰上人类与棕熊。在加拿大已经发现了北极熊与棕熊交配的情况。从前，北极熊会单独狩猎，如今它们会在内陆采取大规模集体行动。2007 年，在弗兰克尔岛发现了由 200 只北极熊组成的群体。

而俄联邦国家石油公司"俄罗斯石油"开展了对楚科奇海油田的勘查工作。他们想在距离肯吉斯武恩150公里的海域展开探索。探索计划于秋季展开,但这恰好是海象在此处觅食的时候。"地震勘探石油法的实质是爆破,这意味着,海象第二年将不敢来到这里觅食。"科奇涅夫说。

他提出的问题引发了公共讨论,现在勘探石油的活动已经停止。"别人对我说:'啊哈!你收了西方的钱!'但事实不是这样的。这个问题只涉及政治与生态的矛盾。我不是说不能探索海洋,我只是觉得也应该从动物的立场看待问题。"

除科学研究外,科学家们在这里还有另一个使命。他们在守护海象的宁静生活。科奇涅夫不得不开枪赶走靠近海岸的流浪狗,而恰基列夫投诉了在海象栖息地上空盘旋的边境直升机。科学家们的存在同样保护海象免遭偷猎者伤害。

楚科奇半岛的海象狩猎史至少有3000年之久。沿海的楚科奇文明整体上依赖于海象与其他海洋哺乳动物,无怪乎所有的沿岸村落都紧邻海象栖息地。埃努尔米诺的居民曾经直接在肯吉斯武恩栖息地狩猎海象,刺穿它们的身体。这当然很方便,但却在海象群中造成致命的恐慌。

今天,村民们将在海面上狩猎海象。我从埃努尔米诺向西,在泥泞的苔原上缓慢步行一个小时后,抵达了内特登(Нэттэн)海岬。海岬另一侧是一处海湾,这里有两只小船正在狩猎。一个男人从船上向水中抛出一支鱼叉,扎中了海象的侧身。鱼叉的箭头与叉身分离,绷紧的皮带将没入伤口的箭头扭成90度。这样一来,猎物就不可能挣脱鱼叉了。另一个男人向海象开了一枪，鲜血染红了海面。小船将海象拖至岸边。"如果瞄得准的话，只要一标加一枪就够了。"其中一位59岁的猎人瓦列尔·叶特图吉（Валер Еттуги）向我解释说，他一辈子都在狩猎海象。

海象在岸边被剥皮和分尸。猎狗在旁边绕圈，等待着自己的那一份奖赏。两个大约3岁的小男孩与小女孩也在现场。他们是猎人的孩子，此刻正在摆弄被割下的海象脑袋。他们自幼就见惯了这种获取食物的方式。海象被认为是最美味的海洋生物，对于沿海的楚科奇人来说，它们是比鲸鱼更重要的食物来源。海象肉被储存在用海象皮制成的口袋。它被埋藏或者放置在温暖的地方等待变酸。这样的肉制品被叫作"科帕利亨"（копальхен），这是冬季的美食。海象舌也备受推崇。

但现在不像从前了，海象的许多部分都被丢弃在岸边。海象的脂肪也被留在岸边，从前人们用它来照明或者取暖。过了一会儿，男人带着海象肉块坐上一张金属雪橇，拖拉机将他们拉回了村里。他们将肉块免费分送给村民。当地居民只允许出于自身需求猎杀海象与鲸鱼。区政府允许他们一年猎杀1300头海象。根据专家计算，这个数量不会影响种群繁衍。

300名埃努尔米诺村民的生活与狩猎海洋哺乳动物息息相关。村民在夏秋两季狩猎海象与鲸鱼，在冬天用粗绳网捕获冰层下的海豹。它们是不可替代的食物。这里唯一的商店的食物价格比莫斯科高出3倍以上。那里的香肠已经过期3个月，来自中国的苹果吃起来像芜菁。自2001年至2008年，切尔西俱乐部的知名老板、百万富翁罗曼·阿布拉莫维奇（Роман Абрамович）成了楚科奇的省长。在他担任省长期间，楚科奇人可以从阿拉斯加进口某些商品，主要是水果与其他新鲜食品。当地人常常怀念阿布拉莫维奇时期。为了给当地交税，他将居住地点登记在阿纳德尔。他在埃努尔米诺以及其他村子修建起加拿大式的房子并且发放食物补贴。现任的省长也是他的人。

海象不仅提供肉。它们的獠牙会在合作社过秤，并以30欧元（折合2100卢布）一公斤的价格出售。在19世纪，全球海象几乎因为獠牙交易而灭绝。今天，这些獠牙由当地人加工成纪念品。不过，确实有一些中间商到这里采购獠牙，然后转手卖给中国人。

我认识了一位来自埃努尔米诺的年轻女性，塔吉雅娜·沃罗比耶娃（Татьяна Воробьева），她是一位无师自通的海象獠牙雕刻家。她还加工海象的阴茎，海象的阴茎骨有一根棒球棍大小。据说，它的市场还不小。古时候，人们用海象骨作雪橇架。在打造兽骨船时，人们将海象皮蒙在鲸鱼肋骨打造的船架上。人们甚至还用海象皮缝制足球。

埃努尔米诺的村民拥挤地居住在一起。他们住在1950年代、1960年代修建的老旧木房子或者阿布拉莫维奇时期修建的加拿大式木桩房里。村里飘散着燃烧褐煤产生的浓烟。楚科奇半岛上不生长树木，所以不得不以烧煤炭取暖。运煤船一年来一次。另有两艘船会运来一年的食物与燃料。食物与燃料耗尽后，会留下许多锈迹斑斑的空桶，至今没人回收。而院子里与岸边四处堆放的集装箱成了当地人的储藏室、夏季达恰与澡堂子。

"伊耶季！"（Йетти）当地人欢快地向路人打招呼。在楚科奇语中，这直译为"你来啦。"来者可以回答说："伊！"，意思是"啊哈！"楚科奇语是一门独特的语种。它只有一门近亲语种——科里亚克语，它主要见于堪察加半岛。楚科奇男性与女性使用不同的语言。楚科奇语早就从英语中引入了"money"与"Christmas"两个单词，但说实话，后者在楚科奇语中更多地意味着"狂饮"。年轻人早已忘记了楚科奇语，而年长一辈也说得并不流利。

如今，在楚科奇自治区生活着近1.3万楚科奇人，这大概占民族总人口的1/3。苏联时期流传着一些嘲笑楚科奇人愚笨的笑话。"两个楚科奇人拖着海象的后鳍回营地。一名地质学家很惊讶，他建议他们改动拖着它的獠牙，这样会轻松一些。半小时后，第二个楚科奇人嘟囔说：傻瓜地质学家，我们又回到了海边。"

种族歧视的笑话也许是为了掩饰惭愧。在18世纪俄罗斯人到来之前，楚科奇人还处在石器时代，但他们对侵略者的反击比西伯利亚任何一个民族都要强烈。他们使用骨制箭头、骨制矛与骨制盾牌袭击哥萨克，无情地杀死他们。他们宁愿全家自杀也决不投降。

如今，楚科奇人是非常开朗友善，相当直率的民族，他们就仿佛一群大孩子。"你去哪儿了？怎么没来猎海象？萎了，怎么地？"一个路人问我。这么说话也没有什么特别的，要知道楚科奇人常常互相亲切地称呼对方"毛猴子"或者"小鸡鸡"。

我在埃努尔米诺认识了一户普通楚科奇人家。父亲尤里是海象猎人，母亲艾莉薇拉是家庭主妇。艾莉薇拉认为，埃努尔米诺的生活有些枯燥,大家都待在家里。从前,文化之家还会举行一些活动,现在那里已经悄无声息了。哪怕能给村子连通互联网也好啊。在楚科奇有一项为全村免费通网的面子工程,但它的信号很差,人们只能在窗台收到网络信号,而在此之前,大家都坐在唯一的电视频道前。

尤里与艾莉薇拉有好几个孩子,其中最小的是17岁的罗玛,他与父母居住在单间小木屋里。罗玛是这里的名人,他是俄罗斯的第一个"千禧"宝宝。楚科奇的时间比莫斯科要早9个小时,小男孩罗玛出生在拉夫连季亚的父母家,出生于2000年的0时15分,这时候全球大部分地区还停留在1990年代呢。沉默寡言的罗玛在拉夫连季亚读完了中小学,并在夏天返回了家乡。明年春天,他打算参加狗拉雪橇比赛,在冰面上滑行上百公里,直到堪察加半岛。

埃努尔米诺的村民都乘坐狗拉雪橇穿越苔原,这里的雪地摩托非常少。明天,罗玛应该与他的内兄楚贡(Чугун)一道前往内特登海岬猎海豹,我同他们搭伴前往。我们的交通工具是狗拉雪橇,在这里,即使不下雪的季节也可以乘坐狗拉雪橇。狗子拉得很欢,但雪橇在沙地与草地上跑得不容易。罗玛站起身,在雪橇一旁步行。后来当雪橇需要翻越一处较陡的山岗时,我也下车步行。狗子拖着稍轻松些的雪橇先行一步。

我们在岸边发现了狗群,它们已经享用过海象的内脏。如今很难再让它们跑起来了,但罗玛有自己的办法。他从地上捡起一小截撞坏的木板,将它一分为二,用带钉子尖头的一面打狗。狗子疼得嗷嗷直叫,不得不服从罗玛前进的指令,很不情愿地向前跑起来。

在俄罗斯有一项独特的娱乐活动,那就是与行政长官会面。我很幸运地在埃努尔米诺见到了地方负责人。在我来到埃努尔米诺的一个月前,这里刚刚举行了一场村领导的选举。得益于反对派的多数选票,前电工鲍里斯·格特罗斯欣(Гыттыросхин)当选了村主任。有人称呼他"村庄怪人",但52岁的格特罗斯欣却认为自己是村里少有的知识分子。他甚至抱怨,所有人谈论狩猎海象的场景是多么沉重。他向我展示了一台好不容易弄到的卡西欧电子琴。他演奏了自编曲目《我们是星尘》,歌曲传达出一种深入宇宙的孤寂感。鲍里斯以前还组过乐队,乐队的俄语直译名是"水分子",但后来解散了。格特罗斯欣早在苏联时期就是电台爱好者,他从阿拉斯加的电台汲取潮流音乐的养分。

因为眼睛受伤,格特罗斯欣不得不离开电工岗位,但转眼间,他又被推上了村领导的岗位。他计划在埃努尔米诺修建新的住房、肉联厂与雕刻师工作室,不过他的几位前任也均提出过宏大的计划。

我在埃努尔米诺的医疗助产站过夜。这栋现代性建筑甚至带有浴室与洗手间,可惜没有自来水管。医疗站唯一的居民是护士尼娜。她是南西伯利亚的阿尔泰人。尼娜需要从早工作到晚,直到深夜才能得闲喝一口茶。她告诉我,重病患者会被直升机送往拉夫连季亚,但正如我们所知,有时候直升机非常难等。"新年时,有一个男孩遭遇重度烧伤,眼看着一周之内都没有直升机,我不得不亲自上阵照顾他,令他转危为安。"

在工作中，助理医师会触碰到村里许多家庭的痛点。她不止一次为家暴受害者缝合伤口。尼娜说，女人常常会在绝望的时刻用刀割伤男人。如果家里有问题，孩子就会被送往医疗站。助理医师会寻找他的亲戚并且临时安置他。人们很少将孩子交托给公益机构，楚科奇唯一的保育院位于800公里外的阿纳德尔。然而，临时或者永久收养义子女确是楚科奇人由来已久的传统。比如，斯塔斯·塔耶诺姆就收养了亲戚的儿子——一个14岁的男孩，因为他的母亲酗酒成性。

有一天清晨，我犯了一个大错。那天早上，当我出门散步时，我不忍心叫醒尼娜锁门，结果在她睡觉时，有人摸进了医疗站，搜遍了接待处所有的柜子，偷走了医用酒精！楚科奇人酷爱饮酒，甚至根据官方数据，他们每人每年能喝掉34升酒精，这是俄罗斯人均酒精饮用量的两倍还多，是芬兰人均的三倍以上。这里的酗酒随处可见。在埃努尔米诺有人直接在路上乞讨买酒钱。商店里喝醉的女人挥手打孩子，响亮的"啪"的一声，只是因为他想买糖果。没有人阻止女人的行为。当我去熟悉的海象猎人家做客时，男主人打开了一瓶伏特加，刚灌两口就令人惊讶地醉了。半个小时以后，我试图离开，他整个人挂在我身上，强迫我坐下。在他妻子的帮助下，我才勉强脱身。

斯涅扎娜·克乌杰吉娜（Снежана Кеутегина）是猎人合作社的管理员，她组织了女性戒酒小组。她的电话总是吱吱响个不停，那是小组成员在向她诉苦。克乌杰吉娜被这些消息折腾得心烦意乱。她想要恢复以前的制度，将村子里的售酒日减少到每月两天。市议会将立法草案提交到了省区杜马议会。如今，

只有国营商店可以出售酒精，而且仅售伏特加。但选择的减少促成了自酿酒的遍地开花，

对酒精的极度需求还造成了其他社会问题。许多人患上了肺结核。村里连续几年出现了自杀浪潮。比如，克乌杰吉娜的两个兄弟上吊自杀了。2009年，拉夫连季亚区的自杀比率达到了每10万人中就有370人自杀，这创下了世界纪录。欧盟的比率是每10万人中有11人自杀。"自杀是因为他们的生活没有任何值得留恋的东西。许多人只会从海象身上割下肉块，压根不考虑将来。清醒的人不会自寻短见，这只会发生在那些酗酒成性的家庭里。"塔尼亚·沃罗比耶娃这么认为。

埃努尔米诺村的孩子很多。"What is your name？"[1] 好奇的小男孩们会这样问客人。位于村子中央的学校外形像是一艘宇宙飞船。那里在上反酒精宣传课。老师和学生们观看教育短片，内容是动漫化的酒精如何杀死了脑细胞。学校提供一天三餐，学生在校做功课。这是埃努尔米诺村少有的可以洗手与洗脸的地方。"我喜欢孩子们的坦率。他们和普通孩子不一样，自由自在，信任他人。他们没有社交礼仪的概念。我甚至不知道，是否有必要一直纠正他们的一些行为？"校长玛琳娜·达尼洛娃（Марина Данилова）坦然承认说。这位俄罗斯女性连续两年蜗居在埃努尔米诺，即使假期也没离开半步。她大部分的下属都来自遥远的卡尔梅克共和国。

学校总共四个年级。到10岁时，孩子们在埃努尔米诺的

---

[1] "你叫什么名字？"

童年就结束了,他们将被送往260公里外拉夫连季亚的寄宿学校。他们只能在夏天看见父母,如果幸运的话,还能在新年见面。玛琳娜·达尼洛娃希望孩子们能在埃努尔米诺待更长时间,但这需要重组学校。部分去往拉夫连季亚上学的孩子就留在了当地,而那些回来的孩子遵从古老的生活习俗,以海为生。倘若没有海象,也就没有埃努尔米诺村。

我按照计划回程,但我的行程中断在阿纳德尔机场。我准备搭乘的维亚航空(ВИА-Авиа)破产了,公司的老板逃去了土耳其,数十万张已经出售的机票面临作废,普京在电视上大声呵斥部长。

一个月以后,我在深夜被电话铃声吵醒,电话那头是埃努尔米诺的村长鲍里斯·肯特格罗斯欣。原来,他收到一封俄罗斯石油公司的来信,要求村长签字以示行政机构允许其在楚科奇海域开采石油。"大伙都很反对。你得回来帮我们掀起声势。"远处的声音对我说。

村子面临着艰难的选择。我不知道,我能怎样帮助肯特格罗斯欣,但我衷心希望,俄罗斯能更加重视继承数千年传统的猎人、海象与北极熊们,而不是时代末的石油热。

只要见过一次海象的眼睛,你就永生难忘。

我们人类是否能够与来自北冰洋的优雅迷人的"长胡须"和谐相处,哪怕只是留给它们一小块地球角落?

狩猎

同村人提议在林中散散步，但这一夜我们目睹了奇迹。
萨哈（雅库特）共和国，乔赫乔尔

秋末的某个周一，我同村里认识的男人聊天。我问他，乔赫乔尔村的源头，那无穷无尽的原始森林里有什么？有没有野兽？或者生活在湿地附近的人？

"有，"他回答说，"我们去看一看？"

古时候，三三两两的雅库特家庭会以氏族公社的形式聚居在原始森林的凹陷湿地。他们在热溶洞湖附近安家，因为那里有放牧所需的一切——水源与草场。但在苏联政府推行村社农业集体化后，人们被迫迁入像乔赫乔尔这样的村子。这造成了日后几代人一系列的社会与心理问题，以及村子附近草场的过度放牧。

于是，星期三一大早，我们就坐上了我可靠的俄罗斯越野车瓦滋旅行者。很快，我们一脚油门爬上了陡峭的斜坡，接着猛地扎进了原始森林深处。我们一行共4人，妻子和孩子们没有参加，他们非常乐意留在家里。我们开了5个小时，仅仅行驶了65公里，因为这里压根没有路，只有隐约可见的轮胎印，我们只能挂着一档龟速前进。

滚烫的发动机将车厢烤成了桑拿房,此外还得忍受坏掉的加热器不断将热量注入驾驶室。好在大部分时候开车的人都不是我,这需要全程保持高度紧张,注意别让车轮陷进半米深的辙印里。

最近,我收到不少芬兰的来信,许多人在信中问我,嘿,冻土生活怎么样?我并不知道如何回答,因为冻土其实离我们有1500公里之远。

乔赫乔尔的地域特征大致相当于斯堪的纳维亚中部,这里也有落叶松的原始森林。那一天,我们穿过了一片黯淡的落满松针的、正在凋亡的森林。雅库特缺少变化的自然环境很难称得上漂亮,但是它悲伤肃穆的单调令人印象深刻。原始森林中时不时地露出一片沼泽地,那里生长着挺拔的白桦树,枯槁的树干直耸向天穹,仿佛在祈求帮助。不知从何而来的松鸡偶尔从车旁边飞出,要么就是金鹰在高空一闪而过,除此之外再无其他生命迹象。这在西伯利亚很常见:野兽尽量避免与人打照面,况且这里也有足够的空间供他们逃跑。

但原始森林并不是荒无人烟。我们时不时地碰上毛茸茸的西伯利亚矮种马牧群,而森林中央也会突然露出一片种满了黑麦的田野。我们驶过一家合作养马场,那里不见一个人影,我们向马场深处走去,发现了一栋过夜的小木屋,四周一片死寂。最终,我们在木屋床上找到了几个在大白天喝得不省人事的牧马人。我们没有打搅他们的安静时刻,走出木屋继续向前。

我们抵达了另一片养马场,这是一个去年冬天才修起来的湿地社区,它属于来自涅苗基奥恩察村(Немюгюнца)靠烘培生意发家的几兄弟们。这里禁止饮酒。社区的土地面积达到了3000公顷。说不清这里有多少匹马,但数量显然不少。

这里有4台拖拉机,崭新的车库与拖拉机库,两栋住宅,新修的木柴炉子和热水供暖系统。下一周,他们计划安装卫星天线与互联网。这里暂时只有男人们在工作,但是等到将来条件成熟后,他们计划将妻子和孩子都接过来。如果有机会的话,许多雅库特人都准备回到这样的湿地社区生活。

表面上,我的老熟人是向我展示湿地社区,但实际上,他们却另有目的。在来的路上,我们遵循雅库特习俗,在一棵萨满树前稍作停留,将碎布与马缰缠在树枝上,把薄饼丢在树根处。这是为了讨好树灵巴伊阿纳伊(Байанай),向它祈求祝福,保佑男人们在森林荫蔽下一切顺利。

我们此行的目的当然是打猎,这是许多雅库特人疯狂热爱的活动,也是他们的生活意义所在。在原始森林里,他们瞅见动物就打,来者不拒,不管是狗熊、驼鹿、鹿、兔子、狼獾、狼、鹅、柳雷鸟,还是别的什么动物。踏足原始森林的重要目的就是打猎。事实上,每一个进入原始森林的人都带着枪。人们用各种各样的捕兽夹抓皮草动物:旱獭、黑貂、白鼬、狐狸、麝鼠,还有松鼠。在雅库特北部,我看见过人们如何布置自捕网——一种针对北极狐的陷阱,以及如何从沉甸甸的原木下拽出被压扁的、冻僵的动物尸体。当然,这些捕兽夹并不全部符合现代狩猎的无痛苦理念,这自不用说。

临近傍晚,我的老熟人一脸狡猾地告诉我,他该出发了,紧接着就与两个同伴钻进了停在农场的瓦滋旅行者迷彩越野车,消失在树林中。不知道为什么,他们没带上那十来条猎狗,任由它们吵闹个不停。他们直到第二天凌晨才回来。一回来,他们就在院子里剥狍子皮。他们是利用车灯晃瞎了狍子眼睛,然后趁乱开枪打死了它们。

犯不着美化这些原住民们对大自然的态度。"拿枪进森林可不是为了散步。"一个当地老乡这么向我解释西伯利亚的现代狩猎文化。这不是传统的打猎,简直是劫掠,而且越简单粗暴越好。与我一同进入原始森林的老熟人告诉我,在困难的1990年代,他平均一天能打50头狍子。

在雅库特,打猎与古老的传统和信仰相关,但如今的狩猎装备都是高效的现代化装备,有雪地摩托、汽车、四轮摩托与半自动猎枪。而巴伊阿纳伊现如今成了一家狩猎连锁店与一本狩猎主题双语杂志的名字。顺带一提的是,这家杂志的编委还包括共和国自然环境保护部。在雅库特每年的大型春季狩猎展上,人们都会纪念巴伊阿纳伊。这里还重新繁育了几乎绝种的猎犬——雅库特莱卡犬。

但总的来说,打猎在俄罗斯受到严格管控。猎熊和猎驼鹿需要获得专门的狩猎执照,而猎狍子则需要获得许可。一个同村老乡向我抱怨,普通人拿不到猎狍子的许可,它们都发给最上面的人了。村子一年的狩猎配额是一只狍子。

在返程路上,他们分给我几公斤狍子肉,这样一来,我也算某种意义上的共犯了。狍子肉的确相当松软,是我吃过的最美味的肉之一。妻子说，它有些像壮年驼鹿的肉。大儿子的评价是"中等水平"，但这对他而言已经是相当的赞许。他们还没有深入体验西伯利亚佳肴的异域风情，只吃些家常菜，用他们熟悉的方式烹饪当地的食材。不过这也蛮不错。

新年过后，我请求我们的村长尼古拉给我一间政府大楼的房间作为办公室。非常出乎我意料的是，他清空自己的办公室让给了我。我得到了一间布置妥当的办公室。如今，我工作在弗拉基米尔·普京与雅库特伊尔·达尔汉——伊戈尔·鲍里索夫的不懈注视下，被俄罗斯国旗与雅库特行政区旗包围。如果在这样的环境里还写不出好文章，那无论在哪里都写不出了！

尼古拉会在召开管理会议时出现在行政中心，他要提交待审查的事项。有一天，我凑巧参加了一场会议。会议的主题恰好是雅库特自然环境保护部提议的全面禁止猎狍。"为了纪念环保年，他们建议禁止打猎。这里一年有2500人偷猎，但只能抓住其中的180人。"他开始朗读文件。

"我们怎么办呢？禁止他们，啊？"他一边敲击桌面，一边建议说。

在所有穿梭在大自然中的活动里，打猎是最能帮助人感受周围环境的一种，因为人不得不将自己设想成动物，预料它们的动作与行为。我自己不是猎人，但我时不时也喜欢吃些野味。我希望，人们能够理智狩猎，诚信狩猎，控制总数，要知道，人类的数量在雅库特可不少，比森林里的野兽多出了好几倍。我相信，这对猎人本身也有好处。

据说，当地居民早先还关心过大自然的平衡，认为每年猎杀的头数不能超过新生动物的数量。但今天的西伯利亚之所以偷猎成灾,当地居民、俄罗斯人、本地人、外地人,甚至包括外国人——每个人都难辞其咎。狩猎许可本身也常常被做成一门生意。在斯达诺沃山脊,当地居民为了钱给来自莫斯科的猎熊人引路,告诉他们冬眠洞穴的位置。网上能看到西伯利亚狩猎之旅的英文广告。

西伯利亚的许多物种因为打猎已经灭绝。据说,在雅库特中央区,野兔与驼鹿的数量急剧减少。西伯利亚旱獭已经变成了濒危物种,因为人们为了毛皮以及有药用价值的脂肪而大肆猎杀这一物种。狩猎西伯利亚北部的北方野鹿常常变成一场大屠杀,因为这种动物是大规模群居动物,它们很容易被枪击中。学者谢尔盖·济莫夫(Сергей Зимов)认为,在1990年代的下科雷马区,人们在高速雪地摩托的帮助下,仅仅花了两三个冬天就杀光了上千只野鹿。2018年冬就曝光了数十起在雅库特偷猎北方野鹿的事件,而且偷猎者只从动物身上剥去了用以制作软底毛皮靴的腿部毛皮。

我到雅库特北部萨克雷尔(Саккырыр)的养鹿人家中做过客。他们曾经狩猎雪地山羊,这是一种大角羊。早先,人们乘雪橇驱赶羊群,然后骑鹿爬至山顶,在猎狗的帮助下尝试捕获山羊,但这种捕猎大多空手而归。

生活在高山的山羊是该地区的特有物种,它们只生活于西伯利亚东北部。它们不算濒危物种,所以没有被禁止捕猎,但也需要相关的猎捕许可。当地人用它们的皮毛缝制衣物,并且将它们的肉奉为至佳美味。现如今,萨克雷尔的猎山羊活动变得十分流行。当地人告诉我,在我到访期间就有18支队伍在猎羊。以前人们藏在山坡上守候,伺机抓捕山羊。现在,这场狩猎变成了摩托雪橇的追逐赛,如果没能逃上陡峭的山坡,即使最灵巧的山羊也难逃一劫。据说,因为狩猎爱好者数量的增加,山羊总数已经成倍地减少。

狩猎大奖是一种无角的,几乎半米高的麝香公羊——香獐。公香獐有其他山羊没有的东西:气味强烈的皮脂腺分泌物,也就是麝香,可用来制作香水或者药品。养鹿人小屋里的一个埃文人,当地的焊工,向我展示了人们利用绳套猎捕香獐的手机相片。一只香獐可以提供15克的麝香,据他所说,这价值500欧元(相当于35000卢布)。至于香獐属于濒危物种以及需要相应的狩猎许可,那又能如何呢?

当我提醒他这一点时,他很快回击我说:"那我们埃文人比香獐还濒危呢。"

阻碍偷猎行为有可能带来生命危险。我与一名当地老乡聊过天,他是自然保护区的警卫。有一回,他找到了一处四周挂满香獐胴体的小木屋,但也被偷猎者打伤了脑袋。后来,他得了脑血肿。他说自己不再健康,总是头晕。警察展开过调查,但后来他宣称自己是从雪橇上摔了下来。他不想引发冲突:"最好他们偷猎他们的,我过我的。"这片区域有自己的规则。

春天时,我受邀参加了勒拿河对岸一场有趣的活动。人们在一片清理干净的林中空地拴住一只狗熊,接着放出一条猎犬,猎犬开始狂吠并且试着攻击笨拙的野兽。两名男子用力拉住拴狗熊的链条,以防它碰到狗。这是一场莱卡猎犬比赛:莱卡犬们相互攀比着向狗熊吠叫。坐在凉亭里的裁判宣布分数:"完美履行指令,始终压制猛兽,并且敢于靠近,勇气分满分。侵略性不足,有前扑动作但没有攻击,16分,叫声中等,3分。"

这头狗熊看起来已经疲惫了,而且对周围毫不在意。它一周前才从冬眠中苏醒,现在一大早就被一群猎犬吵闹。森林之王只有在吠叫声超出忍耐极限时,才会被迫咆哮。在芬兰,这种利用自小驯服的狗熊来测试狗吠被认为是对动物的侮辱,但这里却洋溢着节日的气息。各个地区的主人都带着自己的狗来参加活动。比赛的大奖是价值50000卢布的、具有GPS定位功能的项圈。俄罗斯杜马议会支持过一项禁止接触性驯养[1]的法规。但这条法规引起了强烈的反对。雅库特的杜马代表费多特·图穆索夫(Федот Тумусов)支持这条法案,他即刻就成了猎人们攻击的对象。坚持限制打猎的议员在西伯利亚很快就会变成一具政治死尸。

春天是"迫害"狗熊的好时机,4月份正是猎熊的季节。尽管猎熊需要执照,但狗熊的数量很充足。熊肉在这里并不特别受追捧,但熊掌与熊胆却被当作辟邪物,与芬兰的古老习俗一致。此外,春季还有一个更重要的习俗,那就是打游禽。人们在春秋两季猎杀大雁与野鸭,这正是它们筑巢与迁徙的季节。在WhatsApp上我见过骇人的打猎场面,地上摊着数百只大雁的尸体。这造成了野禽数量的减少。但猎人们坚持称他们只打

---

[1] 接触性驯养(контактная притравка),即让猎狗攻击人工驯养或捕获的狐狸、狗熊、浣熊、狼等动物,以提高其狩猎技巧。这种手段十分残忍,猎狗往往会将对象活活撕碎——译者注。

公鸭与公雁，然而这在实际操作中很难实现。

我们村的男人，只要是能举枪，就会打游禽。积雪刚一消融，村子周围就会响起枪声。因为春水泛滥，草地上形成了许多湖泊，人们在湖岸边支起棚子，猎人们在这里守候降落湖面的野禽。第一个打下野鸭的人将被视为英雄。有一天傍晚，我跑步经过一处湖泊，棚子里有人开了一枪，他或许是没注意到我，或许正是冲我而来。

这一次狩猎之神巴伊阿纳伊没有赐予他战利品，子弹擦肩而过。

堪察加

半岛上沉睡的家伙苏醒后,周遭的世界每时每刻都在发生变化。
克柳切夫火山（Ключевская сопка）,堪察加半岛（Полуостров Камчатка）,彼得罗巴甫洛夫斯克

只要天色一暗,火山就苏醒了。

我们一整晚都在欣赏面前这座震撼雄伟的尖峰,以它为中心,四周弥漫开数千公里的烟尘。而且只在天色黯淡时,5000米高的克柳切夫火山才展现出任性的一面,大地突然就变得魔幻起来。山顶的岩浆迸发出耀眼的鲜红色,漫过漆黑的、陡峭的锥形峰顶,在被积雪覆盖的下方山坡处凝固成崩石。群星在万里无云的夜空陡然绽放光芒,月亮照映着积雪的山脊与陡峭的峡谷——得此美景,夫复何求？看来不枉我从乔赫乔尔急忙赶来,这样的景色只在远离雅库特2000公里的地方才能瞧见。

耸立在太平洋堪察加半岛上的克柳切夫火山可不是普通火山,而是欧亚大陆上最高的火山,海拔高达4835米。乍一看,它的顶峰触手可及,但实际上,攀爬陡峭多层的山脉需要花费数天时间,而且不能碰上火山爆发。所幸的是,我们现在距离山顶相当远,大约10公里,所以可以安全无忧地观察火山爆发。

在峡谷另一侧，别济米亚恩内[1]火山在"抽烟"，它随时可能爆发[2]。在更远的另一边，耸立着令人害怕的，棱角分明的，不可预测的希韦卢奇火山（Шивелуч）。它爆发后向天空倾泻过大量火山灰，形成了数公里高的蘑菇云。附近的地形均由火山造就，这里的山谷不似地球，而是更像月球表面。普通树木因为频繁的火山爆发而无法成材，这一带均覆盖着陡峭的岩浆岩，它们层次分明，有玄武层，也有灰烬层，它们因塌陷而变得坑坑洼洼。这也是为什么1969年至1989年苏联科学家要在这里测试月球车。

克柳切夫火山已经喷发了半年之久，但我直到最后时刻才赶上，因为大雪持续封锁着通往山脚的道路。我们的队伍用了一整天的时间从堪察加的首府彼得罗巴甫洛夫斯克来到这里，直到昨晚上才抵达。我们半路造访了最近的小镇——克柳奇（Ключи）。为了避免麻烦，我们没有作过多停留，因为根据官方说法，这是一座不对外国人开放的城市。那里驻扎着俄罗斯航空兵部队，而希韦卢奇火山背面是洲际弹道导弹实验靶场[3]。

像克柳切夫火山这样规模的喷发，在堪察加半岛属于家常便饭。自数亿年前的火山大爆发后，地球表面总体的火山运动频率已经降低，但堪察加一带的地表仍在运动。这里总计有300座火山，其中包括30座活火山。每年进入喷发期的有1座至8座火山。堪察加火山属于环太平洋火山带，这里的太平洋

1　别济米亚恩内（Безымянный），词根为无名的（безымянный）——译者注。
2　它在2020年10月爆发过一次，喷发高度达到了10公里。
3　库拉（Кура）靶场。

板块正在钻入大陆板块下方[1]。世界上大部分的火山都位于这一环火山带上，它包括了与堪察加接壤的库里尔群岛（Курильскиеострова），日本西海岸与南北美洲沿岸。

  在征服西伯利亚期间，俄罗斯人不得不来到堪察加。18世纪初，他们在那里发现了地球表面最有趣的现象。他们二话不说就在三座火山之间建立了堪察加的首府，他们选址的主要依据是那里有便于船舶来往的港湾。据说，当地的科里亚克人害怕并且敬畏火山，但另一个鹿背上的民族——埃文人恰恰相反，他们善于利用火山的热源，比方说，马尔基一带的温泉与硫磺泉。我们在前往克柳切夫火山山脚的路上就跳进了其中一个池子。

  火山喷发的残留物在堪察加随处可见。地表有成片的火山灰以及不久前被喷发物覆盖的区域，那里的植物甚至还没来得及突破覆盖层。除温泉外，这里还有酸性泉与间歇泉。山坡上的喷气孔会冒烟，或者喷发含氢硫化物的火山气体。这种气体很危险，在乌宗火山（Узон）附近有一处被称作死亡谷的地方，这里经常发现狗熊和老鹰的尸体，因为此处地表笼罩着许多有毒气体。当然，堪察加也是地震多发地。比如，2006年半岛北部就经历了一次7级地震，震塌了一些建筑物，而在冬季最寒冷的时刻，偏远村庄的供暖系统也因此受损。

  白天克柳切夫山脚下的小木屋里鼾声大作。火山爱好者们兴奋了一整晚，到了白天就补觉休息。我们住在一处歪斜破屋，

---

[1] 俯冲运动。

这是火山学家使用的小木屋，它已经见证了许多历史，但依旧在履行自己的职责。我们成功点燃了快要散架的炉子。我们一行总共6人：两名自然保护区的工作人员、其中一位的妻子、司机以及年轻的女摄影师。所有人都从彼得罗巴甫洛夫斯克来。

那对夫妇提前一天抵达，丈夫甚至抓拍了一张身形巨大的狗熊驻足小木屋旁的相片。狗熊既好奇又平静地看向镜头。我们很幸运地没有碰上熊，但我们看见了它留下的足迹，巨大的脚印相当于五个成年人的脚掌。

堪察加熊是俄罗斯体型最大的熊，它们数量众多，大约有2万头。不过最近一段时间，说实话，它们的数量开始减少，因为人类活动越来越深入半岛，它们迁徙到半岛更深处。通常而言，狗熊不会对人造成危害，但即使如此，这样的碰面偶尔也是致命的。

我们一行的领队是精力充沛的亚历山大·比琴科(Александр Биченко)，自然保护区的工作人员兼登山运动员。他一边打扫木屋和附近地方，一边把游客到火山学家都骂了个遍："人们在这丢垃圾，算计好有人会来收拾。"

比琴科是百分百的火山怪胎：他跑遍了堪察加所有的火山，甚至为火山搬到了堪察加。在部队服役期间，他主动选择好朋友服役的地方——堪察加，于是就这样留了下来。他帮火山学家将器械与帐篷扛到难以抵达的观测高台，收集熔岩、火山灰与火山气体样本。整整10年的时间里，比琴科以保安的身份在联合国教科文组织保护下的堪察加国家火山公园工作。公园中心恰巧就是这条由托巴奇克火山 (вулкан Толбачик)、别济米亚恩内火山、克柳切夫火山与希韦卢奇火山围成的峡谷。

比琴科认为，堪察加是世界上最好的观测火山地点，因为这里可以自由自在地欣赏火山喷发，没有人会来碍事。"在日本与夏威夷，通往火山的道路会被封堵，火山爆发与任何人无关。但俄罗斯人总是打破一切常规。2012 年，托巴奇克火山爆发，政府官员们竖起了两块禁止通行的黄色牌子，但整个彼得罗巴甫洛夫斯克为了一睹火山的风采倾巢而出。人们在滚烫的山岩上烧烤，将气雾罐扔进岩浆弄出爆炸。"他描绘道。

比琴科认为，堪察加的独特之处在于拥有世界上所有类型的火山。这里有如克柳切夫火山般的圆锥形的，层次分明的层火山；如别济米亚恩内火山般的圆顶喷发性的火山；如乌宗火山般的碗状内凹盆地性火山；如托巴奇克火山般的夏威夷式低矮渣锥形火山；以及几乎笼罩住彼得罗巴甫洛夫斯克的阿瓦恰火山（Авачинская сопка）这样奇形怪状的火山。

堪察加的独特魅力在于，你始终可以观察到自然在变化。"35 年来，我见过火山喷发如何造成酸性泉，如何充盈湖泊与河流。悬崖崩塌成碎石，间歇泉出现又消失，数千米高长的峡谷被夷为平地，岩浆如何熔化了冰川。"堪察加最负盛名的景点是间歇泉山谷，2007 年，一场山体滑坡引起的泥石流截断了上流，令瀑布与部分间歇泉干涸。直到 2014 年，新的岩石下沉令河流改道，间歇泉山谷才重现人间。

比琴科曾在火山口边缘处观察喷发，并且行走在滚烫的岩浆中。"穿着厚底鞋子可以快速行走在 700 度的岩浆表层上，"他确定地说，"岩浆给人的感觉就像黏土和蜡泥，但鞋子当然会被烫坏。"他差一点被困在岩浆中,两次在火山口恰好碰上火山喷发。在我们到来的两周前,他正前往希韦卢奇火山,火山突然喷射出一股气体,向空中释放燃烧的火山灰。"我们冲向车子撤离了,因为这会有生命危险。"

幸运的是,堪察加的火山喷发大多发生在远离人口中心的地方。而且尽管彼得罗巴甫洛夫斯克四周一圈都是火山,但像怀特岛与新西兰那样的灾难至今未曾发生。1945年,阿瓦恰火山像当初维苏威火山毁灭庞贝城那样,向外吐出大量火山灰,只不过是朝背离城市的一面。但火山学专家认为,这也许对附近的达恰和山脚的煤气管道造成了威胁。

2012年至2013年,比琴科与许多火山爱好者美梦成真,他们在堪察加长达10个月的时间里都可以观测到托巴奇克火山的大爆发。托巴奇克火山的高度超过了3000米。在前往克柳奇的路上可以清楚地看见这座火山。它的双子峰中较矮的一个是活火山,它最近一次喷发记录是1976年。根据俄罗斯火山学家们的估算,该火山还需十年时间才能积蓄足够的岩浆以喷发,但事实却出人意料。

2021年11月27日清晨,地震监测站记录了地底的一次"呼吸"——几下非常轻微的震动。但数小时后,还未等火山学家们发布预警信息,就听见了一声巨响。

火山山体裂开了一个大口子,上千度的液态玄武岩浆从中喷洒而出。成团的岩浆被爆炸抛向300米的高空,尔后在空中冷却成块,人们将这种现象形容为火山炸弹。火山灰冲到了1000米之高。15米宽的岩浆流以10公里的时速流入山谷一带,开辟了新的峡谷,放倒了沿途的树木。先前冷却的熔岩形成了沟槽,熔融的岩浆又沿着它继续流动。岩浆覆盖了火山学家的田野观测站、小屋和道路。但不管怎么样,我们还是能够无危险地近距离观测火山喷发。那次火山爆发的结果至今可见:托巴奇克火山造就了数个温度高达100度至300度的熔岩洞穴。

回彼得罗巴甫洛夫斯克后,我拜访了当地的火山研究所,它成立于苏联时期。火山学不是俄罗斯最有影响力的科研领域,但堪察加理所应当是该学科的中心腹地。在这栋苏联建筑的房间门上挂着各种牌子,比如"海底火山研究部"。它们保存着昔日的辉煌记忆。以前,这里有研究海底火山的专家,但现在已经没有经费维持这份骄傲了。在其中一扇这样的门后是"学者杂物储藏室",这里的墙面上悬挂着一个塑料管制作的"火山机器"模型[1]。

"我研究喷发的原理机制,"办公室主任阿列克谢·奥泽罗夫(Алексей Озеров)告诉我,"这是我组装的一个微缩模型,我想用它展示垂直管道内的流体动力学原理。"奥泽罗夫认为,堪察加是火山学者的理想观察站,因为这里一年从头到尾都有火山爆发,不像在夏威夷与新西兰。"世界上有许多坐在电脑前工作的火山学家,他们紧盯着测声站与地震监测站的数据。但我认为,科学家应该尽可能地接触现场。感受岩浆,踩一踩火山灰。"他的声音中流露出自豪。

火山学家穿着仿似宇航服的防护服在喷发现场活动,这套

---

[1] 一套岩浆喷发模拟设备。

衣服可以抵御上千度的高温。他们用粗绳与棍子捡拾熔岩块。完成这个动作要快，因为绳索在10秒内就会熔化。他们还收集气体样本，为此他们会戴上防毒面具应对危险的火山混合气体。今天，堪察加的学者们会以远足的方式完成田野考察，甚至在寒冬也宿营在简陋木屋中，因为直升飞机已经成了稀缺珍贵的资源。这是一份危险的职业吗？奥泽罗夫承认它有一定的风险，但比生活在城市安全多了。

成功应对火山喷发的关键在于准确预测喷发时机。为此需要科学，需要研究者。所以，第三世界国家的火山喷发更致命。喷发前的一个重要先兆是地震，但它并不是每一次都出现。火山山脚处安装有测量仪器，它用以测定那些人类无法感知的火山地底震动。卫星成像可以预警火山温度的反常。可以通过火山气体的积攒来判断喷发时间。可以通过观测熔岩成分变化来确定初期喷发的动态进程。

那么俄罗斯预测得怎么样呢？

时好时坏。第一次成功预测是在苏联时期，人们预测了托巴奇克在1975年至1976年的喷发活动。但是他们未能预测到它在2012年至2013的下一次喷发，也没能预测到阿瓦恰火山在1991年的喷发，它在喷发前没有地震预警。但万幸的是，这次喷发没有造成人员死亡。

火山活动带来了危害，比方说地震。彼得罗巴甫洛夫斯克的每一位居民都亲历过地震，并且很清楚他们住在火山之间。从前的房屋修建标准是5级抗震，现在是10级。为此需要更多的钢筋混凝土结构，这提高了修建成本。老旧房屋可以从顶层加固。

但火山也为堪察加带来了好处。人们在温泉附近修建了疗养院,火山与间歇泉成为了受游客欢迎的风景名胜。半岛上1/3的必要能源来自地表下的地热:地热蒸汽推动了发电机的涡轮。但即使不谈实际好处,光是听一听、看一看、感受一番大地微弱的咝咝声,用自己的双脚感受无生命向有生命的觉醒,就足以令人感到愉悦。

假期

芬兰一家人将飞往极圈内度假，尽管同样的机票价格足以让他们飞往泰国。
萨克雷尔，埃文–贝坦泰乌鲁沙（эвено-бытантайский улус）

　　西伯利亚地区的秋假一直延续到 10 月底至 11 月初。从雅库茨克可以轻而易举地包机飞往泰国，但我们买了飞往雅库特极地圈的机票。它的价格与飞一趟泰国相当。但我们毕竟是来欣赏西伯利亚的。

　　我们一家的度假目的地兼我的出差地是萨克雷尔。这是雅库特北部最孤独的村庄之一，仅有 1800 人口。它与共和国其他地点的联系仅限于航班。雅库特机场的值机柜台前簇拥着一大群人。携带大包行李回乡的雅库特人无情地插队到外地游客身前，直到他们得知，我们一家有相当充裕的行李额度，他们的态度才有所改变。于是，我们身边立刻多出一批想要购买多余行李额的朋友。

　　我们搭乘老旧的安 -24 涡轮螺旋桨飞机前往目的地，这是穿梭于雅库特各个乌鲁沙之间的常见机型。我们的飞机在一阵哆嗦与嗡鸣后，爬上了高空，自信地翱翔在大雪覆盖的群山之上，最后迎着晚霞柔和地降落在雪山间的漫雪跑道。孩子们一头雾水：我们飞到哪儿了？当地乘客也一头雾水地看向我们和孩子们。白雪将一座村庄和它的苏联式低矮房屋盖得严严实实。乡村道路上不时驶过雪地车或者大卡车。街上晃悠着耐寒的雅库特卷毛奶牛与毛色斑驳的杂种狗。其中几只狗子对游客颇有敌意，我在进屋时就差点挨了咬。主人家解释说，狗总在天黑时开始咬人。它们甚至对同类也毫不留情。我们的孩子看见街上的一群狗如何咬死了一只同类。

我们留宿在一对夫妇家，占用了他们两居室中的一间。这对夫妇大约50岁。快乐的斯维特兰娜是本地人，而稍显羞涩的尤里是来自俄罗斯中部斯摩棱斯克（Смоленск）的俄罗斯人。他一辈子都在雅库特北部工作，人到中年才遇见了斯维特兰娜。如今，他在萨克雷尔用自己的越野车干着拉客的活。他似乎非常想念故乡。他用冰箱贴将冰箱门装饰成了一处令人印象深刻的圣坛，其中有诸多圣像、斯摩棱斯克教堂与如画的风景、普京与梅德韦杰夫。是的，对于一个俄罗斯人来说，生活在萨克雷尔并不容易。幸运的是，当斯维特兰娜退休后，他就无须再受思乡之苦折磨。彼时他们将搬去斯摩棱斯克，搬去真正的俄罗斯。

村里的集中供暖很足，以至于屋子热得像桑拿房，甚至在极度酷寒时也要开着窗。斯维特兰娜与尤里也有自己的澡房，但我们两周里只洗过一次澡，因为极地圈里总是缺少木柴。天气方面，我们的运气不错：温度只有零下20度，就这个季节而言，这是一个较高的气温。我们距离维尔赫扬斯克（Верхоянск）仅有130公里，那是一个正在争夺世界最寒冷居民点头衔的地方。我同孩子们玩起了雪橇，他们开心地从澡房顶棚跳进雪堆，钻进路边一辆散架的废弃车辆里玩耍。

萨克雷尔所在的埃文—贝坦泰乌鲁沙是一个与世隔绝的地方，就连这里的苏联政权也在1930年才成立。半数居民是养牛与牧马的雅库特人。另一半是埃文人。就语言而言，他们已经完全雅库特化，但仍从事着传统的养鹿业。在乌鲁沙的山地苔原上生活着1.6万只鹿，占整个雅库特的1/10。

这里可以买到鹿肉、牛肉、马肉和各种野味，但却很难找到蔬菜与水果。我们被迫习惯生酮饮食[1]。商店里的蔬菜与块茎植物数量稀少，而且它们贵出天际。我们在萨克雷尔买了一生以来最贵的土豆：350卢布一公斤。在我们逗留期间，商店货架上的商品已经被气势汹汹地一扫而空，而运送食物的大棚卡车左等右等都不来。当卡车最终到来时，我们才勉强买到了一些东西。

村里的许多家庭还有孩子在身边。我们参加了"文化之家"的舞蹈之夜，欣赏了那里的hip-hop与弗拉明戈舞。看起来，这里的年轻人并没有成群结队地离开家乡。本地家庭可以获得七成的建房补贴，所以他们的房子建得格外结实牢固。雅库特萨哈共和国内奉行一种慷慨的地区补贴政策：埃文-贝坦泰乌鲁沙95%的财政预算来自共和国的拨款。共和国承担口粮的运输费用，主要是面粉与土豆。支出的大头是取暖燃料。冬

---

[1] 一种高脂肪、低碳水化合物的饮食方式。与此同时，不吃水果与面食，严格控制蔬菜的食用。

季公路[1]每年开通4个月，运输燃料总计40万吨。村子使用柴油发电机供电，每年的柴油用量达到了1500吨，也就是200辆到300辆卡车。

对这些地区的财政支持也得到了回报。俄罗斯的财富系于西伯利亚的自然资源，它们开采自本土居民世代居住的地区。确实，萨克雷尔还没有被开采，尽管这里的地表上已经发现了金、银与铂金。"这很好，"年迈的地区领导人伊万·格罗霍夫（Иван Грохов）告诉我，我在行政大楼里采访了他："我对大规模开采持怀疑态度。这对生态环境并不友好，也会污染水源。我们的财富就是与世隔绝。我们可以将它贩卖给游客。"

确实，我们大概是村子里唯一的旅客，但我们的度假差点被迫中断，因为我们的大儿子长疹子并且发烧了。多亏他康复了，我们才能将假期进行到最后。孩子们记住了让我们满头大汗的房间，还有雪山之间的小小村庄。

前往萨克雷尔的人们会随身带鸡蛋，但在返航时许多人与我们一样，会提满满一大白色口袋的肉。我们带着鹿脚从阳光度假地归来，我们亲爱的瓦滋旅行者早已在雅库茨克的机场停车场等候，可惜蓄电池已经没电了。

---

[1] 作者所说的冬季公路（зимник），即利用严寒低温条件，在河流、湖泊、大洋等冰面上架设的临时道路，因为只能在冬季通行，故称作冬季公路——译者注。

生病

白人小孩们给西伯利亚带来了风疹,收获了肠虫与疥子。
乔赫乔尔,萨克雷尔

哎呀!看起来,我们是村里流行病的源头。

白种人,具体来说是白人小孩们,给西伯利亚当地居民传染了赫尔辛基风疹。到乔赫乔尔的第一周,我们的小儿子就发了水痘。此前,他所在的芬兰幼儿园里出现过一例水痘。紧接着,大儿子就在学校里起了疹子。第二天他便留在家中休息,可已被传染的病毒携带者还在继续活动。短短几日内,芬兰风疹就传遍了几个年级。看起来,这场传染病会持续整个早秋。

"用泽连卡,泽连卡!涂一些泽连卡!"我们的房东奥克佳布丽娜严肃地叮嘱我们。"泽连卡"是一种绿色液体,是俄罗斯最受欢迎的洁肤用品。它是一种亮绿色植物的酒精溶液。涂抹在皮肤上的泽连卡会留下暗绿色斑点,所以人们利用这一点来制造丑闻,将泽连卡泼向他人,比如反对派政治家阿列克谢·纳瓦利内。

学校命令我们将我家 5 岁的孩子送往"医疗助产站"。在俄罗斯,人们常常这么称呼没有固定医生的乡村医疗点。"为什么不用泽连卡！"助理医师将我们痛斥一番。妻子的无色消毒法并不能应付水痘，只有绿色斑点才能保证治疗效果。

助理医师如临大敌地应对我们的风疹。她甚至严禁我们在村里走动，孩子们应该待在室内或者院子里。看来，她已经收到了不少来自家长的抱怨。我们的大儿子很快返校了，而小儿子经过长期仔细的检查后，在得到了助理医师的书面意见后才准许返回幼儿园。助理医师检查孩子们的流程总是同一套。她让孩子们张口说"啊"，伸出双手，摸脖子上的淋巴结，用手指掰开下眼睑。待在家里的孩子们甚至开始以模仿她为乐。

每天早晨，校医要给大儿子所在的年级检查身体。许多周以后，他的同级生还是一个接一个地病倒了。我们为此感到震惊，难道这里的孩子在我们到来前从未感染过风疹？如果从积极的一面看，我们也为他们提供了帮助，毕竟成年人患风疹那可难受得多。

好在这个过程是相互的，我们不止传播疾病，也感染疾病。整个秋天，我们遇到了各种各样的健康问题。到乔赫乔尔的第一天晚上妻子和孩子们就开始呕吐。第一周里，我们就遇到了腹泻与其他肠胃问题。我们断定是饮用水的问题。我们虽然遵照奥克佳布丽娜的嘱咐，把运水车送来的水烧开饮用，但这些水汲取自河岸草原的湖泊，而牛马群整日就在河岸边拉屎拉尿。我们趁圣诞节回了一趟芬兰，医生在我们的大便中发现了粪便感染导致的一种致病大肠杆菌（大肠埃希氏菌）。后来在这一年中，我们不得不多次服用驱虫药。

在乔赫乔尔，一群精力充沛的小伙子开办了一家初创公司

"古拉塔"（Куллата）。这家公司的业务包括售卖冰激凌，切割冷藏马肉与清洁饮用水。一桶19升的饮用水送到家需要100卢布，而后需要客户自行将瓶子送回。节俭的奥克佳布里娜认为这是赤裸裸的抢劫，但我们仍然订购桶装水并且坚信这是对自身健康的最佳投资。

等到我们调理好肠胃，孩子们又得了风疹。就在前往雅库特北部度假前夕，大儿子的上臂冒出了一些大疱疹。抵达极地圈萨克雷尔的小村庄后，他身上的疱疹变得越来越多。脚上的疱疹已经妨碍行走。直到有一天晚上，情况变得危急起来——儿子发起了高烧。我们担心病情恶化成了败血症。我在大半夜跑到了地区医院，叫来了救护车。男护士给儿子服下一剂退热药并且嘱咐我们，第二天早晨到医院向医生拿抗生素。但我们还是打电话咨询了芬兰医生，电话那头听见败血症的威胁后命令我们立刻服用抗生素。"不要等到早晨。"他坚持说。我们没有携带对症的抗生素，但医生建议死马当作活马医，随便什么抗生素都可以。当孩子服下第一剂后，体温迅速下降了，他开始逐渐康复。

返回乔赫乔尔后，我们不得不再次叫来了救护车。妻子割伤了手指，伤口很深。一辆顶着闪烁信号灯的瓦滋旅行者从隔壁奥克乔姆齐（Октёмцы）村开来。护士让我们垫上一个盘子，因为妻子已经血流如注。在没有施加任何麻醉的情况下，她用粗线缝合了妻子的手指，留下了一道极深的针缝。妻子疼得直发抖。后来，芬兰医生在检查伤口时说，这里至少需要三针缝合才足够。妻子的指头就这样永远地失去了部分知觉。西伯利亚在她身上留下了痕迹。

圣诞假期后，我们从芬兰返回雅库特。这正是流感肆虐的一段时间，雅库特共和国所有的中小学都停课了。有时你会觉得，这里的人们似乎在利用一切机会关停学校。因零下45度的严寒而限制低年级上课姑且可以理解，但学校同样会在艳阳高照的初秋停课，原因仅仅是"这段时间没有供暖"；或者因为各种流感、各类节日与庆典而停课。学生们严格居家隔离了整整三周。学校在这段时间大门紧闭，一片漆黑。孩子们各自隔离在家。根据法律，当共和国内在校儿童的患病率超过了20%，社会就该采取这样的措施。但令我惊讶的是，既然如此，为什么不限制其他的大规模人群聚集场所呢？比如，幼儿园、办公室、公共交通与军营？还是说，人们打心底认为，上学只是浪费时间？

我们的大儿子一直闲在家里，差点没把屋顶掀翻了。为了不落下功课，我在WhatsApp上询问老师，我的孩子该在隔离期间做些什么？老师的答复很简短："休息。"

不知是不是因为命运的捉弄，整个大隔离期间，无论是我们的孩子，还是村里的其他孩子都没有生病。入秋后，所有人都接种了流感疫苗，看起来乔赫乔尔躲过一劫。但当大隔离结束后，当孩子们终于聚集在一起时，他们就开始接二连三地病倒。这场一直未来的流感终于还是来了。于是，学校又一次停课了。

金刚石

世界上 1/3 的金刚石开采自永冻土，尽管这并不是什么好事。
阿纳巴尔河（река Анабар），托姆托尔（Томтор），维柳河（река Вилюй），米尔内

正所谓地藏千金，其名也盛，这个道理适用于雅库特。人们打趣说，上帝在这里冻伤了双手，所以失手掉落了门捷列夫的元素周期表。这一声轰隆巨响恐怕确有其事，因为在雅库特的这片永冻土下埋藏着俄罗斯绝大部分的金刚石。

老旧的"米-8"直升机在荒无人烟的、单调的原始森林上颤巍巍地摇晃了一个半小时。随后，脚下雪白的森林突然变成了方格毯，被一道道直线划分成均匀的小方块，这一片是地质学家的研究林。随后，地面裂开了一个巨大的盆口，许多自卸卡车行驶在蜿蜒的山路边缘。远处耸立着工厂建筑与工人住宅，远远看起来就像是奥运村，那里甚至还有一座金顶小教堂。

我们降落在大型金刚石开采公司阿尔罗萨的辖地。雅库特西部的纳克恩矿床（Накынское месторождение）与外界的联系仅限于航空线与每年四个月的冬季公路。1200 名男女为了生计来到这里，每天满头大汗地干满 12 小时，两周轮换一班（每

班的最低薪资是 40000 卢布，许多人当然不止这个数）。工人村有着严格枯燥的规定。工人们甚至会因打猎与钓鱼而被开除，因为领导不希望工人们迷失在原始森林里。

一提到开采金刚石，所有人自然而然都会联想到非洲。人们会谈起那些血钻，即军阀如何借助矿藏开采来资助战争。但金刚石市场上最大的玩家其实是俄罗斯，这个坐拥原钻的北方国度。

2019 年，国营企业阿尔罗萨的金刚石开采量几乎占据了全球的 1/3，达到了 3850 万克拉，估值超 30 亿欧元。而俄罗斯约 95% 的金刚石就埋藏在此处的雅库特永冻土层下。阿尔罗萨在雅库特有六个露天开采场与三座矿井。公司名下的矿藏储量预估有 10 亿克拉，所以按现在的工作效率来算，矿床还能开采 30 年。

纳克恩矿床是阿尔罗萨最年轻的矿床，发掘于 1990 年代。这里的矿石含钻量属于平均水平——每 1000 千克矿石含 4 克拉金刚石。"克拉"本是角豆树上一个豆荚的重量，重 0.2 克。但现如今，试想一下，人们为了这小小的一点自然物质会翻掘与运输多少泥土？

纳克恩矿床有两个露天开采场，其中最深处达到了 315 米。沉重的白俄罗斯别尔阿兹（БелАз）牌翻斗车沿着 5 公里的蜿蜒道路抵达开采场底部。在尘土飞扬的矿场底，人们凿穿地面，安置炸药，一次次地引爆与挖掘。接着，同一批翻斗车载着成堆的泥土来到地面。到这里为止，你尚且还瞧不见金刚石闪耀幸福的光芒。"我在这里已经工作了 15 年，从没见过金刚石。"

采矿场工头尼古拉·阿尔捷莫夫（Николай Артемов）告诉我。他在矿井外通过监控调度车辆。

而为了看见闪耀的金刚石，必须跟随卡车前往最近的拣选工厂。原矿先在那里被清洗干净，然后被一座巨大的磨坊碾为齑粉。这里不用担心金刚石，因为它是地球上最坚硬的物质。大量的碎矿石被传送带运往芬兰美卓公司生产的分筛机。在这里人们用水将矿石与渣滓分离。矿石将继续被送往专门的拣选机，这些设备将利用金刚石的特性拣选出它，比如不导电、不具备磁性、附着于油脂，以及它是伦琴射线下唯一发光的物体。如此这般便拣选出了纯粹的金刚石。穿白大褂的女工将它们收集好并存入另一个上锁的房间中。女工们在下班时需要脱光衣服接受检查。

金刚石从纳吉恩被运往 280 公里外的钻石之都——雅库特的米尔内市。人们在那里的分拣中心用机器或者人工为金刚石分级，依靠放大镜、显微镜与肉眼将它们划分成不同的重量、尺寸、形状与颜色品级的钻石。这里也是清一色的女工。她们归阿列克谢·叶夫斯特拉托夫（Алексей Евстратов）管理，他是生产部的二把手。"女性更加细致，她们的缺点更少，也更能胜任单调的工作。而且金刚石喜欢女人的手。"他解释说。

最昂贵的金刚石是那种无色的、匀称的八面体。裂缝与杂质会令它贬值，安娜·叶菲莫娃（Анна Ефимова）如此介绍说。她是这里的首席专家，此刻她的桌面上正放着几颗价值 1000 万卢布的石头。金刚石信息会被输入电脑进行估值。超过 30 克拉的大钻石会被命名。最大的钻石被发现于 1980 年代，出现在雅库特。它重达 342 克拉，并得到了一个非常有时代特色的名字——"苏共二十六大"。

小金刚石以及低品质金刚石会被用于制作工具。得益于金刚石的坚固属性，它完美适用于切割、打磨与抛光工艺。但金刚石行业真正的利润来自于首饰珠宝。它们占据了阿尔罗萨九成的收入。没有任何一家矿场会单纯为开采工业金刚石而建立。在雅库特北部的波皮加伊（Попигай）坐落着世界上最大的金刚石矿床之一，但它并没有得到开采，因为那里的金刚石品质达不到珠宝首饰级别。

金刚石的魅力在于它们的闪光，特别是钻石。这是一类棱角经过刻意打磨的金刚石，它在阳光下格外耀眼！金刚石的折射率极高，得益于此，不同角度的光线在它的表面甚至可以折射出不同颜色。

米尔内的市貌令人印象深刻：高层建筑相比于邻近的巨大露天矿场"米尔"简直是火柴盒。人们自 1957 年至 2001 年在这里露天作业开采金刚石，开采深度达到了 525 米。2001 年后，人们继续在地底深处开采矿石。全世界 1/4 的金刚石挖掘自这个巨坑。

的确，金刚石为雅库特挣了许多钱，但它还是没能成为雅库特的象征。一开始，雅库特人与埃文基人甚至不知道它们的存在。金刚石是最坚硬的碳结构，它属于金伯利岩，与火山爆发后冲出地表形成的火山筒成分类似。人们在 1930 年代第一次推测，雅库特可能存在金刚石，因为这里的区域地质情况接近于非洲金刚石矿床。但真正的金伯利岩开采始于 1950 年代。女性的细致在这项工作中再次发挥了重要作用：第一处金伯利岩于 1954 年由一支地质小队发现，带队的是两位女性——拉丽萨·波普加耶娃（Лариса Попугаева）与娜塔莉亚·萨尔萨德斯基赫（Наталья Сарсадских），她们在当地养鹿人向导的帮助下考察地表。

今时今日，人们借助空中电磁拍摄技术寻找金伯利岩，但如果矿床表层的覆盖岩层过厚，就需要使用地表电能探测。有几类矿石，诸如石榴石、镁铝榴石与锆石的存在能够表明金刚石矿床的位置。人们一旦发现筒状结构，就会展开测试钻探，探清矿层的具体位置。

当露天矿场开采到最大深度后，人们会以地底矿井的形式继续开采。雅库特最深的矿井名为"成功"，其深度超过了 1500 米，在这种深度已经开始出现石油与天然气。地底开采的成本是露天开采的 6 倍到 9 倍，但它也物有所值。

当冰层融化后，阿尔罗萨开始在北部河流冲洗金刚石。来自雅库特与俄罗斯不同地域的男人们齐聚此处，只为在 4 个月里一天 12 小时不轮休地拼命工作，公司的开采量会在短时间内翻上一番。

国有企业阿尔罗萨在米尔内市街头上的广告板上支持执政党"统一俄罗斯党"。钻石之都是一座极普通、干净甚至可爱的苏联风格的小镇。由于糟糕的交通状况，它稍稍隔绝于雅库特其他居民点。35000 名居民中绝大多数是来自俄罗斯其他地区的务工人员。

市郊修有一座华丽的东正教教堂，但教堂旁耸立着一尊多少有些不般配的斯大林雕像。他去世时，雅库特钻石还未被发现，但按照阿尔罗萨公关部门的说法，斯大林在当地作为天才的总设计师受人敬仰。

雅库特西部的任何活动，无一例外地都与阿尔罗萨相关，因为该公司的员工就有近三万人。阿尔罗萨拥有自己的幼儿园、文化之家、宾馆、疗养所、供暖与水务公司、航空公司、船务航运局、交通公司、道路修建部门、消防站、三座水电站、科研所、医院、住宅房地产，甚至奶制品工厂。但今时今日，公司的政策有所变化，它在极力脱钩这些非专业资产。公司的意见是，应当由政权服务社会。公司已经卖掉了自己的电视台，将通信服务转交给了共和国。但他们并不打算售卖机场，因为人们在起飞跑道下发现了金刚石。

矿石从米尔内起飞，运往莫斯科，其中绝大部分将出现在印度。如今，七成的米尔内钻石在那里被打磨加工。1990年代，人们在雅库特修建了几家小型打磨企业，它们中的大多数已经破产或者奄奄一息，但独立公司 Epl Diamond 仍屹立不倒。在它的工厂里，人们借助 3D 建模技术为金刚石挑选最佳构形，然后切割与打磨金刚石。而想要打磨出菱形钻石，也唯有借助钻石本身。

阿尔罗萨的标志性产品是一款名为"燃冰"的钻石。如果从上往下看钻石，你将看见几个箭头，但从下往上看，就会看见一颗心。这样一款重0.3克拉的钻石将在某处标价70000卢布，或者稍微低一些的价格。雅库特的珠宝生意场会提供更高的折扣，因为昂贵的钻石在经济危机时期很难出手。

由共和国国家基金筹办，在雅库茨克市中心举行的"雅库特珍宝展"展示了更为令人惊讶的钻石，这里既有珠宝艺术的杰作，也有独一无二的天然未打磨钻石。国家收购了参与此次参展的钻石，其目的也是为了保值。

阿尔罗萨有两个总办公室，一个在莫斯科，另一个在米尔内。米尔内的办公室对于雅库特共和国来说有着重要的纳税意义。我采访了公司的副经理，和善的矿业工程师伊戈尔·索博列夫（Игорь Соболев）。我们在米尔内的公司总办公室做了一番交谈，这里的建筑风格酷似"宫殿"。隶属经济部的阿尔罗萨有几年是名副其实的印钞机，但近几年行情走低。钻石价格在2009年与2015年经历了两次大跳水。"我们根据价格降低了2016年的产量。现在行情有好转。2016年的生产利润超过了20亿欧元。"索博列夫评价说。

阿尔罗萨与它的竞争对手戴比尔斯（De Beers）在数十年间控制了全球钻石价格，统一了产量，但欧盟在2008年破坏了这一联盟。尽管如此，两家公司对于价格跳水的反应是一致的——减少产量与囤积现货。索博列夫认为，公司依旧看好未来市场，为此它投入了十亿欧元开发新的维尔赫聂—蒙斯基矿床（Верхне-Мунское месторождение）。

与流行的看法相悖，索博列夫认为，钻石市场的目标群体并不是某些富豪，而是中产阶级。"我们的生意在那些中产阶级兴起的地区做得更好"他说，"中国与印度是有潜力的市场。人们一旦富裕起来，就会购买名表与钻石。"

那么人造钻石是否会对公司构成严重的威胁呢？如果连专

家也要凭借显微镜来区分人造与天然钻石呢?"未来并不清晰,但必须要说的是,这并不是一次市场危机。人造钻石能够吃掉1/5的市场,但这需要海量投资与三至五年的时间。而我们的利润很丰厚,我们能经受住人造钻石的冲击。"他补充说。

索博列夫甚至不屑于谈论人造钻石,认为它们压根不算钻石。阿尔罗萨利用钻石高导热但完全不导电的性质,开发出了可以轻而易举分辨真假钻石的仪器。换言之,公司在竭尽所能地让客户远离人造钻石。

依循苏联的传统,许多俄罗斯国营公司与大企业会举行一年一度的大会,在大会上公司领导层与各部门领导、工人与专家代表见面。今年,阿尔罗萨的公司年会在米尔内市的文化宫举行,场面非常有趣,因为这是公司新任领导的第一次亮相。由俄联邦政府任命的小谢尔盖·伊万诺夫将第一次会见自己的下属。众所周知,伊万诺夫之所以能在这个位置上,是托他父亲老谢尔盖·伊万诺夫的福,这位俄政府前副总理也是总统普京的亲信之一。

所有喇叭播放着恢宏的阿尔罗萨企业之歌,员工身着节日盛装,手持红旗与公司旗帜整齐划一地步入大厅。当36岁的伊万诺夫出现时,全场起立。工人代表轮番向新任领导提出尖锐的问题,其中许多问题涉及公司的外包政策。

"如果关停阿尔罗萨自己的交通公司,将有1500名员工失业,这将造成严重的冲击与社会动荡。我们还记得阿尔罗萨的口号,它告诉我们人比钻石重要。"一位受委托的公司代表面对新任领导说。阿尔罗萨奶制品工厂的女代表提醒大家这条原则的由来。"当地的雅库特与埃文基人曾经帮助寻找钻石的地质学家们,给他们食物,为他们带路。但发现钻石以后,我们的鹿牧场与居住地却因水电站而淹没。1960 年,为了安置被淹没村庄的居民们,公司组建了集体农庄,由它向公司供应牛奶、鸡蛋与肉食。"

伊万诺夫一言不发地坐着,由副经理索博列夫替他回答问题。这在意料之中,毕竟伊万诺夫是开采业的新人,他刚刚熟悉这个交付于他的王国。他谦虚地微笑着,既不像领导,也不像富家公子。他面对新下属的发言谨慎而简要。

散会后,伊万诺夫还要回答在场记者的提问。我决定利用这个机会提一个旁人不敢提的问题。"您的许多下属认为,您是借助家族关系走上这个岗位。您如何证明您在这个领域的专长,以及您在公司的升迁是因个人的努力呢?"伊万诺夫脸红了,但还没等他回答,坐在一旁的雅库特领导人鲍里索夫就接过话来,挽救了场面。"必须找一个了解金融体系的人担任领导。当我遇见谢尔盖·伊万诺夫时,他对公司的深刻了解与对生产工作的迅速把握令我折服。至于您提到的(家族关系),我们压根没想过。"鲍里索夫连眼睛都不眨一下地说。随后塔斯社的记者将问题引入了常规方面——阿尔罗萨是否将资助格斗运动?

但鲍里索夫还是不得不回答几个有关公司私有化的问题。这在雅库特是一个非常尖锐的问题。雅库特共和国拥有 1/4 的阿尔罗萨产权,此外共和国的 8 个乌鲁沙行政区也拥有公司部分股权。在 1992 年创立公司之初,由米哈伊尔·尼古拉耶夫领导的雅库特政府特别关注开发钻石能否为共和国带来收益，而公司又想避免寡头的干涉，因此国家与地方共和国共同持有阿尔罗萨的股份。雅库特也得到了 1/5 的钻石销售权，这也支撑了一批雅库特的钻石打磨企业。

到了 2010 年代，俄联邦政府为了缩减国有资产关停了官方生产线。雅库特的股份占比一度涨到了 32%，但当 2013 年公司上市后，在莫斯科的压力下它又缩减到了 25%。公司的大股东仍然是国家，它持有 33% 的股份，俄联邦政府想进一步减少自己的持股，并且希望雅库特与它的各个区也采取一致行动。但鲍里索夫面对记者坚称，共和国不打算售卖自己的股份，除此之外，雅库特已经出台禁止抛售股份的地方法案。由鲍里索夫在 2018 年指定的接班人，阿伊先·尼古拉耶夫也宣称，共和国在眼下将保持自己的股份。

尽管如此，雅库特还是将有争议的 10% 股份卖给了阿尔罗萨的一家子公司[1]，它拥有开发纳吉恩矿床的营业执照。矿床本身位于纽尔巴乌鲁沙。该区的领导人鲍里斯·波波夫（Борис Попов）因借筹建中学之机贪污受贿而被开除并判有期徒刑。但许多人认为，真正的原因是波波夫强烈反对转卖股权。

2018 年 3 月雅库特登上了世界新闻头条。一架货运飞机的舱门意外打开，上百块金锭洒落在伊尔库茨克机场及其周边。这一事件即使在令上帝冻坏双手的雅库特也实属罕见，尽管这里并不缺黄金，这里除钻石外还开采了全俄 17% 的黄金、5%

---

1 阿尔罗萨—纽尔巴股份有限公司（ОАО АЛРОСА—Нюрба）。

的煤炭、28% 的锡与 82% 的锑。

雅库特最新的财富埋藏在共和国西北部的森林冻原。这里的托姆托尔是世界上最大的稀土金属矿井之一，它蕴含钇、镧、铈、镨、钐、钪、铌。中国几乎是世界上唯一的稀土产国，它早在 1980 年代就将竞争对手挤出了市场。现如今，俄罗斯与美国出于战略考虑，想重启稀土金属开采。"国家的国防工业需要稀土金属。"谢尔盖·谢尔吉延科（Сергей Сергиенко）说道。我在伊尔库茨克采访了这位东方工程（Восток Инжиниринг）有限责任公司的执行总裁，该公司拥有开采托姆托尔矿井的营业执照。

稀土金属的应用几乎无处不在，它用于生产风力电池、太阳能电池、催化剂、电机工程、超导体、外科手术缝合线、合金以及航空仪器。该矿井将满足国家需求，多余原料可以在市场销售。该公司背后的主人是金属工业的亿万富翁亚历山大·涅西斯（Александр Несис）。开采计划启动于 2020 年，但到本书写就为止，公司还没有做出投资的最终决定，因为在极地条件下开采矿井是十分费力的。矿石埋藏在永冻层，为了保证包裹土壤的冰块不融化，开采只能在冬季进行。谢尔吉延科没有提出未来的投资设想，反而暗示，这一矿井并没有一开始想象的那么值钱。按他的说法，苏联时期的人们高估了矿石储量。"一个极好的例子就是位于马加丹的纳塔金（Наталкин）矿井，人们依据不可靠的信息错误地投入了大量资金。"

公司的财富为雅库特带来了什么好处呢？2016 年，共和国与各乌鲁沙从阿尔罗萨得到的税收与股票分红几乎达到了 10 亿欧元。另外，公司还资助一些社会公益计划，比如修建儿童医院、成立萨哈共和国未来儿童基金会、在乡村地区为医生修建住宅。但近年来，公司投资在雅库特政府预算中的占比仍然显著下降了，从丰年的七成跌落到不足五成。

与此同时，雅库特从苏尔古特与俄罗斯石油公司在共和国西南部的石油开采中仅获得了一笔相当微薄的额外收入。这是因为莫斯科以开掘新矿井为由大力减免了它们的纳税金额。确实，莫斯科能有什么损失呢？毕竟这些税款是流入地方的。

这些坐拥丰富自然资源的俄罗斯地区均心怀不满，因为在它们通过开采矿藏获得的经济利润在持续减少。税收大部分流向了莫斯科，因为它们的注册地是莫斯科，许多公司在那里设有总办公室。但在普京采取新政之前，根据宪法，在共和国境内开采自然资源的公司的注册地需限制在各共和国境内。

在1990年代，矿藏开采税收入由莫斯科与地方政府平分，现如今则完全上缴联邦政府。企业所得税对地方政府而言格外重要，但一般而言，也要部分上缴莫斯科，因为开采公司的总办公室位于莫斯科。只有财产税才会全部缴给共和国。

由于这一系列政策，雅库特从俄罗斯乃至全球一度最富有的地区之一变成了低保户。共和国近40%的收入来自莫斯科的施舍。事实上，类似的税收与财政预算再分配发生在俄罗斯所有通过国家自然资源盈利的地区，并非针对雅库特一家。但通过莫斯科来分配资金是狡猾的一招，帝国以此攥紧某些地区的缰绳，这些地区原本能够自给自足，现在也不得不乞求施舍。

所以雅库特常常抱怨莫斯科夺走了共和国的财富，这一点并不令人意外。这样的抱怨也是有道理的，尽管如此，雅库特还远不是最困难的地区。共和国的财政预算尽管处于赤字状态，但其中的部分原因在于投资本地大型国企部门以及保障北方地区的正常生活。航空资源、能源、食物的调配与通路工程统一接受国家补贴。雅库特2018年的农业预算高达到1.4亿欧元，其中包括了在世界上最严峻自然条件下经营畜牧业、养马业与养鹿业的开支。

尽管雅库特人认为他们已经输掉了这场博弈，但事实上，相比于其他地区，共和国已经拥有了更多的经济与政治权利。最鲜明的例子就是共和国保留了阿尔罗萨的部分股权以及通过了禁止公司私有化的法案。这再一次证实了，当社会意见足够统一与强力时，中央权力也不得不考虑它的意见。惹恼雅库特人对克里姆林宫而言得不偿失，这是他们不愿意看见的。

托姆托尔矿井的开发计划引发了共和国内的一波反对浪潮，因为开采出来的矿石具有放射性。开采公司坚持说，这批矿石像花岗岩一样安全，但根据其他消息来源，加工矿石的工人均身着防护服。显然，因为担心当地居民的反对，公司决定将开采的矿石转移到克拉斯诺亚尔斯克区的哈丹加（Хатанга），而选矿厂则选址在更南边。

开采钻石也不是百分百安全的事情。矿井底部残留有溴、硼、放射性的锶与毒水，会释放出硫化氢气体。选矿站、废水与成堆的矿渣向大地渗透硫化氢、砒、汞、放射性的锶与铊。1988年以前，废水不经任何净化处理就被排入勒拿河支流——维柳河。

2018年8月，因大坝损毁，含有大量重金属的阿尔罗萨矿站工业废水与矿渣流入维柳河。当地居民被禁止使用河水。雅库特将这一事件称为世纪性的生态灾难，需要花费数年时间来处理它的负面后果。

清洗与提炼钻石矿石导致河流重金属沉淀与鱼群大量死亡。位于北方阿纳巴尔乌鲁沙的莫尔戈戈尔（Moprorop）河的钒含量超出标准值5倍，水中还含有超标的锂、镍与其他重金属。根据报纸报道，阿纳巴尔乌鲁沙的尤龙戈－哈雅（Юрунг-Хая）村的患癌率显著上升。

工人也是开采钻石的直接受害者之一，每年都有工人死在露天矿场。矿场的侧壁紧贴着永冻土，这令开采变得更为复杂。除此之外，矿层之间还有含水层，这里的水层因饱含金属而无法结冻。在我离开米尔内的4个月后，大水就淹没了"和平"（Мир）矿井，造成了7名矿工的死亡。这不仅是一场可怕的悲剧，还造成了矿场的经济灾难，公司不得不关停最能挣钱的矿场。

曾于1995年至2002年任阿尔罗萨总经理的维切斯拉夫·什特罗夫将事故缘由归结于现任管理层的失误。"在地下一定深度……有一条流量很大的地下河。当经济学家和'高效的经理'开始掌控一切时……为了更快地获得钻石，他们开始不顾一切安全要求地深入地底。他们不再用泥浆填充井下空隙，将塞子从100米缩小到25米，他们开始打出一些小孔以监测水位水压，设置担水层，添加塞子，但这又造成新的问题。从某个时刻起，他们停止了矿场内的抽水作业。这样的状况持续了半年多。当然啦，这给塞子带来了额外的压力。于是，矿难就发生了……

这实际上为矿场画上了句号。但最可怕的是人命的丧失。"他在《明日》报的采访中说道。

事故发生后,公司经理小谢尔盖·伊万诺夫裁撤了24名下属,但他自己留在了岗位上。言辞犀利的《雅库特晚报》副主编维达利·奥别金（Виталий Обедин）送给他一个外号：灾难使者。

钻石从地心深处到美丽动人的女士指尖,这一过程直观体现了品牌营销的效用。得益于戴比尔斯公司在1947年投放的广告"钻石恒久远",美国战后萧条与停滞时期的宝石销量不降反增,创下历史新高。后来,玛丽莲·梦露与雪莉·贝西也在自己的经典热门曲目《钻石是女孩最好的朋友》("Diamonds Are a Girl's Best Friend")与同名歌曲《钻石恒久远》("Diamonds are Forever")中赞颂过宝石。

但如果抛开关于钻石的通常印象,更深入地了解它,就会发觉开采钻石这一行为很难有哪怕一丁点儿积极的意义。为了一粒小小的石头,人们要在荒无人烟的地方挖出一个个巨坑,每5000吨泥土才能得到0.2克钻石。而且,这样的真钻石与人造钻石或者锆石并无明显差别,即使专家也需借助显微镜来分辨。

雅库特的钻石或许不是血钻,但它们仍然破坏了北地的自然环境。假使有一天,顾客们突然满足于人造钻石、锆石甚至是玻璃,那么挖掘土地的行为就会即刻停止。这样一来,原始森林也可以复归平静了。

孩子们

小子们学会了演奏霍姆斯（Хомус）与俄语脏话。
乔赫乔尔，波克罗夫斯科、雅库茨克、奥克乔姆齐

    尽管经历了传染病的恐慌，尽管乡下平淡无味，但孩子们在这里的生活也很轻松。他们学会了自己出门与去商店购物。如果迷路了，那么一定会有某个成年人将他们送到家门口。乔赫乔尔的生活氛围与它的"近亲"赫尔辛基不同，这里的乡村道路上少有汽车，更常瞧见牛马。唯一的危险是一群自由闲逛的狗。在雅库特甚至有过群狗咬死孩子的意外。但幸运的是，我们的孩子学会了用棍子自卫。

    乔赫乔尔少有供孩子们打发时间的地方，仅有一处已然破落的儿童游乐区，游乐区里有常年结冰的沙池、丢失座椅的长凳，以及梯子脱落的小滑梯。滑梯还能玩，只是需要有人紧紧地扶住它。孩子们最喜欢在老旧的消防车里嬉戏，它就停在办公大楼的车库前。另一个受他们青睐的地方是半公里外草原上的废弃锯木厂。当白雪覆盖大地时，他们喜欢在草原中央宜人的杉木林滑雪，那里竖着雕花的塞尔盖拴马柱。

    妇女们有时会为孩子们的艰难命运喊冤，埋怨我们把孩子

们拖来西伯利亚吃苦。村里人把我的妻子喊作"十二月党人的妻子",令人想起19世纪初的俄国起义。沙皇将他们终生流放西伯利亚,而他们的妻子自愿追随前往。尽管我的妻子同意随我来西伯利亚待上一段时间,但她并没有因此而特别欣喜。她在照料家庭生活的同时,还兼任大儿子的家庭教师。除俄罗斯小学的教学大纲外,我的大儿子还需掌握芬兰小学二年级教学大纲的所有内容。

妻子抱怨说,所有雅库特人都对孩子的教育、行为举止,甚至外貌有自己的意见。有人告诉我们,我们的孩子留了太长太邋遢的头发,他们不可以在草地玩闹,不可以滑栏杆。许多人还认为,我们的孩子不会保持安静,不会等待,不会排队——这倒是实话。

在这里,最常见的俄语鼓励词就是"不可以"。

两个小儿子直到来村里半个月后,在我们出示所有必需的医疗证明后,才得以入读乔赫乔尔的幼儿园。他们只需早上去幼儿园,因为妻子这时候要为芬兰公司工作。半天的时间不算长,花费也不多,每人每月140卢布。幼儿园"克恩切里"(意为新生代)是一栋被岁月打磨光滑的、令人感到亲切的歪斜木屋,室内铺着木地板,墙壁涂成了屎褐色。幼儿园里的水龙头流不出水,没有洗手间,取而代之的是放尿盆的单独房间,而为男孩子们则另外追加了两个用于站着尿尿的大桶。

我们的孩子们不得不费劲地嘟哝着两种语言——俄语与雅库特语。他们的语言负担比我想象得重。在幼儿园的一小段时间里,小儿子们既没学好俄语,也没学好雅库特语,他们的俄语单词储备仅限于单独的词汇，诸如"汽车""吃饭""谢谢"，当然，大一点的孩子还千方百计地教会了他们俄语脏话。老师与其他孩子们用俄语，而不是雅库特母语与我们的孩子交流。尽管我们的孩子既听不懂俄语，也听不懂雅库特语。俄语是苏联时期的通用语，这个设定到现在似乎还流行。村里的学龄前儿童在绝对的雅库特语言环境中长大，但他们的俄语水平也好得出人意料。这似乎是电视的缘故，以及这是游戏的语言，但父母与老师当然也鼓励他们学习俄语。

我们的幼儿园已经快被涨破了，所有的班级都塞满了人。3岁的小儿子先是被安排进了适龄班级，但他完全不喜欢那里，每天送幼儿园前都会大哭大闹一番。班里的孩子太多，以至于老师们没时间安抚，只能一个劲地对哭闹的孩子喊："不准哭！"最后，我们的孩子自己跑去了哥哥所在的6岁孩子的班级，幼儿园的阿姨们似乎意识到这样更好，也就默许了。我们的二儿子一开始很兴奋，因为他有了许多新的玩伴，但很快就因为语言不通泄气了。当弟弟来到他的班级后，他们成了一对形影不离的土匪——不听老师的话（当然，他们也听不懂），躲着老师，有一次甚至逃出了幼儿园。小儿子满怀嫉妒地监视着二哥，不许他与任何人玩。

俄罗斯幼儿园的孩子们首先学习静坐与听讲。这曾是我们孩子擅长的技能。早上的课程各种各样。孩子们在绘画课上学习临摹，在体育课上练习正步走与跳远，3岁孩子们的跳远成绩惹得一名教师哈哈大笑。音乐课的任课老师是经验丰富的亚历山德拉，她用电子合成乐作伴奏，教孩子们跳舞，给3岁的孩子们展示了莫扎特的肖像，介绍他是知名的德国作曲家。

但亚历山德拉真正擅长的是口弦琴。口弦琴在雅库特语中被叫作霍姆斯，这款世界知名乐器是一张金属小薄片。演奏者绷紧舌尖，将它衔在嘴里并拨动琴弦。这是雅库特的民族乐器，而乔赫乔尔幼儿园则将霍姆斯作为教学特色。一开始，孩子们先自己学着吹响口弦，然后老师用口中的神奇乐器演奏出悠扬婉转的迷人泛音，孩子们躺在地上听得入了神。我们的儿子也能稍微弄出一点声音，而幼儿园的个别孩子竟能演奏出丰富多样的音列。学习演奏霍姆斯早在1980年代就成了幼儿园的特色，但可惜的是，这个极棒的爱好在孩子们进入小学后就被抛弃了。

幼儿园的午餐通常包括稀汤面条、肉食、米饭、胡萝卜与荞麦。沙拉可能是一大勺豌豆，也有可能是玉米罐头或者腌白菜。课间休息时会提供甜茶、面包片或者苹果。食物不能带走，也不能留在盘中，吃饭时不能说话。饭后孩子们用含氟水漱口，然后服下捣碎的未知药片。与我们的大儿子一样，两个小儿子也常回家吃午饭，因为他们只在幼儿园待上半天。

幼儿园院子里有攀爬游乐的设施，还有一棵高大的塑料棕榈树。在这样一个近半年都是漫天白雪的环境里，它看起来格外华丽。出乎我们意料的是，幼儿园的孩子们几乎不散步，甚至在天气条件允许的春秋季也没有散步。这似乎也受某项法规制约。但情况并不总是如此。村里的奶奶们就希望，孩子们别一有空就四处闲逛。其中一位奶奶说，她给家里牵了网线，就是为了把孙子从大街上拽回来。

与村里其他人家不同，我们的大门永远对孩子们敞开，所以学校放学后，我们家就成为了村里非正式的游乐中心。最先来玩的是胆子最大、脸皮也最厚的四年级男孩们，他们格外喜爱玩 Nerf 玩具枪、游戏机与乐高积木。后来，大儿子的同学也鼓起勇气来了。孩子们立马用所有的绿色拼拼豆豆串珠（Perler Beads）拼出了坦克与大炮。最后连女孩子们也来了。春天时，我们家简直变成了滑雪板租赁点，因为大家都想体验滑雪的乐趣，但不是所有人都有自己的滑雪板。

村里的孩子们对我们屋里的许多东西感到惊讶。比如，他们不能理解，我坐在电脑前居然是为了工作。他们惊讶于妻子会陪孩子们玩。他们打听我的工资收入是多少，家里的某样东西值多少钱？我们家的水果如此之多，对他们而言简直就是一个奇迹，他们也很想尝一尝。孩子们一般待到晚上 6 点就各回各家。但有时候，诱惑让人越了界：家里丢过乐高，二儿子的积蓄也少了 500 卢布。为了不让他太难过，我们补偿了受害者。

有几个孩子的家庭条件很朴素。刚入春时，当儿子与同学一块前往离村子两公里的高山滑雪中心时，我们才知道一个本地的男孩从未去过那儿。当地村民的普遍工作收入是每月 21000 卢布，这完全跟不上雅库茨克的物价，所以我迄今为止也不知道，乔赫乔尔人是怎么生活，怎么买车、买汽油、支付燃气费与电费、购买食物。这其中的奥秘也许在于外快、快速放贷与补贴。国家会向新家庭提供数千欧元的生育补贴与建房补贴。而整个雅库特，就像整个俄罗斯一样如今都靠贷款生活。比如，许多人贷款买了自己的丰田车。我担心，当俄罗斯的经济在某个时刻急剧下行时，国家将陷入普遍的借贷危机。

尽管如此，在俄罗斯与雅库特，人们却并不吝啬赠送礼物：大儿子 8 岁生日时，同学们送给他钱包与卢布、关于雅库特的漂亮书籍（还带有插图）、因温度而变化图案的杯子、汽车玩具与甜食。我们也礼尚往来，送给每一个来做客的孩子一个能发光的手镯，孩子们戴着它在黑暗中玩捉迷藏。

大儿子通过博客与芬兰的同学保持联系。他在博客上"汇报"说，西伯利亚最美味的食物当属奥利奥夹心饼与鹿肉饺子，在这里玩宝可梦 GO 可能会冻坏手指。他讲述了当体温蹿升到 39.3 度，户外正值严寒，而自己还要去大街上厕所是多么恐怖的一件事；他和弟弟们为了让澡房暖和些，如何堵住原木墙壁的小孔。学校会因严寒而停课，这让他高兴了好一阵。他时不时地使用西里尔字母，在芬兰词句中夹杂几个掌握的俄语单词，比方说"Мы mentiin Jakutskiin（我们去了雅库茨克）"或者"söimme шашлык（我们吃了烤肉串）"。

星期天是他唯一的休息日，这一天他与远在赫尔辛基的堂哥联网玩《小龙斯派罗：超能充电者》。整个秋季，孩子们都没玩上心心念念的任天堂游戏机，尽管我们翻遍了雅库茨克，也没找到一根可以连接奥克佳布丽娜老式电视机与游戏主机的数据线。直到我们从芬兰订购的数据线终于在 11 月送达，游戏机才连上了电视，严寒恰逢此时降临。

国际通行的游戏语言让芬兰人与雅库特团结一致。其实，这里所有的孩子都有自己的游戏设备。我们的孩子们向当地同龄人展示了《我的世界》与《几何冲刺》的魅力，而当地孩子教会了他们在手机上玩《乐高大战僵尸》。这里的许多孩子与芬兰同龄人一样都迷上了电子游戏，但家长似乎从不限制他们坐在屏幕前的时间。比如，有一次我去熟人家做客，他正在餐桌上玩《坦克世界》。与此同时，他满一岁的儿子像被催眠一样，按压手机上的键盘。

在移居西伯利亚前，我们尤其担心孩子们会因外貌差异而被雅库特人嘲笑。但这样的情况并没有出现。尽管到了春天，孩子们在我们家的院子里舞枪弄棒，玩起战争游戏，情况一度发展到了芬兰阵营对抗俄罗斯阵营，但这种敌对仅限于游戏。所有人对我们的孩子都很友善。大儿子是学校里唯一的欧洲面孔，高年级孩子们非常喜欢卷他的金色鬈发。但他并不是学校里唯一的金发。我可靠的机械师阿利克的女儿，一年级的娜里雅娜（Нарьяна）也有一头金发，浅色的眉毛与睫毛，还有迷人的深蓝色眼眸。

娜里雅娜是一个患白化病的雅库特女孩儿。我趁学校活动给她拍过几张照，但考虑到她与众不同的外貌，我并不方便公布相片，结果我的操心纯粹是多余：小女孩在春天就出了名。一位雅库特的摄影师找到了她的 Instagram 主页，制作了几张艺术照，它们立马火遍全网，被转发了数万次。现在，娜里雅娜有 15000 名粉丝，她常去雅库茨克拍一些广告。但在乔赫乔尔的生活还是老样子。她总是戴着黑色墨镜上街，这并不是因为她变成了明星，只是她的眼睛对光线格外敏感。

除了尝试口弦琴，我们的老大老二也在继续练习小提琴与钢琴，他们早在芬兰就开始学习这两门乐器。在乔赫乔尔到雅库茨克的途中，我们看见一所高墙之后的雅库茨克高等音乐学院，在这里学习与生活的都是音乐方面天赋异禀的孩子。我们决定询问一下，我们的孩子是否可以来这里上课，于是我们带孩子一起参观了学校。温柔的古典乐声如汩汩泉水从窗口流淌出，但被封闭在校区里的孩子们令我们有了不好的联想，他们像关在笼中的动物。那里的孩子似乎接受了最高等的教育，但我们还是觉得不妥。

幸运的是，我们在隔壁村找到了一所音乐学校。来自雅库茨克的专业音乐家在恰帕耶夫村小小的教学楼里教授音乐。与芬兰的情况不同，这里的课程完全免费。大儿子的钢琴课老师是拉丽萨，一位友善的女性，善于发掘孩子的创造天赋并因材施教。拉丽萨是少见的，改信天主教的雅库特人。罗马-天主教社团至今活跃在雅库茨克。该教区一开始是为被沙皇流放至雅库特的波兰人而设。一个有名的神甫自波兰远道而来，他利用教堂组织了许多文化活动，甚至想方设法从接连关闭天主教堂的法国弄来了一台不错的管风琴。

我们的二儿子性格不简单，就像他的小提琴老师一样。这位老师是一位乐团音乐家，她是那种典型的以严苛闻名的俄罗斯音乐教师（尽管她是雅库特人）。我们刚握完手，她就批评儿子的拉琴手势不正确，并生气地指出儿子所受的训练完全不正确。她并不是特别愿意指导我们的孩子。在小提琴教师的 WhatsApp 学生群中，她常常破口大骂这些小"音乐家"们，甚至连带上他们的父母。但渐渐地，孩子渐入佳境，课上得越来越好，手势也如她所愿。

迈入隆冬后，小提琴就被裹上床单收了起来。我们在乔赫乔尔没有钢琴，所以儿子用学校的电子合成器练琴。因天气与运输原因，整个雅库特都几乎没有机械钢琴，人们更偏爱电钢琴与合成器。但它们的不足之处在于，课程也许会因为停电而中断。

音乐学校的课程强度有时会高于普通学校。几乎每一堂课都要考试，但凡错过一堂就会被记过。每一场汇报演出都有教师评委出席，本地学生常要参加考试与准备竞赛。我们的男孩子们在年底的节日音乐会上登台亮相，在全体老师的面前进行汇报演出。大儿子演奏了由拉丽莎编写的曲目《午日》。在我们返回故乡后，这首曲目迎来了它在芬兰的首演。

符拉迪沃斯托克

俄罗斯的东方之都决定着它亚洲板块的未来。

　　我们在年底从雅库特飞往太平洋沿岸的符拉迪沃斯托克，这里邻近日本、韩国与中国，有一种实打实地飞往南方的感觉。刚下飞机，我就感到阵阵暖意。适合于雅库特气候的毡靴在这里压根穿不住，我们买了几双中国产的便宜鞋子。

　　符拉迪沃斯托克是俄罗斯东部唯一的城市。它与意大利的里维埃拉处于同一纬度。这里是大陆的尽头，俄罗斯的领域从此跨入太平洋。符拉迪沃斯托克一带生活着老虎、猎豹、乌龟与其他奇珍异兽。强力的台风每年都会引起掀翻车辆的洪涝。日本海沿岸有一片美丽的沙滩，四周岛礁环抱，一到八九月，这里就是俄罗斯东部居民最爱的疗养胜地。

　　大海中遍布美味珍馐，光是在海岸浅水处就能找到诸如海带、海黄瓜、牡蛎与扇贝等美味。而从此处坐船出发，只需一夜就能到朝鲜半岛与日本。中国边境离这里更近，只有 50 公里的直线距离，但还是需要整整 4 个小时的车程，沿着前人开辟的道路横穿茂密的乌苏里斯克原始森林与灌木丛生的荒原。

符拉迪沃斯托克是东部俄罗斯的最大希望，它是双头鹰中朝向东方的鹰头。当地人认为，符拉迪沃斯托克是俄罗斯的第三首都，这也有一定的道理。这里本应该建立俄罗斯的加利福尼亚，另类的老西部。这座城市响当当的名字意为"掌控东方"[1]。市中心有一个庄严的名字——"金号角"，城市南面是一处名为"东方博斯普鲁斯"的海峡，但实际上，它不过是两个海湾之间的水道。

另一方面，符拉迪沃斯托克不过是那些可能性的虚影。它只是一个远离莫斯科帝国中心的边陲省份，与首都有 7 小时时差。在俄联邦的世界地图上，符拉迪沃斯托克是帝国的尽头，而非太平洋的独立中心。苏联解体后，符拉迪沃斯托克成了发横财的地方。这里的码头为偷猎者提供了便利，还有丰富的海洋与森林资源。外国人眼中的符拉迪沃斯托克是多变的，对于欧洲人来说，它是一座修建于强横的大自然之中的苏联城市，它极具历史气息的市中心建于 20 世纪初，那里总是车来车往，川流不息，被五花八门的广告牌塞得满满当当。但对于来到这里的中国人、韩国人与日本人而言，符拉迪沃斯托克，恰恰相反，看起来完全是一座欧洲城市。

符拉迪沃斯托克处处显露着亚洲风情。火车站对面的小卖部里有地方特色小吃"皮扬肖"（пьянсё），这是一种白菜肉馅的蒸包子，是俄罗斯版的韩国食品。这里四处可见亚洲风味的餐厅，有一种许多年轻人都在学习亚洲语言的感觉。甚至

---

[1] 符拉迪沃斯托克的俄语 Владивосток 意为"掌控东方"——译者注。

Mumiy Troll（Мумий Тролль）乐队的创始人伊利亚·拉古坚科（Илья Лагутенко）都学习过汉语，他是土生土长的符拉迪沃斯托克人。如今，他正在市里组织音乐节，邀请了来自亚洲的乐手。拉古坚科戏称，在他年轻时，最近的夜店都在东京。但现在，当然不复当年勇了。

此外，符拉迪沃斯托克是一座相当年轻的城市，年轻到需要用凯旋门与三色旗强调它的俄罗斯性。阿穆尔河，也就是中国的黑龙江，流经整座城市。这一片在数百年间都是中国的领土，直到1858年至1860年才被割让给沙俄。俄国人在阿穆尔河沿岸建起了哈巴罗夫斯克，在日本海沿岸建起了符拉迪沃斯托克。他们要为这一片区域取一个俄国名字，于是选取了最简单的，也是最贴切的名字——滨海区，意为"邻近大海"。

沙皇时期的符拉迪沃斯托克是一座典型的多民族城市。1914年，中国人占这座城市人口的1/5，也就是2.5万人。19世纪末，数十万朝鲜人迁徙到城郊一带，以进城贩鱼与售卖农作物为生。这座边疆城市吸引了全世界的冒险爱好者，有日本人、美国人、欧洲人，还有芬兰人，特别值得一提的是著名的芬兰商人奥托·瓦西列耶维奇·林德戈尔姆[1]与阿克谢里·瓦尔登（Axel Waldén）。

1930年代斯大林将朝鲜人迁往中亚，他们直到苏联解体后才得以返回故乡。大部分中国居民在1938年被强制驱逐回中国。

---

1 奥托·瓦西列耶维奇·林德戈尔姆（Otto Vasilévich Lindgolm，1832—1914），商行领袖，捕鲸业先驱。

苏联时期，城市断绝与外界的往来，成为封闭的舰港城市，只有水手口中的故事还捎带着新鲜海风。

而且想当上水手也并不容易，他们要通过严苛的出身审核。"男人们出国总是三人成行，其中就有一个克格勃的密探。"51岁的当地律师斯塔斯·萨耶维奇（Стас Саевич）告诉我。他记得，父亲每次回家都像过节。"他就像一个国王，能带回漂亮的彩色物件，那个时候我们这里的一切都是灰色的。我至今还记得那些牛仔裤和毛皮领子的日本夹克，而那时候符拉迪沃斯托克连口香糖都买不到。"

萨耶维奇认为，现代符拉迪沃斯托克有了翻天覆地的变化。他以不久前在符拉迪沃斯托克成立的彼得堡马林斯基剧院分院为例。"符拉迪沃斯托克的生活变得越来越怡人与美好。我们不再觉得自己生活在边缘。当我走进马林斯基剧院时，我不敢相信，这些明星们居然专程来此为我们表演！这也许会影响我们的年轻人，让他们在随地扔烟头前多思考一会儿。这也许会改变俄罗斯。"

2010年后，政府为了大力发展符拉迪沃斯托克，划拨了巨额资金。2012年，亚太经合组织首脑会晤在符拉迪沃斯托克召开。为了改善当地市容市貌，政府拨款1700万欧元，铺设了阔气的街道，修建了占地面积广阔的大学城，奢华的文化与运动中心，市冰球俱乐部"海军上将"队的冰雪宫殿，还有壮观的海洋水族馆。人们决定架起两座缆索大桥，城市因被海峡与海湾分割而造成的交通拥堵问题也迎刃而解。政府的任务就是将这个笨重的苏联城市改造成生机勃勃的太平洋现代大都市。

尤利娅是我的城市导游，她是一名英语老师。我与她相识的方式非常俄罗斯：我的一个熟人给了我符拉迪沃斯托克朋友的联系方式，我通过这位朋友又认识了尤利娅。尤利娅是一个行动迅速的人，她有国际交流的经验，但还是忠于自己的故乡——符拉迪沃斯托克。她游历过世界各地，甚至在澳大利亚工作过，但她也依旧喜欢在故乡城市的沙滩上挖贝壳。

尤利娅巧妙地避开了塞车。我们驱车前往城郊的俄罗斯大桥，这座三公里的桥梁沟通了符拉迪沃斯托克与一座名为"俄罗斯"的孤岛。它是世界上最长的缆索大桥，拥有最长的跨段，被印在 200 卢布纸币上。有人反对说，没必要为了 5000 人口的岛屿修建一座桥梁，但人们打趣称，俄罗斯人不喜欢便宜的解决方案。

人们想将"俄罗斯"岛改造成城市发展的顶峰之作，它的冠冕明珠就是修建于 2011 年的远东联邦大学。政府批划了沿岸的 140 公顷土地用于建设校园与可容纳 1 万名大学生的宿舍。车辆不能进入校园，但任何阻挠都难不倒尤利娅，我们沿着海岸绕校园兜了一圈，也算参观了学校。

随后我们进入了尤利娅上班的地方——学校主楼。砖块结构的主楼外观相当丑陋，但内部装潢却令人印象深刻，给人一种身处美国现代性大学的错觉：每一层都有舒适的小咖啡馆、矮软凳与沙发。你一坐在上面，就自然而然地有一种想探讨科学问题的感觉。我们在电梯里问候了尤利娅来自新西兰的同事。这所大学竭尽所能地让自己变得国际化，吸引外国教师与学生，特别是太平洋沿岸地区的师生，其中最多的是中国人。令人惊讶的是，这里还能同时见到朝鲜与韩国的留学生。说不定，他们在这也可能被眼尖耳利的朝鲜间谍机器监视着。

尽管外表光鲜亮丽，但新学校的教学水平却令人堪忧，这也并不意外，毕竟它是由几所较弱的大学合并而成。我与尤利娅的朋友，一位教授国际政治的老师交流过。他不仅在符拉迪沃斯托克学习过，也在上海复旦大学进修过，他告诉我，两所大学的差距简直是一个天上，一个地下。"在复旦大学，人们阅读英文国际文献，这里却孜孜不倦地钻研着俄罗斯教授的著作，而这些作品也不过是对国际学者研究成果的个人转述。"他如此比较说。

学校因为撤换领导而起过风波。2016 年 3 月的一个晚上，校长谢尔盖·伊万涅茨（Сергей Иванец）与两位副校长因挪用专款而被捕。尤利娅对此并不感到惊讶，用她的话说，在符拉迪沃斯托克只有懒汉才不偷盗。或者准确来说，这叫做国有资金的"私有化"，毕竟"偷盗"一词在俄语中意为"拿走属于个人的物品"，这可比"攫取公共财富"严重得多。

"人们对待中饱私囊的态度令我感到惊讶，"尤利娅说，"我的一个熟人负责为学校采购电脑，但他却以次充好，大部分的公款都流入了他个人的口袋。我一个朋友的父亲被逮捕了，因为他在任职期间贪污了巨额公款。但她的女儿却认为，这些钱本就不属于任何人，而是国有财产，所以不算侵犯他人利益。"

符拉迪沃斯托克的别称就是"东方的贪污之都"。

国家为 2012 年亚太经合组织项目拨款数十亿资金，其中至少有几亿资金流入了官员的口袋。人们一谈起贪污受贿，就会说起大桥的承建施工、也会提到海洋水族馆项目的偷盗公款。符拉迪沃斯托克过去25年的所有市长最终都被法院起诉，并在任期结束前被撤下。上一任市长伊戈尔·普什卡列夫（Игорь Пушкарев）因贪污受贿，为自家亲戚的企业谋取利益而被判处15年监禁。

关于贿赂泛滥的成因，至少有三种解释。第一种说法认为，符拉迪沃斯托克是一个远离莫斯科的水手城市，这里的生活简直是原始而卑劣，所以贪污的情况自然就比其他地方更严重。另一种说法认为，莫斯科投入了大量的资金，所以格外关注符拉迪沃斯托克，这让它的贪腐状况得到更多暴露。第三种说法认为，这是不同团体之间的权力斗争，比如普什卡列夫的被捕就与此前和滨海边疆区省长的矛盾有关。

批评者认为，因为投入了大量资金，城市里出现了一批"波将金村"——1787年，波将金大公曾命令手下修缮叶卡捷琳娜大帝前往克里米亚沿途道路的建筑物外观。而在符拉迪沃斯托克还有一些烂尾工程：两座大型酒店至今未能完工，通往机场的高速铁路则处于亏本经营的状态。城市的未来并不像亚太经合组织热潮时显得那么光明。2013年，仅仅在峰会召开的第二年，政府对该地区的投资就减半了。莫斯科扭紧了财政的水龙头。

符拉迪沃斯托克的民主势头也在碰壁。2018年9月，滨海边疆区的选举轰动全俄，因为俄联邦共产党的省长候选人战胜了执政党候选人。最终，政府官员们宣布此次选举无效，并且禁止该候选人参加新的选举。

我与尤拉的"俄罗斯"岛之旅以一个具有象征意义的死路尽头告终——美丽的四车道大路终止在一栋荒废建筑物前。只需要稍微刮一刮符拉迪沃斯托克表面的金箔,其中的败絮就会显露。废墟旁有一条坑坑洼洼的沙石小路,它通向岛屿的一处景点——1930年代的海岸炮台。在我们造访的当日,这个隶属国防部管辖的地点已经停止对外开放,但这也没能阻挡我的导游。当我们通过铁丝网的一个小洞钻进去时,一名保安立马气势汹汹地冲了过来,然而尤拉能够化干戈为玉帛,保安只是耸耸肩说:"下不为例。"

尽管支持力度巨大,但符拉迪沃斯托克的人口并没有如预期地增长,反而有所降低。整个远东仅有600万人口。俄罗斯希望在2025年底将这个数字提高到700万。然而,哪怕是来自北部的人群也更愿意移民俄罗斯西部,而非远东。鼓励移民东部的方法之一就是无偿赠予每位俄罗斯公民一公顷远东土地。全俄共有15万人提交申请,其中一半是当地人,另一半,正如某个评价形容的,是"企图不劳而获的傻瓜"。

在离符拉迪沃斯托克市中心50公里处,一条破败的蜿蜒小路通向一片奢华的玻璃墙建筑群,墙面上绘着老虎头像与一串字母——"Tigre de Cristal"(水晶虎宫殿)。不同肤色、不同民族的男人活动在室内,他们呆滞无神地望着前方,将筹码抛进轮盘或者博彩机器。符拉迪沃斯托克赌场是全俄官方合法博彩游戏的4个地点之一。这个赌场瞄准了中国的游客。俄罗斯想将中国东北赌徒的钱吸引到符拉迪沃斯托克。符拉迪沃斯托克赌场是俄罗斯在发展地区面临的挑战的一个缩影：这里原本有更大型的规划，但最终只建成了一家赌场和宾馆，原因是某个第三方通过俄安全局的关系承包了俄方的工程部分，中国的投资方便冻结了计划。

提到符拉迪沃斯托克，就不得不提到他的邻居们。人们常说，两个相邻的帝国不会成为盟友，最多也只是伙伴，这直观地形容了中俄之间的关系。两国之间的关系比领导人频繁会面呈现出来的表面友好更复杂。自从俄罗斯与西方的关系陷入困境后，中国的地位开始提升。人们谈到俄罗斯与东方的贸易额。俄罗斯希望卖给中国更多的能源。2012年，长达4700公里的东西伯利亚－太平洋石油管道顺利通气，它保障了俄罗斯对中国的石油出口。

中俄两国的眉目传情有时走得太远，以至于买卖并不总是合算。一个典型的例子就是上千公里长的西伯利亚输气管道"西伯利亚力量"（Sila Sibiri），该线路于2019年底开始将天然气从雅库特输送往中国。普京于2014年5月宣布建设这条天然气线路，彼时俄罗斯正因兼并克里米亚半岛而被国际孤立。俄天然气总公司为这条线路花费了超过1500万欧元，根据公司的投资预算，即使天然气价格有所上升，这一工程也要2048年才能回本。

也就是说，这条天然气线路是俄罗斯赠予中国的礼物。那些与国家政权走得较近的商人们也有利可图。根纳季·季姆琴科（Геннадий Тимченко）与罗腾博格（Ротенберг）兄弟承包了该工程。

尽管两国之间高唱友谊之歌，但出于政治安全的考虑，俄罗斯想通过人口移民把控住西伯利亚，避免在拥有百万人口的中国边境突然出现一个人口真空区。这一点在 2009 年被写进了远东的发展战略中。根据官方历史记载，1969 年的事件仅仅是一次边境摩擦，这一事件后，苏联着手远东的防御工程，在这一带，包括具有重要战略价值意义的乌苏里斯卡市，建立强有力的军事守备区。2018 年 9 月，俄罗斯在远东开展自苏联解体后最大型的军事演习。演习邀请了中方参加，这也是为了打消中国的疑虑。

但战争威胁也好，经济与人口的渗透也罢，这些更多的是克里姆林宫的担忧，本地人并没有太关心。莫斯科从一开始就以国防的角度看待远东地区，它要么是俄罗斯对西方的后方阵地，要么是面向亚洲的缓冲区。在符拉迪沃斯托克的一次国际会议上，来自莫斯科的国际政治学知名教授谢尔盖·卡拉加诺夫（Сергей Караганов）说，"远东需要发展的自由权，但俄罗斯应该抓牢当地的军事与政治权。"这样的想法体现了俄罗斯典型的人格分裂：既要独立，又要合作，自由与高压并存。

但符拉迪沃斯托克的普通老百姓却并没有感到来自其他国家的威胁。只有微乎其微的少数人在调查问卷中表示不安。与此同时，近一半的受访者认为，更大的威胁来自莫斯科错误的地区政策。

关于中国移民占领西伯利亚的说法简直是无稽之谈。在所有的俄罗斯东部城市里，你更常见到塔吉克人与乌兹别克人，他们来自中亚的各个前苏联加盟共和国。甚至在中国人掌控的商场里，大多数的商贩也是斯拉夫人。而中国大城市的平均薪资是俄罗斯的3倍以上，更何况自从中国东北的重工业区衰落后，老百姓们不会去西伯利亚，而是选择去中国南方寻求幸福。

在符拉迪沃斯托克最常见的亚洲人是朝鲜人。几乎每个建筑工地上都有来自该国的工人们。他们提供上门服务，据说甚至可以干通宵。他们的大部分收入需上交国家或者付住宿费。工人们拿到手只是些零头，但按照朝鲜的标准，这也算不错的收入了，所以老百姓们争先恐后地想来俄罗斯工作。

我想与朝鲜的小伙子们聊两句。我找到了他们在郊外的宿舍，但我显然是一个不速之客。保安用朝鲜语朝我大喊，做出砸烂相机的手势。我不得不放弃了采访。

当我下一个秋天回到符拉迪沃斯托克时，城市已经处于"战备状态"。人们在深夜里冲洗街道，运走建筑工地的沙子——做到眼不见为净，警察巡逻队徘徊在每一个大型十字路口。第三届东方经济论坛开幕了，那个男人要来了。

沙皇第一次造访西伯利亚是在1837年。亚历山大二世两次来访西伯利亚，尼古拉二世只来过一次，还是在他当皇子的时候。弗拉基米尔·普京恰恰相反，时不时地就来一趟。

人们见过普京在图瓦钓鱼，见过他乘坐芬兰潜水器沉入贝加尔湖底，见过他操纵三角翼滑翔伞与白鹤比翼，飞过亚马尔半岛。但据说，普京特别中意符拉迪沃斯托克。人们说，他喜欢在日本海沿岸橡树谷的度假屋打发时间。

东方经济论坛是普京向东方展示的"陈列柜"，它自2015

年起开始在远东大学举办。论坛邀请了太平洋地区的国家领导人与公司首脑。会场布置豪华,学校礼堂里安排了各地区各个公司的展台,几乎两米高的金发美女身着空姐制服,邀请人们参观展台。大街上也分散布置了"远东一角"——远东的各个地区都要在街头设置体现自我风格的展馆。比如,哈巴罗夫斯克的场馆就是一座哥萨克城堡。街头辩论则必然有来自莫斯科寡头阶层的精英参加,比如俄罗斯天然气总公司的负责人——自傲自大的阿列克谢·米勒(Алексей Миллер)与观点犀利的维克托·维克谢利伯格(Виктор Вексельберг)。

普京将与日、韩总理以及蒙古国总统一同出席闭幕式,但闭幕式是邀请制的,我与其他同行只好在媒体中心听取演讲。普京宣称,远东的发展已经完全迈入了新阶段。

俄罗斯希望,亚洲的经济增长可以拉动整个地区的经济,到时候西伯利亚与远东就不再是俄罗斯与太平洋地区的边缘了。国家机器应当竭尽所能。现阶段,国家已经任命了负责远东事务的副总理,组建了远东发展部,还成立过远东发展集团、远东人力资源机构与远东—贝加尔区域发展基金会。远东被赋予免税港与经济特区的地位。这里的电费降到了国家的基本价格,高压电站与铁路都经过了现代化革新。

那么,实际情况又如何呢?

根据官方消息,在每一届东方经济论坛上都会签订上千万欧元的合同,但具体数目并没有得到公开,这与其说是合同,不如说是没有实际意义的意向声明,就像雅库特记者维达利·奥别金猜想的,每一年上千万欧元的合同里都包含架设勒拿河大桥的工程，但该工程似乎从未开工[1]。

娜塔莉亚·祖巴列维奇是少数破坏论坛节日气氛的人。这位区域学专家兼大名鼎鼎的莫斯科高等经济学院教授认为，关于远东地区发展的陈述并不属实。

"对远东的投资没有增长，这里也没有出现新的工作岗位。全俄仅有 7.5% 的投资流向了远东，其中大部分是萨哈林与雅库特的石油天然气工程。该地区的公司数量在持续下降。这里的基建水平低，地广人稀。人口水平持续走低。劳动力与电力价格都很高。这里的建筑成本比欧洲地区高出 30% ~ 40%。此地唯一的竞争优势是自然资源。"她如此分析到。

其他国家只有可能对俄罗斯东部的自然资源感兴趣。除此之外再无其他投资意愿，毕竟这里的人口像芬兰一样稀少，经济体量与一个小小的多米尼加共和国相当。中国人与韩国人控制了滨海边疆区超过一半的农产业。在林木工业方面，中国人的生意做得风生水起。韩国人有意愿发展两国的经济关系，但他们的投资不尽人意。2013 年，韩国现代在符拉迪沃斯托克开设了一家生产电气设备的工厂，但很快，该工厂就因为俄罗斯关税政策倒闭了。韩国人退出了符拉迪沃斯托克的大型造船业工程。

"你能带来一整箱子的钱，但却得不到任何保障，你的付出换不来回报。中国人与日本人在 1990 年代投资过远东。他们

---

[1] 等不及联邦批下相应的预算支持，大桥终于在 2020 年正式动工，但如果联邦最终没有批下预算，那么工程将会半途而废。

已经得到了教训,所以短时间里不会返回这里。"娜塔莉亚·祖巴列维奇说道。

她认为,西伯利亚与远东的问题也是阻碍整个俄罗斯发展的问题:笨重的经营模式、国家对经济的干涉、贪污腐败、劳动生产效率低下以及人力资本投资不足。解决的方法也是一样的:应当放权地方,鼓励地方征税,根除腐败,提振生产。在人口政策上要更现实,留住现有的居民,而不是全力吸引新移民。

"我们应当写下游戏规则与全面改变体系。但这无法实现,因为我们国家等级制度森严,低效率的行政体制已经积重难返。"

冬

冬天

人们在雅库特严寒时融冰取水,而上厕所的时间被压缩至极限。
乔赫乔尔

在雅库特,迈入寒冬的过程是美妙的,震撼人心,乃至可怕的。如果说,在如今全球变暖的大环境下,芬兰的入冬是无尽的反复曲折——雪刚一落下就立刻融化,那么雅库特的冬天就好比一辆迎面向你驶来的坦克,气势汹汹,势不可挡。天气愈见寒冷,冷空气团不断向前移动,甚至像我这样的冬天爱好者都不禁疑问:到底什么时候是个头,最后会怎么样,到底有完没完?

秋意正浓时,乔赫乔尔的日间气温还在20度以上。我和孩子们赤脚踏行在勒拿河支流岸边的沙滩上,在雅库特的列宁广场上品尝冰淇淋。但雅库特的金秋美丽而短暂:9月初的大地与灌木丛还是一片鲜红。两周以后,落叶松就变了颜色,再过两周,它们的树叶就纷纷脱落,秋天就到此结束了。

9月中旬,一场严寒突然趁夜来袭,接着就一发不可收拾,9月25日降下了第一场雪。一夜间,大雪仿佛一层轻薄的面纱笼罩住村庄,但不同于芬兰的雪,这里的雪坐得很稳,并没有落地即化。房东的亲戚赶忙收走了田畦间的圆白菜，他们早在两周前就挖光了土豆。

10月初，白天的气温降到了零度以下。我在雅库茨克的汽修厂遇见了一位来修理丰田"陆地巡洋舰"的雅库特老人。他抱怨说，如今大家都在泰国过冬。"就是给钱，我也不会去那里过冬。"他信誓旦旦地说。我嘟囔了一句，有人说，雅库特的寒冬也没有温度计上显示得那么"咬人"，老头笑着回应我："大概吧！"

但我们却被冻得发僵。早在8月底，我们就从彼得堡寄出了私人物品，那里有我们全部的过冬衣物。俄罗斯铁路承诺会在两到三周内将包裹送达目的地，但现在已经过去了一个多月。我们开始担心再也不见到它们，至少在隆冬以前是绝无可能了。我们最后的750公斤包裹是走货车陆运，但连接我们与外部世界的渡船在10月就停运了，而冬季公路要到12月才通行。所以，最终当我们在10月10日看见一辆白色货车拐上村庄道路时，别提有多高兴了。我们打开箱子清点一番后，发现东西一样没少，只有两个袋子受了潮。这距离我们寄出包裹已经过去了六周。

随着每天捣碎水桶的冰面变得越来越艰难，冬天也离我们越来越近。送水车只工作到10月底，而为了避免"长生水"[1]结冰，你得付出巨大的努力——每天早晚都要捣碎水桶表面与边缘的厚实冰层，后来我们干脆放弃了。我决定订购冰块，这当

---

[1] 原文为 эликсир，意为一种有治疗功能的液体，药剂。

然不是为了调鸡尾酒。

乔赫乔尔以及大部分雅库特村庄都没安装自来水管，人们通过融化冰块来保证冬季用水。通常，人们在10月底或11月初就准备好整个冬季的用冰，这时候的河面与湖面的冰层还没有太厚，易于提取。取冰的日子对当地人来说是一场庆典。大家齐聚在最近的湖泊，在各自的冰面上切割冰块，然后用铁杵将它们一块块地翘出冰层，最后搭在雪橇上拉进自家院子。

我们从大儿子的音乐老师的丈夫那里订购了冰块，我们对此十分满意。我们只花了7千卢布，两拖拉机挂车的冰块就在我们出发度假的前一天被拉进了院子。人们建议我们用木板盖住冰块，以防没良心的野狗捣乱。但因为时间仓促，我们决定还是喝些有露天芳香的水。

当我们10月底去北方前，白天的气温还维持在零下几度，但到11月初，当我们回来时，这里已经是零下30度的严寒了，全球变暖似乎是一个很虚幻的威胁。严寒肆虐了整整一个月，最终，在11月24日这一天，气温破纪录地跌到了零下40度。雅库特的太阳一如既往地耀眼，但村庄后的山坡已经披上了一层雪棉被。村里的生活还是老样子。我们的大儿子步履艰难地走在熟悉的上学路上。当我通过新闻得知，芬兰下起了雨夹雪时，我生出一阵无限的感激之情，感谢雅库特带来真正的冬天。

融化冰块取水并不复杂。每次用水前，我们拖一大方冰块进屋，放在储水的桶中，3天后它就会融化成水。我们计划就这样坚持到4月份，这并不比拖一根木头重多少。但说实话，确实有几方特别大的冰块，想要拖动它，就得先用斧子劈成小块，所幸我们的二儿子学会了这门手艺，已经干得游刃有余。

除了冰块，我们还要拖拽尿壶。户外的厕所那叫一个真正的冰天雪地，在零下40度的严寒中，我们从芬兰带来的暖坐垫也没能创造特别的舒适感。我们效仿当地人买了一尊很大的尿壶解决小便问题。当要上大号时，我们就把它放在冷飕飕的门厅过道处，这时需要提前锁好门，避免有客人偶然开门碰上尴尬的一幕。

老大与老二在冻得嘎嘎响的天气勇敢地去户外上厕所，而我们3岁的小儿子，刚刚学会使用厕所，现在又要用回尿盆了。但户外厕所遇上了一个严重的问题：下水口逐渐结出一块褐色的冰碴子，在我们意识到要把它捣碎前，它已经长到又粗又硬，这下完全没辙了。

整个冬天，我们的农舍都暖烘烘的。在雅库特，人们通常需要在室内烧炭取暖，但乔赫乔尔村却用上了燃气供暖。一台奇形怪状的燃气取暖设备静静地驻守在角落，将流经暖片的水加热到合适的温度，我们的原木农舍已经具有极佳的保暖效果，这多亏我们用毛皮塞满了缝隙。而这样的享受按照芬兰的标准来看也不算昂贵：2月份的燃气费不过1500卢布出头。卧室位于农舍修葺不佳的侧边，角落一直漏风，但即便如此，在雅库特冬天最寒冷的时刻，它也比我们在赫尔辛基近150岁的木房子暖和。

与此同时，如果能加上一台普通火炉，那么供暖就能得到更好的保障，可惜因为使用煤气，我们屋里的炉子被撤掉了。一旦通往烟囱的暖气管道破裂，就要立马用临时的小铁炉烧煤或者烧炭取暖，或者从别的什么地方弄来一台电加热器或者热风机。有一两回，煤气炉里的火灭了，还好只是虚惊一场，煤气工在检查完管道后建议清理一下进气口的冰块。

尽管雅库特人掌握了在极端天气下的生存要领，但这也并不意味着他们喜欢寒冷。他们也爱在温度适宜的室内熬过寒冬。有时，住宅或者公共建筑内的温度会高达 30 度。幼儿园里一度高温难耐，以至于孩子们都穿着短袖活动。

室内没有水管，所以无法洗澡。但我们运气不错，在院子里有一间澡房。这里洗澡的流程与普通的芬兰桑拿浴一样：先是加热锅里的水，然后兑进盆里的凉水，浇在身上，直到冲净肥皂沫。但实话实说，在隆冬烧热澡房真是一件体力活。需要非常多的木头，而当炉子里的水烧到沸腾，锅里都漂起铁锈时，你还没瞅见半缕热气。澡房地板的温度低于零度，而你又不得不在洗澡的时候踩着拖鞋，所以为了让双脚也暖和些，我们将两条长凳叠起来，坐在高处的长凳上，就像蹲在栖架上的鸡。洗完澡后，当你走进更衣室或者离开澡房，会感到体表的温度骤降。没用完的水必须即刻端进屋，不然会结冰。我们还要提防澡房里的其他危险：有一回，更衣室里的旧插座漏电，把妻子电麻了，所幸，她挺了过来。

屋内寒冷的走廊成了保存食物的天然冰箱。而我们放在室外的所有物品都没能扛住西伯利亚的严寒：妻子的皮鞋被冻得表面开胶，雪橇的金属固定架直接断成两截。

终于，在 12 月 8 日这一天，室外温度计的酒精下降到了最低点——零下 50 度。这一天没有刮风，脸被冻得紧巴巴，感觉并没有什么大不同，只比平时稍微冷一些。雅库特的太阳透过寒冷的雾气，洒下喜气洋洋的光芒，仿佛共和国国旗上的那一轮金日。大儿子高兴坏了，因为学校停课了。按照雅库特的规定，气温低于零下45度时，低年级停课。气温低于零下50度时，学校停学。相比之下，幼儿园居然正常教学。放牧人用头巾裹住脸，大步流星地赶去工作，对这严寒毫不在意；人们将奶牛赶上街，在池塘的冰窟窿处饮牛；马群游荡在草原上，脸上结满了冰霜，伸头探脑地从积雪下拽出一些可以吃的东西——一切看起来都没什么不同。

全副武装，穿戴暖和后，我一步一顿地去室外上厕所。与都市传说不同，小便并没有结成一条冰柱。我们还在雅库特的严寒中验证其他流言。比如，在零下50度的气温下，吐出的痰不会在空中结冰（不过还是不要随地吐痰，尤其是在夏天）；人穿过寒冷的雾气时并不会在身后形成通道；至于在寒冬可以听见五公里以外的声音，这纯属胡说八道。不过，热水的确会在空中消失，受寒冬奇迹的点拨，化作洒落地面的冰晶。

关于西伯利亚冬天的通常印象，至少对我们来说，是属实的：它真的非常冷。对于那些真正喜欢冬天的人来说，他们大可不必操心严寒是否能坚持到明天，在雅库特，寒冬一来就是好几个月。3月以来，这里的气温就没有高过零下20度。但说实话，零下50度的气温并没有比零下25度冷出两倍，反而是每当气温上升一两度后，你会有明显的回暖感。

在我们回芬兰度假的第三天，家里的暖气出了问题。烟囱口被堵死了，一排暖气片也结了冰，加热的设备开始膨胀变形。

奥克佳布丽娜认为，这是因为我们没有遵从她的指示，将温度设定得太低导致的。但尽管事态有些严重，她破天荒地只嘟囔了几句。

冬季过半后，雅库特迎来了全年最美的一段时光，美得不可言传。积雪在脚底咯吱作响，树木植被都挂着层层雾凇。每天清晨，一轮硕大的红日会从草原地平线升起，不过太阳并没有驱走严寒。如果寒气再凛冽些，太阳就会被裹上一层雾气。

当地天气的主要特点就是稳定。这里完全不刮风。如果严寒到来，那就少有中途回暖的情况，白天大多数是晴朗的。因为是大陆性气候，雅库特中部的光照时间超过了年均 2200 小时，与地中海地区持平。这里很少下雪，最多也就是 30 厘米的降雪量，比起 3 月份洋洋洒洒的大雪要少得多。鉴于此，这里的房顶修得不太牢固，三角房梁是中空设计，人们也完全不清扫村庄路面的积雪，仅靠汽车轮胎把雪压严实。

隆冬时节，许多人会选择马拉雪橇而不是汽车出行，避免在冰天雪地里与熄火的汽车较劲。一处篱笆附近垒起了"巴尔巴赫"（Балбаах）堆砌的小山。"巴尔巴赫"就是粪砖，当地人将大粪冻成砖块用来施肥或者贴在"哈东"墙面保暖。

室外活动的积极性降到了最低。渔夫与猎人都在家里等待天气转好。这时候，就算仍有十分勇敢的家伙坚持钓鱼，他们也要支起帐篷避寒。雅库特的"海象"[1]们会从温暖的帐篷里跳

---

1 在俄语中，"海象"（морж）用来形容那些特别不怕冷的人——译者注。

入冰窟窿，其中大多数是俄罗斯人，许多雅库特人不理解这种行为，认为是瞎胡闹。

在大冷天出门是一项爱好。我的邻居是一个狂热的运动爱好者，他甚至在零下50度的严寒也要出门滑雪。受他的激励，我也换上塑胶底的毡靴，开始在零下40度的天气出门滑雪。第一次出门时，我穿上了所有过冬衣物，绷得严严实实，最后浑身上下都湿透了。第二次出门时，我差点没窒息，因为没裹好嘴巴。在大风雪中人很难呼吸，那感觉就像哮喘发作。想要避免这种情况，就要使用循环呼吸法或者隔着面罩与围巾呼吸。幸运的是，我的父母从储藏室中翻出了一款1980年代设计的面罩并寄给了我，这款硬核面罩是芬兰设计师安蒂·努尔梅斯涅米（Antti Nurmesniemi）的杰作，它酷似防毒面具，可以通过一个特殊的滤嘴呼吸。我可以戴着它外出滑雪，根据说明书，面罩可以将零下40度的低温加热到温暖的17度。它唯一的缺点就是让我看起来像雅库特恐怖片中逃亡的外星人，所以我尽量在远离人群的地方滑雪。

极度寒冷的天气不适宜孩子们外出散步，但我们尽量强迫他们哪怕两天出一次门，20分钟已经是一次散步的极限。当地孩子们更少出门散步，这让村里的奶奶们很担忧。"从前，学校不会因为严寒停课，带上兔毛手套就能出门。孩子们整个冬天都在大街上来回跑，现在他们却坐在家里打游戏。"聊天软件上的好友向我倒苦水。

当然咯，防寒这件事一定要做得细致认真。万一孩子丢了手套，那就完蛋了，在这样的低温条件下，皮肤分分钟可能破裂。

在室外活动就必须把脸遮严实。我们在雅库茨克为孩子们买了氯丁橡胶的摇粒绒面罩，高科技风格，表面留有一些用于呼吸的网孔。妻子用围巾裹住脸。我有一款过时的毛线头盔，从市场里的中国人手上买来的，头盔的嘴巴与眼睛处是三个圆圆的小洞。我效仿雅库特年轻人，为自己买了Bask牌的雅库特特别款羽绒服，买家承诺它能扛住零下55度的低温，它在价格上也比"加拿大鹅"便宜许多。

但最好的御寒材料当然是传统材料。在雅库特，最好的冬季鞋子就是厚毡底的毛皮靴，它由鹿脚上的毛皮缝制而成。它们与雅库特冬季常见的肥大滑雪裤很般配，形成一种雅库特的"休闲"风格，让你想去哪儿就去哪儿。女性偏爱点缀有珠子的毛靴，男性更喜欢菱形花纹。我和妻子也买了几双。

想在冻土地区生活，无论男女都要靠双层毛靴，我也不例外。毛靴衬垫的下层是兽皮，层与层之间的垫物是干草，鞋底也是鹿皮制的，所以并不防滑。孩子们的脚在不断长大，所以我们没给他们买昂贵的毛靴，而是让他们穿着羊皮衬垫的毡靴。

秋假时，我们去了萨克雷尔。我们的家庭内部爆发了一次争吵，起因是我收到了一对世界上最保暖的厚手套作为礼物。妻子威胁说要用喷雾剂淋湿它，因为这是用她最爱的动物——狼獾的皮制成的。与在斯堪的纳维亚一样，狼獾在西伯利亚也没有濒临灭绝，所以不算保护动物。它长长的绒毛被认为是最好的手套材料，可以轻而易举地抖落水珠，很难被浸湿。我的手套分两层，里层是兔皮材质。妻子的手脚极易感到冰凉，但当我递给她狼獾皮手套时，她反而恼火起来。她从芬兰带来了几双电加热的手套与袜子，但在雅库特的现实条件下，它们并没有发挥作用：一双手套完全失灵了，另一双只有些许温度，至于袜子则完全无效。

倘若单纯依靠现代科技的衣物来保暖，那我们早就要被冻得截肢了。

但当地人却认为，我们在穿衣问题上有些矫枉过正。

有一天，我穿着双层毛靴，套上狼獾皮的手套，戴着麝鼠皮的长耳棉帽、外面还套着帽盔与太阳眼镜，急匆匆地奔进村里的商店。售货员惊讶地问我，这是什么奇装异服？

如果你想在冬天开车，就要把车停在供暖的车库里。我们当然想体验一把冬季驾驶的快乐，所以从大儿子同学的父亲那里租下了一间车库。租车库的市场价是1万卢布，相当于我们的房租，只不过租车库的费用中已经包含了采暖费。在雅库特，养一间供暖车库就得狠心下血本。

我们像当地人一样为车辆做好了过冬准备。严寒令车架紧缩，这会对玻璃造成很大的压力，尤其是前挡风玻璃，所以要用胶带固定好车窗的双层玻璃。为了给引擎进气口、前车门、变速器以及挡泥板保暖，需要铺上毛毡与其他材料。在雅库茨克，有很多人专干这门手艺的师傅。他们用帆布从下往上包裹住发动机，但却任"大面包"的车门缝隙暴露在外。"漏风就漏吧，谁叫他们设计出这样的车！"一个专事车辆保暖的工人向我解释说。

在世界上最寒冷的路上开车需要万分小心。发动机里的油泵在翻搅温暖的机油，而三门"炮筒"负责在北半球最强严寒下保持车内温度。但值得称赞的是，尽管我们的瓦滋旅行者在秋季天气良好的时候熄过两次火，但整个冬天，却没出过半点差错，这或许是因为它意识到了情况的严重性。

由于天气寒冷，我每次开车在城里办事时会只停车不熄火。这原本给了停车场的偷车贼可乘之机，但或许是出于某种极端天气下的团结一致，我的车从没被偷过。冬季的十字路口变成了滑冰场，瓦滋旅行者的后轮总是打滑。当地人在街面上撒沙子防滑，盐和其他化学制剂在这样的严寒下并不起作用。

我们车子的手刹并不好使，所以为了不让发动的汽车溜车，我们不得不在轮胎下垫一块木头。有一天，我错估了雅库茨克主干道路边的倾斜角度，停车时没将车轮抵住马路边缘，等我回来时，车轮下多出几截冰块。看起来，是我的车子自己溜去了主干道的行车道，然后又被人开了回来！

冬天在雅库茨克开车是件危险的事，严寒导致能见度极低。而且在近几年，冬驾变得日益流行，排放至空中的尾气也变多了，能见度变得更差了。还好我们村庄的空气要稍微干净些。冬驾的最大好处就是路面车辆少，路上交通变得更顺畅，而且似乎交警也冬眠了，在寒冷的季节里，你在马路边压根看不见他们。但一旦气温回暖，他们立马就从冬眠的洞穴里钻出来，开始在出城口摆姿势了。

严寒

人类的敌人与战友，西伯利亚大自然的敌人与战友。
萨克雷尔，乔赫乔尔，雅库茨克，亚马尔

谁是西伯利亚的长寿冠军？什么样的生物能更能适应漫漫寒冬？

这一头衔的最佳候选人当然是西伯利亚小鲵（极北鲵，salamandrella keyserlingii）。这是一种体长 10 厘米的长尾水陆两栖生物，外形酷似蝾螈。冬天临近之际，它会在体内合成一种甘油化合物以防身体冻僵，这时候它就是世界上体内的甘油比例最高的生物，甘油占据了其体重的 1/3。

小鲵会钻进腐木或者田地的缝隙里蛰伏过冬，它的所有生命进程将暂时中断，直到春天来临，那时候它又会变得前所未有的活跃。众所周知，得益于这种冬眠行为，西伯利亚小鲵可以将生命延续到 90 岁。但相应的，它们很不耐热，会因夏日高温而会无精打采，喜欢藏在落叶下避暑。当气温高于 27 度时，它们就会死亡。

西伯利亚，特别是雅库特，以地球最低温地区闻名，它的寒冷程度仅次于南极洲。雅库特每个冬季的最低温都能至少突破零下55度。雅库特最冷的地区是奥伊米亚康（Оймякон），它自有记录以来的最低气温为零下67.7摄氏度。

但与南极的冰雪荒漠不同，西伯利亚的冰原生机勃勃。这是世界上最寒冷的人类定居区域，而人之所以能在这里生存，多亏了当地的动物。鱼类、野禽，还有各类家畜，包括马匹、奶牛与鹿，都适应了北方气候。它们是人类的肉食、牛奶、衣物来源，还是交通与农耕工具。雅库特成了世界上气候条件最恶劣的畜牧业地区。

现如今，雅库特共畜养17万匹马，这个数量是雅库特总人口的1/5到1/6。雅库特矮种马极度吃苦耐劳，它们在雅库特人眼中就是力量的象征。

雅库特的马群全年自由放牧，它们会自行寻找草料，从雪层下掘出嫩草芽，也会咀嚼针叶。冬天，它们甚至能站着睡觉。"俄罗斯的马太娇气，养不活自己，它们需要马厩和干草，它们甚至不在冬天交配。"我认识的饲马员谢尔盖·卢金（Сергей Лукин）打趣说。

我们村庄最强壮的男人当属放牧的饲马员。无论天气如何，他们每天早晨总能准时上工。这些养马佰有自己的地盘，那是村子背面草原上的一栋小木屋。在寒风凛冽的清晨，当烟囱冒出一缕青烟，这就意味着第一个抵达木屋的牧人已经烧热了火炉。随后，他们骑上马，带着狗开始了一天的劳作。实际上，雅库特马一直处于半野生状态，人们像饲养鹿一样宽松地饲养它们，只是将马群从一片牧场赶去另一片。它们常常会迷失在原始森林深处，或者是出现在另一座小岛上的村子旁，抑或是远至 10 公里以外的地区。依靠地面踪迹追踪它们是一件复杂的任务，特别是在下雪的时候。

雅库特马匹进化出了适应当地气候的优秀特征。它们的肩高不超过 1.5 米，全身紧实有力，这有利于减少身体热量的散失。它们到冬季会长出 10 厘米长的毛发，此外还有粗厚的马尾，浓密的马鬃，它能保护好马匹的颈部与脊背。春天对它们来说是一个难熬的时期，这时候牧马人会为饥肠辘辘的动物们补充些干草与燕麦。不是所有马儿都能熬过冬天。这里的自然选择是严酷无情的。

10 月份，我们一家前往极地的萨克雷尔旅游，我有机会参与来自芬兰自然资源保护中心的教授尤哈·坎达涅纳（Юхи Кантанена）的极地研究。他从 2000 年起开始研究家畜的遗传问题与它们对雅库特极端条件的适应机制。我有生以来第一次亲眼看到当地人如何用斧背击晕马驹、奶牛与公牛，然后用尖刀刺穿它们的心脏。芬兰学者们为了收集不同样本的脂肪皮层来到秋季的屠宰场。

对动物而言，适应寒冷的关键是如何生成、维持以及利用能量。能量大多储存在动物体内的白色脂肪中。一般而言，幼年个体的褐色脂肪[1]含量最高，但是坎达涅纳小组的初步研究成果表明，成年个体也能够生产褐色脂肪。褐色脂肪层可以分解脂肪酸，后者可以分解加快产热的酵素。

---

[1] 白色脂肪主要用于储存能量，而褐色脂肪（也叫棕色脂肪）主要作用为产热——译者注。

数千年前，雅库特一带活动着野生森林马，所以一些苏联学者推测，雅库特马是它们的后裔。坎达涅纳与其他的遗传学家证实事实并非如此：800年前，雅库特马与雅库特人一同迁徙到北方。这意味着，它们以不可思议的速度进化出了适应寒冷气候的能力。这样的进化在一百代之间就完成了，如果从物种进化的时间尺度来看，这几乎就是一眨眼的时间。但鉴于基因不可能在如此短暂的时间内突变，而少数种群又不具备丰富的物种多样性，科学家们认为，对寒冷的适应力与基因表达调控有关，也就是说，这是一种表观遗传[1]。基因可以调控是否生产某类型蛋白质以及它们的数量。除了马，放牧在萨克雷尔郊外的长毛奶牛也引起了基因学家的注意。这类极具异域特色的生物是土生土长的雅库特物种，它的雅库特名为萨哈恩纳赫（caxa ынах）。苏联时期，雅库特其他地区的长毛牛与从事生产的耕地牛杂交，最后逐渐失去了品种特性。而在这里的萨克雷尔一带，还存在着整整800头纯种长毛牛。

冬季，这些牲畜会被圈养在不供暖的哈东内，人们会在那里存放干草。奶牛将依靠少量草料熬过寒冬。它们白天会外出，在人工凿开的冰面饮水。户外活动期间，细心的主人们为了避免奶牛的乳房被冻伤，会为其套上口袋大小的乳罩。雅库特的牲畜基本少有生病，不接种抗生素。雅库特牛奶的口感醇厚，富含大量蛋白质，牛肉肉质也属于上等。

---

[1] 表观遗传（эпигенетика），又被称为后遗传，即认为，在"非DNA序列变化"情况下，遗传信息可以通过某些机制或途径，发生可保存并传递给子代的基因表达或细胞表型之改变——译者注。

坎达涅纳与自己的同事研究了雅库特奶牛所有的遗传表征。他指出，基因选择主要发生在那些影响生物抵抗力、神经与大脑系统发展和繁殖的基因。其中一个较有辨识度的基因是SLC8A1，它帮助动物应对寒冷引起的缺氧—氧化应激。雅库特奶牛与世界上分布最广的优选品种——荷尔施泰因奶牛相比，携带更强的耐寒基因。

尽管物种不同，研究还是表明雅库特奶牛与雅库特马具有同样的耐寒适应机制。它们的躯体变得更结实，在冬天均会长出浓密的、起保护作用的毛发。

适应的关键一点在于新陈代谢。无论是马，还是奶牛都可以在短时间内囤积充足的能量，并在漫长的寒冬消耗殆尽。雅库特奶牛10%到30%的必要能量就是来自于存储的白色脂肪，因此每年开春时，它们的体重都会比入冬前减轻1/5。

雅库特马的冬季呼吸频率只有夏季的一半，它们以这种方式保存能量。它们有出色的嗅觉，这能帮助它们甚至在薄冰下找到食物。奶牛与马不会在冬季下奶，这也有助于保存能量。

雅库特马与奶牛没有经历过人工培育，它们会自行繁殖。"只需把它们放出笼，它们自己就会找伴。"来自拉普兰大学的北方人类学教授弗洛里昂·什塔姆勒尔（Флориан Штаммлер）如此形容道。他同样在坎达涅纳的课题组工作。当然，决定权还是在人类，他们决定放谁去草场。"马儿最重要的品质就是能否在冬天学会喂饱自己。"只有在第一年增重的小马驹会存活下来。如果奶牛不敢在零下50度的条件下出门或者迷路，那么它们就不适宜繁育。而那些在育种过程中被淘汰的马驹与奶牛会被宰杀。

西伯利亚不仅锻炼了动物，也锻炼了人。在萨克雷尔秋季的屠宰场，当地人在零下 20 度的严寒中，长达数个小时地徒手剥皮与刨除内脏，但雅库特与埃文人可没有长出浓密的毛发御寒，也没学会冬眠。基因学家们对此的解释：人类的基因基质也能适应寒冷条件。比如，内眦赘皮就是基因适应的结果，这种东方亚洲人特有的上眼睑结构能够保护眼球抵御寒冷、大风、阳光与冰雪的反射。

来自剑桥大学的爱沙尼亚学者托马斯·基维斯尔得（Тоомас Кивисилд）与他的科研小组比较了西伯利亚 10 个原生民族的 DNA 并获得了一个重大发现。在两个东西伯利亚民族——楚科奇人与因纽特人——的基因基质中，发现了两种影响脂肪代谢的特有基因，以及一种抑制静脉收缩期间散热的基因。

在雅库特，以及在整个西伯利亚，传统的饮食结构由肉类和鱼组成，它们富含动物脂肪，却少有碳水化合物。到了冬天，这会导致类似于酮症的营养短缺，但本土居民依靠基因适应了它。他们有独一套的新陈代谢方式，可以在不提高血脂与胆固醇含量的前提下，将脂肪转化为能量与热。根据某个理论，新陈代谢加速是甲状腺激素适应性变化的结果，后者能将褐色脂肪转化为热量。但如今，小麦、大米与糖也进入了当地居民的食谱，与此同时他们的运动量也降低了，于是当地人中也出现了糖尿病、肥胖症、心血管类疾病。

西伯利亚人并不是对寒冷免疫的超人。人类不可能习惯寒冷，他们只是学会了如何适应它，比如多取暖与多穿衣物。文化填补了人体耐寒能力与气候之间的空白。

俗话说，没有不怕冷的西伯利亚人，只有穿得暖的西伯利亚人。

对于出身热带的人来说，想在西伯利亚生存下来的唯一办法就是给自己绷上一层野生动物皮毛。

当我历经6小时的雪地车之旅，从萨克雷尔来到养鹿人家做客时，主人送给我一副狼獾皮手套、一件雪羊大衣、双层毛皮靴与裤子、一顶鹿皮帽与北极狐皮围脖。这套装备暖和极了，但也让我几乎无法动弹。西伯利亚各族人民的冬季衣物是数个世纪以来进化的结果，它们根据地理位置、气候与劳作类型的差异而各有不同。在雅库特气候极度寒冷而干燥的地区，最流行的是厚重的皮子大衣。人们可以上身穿夹克外套，下身穿裤子，因为这里少有大风天气。同样是在雅库特，养鹿的埃文人可以随意在雪地里睡个好觉，因为他们有雪羊皮制成的睡袋、兔皮与鹿皮缝制的毯子。

在光秃秃的冻原上放牧鹿群的涅涅茨人为自己设计了鹿皮上衣。这是一款能盖住膝盖的钟罩形大衣，由鹿皮缝制而成，两个袖口还缝有手套。在遇上暴风雪时，人可以蜷缩起来，钻进宛如口袋的鹿皮大衣里，不受风雪侵袭，美美地睡上一觉。他们脚上穿着及膝的长筒靴，由被称作"吉斯"与"毕沃"两个部位的鹿皮制成。白令海峡的楚科奇人与因纽特人自古以来就有适应沿海气候的独特服饰——由海象肠子缝制而成的雨衣，海豹皮裤子，以及用海豹皮或者海豹骨头制成的太阳眼镜：他们割下一块海象皮或一节骨头，只在表面挖出一道细细的槽缝。鹿皮衣服在所有北方民族间都十分流行。多亏了鹿皮的全能，它成了非常保暖的材料，但唯一的缺点就是太易磨损。

25岁的斯巴达克·斯列普措夫（Спартак Слепцов）是我在萨克雷尔的雪地车司机，他从前是一名养鹿人，可现在挂起了拐杖。去年冬天，他在零下40度的严寒里连车带人翻进了化冻的雪水中，打湿了双腿。坚强的小伙子先是一瘸一拐地走，最后是用双手爬行了20公里，爬到了最近的一处空木屋，可那里没有生火用的木柴。人们直到第二天才找到了他。现在他的双腿都换成了义肢。腿虽然没了，但好歹命保住了。

各类冻伤冻僵最后致死的情况在雅库特并不少见。我们在雅库特期间就听闻过几个例子。2016年11月，一岁半的婴儿被冻死在家，因为喝醉的母亲出门后忘记关上房门。2018年1月，五名男子驾驶一辆老旧的拉达前往原始森林里深处的马场。车坏在了半路，他们只能徒步前往，但因为没有充足的防寒衣物，其中两人被活活冻死。2017年2月初，一个住在残疾人宿舍的男人被冻死。他半夜出门后想要返回宿舍，但大门紧锁，保安没有听见他的敲门声。第二天凌晨，人们在门边找到了蜷缩成一团的、被冻死的男人。

在雅库特，我参加过防冻伤的讨论课。医生向我们展示了一些吓人的相片，相片上是被冻得不成形状的粉色尸体。冻伤是雅库特第三高的事故致死因。当地的冻伤致死事故比车祸更常见，冻伤死亡人数仅次于他杀与自杀死亡人数。在欧洲，人们会在零度左右因体温过低或者失温症而死亡。但在雅库特，最主要的死因是皮肤破裂。在零下45度的严寒中，裸露在外的皮肤会在几分钟之内破裂。

"我从1983年就开始与冻伤致死事故打交道。在我接触的因冻僵而心脏停止的所有病例中，没有一例起死回生。他们无一例外都被送去了停尸房。"一位当地医生在授课结束时告诉我。

冻伤的病人被送往雅库特共和国2号医院的烧伤与冻伤科医治，该科室位于一栋医院后场宽敞空地上的立方体建筑物内。当我在休息室等待主治医师时，几副盖有白布的担架被抬进来，放置在地面上。白布下还有微微的活动迹象，这意味着病人还活着。

医治冻伤的专家医师亚历山大·波塔波夫（Александр Потапов）认为，体温过低或者失温的病人需要从内向外恢复体温，如果从外部快速加热，会造成其皮肤破裂，导致截肢。因此，需要用绝热材料将病人包裹住。雅库特教授列沃·阿列克谢耶夫（Рево Алексеев）在照料冻伤科病人时尝试使用鹿皮制成的皮套。为了让病人从内至外地升温，医生向其体内灌入40度的溶液，与此同时供给热空气用于呼吸。为了减轻治疗过程中的痛苦，病人会被麻醉，其呼吸将依赖呼吸机。

在雅库特，85%的冻伤是因为酗酒。除此之外，被送至冻伤科的还有室外工作人员与意外事故受害者。在零下50度的严寒中，皮肤破裂与心脏病发作一样致命。医生说，冻伤患者中尤其常见一些不穿毛皮靴的年轻人，他们为了好看会选择穿时尚的便鞋。冻伤对人体健康的影响有时会在多年以后显现。关节炎在这里比较常见，许多老人需要拄拐行走。

在雅库特，寒冷不只是简单地盘旋在空气中，它能深入地心深处。雅库茨克城郊的深山中有一条人工挖掘的隧道，隧道里的景象吸引了无数游客——那里尽是雅库特手工艺人打造的冰雕塑像，场面震撼极了，既有雅库特严寒老人奇斯汗[1]的宝座，也有被冰封的古代小猛犸象尸体。而最棒的一点在于，这场展览是长期有效的，因为永冻土下的温度常年低于零度。

12月时，我和孩子们躲进洞穴取暖，因为当室外气温低至零下40度时，地底的气温还维持在零下10度。夏天时，人们则可以在洞穴里纳凉，此时洞穴里的气温是零下5度。永冻层能从地表向下延伸10米，但越往深处，温度越高。

整个雅库特都在永冻土上，换句话说，土壤里的水永远处于冰冻状态。雅库特的地下冻层深度是世界之最：在西西伯利亚的维柳河一带，冻层能深达1500米，而在雅库茨克附近则能达到200米至400米。更令人吃惊的是，俄罗斯65%的领土都位于永冻土带上。雅库特冻土研究所的科研人员告诉我们，即使是访问研究所的普京听到这一比例时，也无法相信自己的耳朵。

冻土塑造了雅库特的外在形象，它影响了饮用水、植被、地表与气候。这里没有高大的树木，因为树根无法扎入土壤。在萨哈语中有许多词汇用于形容冻土带独有的现象。阿拉斯（Алас）用于形容位于冻土层上的热喀斯特圆形湖，一般来说，这种湖泊附近是极好的牧场。雅库特有62万处湖泊，当地人以

---

[1] Чысхаан，雅库特民族的冬季象征。类似于俄罗斯民族的冬老人，其特征是头上的长角，根据雅库特民间信仰，奇斯汗的角越长，冬季就会越冷——译者注。

此为傲，该数量是以湖泊闻名的芬兰的3倍。但事实上，大部分的雅库特湖泊只是冻层上的热喀斯特湖，不联通河流。

布尔贡尼奥赫（Булгуннях），类似冰丘或者隆起的山岗，这是一类围绕冰核逐渐生长的冰丘，它看起来随时可能裂开。当然，它确实可以裂开。它会在裂开后变成一座湖泊。巴伊德热拉赫（Байджерах）是酷似白蚁巢的丘陵，这是四周冰脉消融后留下的地形。贝拉尔（Былар）是永冻层解冻或者崩坍后造成的多边形结构。塔雷（Тары），它的俄语意思是积冰，德语为aufeis，指的是覆盖在永冻带表面的冰层，它由河水与泉水结冰而成。

永冻土并非真的永冻，在河床与湖底依然存在着解冻的土壤，它们被称为融区。永冻土深处存在积聚的地下水或者"克里奥佩格"（криопег），也就是盐水"口袋"，那里的水温可以达到零下10度而不结冻，奥秘就在于极高的含盐量。由永冻土融解而造成的地势下沉被称为热喀斯特效应。它发生在地表或者地表植被覆盖层遭破坏的地区，这里的地下冰开始融解，土壤下沉，水流汇聚在地表凹陷处形成湖泊。在湖水的影响下，湖底的冻土层再继续融化。

最极致的热喀斯特地貌位于北雅库特的巴塔加伊（Батагай）一带，那里形成了一座直径1000米，深度100米的环形山。早在1960年代，那里还是一片生机勃勃的森林，但滥砍滥伐与其他人类活动破坏了地表，泛滥的湖水开始冲刷土壤，大自然接手了人类未竟的"事业"。

雅库特的生机完全多亏了冻土层在夏天的解冻。在雅库特中央区，解冻的冻土层大约有2至3米厚，正是这层薄薄的土壤孕育了勃勃生机。动植物与人类都从中掌握了生存要领，学会了如何利用短暂的夏天，为漫长的寒冬做准备。

永冻土影响着雅库特的一切，但这里的生物学会了如何与它相处。原木搭建的房屋通常直接坐落在地表，它能保持地下土壤的温度。比如，我们屋里的地窖就可以用来储存土豆。但是，因为土壤持续的融化与冻结，这种直接接触地表的房屋的寿命并不会太长。只要瞧一眼雅库茨克的旧木头房子就能确认这一点，它们一半的房身陷入地里，翘起的屋角望向四面八方。

雅库茨克是世界上最大的永冻土城市，在苏联时期它就发挥着类似实验室的作用，检验各类建筑物的可靠性。从1960年代起，这里的高层建筑统一修建在打入冻土层的地桩上，并且在高楼与地面之间留有通风间隙，为的是不让房屋热量流入土壤。如果房屋直接修建在地面上，那么它的热量就会融化冻土，引起热喀斯特效应，导致房屋下的土壤被逐渐侵蚀。必须时刻关注土壤温度，即使是微小的变化也会引起致命的偏移。多层建筑物附近的地面下埋有许多管道，管道内有煤油或者其他替代性液体，它们起着冬夏两季保持土壤低温的作用。

"冻土是个任性的女人，"一位雅库特的冻土研究者在报纸采访中说过，"如果你学会如何与她交流，她就会成为你的帮手，否则就是敌人。"

地桩支撑的基层只有在土壤保持干燥时才结实牢靠。如果房屋旁边的积雪或者附属建筑阻碍了通风，那么房屋下的冻土就会开始悄悄消融。房屋附近的地面也不能铺上沥青或者被建筑结构占用，因为这会增加维修水循环系统的难度，一旦自来水管、污水管以及暖气管道有所泄漏，或者雨水管道结冰堵塞，维修起来就要大动一番干戈。这里不能使用挖掘机挖掘地面，因为会引起热喀斯特效应，后者将侵蚀建筑物底部的土壤。

从 2010 年起，雅库茨克开始避免使用地桩。202 号小区是雅库茨克市最新的多层建筑小区，它就直接修筑在沙土结构的山上。人们只能拭目以待，观察它将如何经受多变天气与永冻土融化造成的土壤移动的考验。近年来，各式建筑在这座冻土城市里遍地开花，人们甚至建起了一栋 16 层的高楼。

但新建筑远没有老建筑来得结实。"一些新楼表面已经出现了危险的裂纹，"亚马尔极地研究中心的前负责人安东·西尼茨基（Антон Синицкий）说，"现在的建筑规定是基于苏联时期的测试结果，人们没有更新过数据。而且不是所有承包商都遵守这些规定。当需要更快交工时，他们会截短地桩，将它从 10 至 15 米缩减到 5 米，这样的长度刚刚够摸到冻土层。"

在雅库特，给水管道与暖气管需要暴露在地面并且做好隔绝。给水管道会提高附近的温度，所以在雅库茨克的地桩上会出现因管道散热而形成的冰锥。

在一些杂用建筑下，诸如仓库、烟囱或者铁路等，同样需要安装温度稳定器（它的原理与装满煤油的管道类似）。比方说，在亚马尔的萨别塔（Сабетта）有四座大型天然气蓄存池，它们的底部共安装有 1000 根地桩与 1300 台冷却设备。为了应对温度落差，地底的天然气管道必须与外界隔绝。在亚马尔，为了避免管道内的天然气影响四周的冻土，它会在压缩站被冷却到零度。当天然气通过卡拉海底时，它又会被加热，因为那里没有冻土层。当管道再次抵达岸边时，天然气又会被冷却。不过说实话，西伯利亚的一切并没有都如想象般那么顺利。根据绿色和平组织的数据，冻土变化已经造成了数千起石油天然气管道泄漏。

在永冻土条件下铺设路面也需要特别的技术，但就最终的结果与坑坑洼洼的路面来看，西伯利亚似乎少有人掌握这门技术。在永冻土条件下修筑道路，首先就要尽可能地运走原来的泥土，倒入沙子、砾石与石渣，筑成一道厚厚的隔离层，这样做是为了防止下方的冻土融化。水也必须被排干净，避免它在路面下结冰或者融化。这里还面临着热喀斯特的问题：因为修筑路面和清理植被层会破坏土壤，这会引发热喀斯特效应，道路会因此塌陷。

西伯利亚桥梁的搭建是分件组装式的，各部件的结合处采用锯齿设计，这是为了避免金属受热膨胀后影响整体结构。在雅库茨克，我们经常通行的一座桥梁就是如此，它的横梁间距会在冬天增加几厘米。

就连金属也无法承受西伯利亚的寒冬。在苏联时期，人们发明了高强度的金属、零度气温下的焊接技术，以及低温下保持液态的水泥、润滑油与机油。近年来，西伯利亚人还发明了不膨胀的橡胶，它能在严寒中保持韧性。车辆部件在严寒时非常容易损坏。发动机与变速箱必须使用合成机油。刹车液应该是极地防冻款的，能够承受零下70度的低温。如果车辆中途熄火，车主需要给发动机蒙上一层帆布，并用热风筒从底部加热发动机。

在雅库特，许多人一到冬季就不再开车。他们会"冷藏"自己的汽车，任由它在院子里结冰。这种情况下，最好要卸掉外胎，不然就会爆胎。

如今，最高端的车主为车辆安装了自动控温系统，它会在发动机温度过低时自动加热发动机，这就好比给车子披上了一层太空毯，车主可以放心停车。不过，雅库特的"霍图帐篷"（Хоту Тент）公司生产的帆布篷依旧受欢迎。该公司承诺，它们的帆布可以在零下50度的严寒中，保持车辆整整12小时不受影响。据说，它们的帐篷由聚酯、竹草与丝绸制成。

雅库特的居民一辈子都在与寒冷作斗争。我们一家很幸运，因为我们的房间有天然气供暖。俄罗斯天然气公司在当地开采天然气，但只有1/3的雅库特村庄开通了天然气。在雅库特其他地区，人们依靠集中供暖过冬，它主要消耗煤炭、燃料、电力或者木柴。在雅库特严寒降临时，用柴火取暖需要格外注意，这期间要一直有人在家，而且它也需要大量的劈柴。

每年，雅库特的供暖站与供暖管道都会发生事故，最差的情况是数个村落被迫停暖。如果这些村落没能及时连上备用供暖站，而家中又没有供暖柴火，那么这里的居民就要撤离。比如，2001年的发电站事故就让杰普塔茨基村（Депутатский）3600名居民差点冻死在零下50度的严寒中。一部分居民撤离到了雅库茨克，剩下的则被疏散到装有壁炉的高层建筑中。

早在苏联时期，人们就幻想在北极的居住中心上方罩一个巨大的圆顶，好让人们过上暖和的日子，这样的想法时至今日还存在。比方说，在米尔内市旁有一座废旧的钻石露天矿场，它深达 525 米。有人就建议在它的上方修建一个圆顶，将它改造为一个容纳 4 万人并且完全依靠太阳能取暖的生活区。居民们可以在矿井底部种植蔬菜，通过采光井口获得光照。2020 年，雅库特的企业家阿尔谢恩·托姆斯克（Арсен Томский）也修建了这样一栋玻璃罩下的房子，这种生活的好坏只能交给时间评判了。

尽管严寒令人们的生活变得更复杂，甚至威胁到人的生存，但雅库特的许多事物还是经受住了寒冷的考验。严寒与冰雪铺就了雅库茨克绝大多数的道路。在西伯利亚，人们干脆就在冰冻的河面上维修船只，人们把这戏称为"冰船坞"。永冻土既没能让矿场坍塌，也没让各类管道与建筑物倒下。

寒冷令保存食物变得更简单。虽然这里的奶牛一到秋天就不再下奶，但酸奶油制成的苏奥拉特饼（cyopat）可以冷冻保存一整个冬天。人们从冰窟窿里钓上来的活鱼刚一上岸就冻结实了，满足了冷藏运输的要求。永冻层的气温常年低于零度，所以人们就在永冻层开掘出储藏室，用来储存夏天的肉类与鱼。从前，人们用十字镐，现在改用凿孔机与挖掘机制造这些储藏室。而商店与农业公司甚至用洞口大到允许一辆汽车驶入的洞穴作仓库。

如果没有永冻土，雅库特将完全是另一幅面貌。它会变成干燥的沙漠，因为地下冻层会阻止本就稀少的雨水渗入泥土，它们就无法变成地下水。雅库茨克的年降雨量是 238 毫米，埃尔帕索的得克萨斯州的降雨量与此相当，而那里正是一片沙漠。

寒冷自有存在的目的。人类、动物与植物学会了如何与它相处,并利用它为自己谋福利。接下来只需要祈祷雅库茨克长角的寒冬老人——奇斯汗能够长命百岁,用他的吐息继续冰封一切。

马加丹

从马加丹到雅库茨克,这是一条最寒冷,最可怕,也最美丽动人的路。阿尔特克(Артык),苏苏曼(Сусуман),奥伊米亚康,马加丹,雅库茨克

从马加丹飞往鄂霍茨克海岸的途中,你已经可以大概猜到这是一个什么样的地方。这里可见不到什么时尚达人,只有戴着长耳风帽,神情严肃的男人们。这里的人们似乎都相互熟识,机舱内很快就充满了欢快的闲聊。"那是地球上最好的地方,"坐在我身旁的女士如此评价我此趟旅程的下一个目的地。

马加丹以及以科雷马上游命名的附近地区,在俄罗斯各州府间都有糟糕的名声。俄罗斯的弹唱歌手会用"马加丹"与"科雷马"两个词吓唬听众,让他们毛发悚立。"该死的科雷马,怪异的星球;让人人都发疯,来了就别想走。"[1] 这几句歌词来自一首苏联民谣。

"科雷马"(Колыма)这名字恰好暗合芬兰语中的"死亡"(kuolema)一词。1932 年至 1956 年,东部劳动改造营就坐落在这里充满敌意的大自然中。

---

[1] 来自苏联时期民谣《瓦尼诺港口》(Ванинский порт)。

科雷马大道，又被称作"白骨之路"，现在多亏了它，马加丹一年四季都与外界保持地面联系，再往东的俄罗斯城市就做不到这一点了。我计划征服从马加丹至雅库茨克的 2000 公里路程。我打算乘坐公共交通，必要时也会搭顺风车。我有意挑选了 1 月份：我就是要亲身体验一下当年囚犯们的感觉。大道穿过了最寒冷的人类居住区域，那里的气温低至零下 60 度。

但在启程前，我决定参观一下马加丹市。这需要下一番决心，因为从鄂霍茨克海正刮来一阵强风。如果说西伯利亚其他区域的中小学会因为寒冷而停课，那么这里的停课缘由则是强风：暴风超过 25 米/秒的风速后，孩子们就不能前往学校了。强风将我送上了城郊的山坡。那里伫立着古拉格受害者纪念碑：这是一张混凝土的哀痛面具，它面露悲痛，立方体的脸上流淌着泪水。雕塑家恩斯特·涅伊兹韦斯内伊 1996 年的作品。它的一只眼睛被监狱的铁窗遮住，瞳孔成了一间牢房。除了古拉格受害者，这座城市还纪念着该问题的"另一面"：市里的街道以克格勃的奠基人菲利克斯·捷尔任斯基（Феликс Дзержинский）与第一任科雷马集中营营长艾杜阿尔德·别勒津（Эдуард Берзин）命名，后者在 1938 年以企图"颠覆当前体制"与"恐怖主义"为名被枪毙。

马加丹虽然由囚犯一手建成。但时至今日，它已经变成了一座可爱甚至友善的城市。最近 25 年，除了庄严雄伟的大教堂外，城里没再添过一栋新建筑。科雷马边疆区的人口流失程度位列全俄第二。如今，这里的常住人口为 15 万人，与苏联时期的人数相当。在苏联的最后几年，有人会自愿来到这里，只为挣得其他地方挣不到的高薪。但当这里不再有利可图时，这些人很快就跑路了。

"一听见有人咒骂马加丹，我就生气，"29岁的生物学家叶甫盖尼娅·斯捷潘诺娃（Евгения Степанова）气愤地说道，"比如，我的姐姐就迫不及待地想离开这里。但人怎么能恨自己的故乡呢？"叶甫盖尼娅认为，问题出在马加丹人的心态，当地人没有归属感，总认为自己是临时的过客。这种心态也传染给了孩子们，但她希望这不会影响她即将诞生的第一个孩子。斯捷潘诺娃自己很少离开科雷马，除非是出差。但她的父母，恰恰相反，酷爱汽车旅行。他们甚至沿着不幸的科雷马大道一路开到了莫斯科。这是一趟只有一个司机的，为时两周的单向旅程。

马加丹州是俄罗斯人口最稀少的行政区之一，但它的土地面积却不小，相当于一个瑞士。这里有受偷猎者欢迎的鄂霍茨克海岸与被淘金客挖遍的山岭。马加丹州是拥有独立政府与内阁的行政单位。通常而言，俄罗斯官员的出身是工程师、商人或者侦察兵，但马加丹州却推崇具有教育行业背景的人。比如，州立行政部部长、州立杜马议员长、俄罗斯杜马与联邦议会的马加丹州代表均是教师出身。当然，这其中也包括接受我采访的马加丹州长弗拉基米尔·佩切内（Владимир Печеный），当时他已经年满67岁。

这位州长在斯大林时代的宫殿式政府大楼内接待访客，他用悦耳的男中音回答问题。州长是一位乐观主义者：他认为，本地人口将在10年内增长2万人。以什么方式？佩切内相信，最大的诱饵与之前一样，就是黄金。如今，当地企业与俄罗斯百万富翁的公司正在马加丹州挖掘黄金。这里还有白银。顺带一提的是,这里有俄罗斯最大的银矿。州政府还能从鄂霍茨克海的石油中大量获利。眼下,俄罗斯国营企业"俄罗斯石油公司"正在挪威国家石油公司 Statoil 的帮助下展开实验钻探。佩切内认为马加丹的形象本身也正在发生变化,"苦役犯与狗熊在大街上游荡的刻板印象将会消失。"他信誓旦旦地说。佩切内本人在 2018 年卸任。

当地记者建立的新闻社 vesma.today 却刻画了马加丹的另一副形象。他们报道了一些主流官媒不敢提及的内容。比方说,从他们的推送中可以了解到,州长在电视镜头前宣布一座新的幼儿园成立,但实际上它并没有完工,也没有进行过招生[1]。或者在节日庆典上,马加丹的大主教对助手大发雷霆,泼了他一脸热茶,原因居然是嫌神甫作曲的教区区歌播放音量太小[2]。

持反对党立场的年轻记者安德烈·格里申(Андрей Гришин)管理着 vesma.today 的网站,他此前是市报主编,但因政治观点而被开除。格里申学过翻译,加入了一支本地乐队,干过捕鱼工、淘金客、汽车修理工、保安与演员。他热烈的梦想听起来并不现实:他想改变俄罗斯的政治体系。

我原本可以在马加丹多停留一阵,但科雷马大道已经在召唤我上路。我跳上一辆老旧的伊卡洛斯(Икарус),一路颠簸地驶向旅程的第一个目的地——4200 人口的帕拉特卡镇

---

[1] 见:https://vesma.today/news/post/41-gubernatoru-nagnali-detey-i-zapisali-na-kameru.

[2] 见:https://vesma.today/news/post/34-vladyko-ioann-v-miru-pavlihin-plesnul-kipyatkom-v-lico-svoemu-podchinennomu-za-slishkom-tihoe-zvuchanie-gimna.

（Палатка）。我本以为它会是一个遍布五层楼建筑物的普通苏联式居民点，但事实上，这座小镇的外貌已经被彻底翻修过一遍：郁金香与石竹花形状的路灯点缀着街道，路边修有喷泉与纪念碑。多层洋房都得到了翻新，每处院子里都有崭新的儿童游乐场所，而奢华的教堂犹如为小镇加冕的王冠，它有整整4层圣像壁与令人惊讶的水彩壁画。

改善市容的钱出自靠淘金发家的商人兼当地政治家亚历山大·巴桑斯基（Александр Басанкий）。他是一位很不典型的俄罗斯富翁。他的身价最为令人震惊，几乎达到了1700万欧元。但令人震惊的与其说是这个数目，不如说是他公开财产并上缴税款的举动，这一行为令巴桑斯基成为了明面上最富裕的俄罗斯政治家或者公务员。但与此同时，他居住在帕拉特市中心的一栋普通多层洋房，除了院子里有更多奇形怪状的石竹花路灯外，再没什么特别之处。他在离家仅有一条马路之隔的自营公司总部办公室工作。那里的招待室总是人满为患。据说，巴桑斯基乐于助人，比如当有人需要钱做手术时，他就会伸出援手。本芬兰记者没争取到采访巴桑斯基的机会，但却在一档晚间流行真人秀节目中看见了他。节目的最终获胜者将获得由巴桑斯基提供的大奖——一款尼桑Almera汽车。

在节目上，巴桑斯基是个典型的直男，他如此评价赢得大奖的女选手："这位大婶怎么不高兴。"

我从帕拉特卡搭长途班车继续上路。道路将一片白雪皑皑的谷地分割成两半，天空中映现出彩虹七色的光晕。或许，科雷马大道在历史上是俄罗斯最可怕的道路，但现在，当迈入隆冬，当冰雪覆盖了被淘金客挖掘得千疮百孔的河床后，这里便成了俄罗斯最美丽的道路之一。

巴士转向雪山，开往塔拉雅镇（Талая）。这里四处均是斯大林巴洛克风格的圆柱与圆顶建筑。它们之所以修建在此处，均是得益于一口当地热泉，从中喷涌出富含硅酸的90度高温泉水。这里有一家真正的苏维埃时代疗养院，它连同自己的职工足以被载入受保护历史遗迹的名单。我长久以来的心愿——做一次泥浴——终于在塔拉雅得以实现。

我赤身裸体地躺在一张厚漆布上。疗养院的护工先为我涂上热乎乎的疗泥，接着卷紧漆布。我就这样裹着出了一身热汗，15分钟的治疗结束后，我立马感到浑身通透。疗养院的生活节奏缓慢。一切都有固定作息，白天的日程中甚至还排有14点至16点的午休。我原本可以像其他疗养客一样，再休息3周，晚些出院，但我还有1700公里的路程需要走完。

巴士司机一定错以为他在驾驶越野车——他开得极为奔放，车厢内播放的音乐也不是普通流行乐，而是经典的俄罗斯摇滚。雪原上偶尔会冒出几个村镇，尽是没有窗户的多层建筑，空荡荡的小学与幼儿园，一副切尔诺贝利的模样，只有列宁的雕像还坚持不懈地注视着一切。科雷马的空城数量超过了俄罗斯任何其他地方，究其原因在于，这里的自然环境根本就不适于大批人口定居，它的空心化未必是场悲剧。问题反而出在另一面：不是所有人都能离开这里。马加丹州正在实行人口迁移计划，目标是在近几年清空20多个村庄，将人口迁移到其他地区。与更南边的符拉迪沃斯托克一带不同，这里的政府恰恰不愿意让人们留在村镇，它的目标是帮助居民迁移。

但如果瞧得仔细些，就会发现科雷马也并不是绝对的无人区。几乎在每个荒弃的村落里都有几个自愿留守的人。在马利佳克（Мальдяк）荒村，一栋多层建筑的墙面上伸出几截烟囱，从中正冒出滚滚浓烟。我走进其中一间看似废弃的屋子，在那里碰见了42岁的康斯坦丁·特拉菲莫夫（Константин Трофимов），他正蹲在煤炉后生火。他自1986年起就与父亲瓦列里（Валерий）生活在这里，他并不急着离开。这其中的原因自然是科雷马的黄金。特拉菲莫夫一家是独立承包人，他们有自己的翻斗卡车、推土机与冲洗黄金设备。他们以矿石勘探人员的身份注册在一家黄金开采公司名下。根据俄罗斯的法律，个人是不允许开采黄金的，但事实上，只要不是懒汉，谁都能在河床里冲洗金砂。每年5月，这里就会齐聚来自俄罗斯、乌克兰、摩尔多瓦与乌兹别克斯坦的数百名淘金工人，他们受黄金开采公司雇佣，每天工作12小时，在这里埋头苦干半年。承诺给他们的报酬是5000欧元，但有人告诉我，乌兹别克人甚至拿不到这个数字的1/3。"他们春天来到这里，以健康为代价挣了一笔钱，可到来年春天，他们就会花光这笔钱。"瓦列里算了这么一笔账。

特拉菲莫夫一家的邻居是柳德米拉·斯塔尔科娃（Людмила Старкова）与尤里·伊万诺夫（Юрий Иванов），他们是2号楼唯一的居民，正在给炉子生火。这对退休夫妇也不愿离开。最近的超市在30公里外，公交车早就不再经过这里，但夏天时，他们还可以在温室栽些土豆。"共产主义时代，这里的水龙头还能淌出热水，而现在我们倒是'自由'了。"自1980年代来到这里的尤里讽刺地评价道。他的书架上放着斯大林的肖像。"斯大林是一位伟大的领袖。他在世时一切井然有序。"

这听起来有些残酷，特别是考虑到马利佳克曾是众多集中营的一处，如今你朝窗外望去，还能瞧见它的遗址。两三年前，当地人在路边发现了骸骨。人们埋葬了这批骸骨，为死者立了十字架。同样的场景在去年夏天再次上演。

亲历者关于集中营的回忆被翻译成了多国语言。叶甫盖尼娅·金兹堡（Евгения Гинзбург）在小说《陡峭的路线》中讲到为女囚犯孩子组织的附属幼儿园，那里的孩子们不会被抱在怀里，4岁以内的儿童少有会说话的。瓦尔拉姆·沙拉莫夫的作品描绘了一个同伴相残的世界，无辜的流放者被迫为囚禁的刑事犯服务；人们会因为一件毛衣杀死同伴，时刻紧盯着消失在同伴嘴里的食物。沙拉莫夫坚信，这里"没有磨砺人的个性，反而戕害了人的心灵"。

美国副总统亨利·A. 华莱士（Henry A. Wallace）笔下的行记则更令人啼笑皆非，他讲述了自己1944年6月的行程[1]。在战争期间，美国经由阿拉斯加—西伯利亚向苏联提供了8000架飞机。苏联为此支付了相应的科雷马黄金。华莱士大加称赞科雷马的发达程度，却只字未提这里的集中营。

在小镇苏苏曼，我认识了娜杰日达·叶梅利扬诺娃（Надежда

---

[1] 亨利·A. 华莱士，《苏维埃亚洲任务》，纽约：雷纳尔与希区柯克出版社，1946年。

Емельянова），她的父亲在 1947 被发配到这里。她直到成年后才开始询问父亲，她为什么出生在科雷马，但父亲回答得很含糊。"我那时是个孩子，什么也不知道。我只记得，父亲在矿井下徒手挖金子。他在乌克兰的家被毁了，妈妈整个冬天生活在地窖里，抱着当时只有 1 岁的妹妹。"当父亲被释放后，母亲也来到了科雷马，并且定居在这里。"金子无法被玷污。诚实的人身上的污秽也可以被洗清。但如果灵魂肮脏，无论什么样的军官肩章也无法令它闪亮。"叶梅利扬诺娃最后补充说。

俄罗斯的古拉格没有像奥斯维辛博物馆[1]那样的景点。科雷马集中营的遗迹很少，但人们会记住它，当然会记住。

在苏苏曼市，米哈伊尔·希比斯特（Михаил Шибистый）在岳母的商店里开设了"古拉格民间纪念博物馆"。每个夏天，他都游荡在群山与原始森林中，搜寻残存的铁丝网、生锈的淘金砂盆与衣物碎片。其中最有趣的展品是一个文件夹，里面收藏着所有他找到的精心绘制的彩色金锭图片[2]。我与米哈伊尔去了一趟城郊的集中营时期墓地。那里竖着一片没有逝者名字、只有密密麻麻囚犯编号的木桩。

仅有 5000 人口的苏苏曼给人留下恐怖的印象。这里的严寒偶尔降至零下 50 度，城市被浓雾覆盖，湿冷的空气将脸冻得刺痛。忧郁的房屋间有人影突然闪过，野狗在垃圾堆刨食。市里

---

[1] 作者指奥斯维辛·比克瑙综合博物馆，它由三座法西斯集中营改造而成。二战后，这些营地被改建为博物馆，从 1979 年起受联合国教科文组织保护。
[2] 根据俄联邦法律，公民应当主动上交捡拾到的科雷马金锭，所以作者或许是指米哈伊尔用图片代替了实物以作记录——译者注。

有一家淘金公司与车辆测试中心，后者正在极端严寒的条件下测试丰田车的性能。

我距离乌斯季涅拉（Усть-Нера）还有近四百公里的路程，到了乌斯季涅拉就进入了雅库特境内，但离开苏苏曼并不是一件容易的事，路上的车很少，也没有途经的长途巴士，最后多亏了一辆运煤卡车，我才上了路。这里的小型城镇一般依靠州里开采的煤炭取暖，所以常有运煤车经过。在科雷马搭顺风车可不是仅靠长时间在路边等待、伸出冻僵的手就可以的，你得踩着点赶上运煤卡车集合的时间。

"勇士。"司机谢尔盖·库兹米奇（Сергей Кузьмич）如此评价并捎上了我。他开着一辆捷克斯洛伐克产的塔特拉牌（Татра）自卸卡车。鉴于我的行李箱过大，塞不进驾驶室，库兹米奇将它直接扔进了载满煤炭的拖车，于是柔和的米黄色行李箱染上了更黯淡的科雷马的色彩。

实际上，56岁的谢尔盖已经退休，但分运煤炭的报酬实在太高，以至于他还在坚持工作。他甚至用挣来的钱去了一趟泰国。我们驾驶着这辆塔特拉，以龟速翻过了海拔1000多米的山口。我们驶过几条名字令人浮想联翩的小河：冷漠河、惊喜河与思索河。深夜，我们抵达了阿尔特克镇。我们的卡车与另一辆卡车停放在一所巨大仓库的深处。我们还在这里找到了一处过夜的地方——苦修室一般的司机集体宿舍。

从阿尔特克出发，我搭上了弗拉基米尔·舒马罗夫（Владимир Шумаров）的沃尔沃牌运煤车。我们在途中搭救了他的一位同行，这名司机的拖车弹簧坏了。这说明甚至连金属都无法承受零下50度的低温。另一位司机的制动软管受损。多亏舒马罗夫的及时帮助，他才得以继续上路。科雷马大道被认为是世界上最危险的道路，可实际上还存在着更可怕的山路。但作为世界上最寒冷的道路，它格外危险，这一点并不假。灾祸可能发生在每个人身上，所以没有人会袖手旁观，大家都会互相帮助。如果实在没有办法，司机会揭下卡车的盖布，用它生起火堆。

我们沿着蜿蜒曲折的道路爬上了科雷马的最高点，海拔近1200米的奥利昌斯基山口（Ольчанский перевал）。半小时前，温度计显示的气温是零下51度，现在已经升到了零下37度。山顶的气温高于山下。这是气团的逆温效应。冷空气质量大，所以下沉到谷底，温度高于它的空气则会上升。这是稍作休息以及顺道上一个厕所的好借口。道路管理局在这儿小心翼翼地放置了一间小木屋，墙面结霜的冰冻小屋骄傲地挺立在山口的最高点。

10年前，科雷马大道的山口处还只能在冬季通车。最新一段全年通车的公路完工于2008年，而如今这里已经铺设了一条质量尚可的土路。谁知道呢，也许在将来人们甚至可以实现北境的自驾游。政府计划在2030年前铺设长达1800公里的公路网，最远可抵达阿纳德尔——楚科奇州的首府。

舒马罗夫的车没有仪表盘；当他感到疲劳时，我们就在路边停靠几个小时，在驾驶室里小睡一会儿。这期间车子不能熄火。司机会时不时地醒来，将车辆向前或者向后挪动一段距离，以防长时间停车令轮胎冻结在地面上。

舒马罗夫的使命并不复杂，就是保障世界上最寒冷的居住点——奥伊米亚康的供暖，或者换句话说，是为那里的学校与幼儿园提供取暖用的煤炭。该村镇位于偏离主干道200公里的洼地，仅有一条单行道通往那里，我们不得不经过一座摇摇欲坠的木桥。桥梁入口处竖立着限重5吨的警告标识，而我们的车辆总重60吨，听起来可怕极了，但我们没有其他选择。

"他们需要煤炭，至于怎么运送，他们一概不管。道路管理局在这里竖一块牌子，就是想撇清责任。一旦有意外，那就是司机的错。"舒马罗夫抱怨说。所幸，我们并没有压垮桥梁。我们甚至觉得，是否应该将那块牌子换成限重60吨？

奥伊米亚康是典型的雅库特村庄，因为这里也畜养着长角的牲畜与马匹。与其他雅库特村子一样，这里也生活着年轻人。我询问过在我所借宿的女主人家的女婿，他从事什么工作。年轻人很灿烂地一笑，回答我："平躺。"确实，在冬天最冷的时候能干什么呢？但到了夏天，他就忙碌起来，这个年轻人要去森林里工作，在那里修建原木房子。

奥伊米亚康位于四面环山的低地，得益于逆温效应，冷空气均向此处沉积。这里是大陆性气候，在冬季会形成最强的反气旋，因此整个区域都不会接触到温暖湿润的海洋水汽。地球上最冷的地方是南极，但北半球最冷的地方在这里，在雅库特。不过说实话，这个问题在雅库特还是相当有争议的。奥伊米亚康正在与雅库特北部的上扬斯克市（Верхоянск）争夺世界上最冷居民点的头衔。上扬斯克的低温纪录为记载于1885年的零下67.8度。而奥伊米亚康的气温站始建于1929年，可仅仅过了4年，那里的低温纪录就达到了67.7度。

我借宿在塔吉雅纳·瓦西里耶娃（Татьяна Васильева）家。她一生都致力于保卫奥伊米亚康的头衔。瓦西里耶娃证实了，上扬斯克的纪录是一个误会，那里有文件记载的低温纪录是零下67.1度。而奥伊米亚康全年的平均气温都要低于上扬斯克市。"上扬斯克的市民是为了钱才这么说。我独自一人对抗整个体制，以健康为代价，就是为了证实，这里才是最冷的地点。如今，人们都承认了这一点。"瓦西里耶娃一边说，一边在胸前戴上了用于拍照的纪念章。

但倘若较真点讲，气温站并不位于奥伊米亚康，而是在30公里外的托姆托尔。可瓦西里耶娃认为，这无关紧要，奥伊米亚康当然比隔壁村子冷，毕竟它在谷地更深处。这听起来合情合理。我投奥伊米亚康一票，虽然我在这个极冷之地也过得不怎么样。我的体温蹿升到39度。户外的温度计显示零下56度，当我费尽最后的力气，想要钻进户外的厕所时，女主人家爱撒欢的小狗差点没把我绊倒。至少，我亲身体验到了什么叫作温差。

如今，奥伊米亚康正尝试以自己出了名的寒冷吸引游客。这里每年均会举办一次"极冷之地"的庆典，不过庆典的时间总是在3月份，也就是当气温有所回升的时候。在节日庆典上，人们可以看见芬兰圣诞老人与俄罗斯寒冬老人的雅库特兄弟——奇斯汗。

"欢迎，欢迎。"身着蓝色绣花长袍、头戴角帽的男人粗声粗气地说。我和他约好了在寒冬纪念碑碰面，库斯涅茨·谢蒙·西夫采夫（Кузнец Семен Сивцев）是该乌鲁沙片区的奇斯汗官方扮演者。

奇斯汗的形象取自雅库特传说。它的名字意为"寒冷的风"。而他的一对牛角则致敬寒冬之牛。根据童话，寒冬之牛会带来大洋冷气，并用自己的呼吸将一切化作寒冰。西夫采夫的职责包括接见客人、去游客展览中心、学院、幼儿园与孤儿院表演，以及回复信件。每逢开春，他需要将象征寒冬的冰雕球送进托姆托尔村的永冻土洞窟中，直至新的冬天到来。

奇斯汗当然也关心与全球变暖的斗争。"奇斯汗的任务就在于让世界减少废料排放，让气候变得稳定，让人与自然和谐相处。"在拍完纪念合影后，西夫采夫很快脱下了服装，换上了保暖衣物。我们一起去欣赏大自然的另一奇迹。那是一条即使在最凛冽的寒冬也不会结冰的河流，因为冻结的土壤将地下湖的水挤上了地表。"奥伊米亚克"这一地名本身在雅库特语中意为"不结冰的水"。

我搭乘班车巴士从奥伊米亚克前往雅库茨克。司机兼职接收与派送包裹，送小学生上学以及顺路办事。他在路上搭救了两名女性——她们的汽车滑进了排水渠，我们等待了3个小时，直到她们的车子被拖到一家汽车旅馆。在汽车旅馆的停车场可以瞧见一辆雪地车与几头鹿。汽车旅馆有一个滑稽的名字——"古巴"。旅馆内挂着西伯利亚流行的热带风景招贴画。

很快，山地变成了我所熟悉的乔赫乔尔村所在的雅库特中部平原，这是雅库特人口最稠密的地区：炊烟袅袅的村庄、举行厄瑟阿赫夏至节的广场、道路两边的咖啡店、雅库特马、草原还有平坦的原始落叶林。勒拿与阿尔敦（Алдун）宽阔的河面上没有桥梁，冬季结冰后，人们可以从河面抵达对岸。驶过勒拿河后，科雷马大道就变成了勒拿大道，接下来它将变成西伯利亚大道并一路向前，翻过乌拉尔山脉。而在那之后将会是童话般的莫斯科，它背后的圣彼得堡，乌克兰以及那片被称作欧洲的土地。

雅库茨克

最大的永冻土城市。

除了最寒冷的公路之旅、海象与火山喷发，我的雅库特生活也有日常的一面，比方说扫荡当地商店。我们既想住在西伯利亚的村庄，但也不要离城市太远，这样我们就可以购物，陪孩子们打发时间，体验一下文化娱乐，甚至过一过夜生活。当村里的社交圈太过狭小时，我还可以在城市里寻找写作需要的人物，与他们交流。雅库特的首都——雅库茨克就能满足这一切，它距离我们的村庄43公里。这大约需要沿着满目疮痍的冻土马路驱车一个小时。

乔赫乔尔的年轻人每天都要前往雅库茨克工作。几个私家车司机用自己的丰田海狮提供了班车服务。一大早，这些班车就从奥赫焦姆齐（Охтемцы）与乔赫乔尔出发前往市里。他们还可以将乘客从家门口捎往去雅库茨克的汽车站，票价是150卢布。而在WhatsApp的大群里还能找到直通市内的顺风车。

可这些班车在晚上6点左右就收工了，如果你从雅库茨克回来得太晚或者出发得太早，就不得不花1400卢布打出租车。

我们有两个固定的出租车司机。谢尔盖曾经是一名俄罗斯警察，因腿伤而早早退休。他的妻子是雅库特人，这样的跨族通婚在当地比较少见。在回程的路上，他常常带上自己半大的儿子与他说话解闷。而另一位司机是一个雅库特女子莲娜，我们送她外号"女士"。她有十足的商业天赋，在雅库茨克运营着长途班车线路以及一家司机旅舍。我们一同在严寒中经历过许多奇遇，从汽车爆胎到困在冰层中的气垫船。

班车里放不下满载而归的购物袋与其他物品，所以我们通常开自家的车进城。我们惬意地欣赏着"大面包"窗外的草原、马群与略伤感的原始落叶林。孩子们，恰恰相反，很快感到厌烦，他们能睡上一个小时，直到终点。我们沿途会经过一处系满布头的地方，那是一路的最高点，所有的司机为了求得好运，都会在树上系一块碎布。如果他无法停车，也会鸣笛示意，问候此处的神灵。我也养成了经过此处鸣笛问候的习惯，不过我的喇叭坏了，只能像表演哑剧一样问候神灵，但这并不重要，心诚则灵。

这里的路况并不复杂，只是偶尔有风尘仆仆的大卡车塞住道路，它们将水泥从雅库特水泥业的心脏——莫赫索戈洛赫市运往各地。驶过原始森林后，道路向下俯冲进图伊马达（Туймаада）谷地，然后经过一座俄罗斯小村庄——弗拉基米洛夫卡（Владимировка）。它由 19 世纪流放至此的"阉人一族"建立，这一族的名字源自他们自行阉割的仪式。因为显而易见的原因，阉割派自然没能延续香火。如果道路继续向前，就会抵达道路交通局的检查站。从那儿开始，这条道路会从成片的自建房与丑陋的工业区间穿过，最后抵达市中心。

秋初，我们刚刚落户村子时，需要经常去市里，在那里采购一切所需的家居用品：从盘子到过冬的靴子与工具。当地有一家模仿西方沃尔玛与比尔特玛的商业中心——"比尔玛"。我们在这里买了木板、脸盆与其余家居用品。我们用木板拼装了小学生书桌与书架。至于儿童自行车，我们决定从网上的二手店选购。我们的第一个卖家是一个醉醺醺的男人，他的样子看起来像个小毛贼，他奇奇怪怪的车库里塞满了新彩电。我们没有从他手上买车，而是从两名警察手上买下了自行车，他们趁换班之余来到约定的提货地点，那是一个几乎同样奇怪的车库。

这里的生活开销一点都不低。按照俄罗斯的标准，雅库茨克属于高消费城市，建筑费、取暖费与交通费都不便宜。食物与其他商品均运自勒拿河对岸，但一到春秋两季，随着冰块消融，这样的物流联系就会被迫中断。而我们惊讶于，一双鹿皮厚底靴在这里居然也价值 35000 卢布！要知道，雅库特可是有数十万头鹿。"它们之所以昂贵，是因为雅库特人制作的所有东西都贵。"一个雅库特年轻人笑着说。

我们每周都去商店与大市场采购一次。城里没有连锁超市，因为从物流网的角度来看，雅库特是一个太过困难的网点。而这里的农贸市场简直是一个额外的景点，整个冬季里，你都会看见此处的商贩如何在露天环境下与寒冷搏斗，不过寒冷也利于他们摊位上的冻鱼保鲜。

我们压根不想手洗脏衣服，所以会将它送去城里的洗衣店。我们会光顾两家固定的洗衣店。离我们较近的一家总是有风险性，因为那里有一个长得酷似伊琳娜·阿列格洛娃（Ирина Аллегрова）的调皮女前台，每当轮到我们时，她会以俄罗斯联邦消费者权益及公民平安保护监督局的命令为由，拒收儿童衣物。第二家洗衣店价格稍贵，但在那里工作的玛琳娜十分友善。她会将洗好的衣物分类并细心折叠，每逢节日还会通过WhatsApp发来问候。

孩子们最喜欢的城市角落是小型游乐园、冻土洞穴、商业中心的地下游乐场以及城郊简陋的海洋公园。后者是唯一一个不需要医疗证明的游泳池。孩子们还喜欢在市中心的小薄饼铺吃午饭。

雅库茨克的人口大约是32万，这远远少于符拉迪沃斯托克、哈巴罗夫斯克、伊尔库茨克或者克拉斯诺亚尔斯克。尽管如此，这座城市却充满了生机与活力，保持着自身独特性。雅库茨克一直在成长，这在俄罗斯东部城市中实属罕见。根据官方数据，雅库茨克本世纪的人口增量已经突破了10万人。据说，雅库茨克的实际人口应该有40万。值得注意的是，雅库茨克还是方圆几千公里唯一的中心城市，这同样也影响了人口的增长。

城市在走向繁荣，因为农村人口在涌入城市，这也稳固了雅库特语在省会的地位。自苏联时期起，这里的雅库特族人数就翻了几番，现如今，雅库特人已经成了大多数。今天的雅库茨克就像是一个色彩斑驳的人口流散地，吸引着来自各个地区的人们：同一个乌鲁沙的外乡人会聚集在一起。当雅库特人进入城市后，他们会变得比乡下的同伴更外向与健谈。

2008年，当我第一次来到雅库茨克时，大街上可以看见许多俄罗斯人，但现在，根据官方数据，他们的人口占比不足全市人口的37%。俄罗斯人生活在固定的聚集区域，比方说机场旁和雅库茨克的卫星城——扎塔伊（Жатай），而具有象征意义的中心区域则由雅库特人占领。但与此同时，个别雅库特民族主义者还是不满现状，他们认为雅库茨克像从前那般过于俄罗斯化。他们想将首府迁至更东边的楚拉普恰（Чурапча）市，那里99%的人口都是雅库特人。革命后，它曾短暂担当过州首府。

现在，雅库茨克也会有堵车，而且尽管一场经济危机席卷了俄罗斯，但这里还是不断地涌现出连锁商店与千篇一律的高楼，市中心的普希金大街展现出令人眼前一亮的变化：一栋旧式木屋被四面八方的崭新高楼包围。木屋主人坚决拒绝将这片土地出售给开发商。

古时候，雅库茨克是一座木头城市（如果不考虑沙皇时期的几栋石制建筑）。苏联时期，人们搬入了迅速建成的两层木制板房，它们至今还歪歪斜斜地坚持在原地。当时人们就准备拆除一批木屋，因为雅库特气候与冻土已经在100年的时间里蛀蚀了建筑物。当人们决定用砖块建筑替代木屋后，市容市貌发生了巨大的改变。城市启动了新的迁移计划。按照计划，居民将从木屋迁至多层建筑物。但经济危机后，这一计划因资金短缺而中断。

雅库茨克位于图伊马达谷地中心，这里曾是著名的雅库茨克首领特格恩·达尔汉的地盘。但俄罗斯哥萨克的到来结束了他的统治。最后一条关于特格恩的记载见于1631年：他率众对抗哥萨克的盖特曼伊万·加尔金（Иван Галкин）。哥萨克在这里修筑了城堡[1]，它于1643年迁至如今雅库茨克所在的位置。这就是为什么雅库茨克是西伯利亚最古老的城市之一，它的历史要超过伊尔库茨克、鄂木斯克、叶卡捷琳堡、新西伯利亚、符拉迪沃斯托克或者哈巴罗夫斯克。

最后一处哥萨克堡垒的木制塔楼在2002年被大火吞噬。人们最后决定还原老城区。这座"老雅库茨克城"在2006年完工，但这些木头房屋的复制品及仿造木质马路的小路，看起来假得不能再假了。不过那些深受市民喜爱的地方也是这种风格，比如，做得一手雅库特佳肴的"马赫塔尔"（Махтал）餐厅、播放摇滚乐的"野鸭"（Wild Duck）酒吧，以及充满前卫气息、让人跳到筋疲力尽的舞厅"巴拉甘"[2]。

在雅库茨克的同名广场上竖立着一尊列宁纪念像，虽然这里已经被滑板青年占据，但它也不受影响。与俄罗斯其他少数民族一样，雅库特人通常对这位伟大的革命领袖抱有双重敬意，他承诺给他们自治权与母语教育的权利。当然，城市里还竖立了1920年代雅库特民族领袖与作家的纪念像，比如马克西姆·阿莫索夫[3]、普拉东·奥伊乌恩斯基[4]与阿列克谢·库拉科夫斯基。人们以他们的名字命名街道。

1　指连斯基堡垒（Ленский острог）。
2　巴拉甘（Балаган），意为民间演艺场，演出具有滑稽性质的戏剧杂技——译者注。
3　马克西姆·阿莫索夫（Максим Аммосов，1897—1938），苏联党派活动家，被镇压后枪决，平反后恢复名誉。
4　普拉东·奥伊乌恩斯基（Платон Ойунский，1893—1939），苏联雅库茨克作家，被捕后死于狱中医院，平反后恢复名誉。

从城里瞧不见勒拿河的风光，但典型的雅库特热喀斯特湖弥补了景色上的不足。雅库茨克的城市结构类似洋葱。中心城区是各个时代的古建筑，它的外围是成片的高楼大厦，再向外又是低矮的建筑群，这是一片批发市场与小生意场所。城市最边缘的景象令人印象深刻，那是一片自建房，其生活环境几乎与乔赫乔尔村无异。这里也依靠水车供水，每到冬季也需要化冰为水。但无论是在这里，还是在村里，一片木房子中间总会凸出一所豪华的、城堡式的议会大厅。它有独立的供水与供暖管道。

雅库茨克市没有任何重要的工业产业，这是一座仅提供商品、文化、教育与行政管理的城市。城里的雅库特人想过上"正常的生活"，也就是说，像世界其他地方一样的消费生活。

图伊马达商业中心是默认的市中心。年轻人们成群结队地聚集在这里，或是在室内，或是在室外活动，这取决于季节。而中国商人的城郊首都市场或许更适合购物。尽管雅库茨克是一个偏远的外省城市，但也有高品质的餐厅与昂贵的宾馆。雅库茨克为自己修建了现代化的体育中心，比如"凯旋"体育中心，那里经常举行摔跤比赛，还有"乔尔邦"（Чолбон）游泳馆。到了寒冬，你可以在它 50 米的泳道里活动肌肉。

雅库茨克还是年轻人的文化中心。仅从韩国流行乐团每年都来这里巡演，就能感受到这座城市对亚洲文化的态度。有一天，我走进了"凯旋"体育中心，立马有种置身日本的错觉。这里出现了数百名打扮成科幻与幻想作品角色的年轻人，他们中间有黑魔法祭司、动漫里的骑士、"爱丽丝仙境奇遇记"里的角色，这是一场 Cosplay 展。其他时候，这些年轻人会聚集在企业家马克思·扎哈罗夫（Макс Захаров）的极客咖啡厅。他们会在那儿打桌游，抽水烟与欣赏独立电影。

尽管城市居民大多数属于雅库特族，但雅库茨克也有其他少数民族，这里既有佛教寺庙和清真寺，又有亚美尼亚使徒教会教堂与天主教教堂。而俄罗斯人与这里的少数民族一样，也有自己的文化岛屿：俄罗斯剧院与东正教教堂。当市政府组织公开活动时，除了雅库特表演者，它也需要考虑邀请俄罗斯的流行乐歌手或者邀请扯嗓子唱四句头民歌的斯拉夫老太太合唱团。

10年前，雅库茨克还是一个充满敌意的城市，来自共和国各个角落的年轻人之间常常爆发流血冲突。但今天，我们的感受以及作为居住在这里的外国人的感受完全不一样：人人都和平相处，没有任何冒犯。

人们亲眼见证了，雅库茨克从一个混凝土搭建的、粗犷的西伯利亚农村蜕变为一座具备多样文化的欧亚迷你城邦。

但如果你在市里跑步，还是可能被袭击。雅库茨克也以凶恶的流浪狗闻名。我认识的一位跑友就住进了医院：他在文化休闲公园（仍然保持了苏联时期的名字）遭到了一群野狗的袭击。2016年，在雅库茨克被狗咬伤的人数大约有2000人，自此以后，城里开始大规模捕杀野狗。当该事件震动全国后，莫斯科的动物保护者组织了迁移雅库茨克野狗的募捐汇款。

雅库茨克的独特之处在于，这是世界上最冷的大型城市，也是永冻土上最大的人类定居中心。第一次来雅库茨克的人，刚下飞机就能感受到它的全部魅力——出于某种奇怪的习惯，乘客会在摆渡车上等待相当长一段时间。几年前，当新的航站楼还未修建时，乘客不得不在户外等待行李。2018年1月，一位89岁的坐轮椅的老奶奶被遗忘在机场，她在零下41度的严寒中坐了半个小时，所幸，她还是活了下来。

倘若在城里碰上零下40度的严寒，那简直糟糕透了：地面上总是悬浮着一层浑浊的雾气，那是汽车尾气等排放物与呼出的水蒸气的混合。甚至在最寒冷的时刻，社会机构也要继续工作。温度计上显示着零下50的低温，公交车站的上班族因为寒冷而缩成一团，市场的商贩穿着毛毡靴，戴上面具，守候在自己的摊位前。雅库茨克的冬天很少看见自行车，但偶然还是能瞧见寒雾中转动的自行车脚踏。冬天里，人们可以临时钻进商店取暖，这是当地文化的一部分。但请记住一点，千万别在门口摔倒——不知道为什么，这里的街面台阶常常铺设非常光滑的地砖。

说到芬兰在雅库茨克的文化象征，市里至少有两家Hesburger快餐店，它一如既往地打出了"芬兰传奇汉堡"的广告招牌。其中一家位于卡利维茨大街，即为纪念芬兰裔飞行员卡利维茨·奥托·阿尔图洛维奇[1]而命名的大街。这位红军战士在芬兰内战红军失利后逃亡苏联，并在那里成了最早的极地飞行员，极地探险者之一。卡利维茨于1930年在雅库特坠机身亡。

雅库特最著名的芬兰人物就是圣诞老人。许多人满怀嫉妒地告诉我，雅库特就应该以芬兰的圣诞村为榜样，将自身也打造成旅游胜地。芬兰的圣诞老人与他的年迈矮人们曾光临过这

---

[1] 卡利维茨·奥托·阿尔图洛维奇（Кальвиц Отто Артурович，1888—1930），苏联飞行家，最早的极地飞行员之一。

里。我认识的一位男子就充当过圣诞老人在雅库茨克的专车司机。他告诉我，圣诞老人酒醒后头疼得难受，多亏他从超市里拿回一瓶伏特加，他才缓了过来。

而至于最受雅库特人崇拜的芬兰真人应该是芬兰滑雪两项运动员卡伊莎·马卡赖伊宁（Kaisa Mäkäräinen），实际上她在整个俄罗斯北部都赫赫有名。当她在平昌冬奥会失利后，我的一位雅库特朋友几乎为此一蹶不振。这位朋友甚至打算给自己的女儿起名卡伊莎。

在雅库特，我发现最奇怪的事莫过于在距离芬兰5000公里的地方居然还有专门学习芬兰语的人。有一天，我接到一个来自"亚洲儿童筹备会"的电话。电话那头的年轻人用芬兰语自我介绍说："你好，我是彼得。" 23岁的彼得·斯特鲁奇科夫（Петр Стручков）出生于当地村镇，他曾在赫尔辛基大学进修政治学一年。彼得在这一年的时间里学会了说芬兰语，现如今他已经熟练地掌握了我们的语言。他现在是芬兰－雅库特摔跤运动的非正式大使，芬兰语对他来说很有用。

我还认识了年轻的养鹿人因诺肯季（Иннокентий），他说着一口纯正的芬兰话。他曾在芬兰的拉普兰，伊纳里（Инари）一带学习养鹿技术。学习结束后，他满怀期待地回到雅库特，想将在芬兰学习到的技术应用在当地，推动当地的养鹿业发展。可两三年后，他就被现实打败，正如他所说，俄罗斯很难接受新的方法，也很难改变旧有的方式。

除我们一家人以外，自2016年至2018年，在雅库特还生活着另外两个芬兰人，他们被派来传教。相比之下，生活在芬兰的雅库特人与雅库特其他少数民族的人数更多。我在脸书上认识了其中一些,甚至还和一人在线下见过面。他们中大部分是嫁给芬兰男人的女性。已经有好几个芬兰-雅库特混血儿童在芬兰长大,他们中几人甚至掌握了本族的雅库特语。

当开春融雪时,雅库茨克全城陷入了内涝。永冻土令排水变得极为困难。人们尝试将雨水引入河道,但并没有成功。雨水最终也没能被排走,而是被蒸发殆尽。可以认为,雅库茨克在这个方面又创下了一个纪录。俄罗斯以拥有许多世界上最大水洼而著称,但我想,它们中规模最大的应该在雅库茨克城郊,那里的水洼有时可以淹没整条街道。

希望

被流放的小女孩。

"涅恩","涅恩",又是"涅恩"。当我来到雅库特后,常常碰见以这两个字结尾的姓,他们像极了芬兰人的姓。据说,在奥廖克明斯克乌鲁沙的恰帕耶夫村生活着姓夏恩尼卡亚涅恩(Хянникаяйнен)的一家人。在乔尔邦游泳馆的售票处队伍里,我认识了一个名叫德米特里·拉乌达涅恩(Дмитрий Рауданен)的男人。在北边的萨克雷尔,我认识了机场工作人员斯维特兰娜·梅季阿伊涅恩(Светлана Медиайнен)。雅库特国家会议机构的领导人正是叫作安德烈·安东涅恩(Андрей Антонин),而共和国卫健部的副部长向我透露,他的母亲在结婚前一直使用芬兰姓。在芬兰,与我打交道的瑞典北欧联合银行的一名员工叫作安娜·帕娜涅恩(Анна Паананен),她从雅库特迁居至赫尔辛基。倘若不知道她的姓氏和出身,光凭相貌很容易将她误认为雅库特人。

在这些"涅恩"姓的背后掩藏着一批悲惨的命运与一段动人的存亡史。它们讲述了一批原本生活在列宁格勒附近的英格曼兰（Ингерманландия）的芬兰人，他们从故乡被流放至西伯利亚边缘的雅库特。在二战前夕与整个二战期间，有许多民族都被迫集体迁徙，离开他们世代居住的地方。远东的朝鲜族、上万的波罗的海人、伏尔加沿岸的德裔、克里米亚的鞑靼人、喀山的车臣人都被迫离开了自己的故乡。

1942年3月，英格曼兰人迎来了生命中最不幸的一天。官方称之为战时撤离，但实际上是种族迁移。19000人被迁徙到克拉斯诺亚尔斯克边疆区，8000人到伊尔库茨克，4000人到奥姆斯克州，还有4000人被命运抛向了雅库特最寒冷的地区。他们中的许多人沦落到了条件极恶劣的北方布鲁（Булу）乌鲁沙，那是在勒拿河的三角洲。

82岁的安娜·彼得罗夫娜·扎哈尔罗娃（Анна Петровна Захарова）生活在雅库茨克。旁人在不知道她的婚前姓与出生地的情况下，很容易将她误认作俄罗斯人。她出生在彼得堡附近的哈波奥耶（Хапо-Ое）村的利特马涅恩（Литманен）家。我们见面时，她只记得寥寥数个芬兰单词。直到成年后，她才弄清楚自己的准确出生日期。这一切都归结于一段悲惨的历史。

1942年春初，安娜年满6岁。等到了秋天，她就该入学了。她与父母、两个弟弟与腿脚不便的奶奶生活在故乡村子里。父亲因为肾病没被征召上前线。但在一个阳光明媚的日子里，利特马涅恩家以及全村人的生活都遭遇了巨变。

"拿手枪的武装士兵来到了村里。他们限我们一天时间内离开。每个人只能随身携带少量行李。我拿上了洋娃娃。"扎哈尔罗娃在雅库茨克市中心高楼的厨房里平静地回忆道。没有人向流放者解释发生了什么以及他们要被送往何处。

人们先是步行，接着被士兵们命令爬进卡车。汽车沿着沟通列宁格勒与外界的"生命之路"[1]前进。但对于卡车里的人们来说，这是一条死亡之路。安娜亲眼看见一辆汽车从冰面陷入拉多加湖。所幸，她们的汽车成功抵达了目的地。接下来，他们被转移上火车，坐在运牲畜的车厢里。整趟旅程下来，安娜印象最深刻的就是饥饿感，因为士兵没给他们分发食物，就算有，也只是一碗稀粥。有一段时间，他们停留在伊尔库茨克州的济马（Зима）车站，奶奶死在了那里。

后来，他们被转移到雅库特北部的一处特殊村镇，它位于勒拿河畔。他们生活在窝棚里。好几个家庭挤在一个较大的房间里，各有各的床铺，并用破布头在床铺之间隔出私人空间。房间的取暖依靠一个用大圆桶改造的火炉。每天清晨，小孩子们都会到炉边取暖。冬季里，成年人的工作是在营区伐木。到了夏天，他们还要为前线捕鱼。冬天的气温低达零下60度，任何棉袄棉裤、靴子，以及美国的人道物资都没法让身体暖和起来。营地里的许多人在饥寒交迫中死去。

最先死去的是安娜3岁的妹妹。然后有一天，孩子们发现母亲长眠不醒。接着是身患肾病的爸爸住进了医院。她还记得当年探望父亲的场景。他将发给病人的干奶块分给了自己的孩子们。即使在医院，他也心系着他们。父亲与一个英格曼兰的

---

[1] 生命之路（Дорога жизни）。二战期间列宁格勒遭围困长达872天，在此期间，列宁格勒与外界的唯一通路就是拉多加湖的冰面。苏军在冰面上开辟了一条临时道路，运输了大量的物资与军备，故称之为生命之路——译者注。

女人说好了，日后由她来照顾安娜。另一个女人会带走小她3岁的弟弟托伊沃（Тойво）。后来，父亲就死了。

"这很艰难。无父无母的生活是可怕的。我在世上孤零零的，就像一堵板墙。"她说。寄人篱下的生活堪称地狱。那个女人对她很糟糕，她感兴趣的只有分给小姑娘的口粮。"她甚至没有为我准备衣服。我总是衣衫褴褛。"于是，7岁的安娜不得不自谋生路。她在夏天离家逃跑后加入了一个捕鱼合作社。在那里，小姑娘与其他人生活在帐篷里，勉勉强强地捱过了一个夏天。

1943年秋，安娜被分配到了布隆的孤儿院。安娜只会说芬兰语，但这无所谓，因为孤儿院里还有雅库特人、拉脱维亚人、立陶宛人，而最多的还是英格曼兰的孩子们。她在学校里学会了一点俄语。

安娜回忆起孤儿院温馨的氛围。"我们这批战争孤儿和睦地生活在那里。我们一起工作，修补房子，锯木头，生火。夏天，我们会照料菜园。孤儿院的院长是一个雅库特人，他的妻子会将雅库特童话翻译给我们听。"尽管如此，政权还是认为芬兰人是地区的不稳定因素。孩子们甚至每个月都要去警察局报到。

特殊村镇在1946年被撤销，但英格曼兰人并没有得到返乡的许可。直到1949年，他们才被允许回到卡累利阿—芬兰苏维埃共和国（Карело-Финская СССР）。大部分人都离开了。留下来的是那些在雅库特结婚生子、成家立业的人，以及无家可归的，像安娜·利特马涅恩一样的人，她失去了全部家人。

3年后，安娜从布隆被送往雅库茨克的中心孤儿院，她在那里待到了成年。然后，她入读了护士培训班，同班同学中还有两个芬兰人。毕业后，她们被分配到北边上扬斯克乌鲁沙的医疗站。她结了婚，但很快成了寡妇，然后再婚。夫妇二人迁往雅库茨克，生下两个孩子。"现在雅库特就是我的家。"安娜·扎哈罗娃说。

但她终究不明白当时发生了什么。"他们为什么这么做？大家都失去了亲人。我们中的许多人成了孤儿。这是纯粹的羞辱。有些人还说这么做是对的。"

苏联时期，人们对自己的英格曼兰出身闭口不谈，许多人不再教自己的孩子说芬兰语。结果就是，如今几乎所有生活在雅库特的英格曼兰人都不会说芬兰语。但是，他们清楚自己的出身。苏联解体后，人们又可以光明正大地谈论自己的出身了，于是在1995年，雅库茨克成立了英格曼兰人同乡会。借助同乡会，安娜终于认识了与她遭遇相同不幸的人们。许多流放者已经与世长辞。同乡会的活跃成员有30人，他们中有流放者的第二代与第三代后人。在雅库茨克甚至还设有英格曼兰路德教会的教区。

俄罗斯官方十分尊重伟大卫国战争的老兵，但却只字不提囚犯与流放犯。他们仍然是俄罗斯的耻辱。作为苦难的补偿，扎哈罗娃获得了水费与煤气费补贴，免费的公交卡与一年一次的全俄度假机票。按照官方说法，她并没有被流放，而是被列入了被围困的列宁格勒居民之列，享受与老兵同等待遇（尽管她并没有得到老兵的所有优待）。因此，多亏了改名与统计学，俄罗斯又多出了150万战后老兵，与此同时这个国家的牺牲品被继续隐藏起来。

安娜直到2000年才第一次返回故乡哈波奥耶。她立马认出了熟悉的地方。她向身边的路人询问村里是否还有老人活着？人们指向一个年迈的女人。她们当场就认出了彼此：他们是童年的朋友。"那曾是怎样的一种快乐。"安娜叹了口气。

而她另一位亲人的命运仍旧是个谜。她无时无刻不受此折磨。自从父亲死后，她就再没有弟弟托伊沃的音信。安娜曾两次向专门搜寻失散亲人的电台求助。她给政府与报纸写信，询问托伊沃的下落，但仍然没有任何线索，不过安娜并没有放弃："我想知道，他是生是死。"

禁酒令

酒精在雅库特是稀缺货。取代酗酒的是斯堪的纳维亚式越野行走。
萨哈（雅库特）共和国，乔赫乔尔

我和大儿子在零下40度的严寒中徒步回家，突然看见大路中央躺着一个男人。男人挣扎起身，但摇晃一番后又滑倒在地。醉倒在这样的严寒中，可不是件好事，于是我们敲响附近一户人家的大门寻求帮助。开门的是一位老妇人，她说："我帮不上忙，我可是个老太婆。"然后"砰"的一声又关上了门。这时候，男人已经站稳了脚跟，东倒西歪地走向另一户人家。开门的是一个男人，他将这位"客人"推了出去。不过，一分钟后，这个男人穿好了衣服，又跑了出来。他推搡着醉汉，向自家门口挪去。一出乔赫乔尔的冻死惨剧得以避免。

当我刚搬来西伯利亚时，我以为这里的所有人都嗜酒成性。这是一种关于西伯利亚人的流行刻板印象，即认为当地人都是肆无忌惮的酒鬼。俄罗斯人尤其喜欢将西伯利亚人与芬兰人看作远超他们的伏特加爱好者，认为这些民族自带酗酒的基因。

一开始，我从未在村里见过一个酒鬼。后来人们告诉我，这是因为这里的人们只喝"闭门酒"。比方说，在政府大楼车库深处就有一间地下酒吧,男人们会在辛苦工作一天后聚在一起喝酒。有一回,邻居拎着一个叮铃哐啷的口袋来做客,我碰巧不在家。后来,村里的警察提醒我,别和这个看起来友善的人喝酒。"只要让酒鬼进一次门,你就甩不掉了。"一位机构里工作的朋友点醒了我。

总的来说,基本没有能证实所有雅库特人都嗜酒如命的证据。就数据而言,也无法说明雅库特人比俄罗斯人更能喝。北方民族的基因与酗酒更没有确凿关系,反而是社会因素的影响更大。

比方说,在雅库特买酒变得越来越困难。当我们刚搬到乔赫乔尔时,那里根本没有烈酒可售,只有合作社商店的 18+ 专柜还在销售几种杂牌啤酒。入春后,村政府还是决定彻底禁止售卖酒精,于是连啤酒铺子都关门了。其他的村子也颁布了同样的禁酒令。如今,最近的酒精售卖点在一小时车程以外的地方,在雅库茨克或者波克罗夫斯科。

禁酒令并非只在我们村子施行,它是面向整个雅库特的政策。雅库特共和国严格落实了俄罗斯未曾见识过的"清醒计划"与"健康生活"运动。这一切都从 2010 年普京宣布"反酗酒"运动开始,其目标是在 2020 年前降低 55% 的酒精饮品需求。在俄罗斯,从未有任何一个地区能像雅库特这样严肃地对待这件事。

这场运动的结果就是,数百个村镇全面禁售酒精。而那些还能售卖酒精的村落也对售卖地点做出了严苛的限制:它们必须与学校、文化建筑、体育建筑、医院保持 250 米以上的距离。

人们可以在雅库茨克买到酒精饮品，但也仅限 14 点至 20 点之间。过了这个点，你就只能在餐厅看见酒水了。

在实行禁酒的村落里，教会也有相应的禁酒组织。"萨哈共和国神父联盟"积极宣传清醒计划。萨哈共和国的精神发展部联合雅库茨克阿尔恰（Арча）仪式之家推行禁酒运动。那里的萨满与巫医会提供驱逐酒魔的仪式，当然，政府为此划拨了补贴。

公共节日活动现场全程禁酒。无论是在歌剧院的茶点部，还是在体育比赛的中场休息，或者其他的大型活动现场，均不售卖啤酒、红酒或者鸡尾酒。部分雅库特餐厅是无酒餐厅，比如一家叫作"多多—哈那"（Тото-Хана）的雅库特菜馆。现在，运动才是健康的生活方式。在我们村最受欢迎的运动是芬兰式的越野行走。

人们对于雅库特严格施行的清醒计划的效果意见不一。我参加过一场讨论 7 年以来禁酒令成效的研讨会。在这 7 年间，雅库特的酒精售卖点减少了一半，酒精饮料的销售额降低了 12%，酒精中毒的病例减少了八成。调查问卷显示，66% 的居民支持禁酒令，82% 的居民发现周围环境的好转，还有整整 40% 的居民减少了酒水开支或者完全戒酒。唯一的不足是，女性酗酒者的数量上升了。一位与会代表从中看到了男女平权的进步。

会场内还有在萨哈共和国推行清醒计划的总指挥——马特维伊·雷特金（Матвей Лыткин）。他从前是一名体育教师，现如今是共和国国立酒精管控署的领导，他还是一位北欧越野行走的教练。雷特金说,对抗酒精是一场战斗,应该增加士兵的数量。"从前,人们可以抱着一桶啤酒走在大街上,现在这已经不可能了。"

雷特金选择效仿戈尔巴乔夫1980年代末推行的反酒精运动。那场运动有效地降低了酒精饮料的消费,但也因庞大黑市的出现而催生了大量有组织的犯罪。结果,许多人因酒精中毒而死亡。"1986年至1988年出生的婴儿数量比现在多出了150万。"雷特金如此解释戈尔巴乔夫模式的成效。他参考的第二个对象是芬兰的禁酒政策,也就是高额的酒精税,国家垄断酒精出售以及限制出售时间。"你们的限制政策在北方环境下卓有成效。"他曾经告诉我,并且告诫我要警惕芬兰的酒精贸易自由化。

关于反酒精运动是否真的取得了成效,人们也是各持己见。一些批评家认为,这场运动并非像官僚们鼓吹的那么成功,反而是一次彻彻底底的失败。《雅库特晚报》的副主编维达利·奥别金就持有这样的立场。他请人们注意到,自开展运动以来,共和国境内因醉酒而犯下的罪行,其数量比之前还多出了五成。酒后犯罪的案例在九成的"禁酒村"都有见增长。

值得注意的是,当时萨哈共和国的酒后犯罪率高居全俄首位,而它的酒精消费额在全部85个地区中仅仅位列第32。而运动的支持者反驳说,在雅库特增长的只是一些后果不严重的酒后犯罪行为,至于谋杀、严重伤致残与抢劫,它们的数量则减少了。

当地的禁酒法令施行也有一些隐患。个别村庄举行了有关禁售酒精的公投，但更多的村庄，比如乔赫乔尔村，就没有走过法律程序，仅仅是由村委会替村民们拿主意。为此，雅库特的伊尔图门（Ил Тумэн）议会设立了相应的法案。议员们不得不忙得满头大汗，因为现在需要为每个村庄书写单独的法案。奥别金认为，共和国在向市政机构施压，因为凡是接受了禁酒法案的村镇都优先获得了建筑计划拨款。

可上有政策，下有对策，禁令反而催生了大量绕开限制的方法。对雅库特的酒鬼而言，只要他想，总能找到喝酒的方法。比方说，他可以在深夜里，在伪装成酒吧的商店买酒。那里虽然会摆上几张小圆桌，几把塑料凳，但酒水总被打包带走。在纽尔巴市（Нюрба）你甚至可以下单出租车送酒上门，服务价格当然不菲，就连政府本身也没有从酒精生意中抽身。共和国的股份有限公司"雅库特酒类产品公司 ФАПК"还是一如既往地生产"加冷"伏特加、捷克式啤酒"Novopramen"与德国式啤酒"Carlsner-Pilsner"。

官方数据显示，全俄的酒精销量已经连续多年急剧下跌，但据说，这与许多商店更多地出售假酒相关，专家认为，被消费的酒精饮料中有近一半都涉嫌非法。雅库特的警察没收了近10万升酒精，但通过贿赂警察系统，这些酒可以再次出现在货架上。

在清醒计划的研讨会上，人们指导村里的行政领导干部怎样对付非法的酒精交易。一开始，要对售卖者好言相劝，动之以情，晓之以理。必须动员全村对"黑色酒精交易"进行道德谴责。要在展开非法交易的地点附近张贴清醒计划的海报，在 WhatsApp 上举报非法售卖酒精的人，如果这也无济于事，就要向警察寻求帮助。"一开始必须尝试劝服卖家，因为许多人售卖酒精也是无奈之举，"清醒村庄运动的主席阿列克谢·皮尼金（Алексей Пинигин）说，"我们村就有一位卖酒的母亲，她孤身一人抚养着 5 个孩子。我与她深入交谈后，她关闭了这个窝点。"

或许，这终究还是有效果的。在禁酒令颁布后的夏天，村里已经开始一酒难求，浑身酒味的男人变得极其少见。我曾经见过一个犯酒瘾的年轻人。对他而言，乔赫乔尔是一个糟糕透了的地方，这里就算掘地三尺也买不到酒精。他拜托我送他去隔壁的奥克乔姆齐村，那里有一处卖酒的窝点，我出于职业兴趣答应了他。我们绕过一路的大坑抵达了目的地，年轻人敲了两三户人家的门。看起来，要么是酒贩子不在家，要么是货已经卖完了，我的"旅伴"怀着更大的失望空手而归。他建议往雅库茨克的方向去，但我拒绝了这趟旅程。

就全世界的实践成果而言，禁酒令往往不会取得好结果。但看起来，它在雅库特受到了许多人的欢迎。"此前人们会喝到断片，现在他们起码没有失去理智。"来自北边村庄古斯图尔（Кустур）的一位熟人说，那里同样禁止销售酒精。

在与同村人交流时，我发现许多人都赞成这项法令。按照副村长克斯基尔（Кескил）的说法，就连酒鬼们自己也支持这项法令。"健康的生活方式，这是一个非常有现实意义的话题。现在的年轻人也热衷于去体育馆，锻炼身体，参加体育竞赛，跑步、摔跤。"显而易见，雅库特的年轻人已经不再那么拼命酗酒了。

有一次,我碰上一个对此持有悲观看法的雅库特人。他认为,这不过是换汤不换药,治标不治本。"是的,人们不再喝酒了。现在他们有了另一种爱好,对金钱的爱好。贪婪是这个时代的烈酒。"

电影

雅库特的僵尸电影足以与好莱坞大片同台竞技。
西伯利亚，萨哈（雅库特）共和国，乔赫乔尔，雅库茨克

在冰天雪地的雅库特还能干些什么？当然是穿着单薄衣物，站在雪原上被冻成冰疙瘩。与此同时，脸上还要涂抹深色的颜料。寒气刺骨，冻得人脑瓜疼，手指僵硬得不听使唤，让人忍不住想偷偷塞进口袋。虽然零下31度的严寒在当地人眼中算不得什么，但在不戴帽子与手套的情况下，一动不动地站上一刻钟，还是有些难熬的。33岁的场景导演斯捷潘·布尔纳舍夫（Степан Бурнашев）的动作最复杂。他得赤脚躺在雪地里，画上鲜血淋漓的特效妆。

但这样的辛苦是值得的，这可是电影艺术啊！布尔奈舍夫正在拍摄电影的最后一幕。邪恶的僵尸们被纷纷冻死，电影的主人公从藏身的熊洞中钻了出来。我扮演一个被冻僵的僵尸，这在一定程度上也算是本色出演。

在雅库特零下50度的严寒中拍电影，需要尽可能地麻利迅速，稍有不慎，摄影机的电量就会立马耗尽。幸运的是，这一回空中还悬浮着无人机摄像头。上一回拍摄时，摄影机就出

现了无法对焦的问题,而且当时的气温更低。

"谢谢你,萨哈的大地,冻死了外来者!"健壮的格奥尔吉·别索诺夫(Георгий Бессонов)大声呼喊。导演称呼他是"最粗犷的萨哈男演员"。拍摄结束后,摄影师提议用伏特加暖暖身子。他捧了一把雪送进嘴里,混着伏特加喝下肚子。其中一位演员喝得"有些过于暖和",甚至在冰面上站不住脚。布尔纳舍夫与他的僵尸电影是雅库特电影工业奇迹"萨莱坞"的冰山一角。

在雅库特生活着近百万人口,其中雅库特人占据了一半多。这里每年均会拍摄将近十部雅库特语的电影长片。在雅库茨克的电影院里,最卖座的"萨莱坞"影片会一连播放数周,它的票房收入与观影人数甚至超过了好莱坞影片在当地的情况。这些电影之后会在相当于印度大小的萨哈共和国的各个乌鲁沙片区播放,如此一来,至少有将近1/10的雅库特居民将欣赏到这部影片。

电影在雅库特是一项全民事业。比如,当人们在仅有800人口的乔赫乔尔村举办电影工作坊时,冬天的小学体育馆瞬间就被挤得爆满,年近50的妇女们也会就专业的电影剪辑手法提问。

如此成功的秘诀就在于"萨莱坞"电影与观众的直接联系。俄罗斯电影的主题与角色对雅库特人来说陌生而不自然。人们想在银幕上看见熟悉的面孔、风景,听见亲切的乡音。"雅库特电影触及了那些本地居民高度关注的主题。它讲述了观众们的生活。电影创作者与观众之间没有隔阂。"马克思·扎哈罗夫如此解释说。这个高高大大的雅库特小伙本人也偶尔出演一些有骑马情节的电影。他还是雅库茨克"极客咖啡厅"的老板，这是一家电影爱好者咖啡馆，人们可以瘫在舒服的充气沙发上欣赏电影。

导演斯捷潘·布尔纳舍夫曾是一名举重健将。这位有些口吃，但魅力十足的导演如今正兴致十足地拍摄关于狩猎的纪录片电影。他是自学成才的导演。早在上小学时，他就看过600部电影，并且将它们抄录在笔记本上。老师发现了他的笔记本，将它作为浪费时间的反面典型展示给全班同学。后来，布尔纳舍夫读了经济学与信息学，但他对电影的兴趣变得愈加浓厚。

许多"萨莱坞"的工作人员都接受过专业教育。雅库茨克培养了许多演员，最著名的影星来自大名鼎鼎的萨哈戏剧学院。导演与摄影师均毕业于彼得堡与莫斯科的电影学院，雅库特人在那里颇受重视。雅库特学生能拍摄长片电影作为毕业设计，这对于同年级的俄罗斯学生来说就是遥远的奢望。

他们中大部分人会离开彼得堡与莫斯科，回到自己冰冷而遥远的故乡，想办法在那里生存下去。布尔纳舍夫任职于SREDA工作室，这家工作室会在住宅区招揽自由工作者：导演、摄像师、采音师、剪辑师与图像设计。除电影外，SREDA还会拍摄广告短片与庆典活动。比如，他们印发了一款挂墙的日历，日历的图案是一群身着古代民族服饰与战甲的孩子。除电影外，他们还靠拍婚庆影片挣钱，最多可以一次挣35000卢布。

雅库特人本就数量稀少，而职业的雅库特电影人就更少了，因此他们需要团结一致。"众人拾柴火焰高，我们总是互相帮助。"伊万·谢苗诺夫（Иван Семенов）说起"萨莱坞"的工作原则。这里的工作会持续进行，剧本也许会根据情况做较大调整。但通常而言，主创团队只有在影片发行后才会收到薪水。

布尔纳舍夫总共拍过 7 部影片，涉及 7 种不同体裁，他想要全尝试一遍。僵尸主题电影《共和国 Z》卓有成效地结合了动作戏与雅库特黑色幽默，展现了尸横遍野的，震撼人心的雅库特荒芜美景。

大多数雅库特电影并非难以理解的民族艺术片，恰恰相反，它的受众是普罗大众，它涉及所有电影体裁，比如动作片、惊悚片、恐怖片、爱情片，当然还有喜剧。

与此同时，主题的选择与它的呈现都讲究极度还原真实。比如，战争片《萨哈狙击手》讲述了一名在伟大卫国战争前线作战的雅库特狙击手的命运。雅库特电影的常见主题是"人与自然的关系，人与自然的斗争"。2015 年公映的电影《姆姆塔尔》（迷路的人）讲述了一类在雅库特时常发生的真实故事：两个好朋友在原始森林中迷路并坚持求生了两个月。偏超现实主义风格的电影《白日》同样基于真实事件：它讲述了在严寒季节里，一辆越野车在空无一人的大路上抛锚后的故事。

近半的雅库特人生活在村庄，但如今迁居雅库茨克的情况越来越常见。瓦莲金娜·斯捷潘诺娃（Валентина Степанова）的浪漫喜剧《纯粹感受》在上映后大获成功，它的故事背景就是城市。许多电影都用城乡对比制造效果。2017 年的电影《克勒尔》讲述了一位雅库特流行乐新星的故事。她要在一个小村庄完成学业实习，但却爱上了那里的盲人少年。

最受观众喜爱的是喜剧。2016 年秋天一部出色的喜剧电影

《一公顷》成为热议对象，它极富创意地呈现了一个广受关注的话题。它讲述了一个农民的故事：一位刚暴富的商人试图不择手段地夺取农民祖传的猎场，在一位神奇的猎场监督员与他的动物侦查员——鱼、鹰与甲虫的帮助下，农民伯伯保住了猎场。不久前还播出了雅库特语的动画片与儿童电影。现在雅库特语的电视连续剧也正在拍摄中。

经过快速的发展，雅库特人的文化生活族群已经赶上了人口数量接近的芬兰—瑞典人。虽然这里没有以雅库特语教学的高等教育体系（这当然是一个遗憾），但在其他方面，这50万人的精神创造性生活相当充实。影视业的繁荣仅仅是当今雅库特文化发展的一部分。它背后是自1990发展起的悠久戏剧传统。在这期间，萨哈戏剧学院打磨出了有辨识度的独特风格，并且在莫斯科与海外的巡演中大获成功。它们的歌剧自然是取材自雅库特作家的作品，尽管与民族史诗同名的奥隆霍（Олонхо）剧院对此另有看法。

其他艺术也正在蓬勃发展。雅库茨克有雅库特语的脱口秀表演，而在马戏艺术领域，萨哈钻石马戏团的表演独树一帜。它们的节目带有浓郁的民族特色。比如，在其中一个节目里，黑萨满与白萨满的孩子们不顾父母的阻拦，成了朋友。小丑们会滑动连排雪橇登场。勇敢的骑术师在马背上表演叠罗汉并张开一面共和国旗帜。

阿列克·西多洛夫（Олег Сидоров）是雅库特作协的主席，他认为，雅库特文学与雅库特电影业一样，也正处于井喷期。雅库特出版了许多书籍，而且除了传统的纸质书形式，作品还在 WhatsApp 上广泛传播。俄罗斯经典文学被纷纷翻译为雅库特语，新词也在不断被引入雅库特语。

音乐里的主角是单簧口琴，它在雅库特语里被称为霍姆斯。它的演奏早已超出了世界传统民族流行乐的舞台。民族乐演奏家埃伊森·阿莫索夫（Айсен Аммосов）是雅库特的贾斯汀·比伯，他穿着带翼天使的鲜亮舞台服饰，一边唱歌，一边吹奏霍姆斯，用乐器模仿马的嘶鸣。奥尔加·博德卢日纳雅（Ольга Подлужная）是吹奏霍姆斯的大师。她不仅擅长模仿各类鸟鸣，一头亮色的鬈发给雅库特和雅库特以外的观众留下了深刻的印象。

雅库特演员特别迷信。所有人都不愿出演遭报应的反面角色。"有一次，我同意扮演一个黑萨满，结果一周后就遭遇了一场车祸。"演员以利亚·斯特卢奇科夫（Илья Стручков）坦白说。为了写书，我想参观导演米哈伊尔·卢卡切夫斯基（Михаил Лукачевский）的拍摄现场，他正在拍摄一部历史题材的新影片。电影讲述了一场1930年代在雅库特村庄发生的大屠杀。但拍摄在最后时刻被取消了。村民们拒绝参与其中，因为担心这个悲剧故事会给他们带来不幸。曾经有一个地方拍摄了名为《风中篝火》的影片，当时就发生了一起谋杀，当地人认为是拍摄组招致了不幸。

雅库特电影业奇迹的背后是一批独立作者，但官方机构也为它的繁荣做出了一份贡献。政府会在每年8月至9月举办一场大型雅库特电影展——雅库特电影节，以及支持各地方开设电影院。

1990年代的雅库特总统米哈伊尔·尼古拉耶夫在任期间全力推行共和国的自治，为共和国带来了繁荣。他是第一个重视雅库特电影行业意义的人。1992年，他成立了共和国名下的"萨哈影业电影公司"。现如今，它已经拍摄了150余部影片，公司拥有先进的拍摄设备与工作室。

2016年，广为观众熟悉的喜剧演员德米特里·沙德林（Дмитрий Шадрин）出任萨哈影业的领导。他在《一公顷》中扮演了能与昆虫沟通的猎场监督员。他同样也是创作小组"幼儿园"的创始人之一，这个小组拍摄了包括《一公顷》在内的18部喜剧电影。在沙德林的领导下，萨哈影业公司开始给予一些独立电影人支持，许多拍摄小组可以借用公司的设备。萨哈影业也举办过向观众收集未来影片剧本设想的活动。"产生了许多有趣的想法。当人们临时扮演起导演，他们身上的那股子热情劲，真令人感到高兴。"沙德林微笑着说。

沙德林认为自己最重要的任务莫过于"将雅库特文学经典银幕化"。雅库特最大型的电影制作是英雄史诗片《特格恩·达尔汉》。影片讲述了这位17世纪的传奇军团首领。关于他的历史，人们至今知之甚少，但却用想象填补了许多空白。这是雅库特历史上最贵的电影，它的官方预算达到了350万欧元，其服化道设计都专业得令人肃然起敬。

萨哈影业工作室总部共有四位导演。这其中包括了27岁的萨尔达娜·格利戈利耶娃（Сардана Григорьева），她刚刚毕业于全俄国立电影学院。她的处女作影片讲述了一位乡村孤儿——萨雷阿尔（Сарыал）的故事，这部影片拍摄于我们的乔赫乔尔村，主角是年仅10岁的、就读于该村小学的伊戈尔·戈托夫采夫（Игорь Готовцев）。在电影中，他与自己父亲的幽灵漫步在村庄与山林中。

"我尝试使用塔可夫斯基式的长镜头,当摄像机在移动、靠近时,一个镜头内会同时发生数个事件。但我担心,雅库特的观众会看不明白。这是纯粹的电影节影片。"她如此说道。根据当地的传统,影片诞生得很迅速。格利戈利耶娃在几个月的时间里就写好了剧本。她又利用拍摄结束后的夜晚时间,在两周内完成了剪辑。后期制作花费了一年。

"我在莫斯科明白了,萨哈共和国的人们有另一种世界观。我们的生活与自然、神灵相联系。我们不能被全球化的统一浪潮吞噬。"格利戈利耶娃坚信这一点。雅库特的女性导演数量不多。第二位刚起步的女性导演,瓦莲金娜·斯捷潘诺娃(Валентина Степанова)确信,她影片的成功在很大程度上与雅库特电影缺少女性视角相关。她的影片讲述了城市女孩的人际关系变化波折。

斯捷潘诺娃认为,一种传统男尊女卑的东方理念在雅库特文化中占据优势,即男性具有决定权,而女性只能辅助。"我很难与拍摄小组合作,摄像师、剪辑师、音效导演与光影设计均是男性。他们会发号施令,教导我怎么做,或者自行其是。"但是这里的女性制片人已经大获成功。萨尔达娜·萨维娜(Сарданна Саввина)就是其中之一,她的主业是大学英语老师。得益于她,3部雅库特电影参加了柏林电影展的特殊环节——"Native",它致力于展示地区原住民的电影创作。

雅库特电影在技术上开始变得更复杂,内容变得更具深度。据说,雅库特的观众也变得更加挑剔(比如,他们会根据一部电影的风评好坏而选择是否观看）。但雅库特的电影人们是否可以或者愿意走出自己的永冻土，驶向更广阔的海域呢？

2016年秋天，"萨莱坞"的第一部类型片《我的凶手》登陆俄罗斯影院。2018年4月，雅库特导演爱德华·诺维科夫（Эдуард Новиков）的电影《托伊奥恩·克尔》(鸟王)在莫斯科国际电影节斩获大奖。这是一个关于一只定居村庄的雄鹰的故事，一举拿下头奖。这部影片向俄罗斯观众展现了另一个俄罗斯，那里有辽阔无边的大地，有别样的面孔、独特的语言与独特的生活。2020年，由德米特里·达维多夫（Дмитрий Давыдов）导演，伊万·西蒙诺夫（Иван Семенов）操刀拍摄的影片《稻草人》在基诺塔夫尔（Kinotavr）电影节拔得头筹。

总的来说，雅库特影片对于俄罗斯观众而言相当陌生。它们中大多数没有使用俄罗斯演员。斩获国际奖项的希望被寄托在像《鸟王》这样的艺术片身上。但对于其他大多数影片而言，想要成功，还需要更充实的预算（起码超过1万欧元），以及更普适的主题。

"俄罗斯正遭受制裁，而我们处于更大的麻烦中，但我们会继续努力，让世界听见我们的声音，"导演米哈伊尔·卢卡切夫斯基说，"我们的民族史诗《奥隆霍》本就类似于电影，我们正在将它电影化。这里有天然的情节素材，我们已经从追求电影数量转向了追求质量。"

成名

芬兰一家人努力让自己看起来不那么显眼，但一切还是白费工夫。
乔赫乔尔，雅库茨克

我们计划悄无声息地隐居村庄，安安稳稳地过自己的小日子，忙些家务活与写作。但事与愿违，俄罗斯与雅库特媒体对突然搬来西伯利亚穷乡僻壤的奇怪芬兰一家人格外有兴趣。事与愿违，我们还是很快成了公众人物。

罪魁祸首是一家名为Inosmi的俄罗斯网站，该平台的业务是翻译并转发关于俄罗斯的海外文章。我关于西伯利亚生活的文章发表在芬兰最大的报纸《赫尔辛基报》，Inosmi将我写的一切，从第一篇文章开始一字不漏地翻译成了俄语。

芬兰是一个小国家。我们通常以为，只有芬兰人才特别好奇外人对芬兰人的看法。但事实上，俄罗斯人与雅库特人在这方面不遑多让。有时候，我的文章在俄罗斯会有更多的阅读量。Inosmi的实际读者数远超它的粉丝数。我的文章在俄语互联网上进一步传播，毕竟这里奉行的主要原则就是一切都可发表，无需考虑作者版权。各类互联网媒体会将我的文章裁剪成块，配上从我脸书账号上拷贝的相片。一部分文章还流传在雅库特本地的网站上，雅库特读者们借此从另一个角度认识了疯狂的芬兰一家人。

这些译文自然给我的生活与工作带来了麻烦。我故事中的个别人物对于自己突如其来的"成名"颇为不满。首先，我不得不向村里的助理医师做一番辩解。我曾经写过我们给乔赫乔尔带来了风疹，以及她如何像躲避麻风病人一样躲避我们。在临发表时，编辑还添上了一笔：村里设有某个医疗站。

"那不是医疗站，而是助理医师负责的产科诊所。"助理医师不满地纠正我。鉴于我写的一切都被翻译成了俄语，我不得不小心我的言论，比如在提到孩子们的老师时。

成名后的最无害的结果就是我们开始被认出来。我们已经不再是普通路人，而是"那一家芬兰人！"当我将老瓦滋旅行者送去清洗时，洗车店的工人问我，"你是不是芬兰人？"路边咖啡店的一对夫妇问我，"啊，你是那个芬兰人！可以和你合个影吗？""在雅库特当名人的感觉怎么样？"我工作时认识的一位女性曾这么问过我。在雅库茨克，一个在羽绒服店买东西的男人好奇地走过来，问我们是不是来自芬兰。他留下自己的号码，并且说如果需要帮助的话，可以给他打电话，他是一位专业治疗冻伤的医生。

我们甚至成了旅游景点：其他的外国人纷纷前来欣赏西伯利亚化的芬兰家庭。有一天，人们带来了一位比利时摄影师，他的目标是用雪橇走遍雅库特。萨哈共和国对外关系部找来了日本旅行博主仓下惠理子，她也是鸟取地区的旅游大使。于是乎，在萨哈共和国的见证下我们巩固了芬兰与日本的友谊。

但无论如何，我并不是西伯利亚唯一的，也远不是最出名的外国人。在稍微往西一点的地方，几年前美国牧师兼奶酪师贾斯特斯·沃克（Justus Walker）一家生活在那里，他一直是俄罗斯电视台的明星。常出现在电视节目上的还有芬兰传教士阿尼塔·列波马（Anitta Lepomaa），他长期生活在布里亚特共和国。来自尼日利亚的马尔科多年生活在我们的汉加拉斯基乌鲁沙，他娶了一名雅库特女子为妻，现在已经是一个大家族的父亲了。

我与马尔科受邀参加纪念联合国日的论坛开幕式，并在恰帕耶夫村的米哈伊尔·尼古拉耶夫（雅库特共和国的首任总统）图书馆作致辞演讲。马尔科的发言生动活泼，风趣幽默，赢得了听众的注意。我却被某个前国家公职人员有意为难，他将话题引向"芬兰政府掠夺俄罗斯儿童"的事件上。这件事本质上是芬兰儿童保护组织接管了生活在芬兰的俄罗斯移民家庭的儿童，其目的是保护儿童，但俄罗斯媒体却将这件事简单呈现为芬兰机构反对俄罗斯人，这掀起了一阵轩然大波，争议声甚至传到了雅库特。

Inosmi归于国家企业集团"今日俄罗斯"旗下，后者的总经理是德米特里·基西列夫（Дмитрий Киселев），他被认为是克里姆林宫的重要新闻人之一。就出版质量而言，必须承认，它们的译文偶尔还是勉强值得一读的。但从作者版权的角度来看，这家媒体的所作所为当然是公开的剽窃，他们从不征求发表许可。但他们能注意到我的文章，这倒帮了我的忙——现在我也有俄罗斯读者了。

从该平台的内容来看，它有一定的政治底色。记者应该为自己面对世界的言论真实负责，但我真实的文章在俄罗斯的传播吓坏了潜在的受访者，其中几位后来拒绝了我的采访。人们通常会请求外国记者不要在俄罗斯发表他们的采访内容，如此一来，他们才会更敢于交谈。在这个问题上，我直接撞上了言论自由的边界。我在《赫尔辛基报》报道了2018年亚马尔—涅涅茨共和国（ЯНАО）穆拉夫连科（Муравленко）市的总统选举争议。这篇文章的译文迄今为止也没有出现在Inosmi的网页上。

最可笑的一回，Inosmi翻译了我写的一篇关于俄罗斯节能问题的专栏报道。我写道，在俄罗斯人们常常"为了户外的喜鹊"烧暖屋子。言下之意，就是指因泄漏或窗户密封不足而造成热量流失向户外，这浪费了能源。但Inosmi的翻译却稍有偏差。结果，我本人登上了Yandex的热搜榜，变成一个指责俄罗斯人"过度供暖"的人。这一事件甚至让一位杜马议员亲自下场评论。[1]

有时候，我感觉到Inosmi尝试借助读者热评向外国记者施压。如果我批评了俄罗斯的政治，那么评论区会即刻爆满某些具有攻击性的抬杠留言。比如，"这个西方的马屁精记者来到俄罗斯，找一个旧厕所，拉出自己最爱的褐色物质，将它涂满纸张，一篇报道就这样做好了，他的经费也到手了。"一位读者愤怒地批评道。

---

[1] 见：https://www.hs.fifi/sunnuntai/art-2000005925004.html.

当我说到新西伯利亚的反对派情绪时，评论区的读者大肆嘲笑我。但几个月以后，那里就爆发了3000人的反对派集会游行。

一位读者，或者说抬杠的人，批评我用游戏机诱惑孩子们搬来西伯利亚。"这是什么样的父亲！"当我在文中写到偷猎以及獐子麝香的价格时，有评论者会回应说，我一定是收受了贿赂（而且还是欧元），不然为什么不写写美丽的自然风景。当我写道，一开始没有人邀请我们一家做客时，评论区会有人回应道，这在雅库特是不可能的，也就是说，一定是我们哪里做得不对。"不知道他们做了多恶心的事情，才让当地人有这样的态度。"

在雅库特读者的评论中，人们热烈地猜测我们居住在哪个村庄。我并没有在文中透露这一点，可某个大聪明指出，我们住在乔赫乔尔。也有许多真诚的、富有同情心的评论，不是所有的评论都来自"杠精"。我的第一篇文章是前往西伯利亚的故事，有人读过后评论道："真正的记者，向你致敬！"而写到雅库特电影业的繁荣时，一位读者惊讶于他居然是从芬兰媒体口中首次知道这件事。写下感谢与支持话语的均是有头像和昵称的用户。"作为一名记者，您干得真不错。"一位国家媒体的记者在脸书上称赞了我批评钻石公司的文章。"可别开始自我阉割，"一名雅库茨克的大学生声援我，"我们急需听见外国人的真实想法，这是好事一桩。"

当我的文章在互联网满天飞时，读者对我们一家还知之甚少。似乎因此，俄罗斯媒体开始联系我们，希望做一次采访。

妻子坚决拒绝任何宣传，而我也没有特别乐意。但在第三次询问后，我同意了采访。我的第一篇采访来自于我们汉加拉斯基乌鲁沙本地的官方报纸的一位女记者。她事先声明不会谈论政治。这位女记者到村子里采访了我们一家。她写下的这篇报道或许比她之前的任何作品都要成功，因为它瞬间就传遍了俄罗斯互联网。我的第二篇采访刊登于独立日报《雅库特晚报》，第三篇发表在讲述西伯利亚真实生活的 sibir.realii 平台上。该平台在自由广播电台旗下，受美国资助，所以被视为海外代理媒体。

此后，我再也没有接受过采访，但这并不意味着，在俄罗斯媒体网络上就没有新的采访出现。不同的网络媒体开始将 Inosmi 上的文章裁剪成段，将其糊弄成我的回答，最终整合成一篇采访。这可是相当省力的方式，毕竟完全不需要向受访者提问。

我在俄罗斯互联网上最出名的文章当然是我购买俄罗斯越野车，驰骋西伯利亚的故事。它发表在《赫尔辛基报》的月附刊上。芬兰家庭驾驶 1950 年的"大面包"游遍西伯利亚，为了躲避交警绕行岗亭，开上田野。这种来自俄罗斯现实生活的故事既受俄罗斯读者喜爱，也受芬兰读者喜爱。

媒体不仅散播我的文章，还尝试将我们一家打造成电视明星。两家国有电视台来到雅库特，想要拍摄我们与孩子的生活，以及驾驶"大面包"的场景。我原本同意了拍摄，但后来决定不参与这样的游戏。家人刚刚回到芬兰休假，我手头还有一堆事情，况且压根不清楚，他们会出于什么目的使用这段素材。

其中一个电视台是俄罗斯军事频道《红星》，第二家是 REN TV 电视台，它们的节目《军事揭秘》被网友定义为"可怕的伪爱国垃圾"。

最后，REN TV 还是在我的极力反对下，匆匆拍摄了一段关于我的素材，附上了摘自我脸书账号的相片。所幸，报道观点比较中性，我就是一个来到西伯利亚的外国友人兼俄罗斯汽车"发烧友"。

西伯利亚的初创公司

成功企业家阿尔谢·托姆斯基（Арсен Томский）批评美国，但想要改变雅库特。

在一个美丽的冬日，勇敢的芬兰"推土机"佩卡·维尔亚凯宁（Pekka Viljakainen）来到了雅库特。他是 IT 界的百万富翁，在俄罗斯各地宣讲初创公司的"福音"。斯科尔科沃（Сколково）为他支付路费。这是一家俄罗斯国有创新基金会，在俄罗斯前总理梅德韦杰夫支持下成立。"我一般搭乘专机，有礼炮与殷红的地毯接机。"佩卡如此说道，似乎不像是在开玩笑。

维尔亚凯宁此行的目的是出席斯科尔科沃组织的初创大会并发言。大会主持人身穿连帽衫，听众也都是懵懵懂懂的年轻大学生。维尔亚凯宁的大意是号召年轻人接轨国际化思维，从客户角度看问题，以及不要雇佣亲属，最后一条对于俄罗斯来说是一个中肯的建议。维尔亚凯宁拜托我也写一写雅库茨克的创业计划。"我妈妈会阅读你的随笔。她担心我也不得不在零下 50 度的户外上厕所。"他对我说。

好吧，我们稍微讲一讲西伯利亚的另一面。第一，不是所有西伯利亚人都在户外上厕所。绝大部分雅库特村庄，当然还有城市，会使用最常见的抽水马桶。第二，西伯利亚也有初创公司。原住民也不想生活在石器时代，他们也关心改善生活的科学技术，无论是现代化的雪地车、太阳能电池还是手机应用。特别是雅库特人，他们可是早在俄罗斯人进入雅库特前就能从矿石中提炼出铁的民族。这是一个始终抱有进取心的民族。

全世界成千上万的年轻人想破了脑袋，也要折腾出一个点子，好让自己的初创公司获得爆炸性的成功。考虑到雅库特人对科学技术的喜爱，相同的情况自然而然也发生在此地——西伯利亚的边缘地区。

大会举办期间，还设有年轻人的创意大赛。3个项目获得了大奖。两个年轻女孩准备生产一种保护树木表皮的物质。一个年轻人设计了一款与手机SIM卡信息关联的门禁系统。第3名是一个大学实验室团队，他们研发了一种石墨烯二极管。一位我熟识的，从事服务行业的雅库特企业家听过维尔亚凯宁的发言后，表达了不同的看法。"这一切听起来像是科学幻想，是运气事件。征服世界的想法并不现实。我清楚资本如何在几年内翻一番，它不是这样操作的。"他咕哝了一番。

俄罗斯东部极度缺少中小型企业与创新公司。确实，当大量石油、天然气从地下喷涌而出、钻石、黄金与其他宝藏成堆出现时，本地的经济发展就很难多面化。俄罗斯的亚洲地区实在缺乏开设加工厂的条件。不过这里倒是有科研院所与人力资源。

雅库特人是精明强干的：雅库特共和国内的人均公司数量超出了远东其他地区。这里有几个极好的成功案例，它们均是世界闻名的初创公司。准确来说，是两家公司。其中一家从事游戏产业。两个雅库特小伙，乌什尼茨基兄弟（Ушницкий）创立了MyTona公司，该公司开发的两款游戏——《探寻者笔记》与《秘密社会》已经征服全球玩家。虽然兄弟俩现在更多待在新加坡，而不是雅库茨克，但开发游戏的地方还像往常一样位于"老城"的公司总部。我的采访没能成行，因为乌什尼茨基兄弟相当内向，而我也没能进入MyTona公司。

不过我轻而易举地结识了另一位成功的雅库特创业者。44岁的企业家阿尔谢·托姆斯基是我在雅库特见过的最外向的人。他有丰富的海外经历，外表看起来不是一个西装革履的古板男人，而是一个穿连帽衫的书呆子。他三句话离不开自己的生意，但也是个热心肠的人。

托姆斯基在1990年代末创建了网络平台Ykt.ru，彼时他才刚从大学数学系毕业。现如今，这是雅库特最受欢迎的网站，共和国近85%的网民都会浏览该网站。Ykt.ru是一个集消息版面、论坛、新闻与博客一体的平台，它在雅库特比脸书与VK更受欢迎，其用户数量仅次于WhatsApp，但该平台并没有走向世界的野心，而是专注于服务雅库特。

现如今，托姆斯基已经赚得盆满钵满。2012年，他开发了一款打车软件——InDriver，它在俄罗斯东部与哈萨克斯坦与Uber以及俄罗斯本土最流行的"Yandex打车"展开激烈竞争。它迅速拓展到俄罗斯西部市场，甚至开始进入美国。InDriver的出现得益于一个20岁的雅库特司机亚历山大·巴甫洛夫（Александр Павлов），他在VK上创立了一个名为"独立司机"

的群。加入该群的司机向乘客承诺，他们的价格将低于城市出租车公司的价格。该群很快就积攒起了名气，每天大约有2000人在群里打车。2013年，托姆斯基名下的公司西涅特（Синет）收购了该群。为了更方便打车，托姆斯基开发了一款手机应用——InDriver。2014年，InDriver已经在西伯利亚与远东的10个地区投入运营，并在这一年年底做出了关键一跃——将运营网拓展到哈萨克斯坦。现如今，InDriver已经成为哈萨克斯坦最受欢迎的打车软件。

托姆斯基透露，2018年2月，InDriver的用户人数就达到了750万人，使用InDriver打车的次数几乎来到了800万次，这比上个月增加了60%。2017年11月，该应用投入莫斯科市场。现如今，它是俄罗斯排名第三的打车软件。"Uber在俄罗斯投入了1.7亿美金，它处于亏损状态。我们的投入额只有其四分之一，并且从一开始就盈利。"托姆斯基不无自豪地说。

前苏联加盟共和国的市场逐渐不能满足托姆斯基的胃口。2018年，InDriver进入墨西哥，哥伦比亚以及其他四个拉丁美洲国家。2019年初，它进入了美国市场。在开拓市场的过程中，公司市值持续上升，上市的问题已经提上日程。现在，托姆斯基的InDriver估值约1亿美金。已经有人出价收购该应用，但托姆斯基并不愿意。直到后来，他才谨慎地接受了来自俄罗斯LETA Capital风险基金会的投资，这是第一笔外部投资。

InDriver的成功秘诀是什么？托姆斯基认为他的应用更出色。"人们发现Uber在价格上耍心眼，而且他们不公开算法。我们是唯一一款可以让顾客与司机协商价格的应用。我们的佣金比例也是最低，只有5个点。"

托姆斯基推广自家应用的方式也很有创新精神。InDriver举办了一场"雅库特小姐选美大赛"，而投票者必须下载InDriver这款打车应用。现如今，他又故技重施，举办了"哈萨克斯坦小姐选美大赛"，这在中亚地区获得了前所未有的热度。大赛的幸运儿是一位迷人的侏儒女孩，这引起了巨大的轰动，但对于InDriver而言，这意味着更多的佣金抽成。为了增添热度，托姆斯基还宣称参赛者中有一位是男扮女装。"这是一种病毒式的营销策略。"他笑着说。

"他的父亲是一个聪明人，是教授，但他的儿子却成了出租车司机。"阿尔谢·托姆斯基偶然从一个普通雅库特人口中听到了这句评价。托姆斯基的大学专业是数学，他来自一个学者家庭。他的父亲如今生活在法国，曾是大学里的数学老师。阿尔谢还在就读小学时，父亲就离开了家庭。

童年时，阿尔谢收到了一个苏联遥控坦克玩具作为礼物，自那以后，他就痴迷于编程。小学时，阿尔谢受当地小混混的影响，染上了一些坏习惯。他甚至被指控偷盗汽车。到了九年级，他入读了雅库特大学的附属理工中学，这里不再以那些愚蠢行径论英雄。他在新学校第一次看见了电脑。这是基于美国1970年代的RT-11操作系统的苏联机器。他在电脑上玩过《潜行者》《阿富汗》《俄罗斯方块》以及其他苏联文字互动游戏。

与此同时，他还熟练掌握了Basic编程语言。他为课程作业写过一个程序，该程序可以从20种食物的上百种组合中挑选出最适合士兵的口粮配方。结果，它得出了一款素食配方：

应该用黑面包、大豆与红萝卜喂养士兵。托姆斯克的毕业设计是一款可以计算公司之间债务的软件。该软件获得了巨大成功，以至于共和国的债务中心都买下了它。1998年，托姆斯克开始对互联网感兴趣，第二年他就创立了西涅特与Ykt.ru平台。

西涅特的办公地点位于雅库茨克市中心。表面上那是一栋普通办公楼，但里面却是一个微型的"硅谷"。办公位之间摆放有乒乓球台、咖啡机、矮脚软凳，还有一间午休房。在我采访时，恰好有人在房间里补觉。墙面上用粗笔写着摘自《星球大战》的名言："愿原力与你同在"。咖啡屋里悬挂着许多小纸片，员工们在上面写下做过的好事。这是大家送给托姆斯克的生日礼物：有人帮助了老奶奶，有人捐助了儿童福利院。

现如今，西涅特有250名员工，其中90%来自雅库特。卡琳娜是市场部的助理，她说，这里的氛围与她之前工作的建筑公司截然不同。"在那里，如果你犯了错，他们会朝你大吼大叫，并且诋毁你是个蠢姑娘。而这里的人们一下子就热情地接纳了我。这里就像一个大家庭。"公司每个月都会有新人报到，为了庆祝他们的到来，公司会组织特别的"funday"。几周以后，约140名员工将组团去格鲁吉亚滑雪，这是为了庆祝去年一年的成功业绩。

但想在雅库茨克找到一个好的程序员是很难的。InDriver可以开出1500欧元的月薪，而在美国，程序员可以拿到好几倍的工资。托姆斯克说，大学里的泛函分析与微分教得不错，但编程非常弱。一般而言，年轻人是在公司无薪实习时才开始接触编程。公司将培训他们，然后将最优秀的留下。

在编辑部工作着10名记者,他们为Ykt.ru供稿。这是雅库特最重要的独立新闻媒体,它对事实进行还原报道。

"其他的新闻媒体要么是以拨款为生,要么接受付费订制内容。我们不依赖官员,我们是社会正义的工具。有时候会陷入一些纠纷,比方说,我曾经接到某个议员打来的电话,大意是,我们为什么要报道他造成的车祸。我回答他:你就是罪魁祸首,人丑别怪镜子斜。"

显然,托姆斯基很享受自己在雅库特的独立立场。他为公司拉外部投资时的一条重要标准就是,投资人与政府无捆绑关系,因为这可能令公司受约束,被政府影响。比如,斯科尔科沃国家基金会就能核查其资助公司的业务。这些年,托姆斯基与大学、政府官员均合作过,但现在他与二者都保持距离。"我筹划过一个针对某大学的项目。它本可以借助这个项目成为前20的创新高校。我们谈妥的条件就是该大学需要向我们开放创新实验室,但它没有兑现自己的承诺。为了实现一个商业孵化器项目,我与雅库特政府合作过半年,但他们自己埋葬了这个项目。自那以后,我就明白,公司必须发展到一定规模并且保持独立,能够自给自足。"当 InDriver 投入运营后,情况发生了变化。"从前,当我与政府官员交谈时,他们压根不拿正眼瞧我。现在,他们自己会来找我攀谈。"

商业上的成功并不能满足托姆斯克,他想为雅库特的发展做出贡献。他正在考虑创立商业孵化器或者启动基金会,因为他相信,年轻人投身商业活动比投身政治更能改变俄罗斯。"我们还生活在1990年代的思维里:一切都要凭关系与贿赂。我们的公司没有同流合污，没有贪赃受贿的风气，这在哈萨克斯坦是惊人的。如果我们未来能够上市，这对于雅库特来说将是一个爆炸性的事件。如果我们成功了，思维方式本身就会转变。"他确信地说。

今天，托姆斯基与乌什尼茨基兄弟尝试在他们创建的培训中心激励年轻人。那里有免费的讲座与课程，教人们做生意、营销、设计与编程。也许突然间，就能在他们之中找到一个像托姆斯基的人，他将准备好投身不可预知的创业浪潮？

节日

爱也好，战争也罢——只要能过节。

俄罗斯人为过节而生活，雅库特在这一点上与俄罗斯其他地区一样。节日将一年的时间分割成小段，让周围的一切放缓脚步。这里无论大人小孩都要过生日。他们也不像芬兰人只庆祝10周年，20周年这样的整年生日，而是一年一过。公司会记住所有员工的生日。同事们会提前凑钱购买有价值的礼物。每个职业都有自己的节日，人们无论在工作单位，还是在家都会庆祝一番。

众多节日中的一个发明就是所谓的旧历新年。是的，是的，俄罗斯就是这样。当一年中最盛大的节日——新年——的喧嚣声渐歇，当人们已经庆祝了10天节日后，紧接着又过起1月7日的东正教圣诞节，庆祝旧历新年的到来，也就是1917年前遵循的儒略历的新年。

雅库特村庄的生活非常讲究集体性，人们会在文化中心共同庆祝节日。旧历新年前夜，乔赫乔尔的女人们会穿戴最讲究的服饰，男人们会穿上黑色礼服。筹办节日的人会将宾客们带来的佳肴美酒一齐摆上桌。人们还会安排音乐与游戏节目，比如，让成对的男女夹着苹果跳舞。我认识的一位老人与另一位不是他妻子的女士在这场竞赛中获得了毋庸置疑的胜利。

我也被卷入了一场比赛，参赛者用雅库特语交流，我听得一头雾水，但突然间，我就从游戏中胜出了。后来我才明白游戏的规则：女人们需要列举几项她们最欣赏的雅库特男性品质，谁最接近谁就是获胜者。我凭借172的中等身高最为接近一位村民所说的全村男性平均身高。晚会最后以舞会的形式结束。在雅库特，或者说在整个俄罗斯，人人都会跳舞。年龄最大的舞者，在我看来，超过了80岁。

我们大儿子就读的小学不是在庆祝节日，就是在庆祝某些特别的纪念日，至于沉重的学业——这是可以抛在脑后的事。课程可以轻而易举地因为节日而取消一至两天。尽管学校经常因为供暖不足、严寒、流行病而停课，但这些情况不知道为什么都恰好错过了节假日。学校与幼儿园既庆祝全俄罗斯的节日，也庆祝雅库特的民族节日。比方说，有俄语日，人们就会创造性地搬出一个雅库特语日。人们会为此穿上民族服饰，在电视直播中跳起雅库特环舞，又叫奥苏奥哈伊（ocyoxaй），演奏民族乐器霍姆斯，与全雅库特的中小学生携手庆祝这一天。

节日的盛装几乎与节日本身一样重要。这似乎沿袭了苏联时期的传统：日子越是黯淡，节日与角色扮演就越是重要，包装比内涵更重要。

工作间里缝纫机几乎每天都嗡嗡地响个不停——村里的妇女们正在为一连串的节日缝制服装。服装大多是亲手缝制，即便如此，也花费了不少布料。身上担子最重的要数那些参加集体舞会或音乐晚会的孩子们的妈妈。如果整个班级的孩子要表演图瓦舞蹈，妈妈们就得为自己的孩子单独缝制一套民族服饰，不然还能怎么办呢？

"怎么？难道你们没有民族服装吗？"幼儿园的人惊讶地问我们。当然咯，雅库村庄的所有孩子们都有一套民族服装，甚至两套。小女孩们身穿哈拉达伊（халадай）裙子，前额绑着一条巴斯特恩科（бастынг）盾饰，脖子上挂着银色吊坠，人们认为，这能保佑她们不受恶灵侵袭。男孩子身穿亮闪闪的绸面衬衣，他们的马甲上装饰有皮草材质的圆形图案，有的男孩腰间还装饰有一排金属铆钉。男孩蹬上皮鞋，女孩穿上刺绣面的皮靴。最终，当他们将我们的二儿子也打扮成雅库特男子模样并且让他演奏霍姆斯后，所有人都大松一口气！

除民族服饰外，每个小女孩还有一身蓬松的公主晚礼服。上帝啊，还好男孩子只需要一身显眼的深色校园西服，不过也得给他们准备一个红色蝴蝶结。这是为了应付2月份的圣瓦伦丁节。

对我们的大儿子来说，这个节日宛如晴天霹雳。他曾希望借三年级转学到西伯利亚之便，避开四年级时在赫尔辛基市长接待会上跳舞的尴尬。结果到了雅库特，在圣瓦伦丁节一周以前，学校就开始让他排练"愚蠢的步法"，不过排练在圣瓦伦丁日的舞会上收到了成效——大儿子能够灵巧地搂住舞伴的纤腰旋转起舞（或者恰恰相反，他才是被带飞的那一个）。

2月14日的盛大宴会可不像在芬兰那样是一个暧昧不清的

友谊日。这是真正的瓦伦丁日，是所有恋人的节日。教师与他们伴侣的恋爱史被做成了幻灯片，英语老师叶莲娜与她的丈夫演绎了一支感人的双人舞。整间学校变成了爱的讲台，大家把音乐教室改造成照片展示区，舞会参加者被永远保留在玫瑰色的照片墙上，四周装饰着玫瑰色的窗帘，玫瑰花拼成了一个心形，并带有一串大大的字母——LOVE。

到了晚上，我与妻子还迎来了一个重要时刻：我们被授予"温柔丈夫与贤惠妻子"的奖状。在俄罗斯与雅库特，人们对奖状的热情不输给民族服饰。奖状是在任何活动中表彰个人的最经济简单的办法。人们会因为各种各样的贡献而获得荣誉奖状，之后可以将它们裱起来挂在工作场所或者家里。一开始，我们觉得荣誉奖状是不值一提的小事，直到幼儿园的音乐老师拜托我们给她颁发一个组织霍姆斯演奏晚会的奖状。看起来，奖状真的很重要，它能在五年一次的教师考核中发挥作用，帮助提高薪资待遇。

所幸，庆祝瓦伦丁日的晚会没有持续很久，因为很快人们又要开始准备妇女节。在节日到来的几天前，有人敲响了我们一家的门，村文化中心的主任与秘书走了进来。他们正挨家挨户地收集来自男性的祝福视频。我尴尬得要死，扭扭捏捏在镜头前嘟囔了一句祝词，类似"亲爱的乔赫乔尔女性们，衷心祝愿你们节日快乐"。芬兰人不是特别善于言辞。

在庆祝妇女节的晚会上发言的是清一色的男性。男性歌手与男性乐队的演奏似乎没完没了。我为乔赫乔尔的女性唱了一首芬兰男性民谣，歌曲讲述的是一个男子懊悔他不得不成为家庭主夫，因为他的女朋友获得了中士军衔[1]。我想，它的歌词非常适合节日的主题——男女平等，但幼儿园的妇女节与女性主义传统，与克拉拉·蔡特金[2]并没有太多关系：那里等待我们的是选美比赛。2017年的小美女大赛设有4个项目。首先是"小主妇奖"：小女孩们（或者她们的妈妈们）需要比拼烘焙技艺；然后是"风格小姐奖"：需要比拼时尚走台秀；之后是"巧手小姐奖"：小女孩们比拼针线穿珠子；最后是"健身小姐奖"：小女孩们要比赛勺子舀水。

可惜的是，瓦伦丁节后就迎来了一段最愚蠢的大游行时间。在俄罗斯，父亲节被替换成了爱国者保护日，它是一个苏联老节日的延续——苏联建军节。现如今，这一天是公共节假日，而在普京执政期间，它的庆祝规模还要更盛大。在乔赫乔尔的小学与幼儿园，人们夜以继日地操练方阵，尽管孩子们早已学会了走队列，正确地迈腿与挥动双臂，因为这是每节体育课的必学项目。

但即使是在军事节日，最重要的依然是服饰。许多村里的孩子都有一身军装，比如迷彩服和伟大卫国战争时的绿色制服（戴有船形帽）。个别幸运儿的家长还搞到了特别的服装，比如戴贝雷帽的特警队制服。而且所有女孩也有军装，这看起来非常可怕，特别是当它搭配上巨大的蝴蝶结。

---

[1] 歌曲 Kersantti Karoliina，来自乐队 Popeda。
[2] 克拉拉·蔡特金（Clara Zetkin，1857—1933），国际妇女运动先驱，1910年哥本哈根第二次国际社会主义妇女代表大会根据她的倡议，通过3月8日为国际妇女节的决议——译者注。

我与儿子是节日里唯一穿便装的人。整个学校突然间变成了军营：不仅学生，就连老师以及大部分观众也身着迷彩服。主要的庆祝活动在体育馆举行。每个年级在选举出来的指挥官的带领下，举手至帽檐，向总指挥官致敬，也就是向造型艺术课老师致敬。

从一年级到十一年级的学生均参加了这场演出。他们中有人领到了卡拉什尼科夫自动步枪的模型，他们肩挎机枪最后登场。高年级早在一天前就开始庆祝节日了，他们在体育馆用气动步枪训练打靶。根据教学大纲要求，他们要熟练掌握装弹、拆解和组装自动步枪。有几个小伙子甚至有幸去布置在学校的帐篷营地里睡了一觉。

与此同时，我的妻子则目睹了幼儿园如何庆祝军事节日。在那里，我们的小男孩们也是唯一身着便装的孩子。那里的节目包括游行、高强度训练、唱军歌、接力跑以及一系列任务诸如：跨越障碍、丢球、快速更换军装以及军事知识问答比赛。父亲们还有单独的活动，身着军装的幼儿园老师们很乐意为他们组织一系列竞赛。这有一种让人置身1930年代欧洲中部地区的错觉。

当我在社交网站上写到为孩子们准备的军事节日时，几个成长于苏联时期的朋友回复说，他们不记得自己的童年有过类似的军事狂热。当我的一位远东朋友在自己的主页转载了我的文章后，她收到了另一种立场的留言："让孩子们身着军装——这很正常，男人就该有男人的样子，学校与幼儿园就像军队，它们的目的就是为了让孩子们学会服从纪律，而作者之所以不理解这一切,很明显就是因为同性恋已经把控了欧洲。"

最具自由主义倾向的《雅库特晚报》向共和国居民发起过调查问卷,我们是否在庆祝军事节日上走得太远?大多数女性的回答是肯定的。建筑公司经理萨尔格拉娜·米哈伊洛娃(Саргылана Михайлова)批评了给孩子们穿上军装的想法。"维克托·彼得洛维奇·阿斯塔菲耶夫[1](Виктор Петрович Астафьев)认为美化战争,让战争英雄主义化、浪漫化是一种罪行。可别让战争成为了孩子们的玩具!无论如何都不该美化战争,我完全不明白给年幼的儿童穿上军装的意义,这是为什么?"

服装设计师伊琳娜·普罗塔吉雅科诺娃(Ирина Протодьяконова)认为,军事游行不是在纪念战争年代的牺牲者,而是对它的暗中取代。但在战场或档案馆里寻找受害者遗迹就是另一回事了。"这些身着军装的小孩让我感到心如刀割,他们的制服尽可能地模仿伟大卫国战争的军装……但愿他们不要知晓这其中千分之一的恐怖,我们这些胜利者曾经经受的恐怖。"还有一位父亲抱怨说,他们一家被迫为3个孩子购置了军装,这些制服的价格高达 2000 到 3000 卢布。

战争狂热是这个时期的标志,但各地方的热度也不一致。萨哈共和国的战争热情不仅与民族身份政策有关,还与雅库特人本身的战斗经验相关。雅库特是一个热衷狩猎的民族,因此他们中的许多人是出色的神枪手。他们对服役的态度就像担负

---

[1] 西伯利亚著名作家,战争老兵。

民族责任，完全不同于俄罗斯其他大都市的居民。雅库特年轻人自愿加入到俄罗斯的海外战斗中，远赴顿巴斯与叙利亚。个别年轻的军事合同兵只能躺在镀锌棺材里回到故乡，回到永冻土。

庆祝战胜拿破仑日在俄罗斯持续了整整一百年，从1812年至1912年。而1912年的政府甚至奇迹般地找到了25个老兵来装点节日，他们的真实性自然遭受了怀疑。今日的俄罗斯，毫无疑问，擅长创造一些老年病理学上匪夷所思的奇迹。但就军事上过于臃肿的自吹自擂来看，意识形态并没有获得充足的新鲜血液。

"萨满"

萨满可以治疗疾病，令不孕者怀孕，只要患者有足够强大的信念。

  西伯利亚也有魔法，关于这一点，我在来乔赫乔尔之前就知道了。2008 年，当我第一次来到雅库茨克，我被领进一家刚开门的诊所，坐诊的是一对雅库特夫妇。那里摆满了现代医疗器械，但医生一律不按照西医教科书的方法来治疗病人。男医生将我领进一个只有一张躺椅的房间。我并没有抱怨身体不舒适，但他命令我躺下。于是我躺了 20 分钟，直到男人用手摸索到想象中的病灶，然后他突然就发现了问题并且提出了解决的方案。

  "所有的疾病都在出生那一刻被决定，因为人从肚子里出来时的位置不正确，"他说道，"如果产科医生没有纠正它，那就只能等到成年后再治疗。"男人用手指揉搓了一阵我的头盖骨。"这就是问题所在。我来给器官正位。"他神秘地说道。按照我朋友的说法，当我进入房间后，我似乎就处于另一个世界。今天的雅库特萨满完全可能接受了西医教育，身穿白大褂，但依旧沿用古老的传统方式治病。

萨满教是西伯利亚给予世界文化的遗产。"萨满"一词来自游牧埃文基人，意为"博学多知的人"。

西伯利亚人的古代信仰与芬兰—乌戈尔民族类似，世界被划分为上、中、下三个部分。上部——神与未来的世界，中部——人类世界，下部——亡灵世界。萨满是能够穿梭其间，与灵魂对话的中介者。白萨满维系雅库特人与上层世界的联系。黑萨满可以与下层世界交流，既可以驱赶肮脏的邪灵，也可以抚慰焦虑的亡灵。

在日常生活中萨满只是一个普通人，但在通灵仪式中，他会变作动物或者改变性别。与医生不同的是，萨满并不治病，他只是恢复自然的和谐，所有的疾病与不幸都源自和谐被破坏。如果说，信徒是为自己或亲近的人祈祷，那么萨满则是为整个大自然祈祷。"自然创造了人类，它也创造了疾病与青草。我们应该像保护自己的孩子一样保护自然。水与草药会治愈我们。如果这也不起作用的话，就需要寻求萨满的帮助。他会发现病因。"一位阿尔泰女萨满纳杰日塔·尤古舍娃（Надежда Югушева）如此向我解释道。

萨满的天赋被认为是一种受难，人似乎被迫获得了神灵的恩赐。

一位萨满的诞生往往伴随一场重病。疾病将人打散，神灵又将它重塑，于是萨满就诞生了。尤古舍娃说，她在23岁时患了病。她变得极度消瘦，住进了医院。她在那里遇见了两个女人。"我知道你是生来的被选中者，"其中一人说，"如果你想，你就能活下去。"她递给她一个地址。尤古舍娃在午夜离开了医院，找到了地址上的地点，那里住着另一个女人。3天以后，她就康复了。

萨满教不是一种依赖繁琐经书的信仰。它是不识字者的实践活动，教义很难用文字解释。它贯穿人的一生。萨满认为，历史并不存在，时间是环形的。萨满教不命令人们统治大地，也不命令人类占据大地，萨满教说，人应该与自然和谐相处，人是自然不可分割的一部分。

"在萨满教中，人也要为自己的行为负责，否则他就会认为，既然我们是共同的生命体，那就可以心安理得地犯罪了。"东北州立大学的萨满教研究者阿纳托利·阿历克谢耶夫说道。

根据2012年的调查问卷，有170万人，也就是1.2%的俄罗斯人承认，他们拥有传统信仰。但这不等于说，萨满教存在于西伯利亚的每一个角落。甚至在西伯利亚最偏远的角落，有人也会告诉我，真正的萨满已经不存在了。同萨满教的斗争已经展开了数百年：一开始是基督教，然后是共产主义与科学，我们今天已经见证了斗争的成果。

在沙俄时期，改信东正教的雅库特人可以免除3年的毛皮税。19世纪中期，雅库特人接受施洗时被赋予俄罗斯名字。当时，如果你不去教堂祷告，就会受到5戈比的罚款。但改信基督教只是相当表面的应付行为，人们的生活还是老样子。萨满还是会医治病人，在圣地献祭——一切都像从前一样。苏联体制在根除萨满教方面更为成功。共产主义将萨满视作对政权的威胁，因为他们会散播古老的偏见。共产主义时期，人们捣毁了萨满的铃鼓与法衣，禁止他们举行仪式。许多人被送进集中营或被枪决。到 1950 年代，萨满教已经完全从雅库特的社会日常生活中绝迹。

后来，在这片土地上也有一些转变当地人信仰的尝试，但它们也没能扎下根来。在乔赫乔尔，一座东正教教堂矗立在我家对面，但那里从未举行过活动。许多雅库特村庄都修有东正教教堂，但少有信徒去拜访。另一个令雅库特人远离教堂的原因在于，教堂总与墓地相伴。对于雅库特人来说，应当与逝者的尸骨保持距离。我们的一位村民当着我的面愤慨地批评这种俄罗斯信仰。"我不明白，什么叫为了某些罪孽而祈求宽恕？这是哪门子信仰？我们应该变得强大。"

雅库茨克也有对雅库特人开放的大清真寺。但雅库特人也并不想改信伊斯兰教。这里的清教徒运动的处境也很糟糕。在雅库茨克的大学里还有两名芬兰学生，他们实际上隶属英格曼兰路德教会，工作是在本地社区传教。他们由"黎明"教团派遣，完成"蒙古任务"。我甚至对他们感到同情：让雅库特人改信路德教几乎是一项绝望的工作。这里的人们对基督教的态度也很冷漠。

房东将各种各样的吉祥物挂在我们的门框上：马尾掸子、某种啮齿类动物的皮以及鸭子的喙。萨满教不止存在于物质层面——萨满的服饰与铃鼓，它还深入到生活的方方面面。就算萨满与他们的仪式被遗忘了，泛灵论的元素在雅库特还是很明显的。比方说，人们认为，每一个生物与无生命的物体都有灵魂，雅库特人将它称作"库特"（кут）。人们通常用薄饼向神灵献祭，而如果薄饼由具备萨满天赋的人亲手和面，那么祭祀效果会更佳。薄饼作为祭品十分常见，以至于雅库茨克的传统餐厅马赫塔尔的店员不得不在电壁炉上悬挂一行标语："禁止在餐厅献祭薄饼"。

萨满教的圣地是自然天成的。乌斯季纽克扎的埃文基人告诉我，每一个家庭都有一块自己的祖传圣地，他们称之为"谢伊达"（сейда），它的形状可以像人，像树木或者石头。当鹿群需要迁移到新的牧场时，人们就必须前往谢伊达，点燃一株百里香。如果在这个过程中出现了什么问题，那就必须献祭一头幼鹿作为祭品。

真正的萨满在雅库特已经属于罕见，但各个民族的治愈者与祝福净化仪式的主持在本地还相当多。治愈者游历雅库特，治愈患者与开设导师讲座，他们类似于"人生导师"。他们中最著名的是埃季伊·多拉（Эдьиий Дора）。这是一位光彩照人的魁梧女性，但她的名声也许更耀眼。这位治愈者出生于1959年，护照上的姓名是费多拉·科比亚科娃（Федора Кобякова），雅库特人知道她的外号是"大姐"。当然咯，我也想见一见埃季伊·多拉，但这并没有那么容易。最近一段时间，她不再治愈他人。如她的助手叶夫多基雅·伊琳采娃—奥格多（Евдокия Иринцеева-Огдо）所说，她正在为了对话自然而周游世界。

"有许多像你这样的外国人来找她。他们总是抱着怀疑的态度，但她之后总会令他们信服。比方说，预言了你的床底下有一只靴子，或者你在某个年纪伤害了你的母亲。她告诉日本人，他们的国家在3个月后会经历地震。他们当时并不相信，但后来地震果真发生了。"伊琳采娃—奥格多如是说。幸运的是，埃季伊·多拉预言，世界末日在千年以内不会到来。"她有一只巨大的十三角铃鼓。她只在三种情况下会使用它：发生战争，传染病大流行或者世界陷入一片火海。迄今为止，这面鼓一次也没有响过。"

似乎神灵并不青睐于我，与埃季伊·多拉说好的会面也没能进行。作为安慰，伊琳采娃—奥格多送给一本她写的关于埃季伊·多拉的书。这是一本黄皮的圆形书，黄色代表尊重，圆形是因为女性的灵魂是圆形。书中记载了一系列的治愈奇迹。

萨尔格拉娜·谢尔吉耶娃（Саргылана Сергеева）讲述了她因无法生育而寻求埃季伊·多拉帮助的故事。"你没有任何问题，离开吧。"埃季伊·多拉对她说。"怎么可能？我已经快40岁了，但还没有孩子。"她生气地说。"会有的！你会有两个儿子。"那次见面后，她在河岸献祭了薄饼，后来就生下了两个儿子。大儿子的耳朵上有一道疤。据说，埃季伊·多拉就是这样标记自己的孩子。

雅库特是一个追求进步的民族，他们很快将信仰融入了现代生活。根据传统，在破土建房子前，应该请萨满提前看看风水。一个在雅库特身居高位的人告诉我，他没有请萨满，而是请来了一位专家，他用一根来回摆动的金属棒检测负面能量的存在。"从永冻土下冒出许多不好的能量。"他确信。拉普兰大学的北方民族人类学教授弗罗利阿恩·什塔姆勒尔（Флориан Штаммлер）认为，萨满教在萨哈共和国已经适应了21世纪的生活。"出现一些有益于人们的新风俗。比如，人们向治愈者求助治疗酗酒。涅涅茨人的萨满教有深远的历史,但问题在于,它并不面向年轻人。"

许多该领域的活动者与其说是令人肃然起敬的魂灵世界引导者,不如说是真人秀演员。雅库特的1月是占卜的月份,当地人称之为坦哈(танха)。大自然沉睡之际就是魂灵游荡之时,萨满在此时诞生,通往彼岸世界的窗户敞开了。这时候你坐在冰窟窿旁,冰水中的苏鲁库恩[1]会向你揭示未来。现如今,人们利用坦哈时节做一下小生意。在雅库特民俗博物馆的坦哈之夜,人们举行了一年一度的通灵者大赛决赛。只需要花费1500至2000卢布,他们就可以用卡牌、雅库特铃鼓、茶叶与相片占卜未来。有人预言客户将财源滚滚,有人允诺伴侣将回心转意。

在《雅库特晚报》的"读者来信"板块,一个男人失望地写道:"我遍访雅库特所有的预言家与萨满。我想知道自己的未来,但每个人的说法都不一样,而且没有一个预言成真,我的钱都白花了。"

有些新萨满喜欢在媒体面前发表末日预言。一位雅库特萨满肯定地说,2016年的大地会被黑鱼覆盖,而人类的发展将倒退。图瓦萨满预言,一位名人将在公开演讲时被闪电劈死(与此同时,NASA正在研究科学地利用闪电)。来自雅库茨克的萨满库兰(Кулан)给自己的智慧预言留下了充分的阐释余地,他说,2018年大地会积聚许多能量,人们不应该让这股能量倾

---

[1] 苏鲁库恩(сулукун),或者苏鲁库特,一种不洁的力量,当冬天万物入冻,它会从冰窟窿中跑出来。

泻成毁灭性的力量。也就是说，能量倾泻可能发生，也可能不发生。

在2012年，萨哈共和国市政管理局委派年轻萨满列昂尼德·萨文（Леонид Саввин）前往墨西哥，参加印第安人阻止玛雅历预言的世界末日的大型仪式。"如果萨文阻止了世界末日，那么我们的工作就算干得不错。"市政管理局的代表向记者说。

远不是所有西伯利亚人都怀念萨满。有人认为当代萨满是骗子。他们说，在"恢复传统信仰"的幌子下，本土人民正在倒退回石器时代。针对我的提问，一位我的同行、年纪稍长的雅库特女记者神秘地向我眨眨眼回答说："我们记者不喜欢萨满，您同意吗？根本无法采访他们，他们总是说些难以理解的荒唐话。"一位雅库特女性说，她像她妈妈一样对萨满避而远之。"妈妈曾说过，在她的童年时，如果生了病就只能求助于萨满，没有另一种选择，这很恐怖。她的几个姐妹都夭折了。"

此外，当代西伯利亚萨满教已然近似于一种新纪元宗教，人们尝试将它学院化并赋予其官方地位。在雅库特与图瓦，已经有一股抬高萨满教到国教地位的显著势头。在雅库特，推行传统宗教已经被划归为精神发展特别部门的职责。就像苏联时期的文化宫热一样，今天，在雅库特的各行政中心都修有八角形的净化屋，或者叫作阿尔恰。在雅库茨克，人们纷纷说，应该在市里修建一座传统宗教的主教堂。

在图瓦已经出现了诸如萨满教科学院这样的"自然奇观"，而在2018年6月，图瓦的卡拉—欧拉·多普楚—欧拉（Кара-Оол Допчун-Оол）被选举为第一位俄罗斯大祭司。无论是东正教还是传统信仰都格外强调外在形式，这也算是苏联遗风。

但是雅库特人还致力于创造自己的书面宗教。在雅库茨克的出城口闪耀着一座八角的木制建筑，这是一座阿伊恩教（Айыы）的庙堂。庙宇中既有马尾掸子、盛满马奶酒的酒杯、画有在勒拿河石柱上冥想的高僧的彩壁，还有用雅库特语写就的人体器官功能图、四季更替的图画以及雅库特众神殿的历史。从地板缝隙长出一株三根枝丫的树，信徒将献予上帝或教区的供奉挂在枝丫上。拉萨利·阿法纳西耶夫（Лазарь Афанасьев）是教区的两位高僧之一。这位65岁的光头老人戴着眼镜，穿着毛衣与笔挺的休闲裤，时不时地嘻嘻笑。当地人称他为特里斯（Тэрис）或者主持，他于1989年创建了阿伊恩教，彼时雅库特正处于民族自我意识觉醒的高潮。

在西伯利亚活跃着数种不同的萨满教。雅库特萨满教、布里亚特萨满教、图瓦萨满教以及一部分阿尔泰民族的萨满教均受过蒙古文化影响，那是一种草原游牧民族对大自然力量的信仰，它的主要目的是祈求庇佑牛马牲畜。另一种看法认为，雅库特人保留了突厥语族古老的腾格里信仰，因为腾格里信仰有更详尽的创世阐释，更发达的神灵体系，以及一定程度上更经院化的宗教仪式，萨满扮演着类似祭司的角色。特里斯通过研读雅库特萨满教的档案记录，创作数十本论述信仰的经书，再次恢复了腾格里信仰。"人们竭力尝试恢复萨满教，但它的时代已经过去。"他说道。

阿伊恩教的基础是八位天神，或者说身居八重天的太阳之子们。最高神阿伊恩·托伊奥恩（Айыы Тойон）位于第七重天，但与身居第三重天的乌鲁·托伊奥恩（Улу Тойон）与孕育之神阿伊恩瑟特（Айыысыт）不同，他对人类并不感兴趣。特里斯认为，阿伊恩宗教也奉行其他宗教中存在的道德原则，比方说，不能杀生或者不能吃人（从科学的角度来看，这两条原则是一回事）。

寺庙在特里斯的主持下，以类似针灸的方式治疗病人，但与标出上千个穴位的中国针灸不同，这里只用63个穴位。"有人需要帮助，我们就会施以援手。我们会给予失业的人、不孕不育者、求姻缘的人建议。我们会帮助戒除各种成瘾，包括酒瘾、毒瘾和电脑游戏。针对每一个问题，我们都有单独的仪式。我们使用古老的疗法，不需要现代心理学。"

恰逢一个女人来寺庙求助。所幸，她只是为出门远行求得庇佑。特里斯取来30种马匹的尾毛，一齐点燃，接着将一段榆木放在女人额头，并要求她放空大脑。他用一块布将烟扇向女人，摇响铃铛，挥舞成捆的柳条枝，围着女人转圈。最后他收取了相应费用。他已经完成了净化仪式，女人已经做好了上路准备。

此次见面半年后，特里斯去世了，但阿伊恩的寺庙还在。

以狩猎与养鹿为生的民族，如埃文基人、汉特人、涅涅茨人与阿穆尔各民族还保有信仰，他们信奉古典萨满教。后苏联时期最著名的两位萨满均为埃文基人。玛特廖娜·库里别尔基诺娃（Матрена Кульбертинова）于1996年去世，享年108岁。萨满教研究者阿纳托利·阿历克谢耶夫在1995年见过她，那时候他的心脏有些问题。库里别尔基诺娃让他拥抱一只小鹿的脖子，然后击响铃鼓。她在仪式中将阿列克谢耶夫与小鹿的心脏互换。此后，他的心脏再也没有出过问题。最后一位大萨满萨维伊（Савей）去世于2013年。阿列克谢耶夫之于他就像是经纪人。他有一些相片，相片上展示了萨满背部的几道明显红光。阿列克谢耶夫说，这是一道道能量波。

继库里别尔基诺娃与萨维伊之后，雅库特再没有出现过大萨满，但许多当代萨满宣称自己是他们的学生，其中就包括住在雅库茨克的安娜·索弗罗涅娃（Анна Софронеева）。人们称她"乌杜甘"，意为女萨满。"萨维伊去世前一周告诉我，我很强大，会取代她的位置。"她这么说。我在一处多层建筑的普通公寓里见到了她。这个身穿现代服装的漂亮中年女人告诉我，她的祖母也是萨满。她自己从15岁就开始当萨满了。"我曾去过莫斯科，给杜马议员与将军治病。"

索弗罗涅娃打开卧室中镶嵌镜子的衣柜，取出一套萨满服装。一顶束有马尾的皮制巫帽，垂下的马尾足以遮住巫师的面孔；一根手杖；一面萨满铃鼓，它镶有图画的背面只有萨满可以瞧见；一件缀有铃铛、蹄子与金属装饰物的驼鹿皮斗篷，这些装饰象征着作为帮手的神灵；还有胳肢窝里的狐狸尾巴；她开始一边跳跃，一边敲击铃鼓，速度逐渐加快。这并不是真正地想要进入世界之间的缝隙——索弗罗涅娃只是展示仪式的过程。隔壁的邻居没什么反应，看得出来，他们已经习惯了萨满的舞蹈。

索弗罗涅娃说她很少举行萨满仪式。她会召唤神灵，向他们祈求帮助，这个过程也许会持续一到两个小时。"我飞离地面一米多,"索弗罗涅娃解释她的跳跃,"这是仪式中的重要一部分。有一天,我飞得太高,以至于养鹿人不得不将我拉回来。"携神灵飞向天空——这是埃文基萨满教的重要元素。而这十分契合索弗罗涅娃,因为她的图腾就是白鹤,她在墙上画有白鹤的图案。安娜·克塔雷克(Анна Кыталык)也叫安娜·白鹤,这是她的绰号,也就是萨满名。

"我感觉到您的灵魂十分纯洁。"她在告别时对我说。这或许是暗示我早该支付费用并且离开了。萨满有更重要的事情。她说她要治疗十分严重的骨折与疾病,"让骨头愈合"与"让人站起身"。一个女人正在厨房等待,面露不安。她来自上千公里外的米尔内市。她的儿子从电线杆上摔了下来,手脚都动弹不得。看起来,是时候请出萨满服装与铃鼓了。索弗罗涅娃小心翼翼地说起痊愈的机会:"有时候能成功,有时候不会。"

雅库茨克歌手尼卡在网上写道,当初她从 4 米的高台跌落,摔断了脊柱,但索弗罗涅娃治好了她。"别人告诉我,我会躺在病床上很多个月,没法动弹。她来到医院看过我的病情后说,她会让我站起来。第二天,我就能坐起身,两周后就行走自如,一个月以后就又能登台演出。她似乎感应到了我的无限信任。我顺从了她的意志。看起来,信仰是十分有力的东西。"

索弗罗涅娃以及类似她这样的人,他们是萨满还是骗子?答案取决于社会,当社会觉得她是真正的萨满,她就是真正的萨满。问题的关键不在于萨满教是否比经书宗教更可信。这只是一个你信仰什么的问题。

饮食

孩子们,开饭啦!我们今天的午饭是马肉肠!
勒拿河,乔赫乔尔,雅库茨克

  随着渔民的出现,3月的雅库特仿佛从一场冬眠中复苏。当严寒退却,渔民开始在勒拿河面活动。此时冰层厚达2米,想要在冰面上打孔就要用螺旋纹钻头。雅库特的捕鱼量很少,尽管勒拿河是世界上最大也最纯净的河流之一,但它的中游却鲜有鱼群。这里的渔民能钓到鲈鱼与鲤鱼。在钓鱼方面,就我看来,俄罗斯人远比雅库特人狂热。

  雅库特的传统渔民被当地人叫作库伊乌勒(куйуур)。永冻土上方的喀斯特热熔湖常常会完全冻结,冰块直抵湖底。在这样的条件下,只有在淤泥中冬眠的瘦骨嶙峋的鲫鱼尚可生存。库伊乌勒从开凿的冰窟窿下网,捕捞鲫鱼,或者利用水压将它们驱赶上冰面。

  但真正的渔获财富还埋藏在雅库特北部的河流里。人们从北边运来各种鲑鱼:穆森白鲑(在雅库特语中叫乔尔波欧勒)、宽鼻白鲑(在雅库特语中叫穆乌勒)、秋白鲑与体长可达30厘米的西伯利亚白鲑,而雅库特的寒冬保证了一千多公里路程的天然冷链。到了夏天，人们以传统方式将鱼保存在永冻土的洞穴或冰窖中。我们在雅库茨克的农贸市场买过北方的鱼。那里只售卖未杀过的完整冻鱼，顾客需要回家后自行用锯子锯鱼。我们最爱的鱼是十分美味的奈马小白鲑。

西伯利亚各地区的饮食随当地鱼与野味的种类变化而变化。日本海与鄂霍茨沿海的居民的食谱与雅库特一带截然不同。前者的食谱包括银鲑、大马哈鱼、红鲑、粉红鲑、堪察加螃蟹以及绝顶美味的海黄瓜，可惜的是，后者已经濒临灭绝。北方的居民驯养鹿群并以鹿肉为食。在亚马尔半岛，我亲眼见过一家涅涅茨人打死了一头鹿，然后直接从温热的尸体中取出热乎乎的肉与鹿肾，就着鲜血大快朵颐，他们以这种方式补充必要的维生素。

我们所居住的一带主要饲养奶牛与马匹。几乎所有的马肉都供应给了雅库特当地，因为俄罗斯其他地区没有这种食物需求。它富含人体必需的脂肪酸 Ω-3。当老婆婆们在乡村俱乐部"闺蜜"（德乌欧戈）准备节日盛宴时，最美味的佳肴就是化冻后湿漉漉的马肋排，马肉上的脂肪粒粒可见，其色泽令人想起芬兰的水果软糖。"这是战士的食物。"其中一个老婆婆说。

马的所有部位都进入了食谱。人们分离出马驹的表层血液，将其灌入肠子并蒸煮直至失去光泽，这是一道雅库特经典菜——哈恩马肠。日常餐饮中还有一道绝顶美味"哈尔塔"，这是一道由马驹肠子与瘤胃做成的菜；此外，还有熬煮各种内脏的汤，包括马胃、马胸膜、马心、马肺以及珊瑚状的、表面粗糙的马大肠。人们将马蹄做成肉冻，马肺可以填进馅饼做馅，马脑可以腌制。但马鼻孔不该给孩子们吃，因为这会让他们患上鼻炎，马舌头也不能给，否则他们就会变得多嘴多舌。

当地野味是单独的话题。除了我们熟悉的水禽、驼鹿与雪山羊，雅库特人还狩猎旱獭，它们的脂肪被认为极具价值。人们通常在滚烫的岩石上直接连皮带内脏地生烤旱獭。

至于食物保鲜的问题，则完全无需担心，因为严寒老人一年有七个月的时间在这里做客：前厅的所有空当里都塞满了冻鱼或者肉块。整个冬季，我们都在享用从北方运来的鹿臀肉以及一只被偷猎者违法杀死的狍子。送水公司的小伙子们用圆锯分割所有的冻肉。在萨哈共和国，这项割肉的服务简直供不应求。

西伯利亚有许多生吃的冷冻食品。最著名的美味就是"斯特罗加宁"（строганина）。它可以是一块冷冻的生鱼肉、红肉或者肝脏，人们用刀刮下薄薄一片直接送入嘴里。美食的名称来自于俄语动词"斯特罗加"，意为"刨、削"。宽鼻白鲑肉制成的斯特罗加宁格外美味。它制作起来更简单，因为刚钓上来的鱼会立马结冻，而当地的鱼身上也没有寄生虫。很长一段时间里，我都没有尝试斯特罗加宁这道菜，因为饮食差异实在太大，直到有一天我迈出了第一步，自那以后我对盐腌冻鱼片的喜爱就一发不可收拾。冻鹿肝脏片也是天堂般的美味。妻子和孩子们并没有特别喜欢斯特罗加宁与其他西伯利亚美食，所以我们在家只吃普通芬兰菜。

我们没有饲养家禽，也不会狩猎，所有的食物都需要现买。村里食品商店的选择不算单一。那里当然可以买到高温消毒的牛奶、普通面包、通心粉与当地工厂加工的牛肉肉馅。我们在雅库茨克采购水果与蔬菜。在整个俄罗斯，水果与蔬菜店的老板都是来自前苏联南部地区。在雅库茨克，我们也有自己固定的水果商贩，因为妻子在挑选水果一事上很细致。只要有一次缺斤少两或者以次充好，我们就再也不会光顾。鉴于水果与蔬菜均运输自外地，它的价格不比芬兰低，甚至更贵，大部分果蔬都来自中国的大棚。雅库特本土也尝试过种植大棚果蔬，但结果它的成本比外地运输还高。

当地人似乎在水果不足的条件下也生存了下来。老人们回忆起童年，那时候一年只能看见一次苹果，就是在新年当天。因为没有水果与蔬菜，为了补充维生素与微量元素，当地人就用古老的法子——从鱼肉与浆果中摄取。人们在原始森林中采摘草莓、红醋栗、越橘与水越橘。黑越橘并没有生长在如此遥远的东方。当地人在冬季还会吃冻生葱。在稍南的地区有十分美味的蕨菜嫩芽。每到夏初，当蕨类植物还没有完全开花时，就是采摘它们的时刻。阔叶木的树脂块就是西伯利亚的口香糖，而炒松子就是最美味的小吃。

雅库特的冬天很严酷，但不是严寒的那三个月也足够温暖，足以展开农事活动。雅库特的蔬菜种植技术来自于19世纪被流放此处的俄罗斯人。我们村所有人都种有土豆、白菜和甜菜，没有人会去超市买土豆。菜园里还能种植黄瓜、西红柿、辣椒、茄子、西葫芦。如果能定期保温加热的话，甚至还能种西瓜。

我们从邻居家购买牛奶、奶渣与酸奶，但到了秋末，雅库特的奶牛也不下奶了，新的牛奶要等到3月以后。人们用牛奶做"苏奥拉特"与"克尔恰赫",前者就是酸凝乳,后者类似于发泡的凝乳。当然啦,任何节日的餐桌上都少不了马奶酒的点缀,这是所有突厥语游牧民族都熟知的一款饮料。人们认为,发酵的马奶都能治疗肺病、肠病与胆结石。马奶酒与类似的牛奶饮品贝尔巴赫(бырппах)成了我的最爱:它们都有一股新鲜酸味,有时还稍微带点度数,上帝保佑,雅库特的交警暂时还没将它列入禁饮名单。

我的妻子拒绝尝试马奶酒,但却很乐意饮用西伯利亚植物根茎泡的茶,包括杜鹃花根、百里香、柳兰、金丝桃与白桦茸。雅库特餐厅提供十分美味的原始森林茶饮,由沙棘果与杜香泡制。杜香在芬兰被认为是有毒植物,但在这里恰恰相反,它的价值颇高。我们品尝过杜香茶,饮用后依旧活蹦乱跳,生龙活虎。也许将来有一天,我们会在芬兰泡一壶杜香,切下一片斯特罗加宁,再斟满一杯贝尔巴赫。

春

春天

寒冰公牛的长角去也匆匆,就像它来也匆匆。

萨哈(雅库特)共和国,乔赫乔尔

雅库特的春天与它的冬天一样,说来就来,从容又准时。

它有确定的日期。3月4日是个周六,乔赫乔尔的日间温度突然就蹿升了20度,如今白天的气温已经升到了零下20至零下10度,经历过雅库特最酷寒的时刻,这样的温度也变得不那么寒冷难耐了。

雅库特人说,冬天就像一只公牛。入秋后的9月25日,随着这一天迎来雪花,冬天的公牛就长出了第一只角。它的第二只角出现在11月25日,严寒达到零下40度的时候。春天的到来也分两个阶段。第一只角在3月4日脱落——苦寒终于结束。第二只角在4月24日脱落——白天的温度已经来到了零上。

如果说,冬季是一个迷雾、彼岸与可怖严寒的王国,那么雅库特的3月就是一段亮灿灿的时光,随处可以见雪原耀眼的反光,还有阳光普照的晴天。阳光挥洒向广阔的天地。没有太阳的日子里也会下雪。事实上,3月正是暴风雪开始酝酿的季节,它将在4月汇聚成一场突然的雪暴,那时候的积雪将深达 30 厘米。

在搬来雅库特前,我们幻想的雅库特可不像湿漉漉的,冬天坐不住雪的赫尔辛基。我们将在雅库特享受一个漫长的雪季,体验各种雪上运动。但事实上,这只是我的错觉。秋末的降雪量依旧不足,无法滑雪,但是可以溜冰。当地人趁冰层还没有太厚,气温没有太低,仍费尽力气地尝试从永冻土上方的小湖泊钓上鲫鱼。而到了寒冬的顶点,你还是无法溜冰或者滑雪,因为脚指头会即刻被冻僵。雅库特属于变化极端的大陆性气候,所以当地最适宜从事冬季运动的时间只有 3 月。所有类型的冬季运动,包括滑雪、滑冰与冬钓都集中在 3 月。到了 3 月份,学校开始分发雪橇,人们在村落附近的湖面上打磨滑冰场。所有人都想努力抓住一小段属于自己的冬季时光。

在我们村落附近有一片不大的高山滑雪场,但它的缆车直到 3 月初才开始正常工作。我 6 岁与 8 岁的孩子在乔赫乔尔村迷上了高山滑雪,他们在一个月的时间里取得了巨大的进步,以至于当地人戏称他们是"未来的世界冠军"。这也没什么奇怪的,因为他们在雅库特的同龄人几乎没滑过雪,就连大部分成人也是新手。缆车票很便宜,但许多人并不买票,而是选择啪嗒啪嗒地走上山坡。结果,一屁股坐在雪地里的人比滑雪的还要多。造成这一情况的另一个原因是山坡的咖啡店仅仅允许顾客短时间坐上 15 分钟。

雅库特是冰雕艺术的王国,这一点丝毫不令人感到意外。早在 12 月份,我们村附近就出现了一片冰雕世界——奥克乔姆(Октем)公园,那里点缀着一座冰雪城堡和一处精致华丽的小雪山。但是，直到3月份那里才有了人气——满是玩耍嬉戏的儿童。我们最喜欢的冰雕是一处可以被称作"大冰坑"的创意：那是在一方厚冰块上挖出的一个深坑，人可以轻松地滑进去，然后因为坑面过于光滑而无法爬出来。

半职业的雕塑家在雅库特公园里复活了童话中策马扬鞭的雅库特大公们，雅库特的各种鱼类，还有渔夫、鹿、狗熊、猛犸、生命之树，甚至复刻了象棋棋盘。我们认识了年长一辈的雕刻家，费多尔·马尔科夫（Федор Марков）。他当年是从雕刻猛犸牙骨起家。现如今，他在雅库茨克郊区开了一家冰雕装饰的地下酒吧。马尔科夫与孩子们每年都会受芬兰冰雕人像艺术家邀请，前往芬兰。

雅库茨克唯一的动物园离我们不算太远，可冬季的动物园没什么可逛，除非你想躲在温室饲养箱取暖。不过一到3月，半个雅库茨克的市民都挤进了动物园，想瞧一瞧这里发生的一件新鲜事：北极熊妈妈生下了一只小熊崽，如今它正围在妈妈身边，欢快地蹦跶在混凝土搭建的北极熊馆里。下个冬天，小熊崽就要被转运到彼得堡动物园，这对于雅库特以及熊妈妈来说将是一个沉重的打击。

显然，从每个人的心情、兴奋的姿态与出奇的着装上，你已经瞧见了春天的到来。而在动物园里甚至上演了一出比所有野生动物更原生态的闹剧：一位套着迷你裙和皮夹克、踩着高跟鞋的女士在3月的寒风中灵活地翻过篱笆，仅隔一道铁栏，近距离地投喂狗熊与狼。她甚至尝试靠近一只阿穆尔虎，后者明智地蜷缩到了兽栏后墙。孩子们戏称这位女士是"蜜蜂玛雅"[1]。鉴于她能安然无恙，我们一致认为，这位玛雅女士是动物园的前员工。她因为对动物极端的热爱而被开除；或者，她只不过是酒壮人胆。

我们一直诚邀芬兰朋友来见识一下最严酷的冬季大陆性气候。但不知道为什么，直到1月份也没有一个朋友光顾。3月末，我们才迎来了第一批客人——勇气十足一家人（甚至带着小孩子！）。与此同时，第一批候鸟雪鹀飞抵乔赫乔尔。雅库特的换季相当短暂，春季就像秋季一样转瞬即逝。4月份，雪绒蝶开始挥动她的扫帚[2]，积雪化得极快，以至于到月底就滑不了雪了。

放牧在村子附近的雅库特马开始褪去身上过冬的厚毛。瘦骨嶙峋的母马徘徊在草地上，温顺的小马驹颤颤巍巍地迈出自己的第一步——它们的妈妈在初雪时生下了它们。

牧马人的跑马都圈养在畜栏或者哈东，养得相当膘壮。4月份，两个牧马人提议用骑马的机会换一瓶伏特加。我同意了。我们骑着马，踩着小快步绕着村庄四周跑了一阵，直到牧马人突然通知我，他们来了一项要紧工作，我们才不得已将马还了回去。牧人们驱赶着兽群疾驰向远方。但到了傍晚，他们又打来电话，提议我在日落时再骑马兜上一圈。看起来，他们大概

---

[1] 《蜜蜂玛雅历险记》的主人公，该作品是德国儿童文学作家瓦尔德马·邦塞尔斯（Waldemar Bonsels）在1912年发表的长篇童话，1975年被日本动画株式会社翻拍为动画片——译者注。
[2] 瑞典童话故事《奥利的雪橇遨游》中的角色。

又需要一瓶伏特加过夜了。出人意料的是，马儿并没有在沉重的白天结束后懈怠下来。

尽管雅库特很少下雪，春天的河水还是大量漫出了河岸。因为永冻土的缘故，雪水无法渗透入泥土，所以只能长时间地等待河水蒸发。4月份的乔赫乔尔，雪水泛滥在乡间道路。我们的院子变成了一处大水洼，可以直接在窗边欣赏到积水的颜色如何在阳光下婉转变化。春汛增添了实际麻烦：我们如今居住在所谓的"海景房"里，旁边那一片"汪洋"就只差一艘贡多拉。我们的邻居用电动抽水机抽干了他们的"湖泊"。好几处水洼变成了池塘，供南方飞来的群雁在此处歇脚。

积雪融化后，村里就弥漫开一股所有俄罗斯村庄都熟悉的春之气息：人们在大桶中燃烧掩藏在积雪下的垃圾。这似乎是处理垃圾的最佳办法，因为此前融雪后，在村子附近也自然而然地出现过一个垃圾堆，那景象相当凄迷。成堆的垃圾中还有凸出的金属铁片与碎屑，这对恰好游荡至此处觅食的奶牛与马匹来说相当危险。这个垃圾堆甚至惊动了雅库特的媒体，政府官员最终决定封锁消息，但到最后，他们也没给村民一个交代，到底该怎么处理这堆垃圾。

4月底，当院子里残余的冰块开始融化，我们也面临着用水短缺的问题。其他几户门口也挂起了需要运水车的红旗，但它已经三周没出现过了。有传言称，车子坏了。最终，为了解决这一问题，我们用桶挑来了勒拿河支流的水，因为那里的流水期来得比勒拿河干流更早。

最后的积雪在4月底完全消融。黄鼠狼肆意奔跑嬉戏在河岸边的草地上，而进入5月，原始森林的空地上将会开满一种鲜花——雅库特雪莲花。这标志着春天真正的到来，无怪乎雅库特人要对它顶礼膜拜，这种黄色报春花在雅库特语中被称作尼乌尔古亚娜。

我们度过了这个冬天，既没有缺胳膊，也没有少腿，但我们在雅库特的时光尚未结束。

西伯利亚的学校在春天又找到了庆祝佳节的由头。在5月份等待我们的是全年最盛大的节日——胜利日。普京执政期间，该节日已经成为了默认的全国重大节日：战争胜利变成了"俄罗斯理念"的神圣内核。战争过去得越久，胜利日的庆典就越盛大。幸存的老兵越少，他们获得的荣誉就越多。胜利日前夕，我去了一趟哈巴罗夫斯克，那里的连锁理发店为老兵提供免费修剪服务，那里的机场为老兵准备了专门的长椅。有些车辆背部还装饰着贴图，上面画着一颗五角红星"操翻"了纳粹十字章，并且附有一段威胁的话语："我们能再干一次！"

可乔赫乔尔的胜利日氛围出人意料地稀薄。确实，老师与学生们都穿上了传统士兵制服，排成长长的纵队，从学校一路游行到村镇中央的牺牲者纪念碑。他们怀中抱着在战争中牺牲的亲人相片，这是一种支持克里姆林宫意识形态的新潮流。人们先是来一轮发言，然后表演几首爱国主义歌曲，最后用世界上最短暂的礼炮庆祝节日到来。似乎，人们庆祝2月份国家保卫者日的劲头都要比这更大些。冬天过后，即使是军事狂热都令人感到疲惫不堪。

石油

全俄罗斯一半的黑色黄金开采自汉特人土地。
努姆托，汉特–曼西斯克（Ханты-Мансийск），苏尔古特

  雅库特中部的春天来得很快，而北部地区的冬天延续得更久。我在屡次旅游飞过西西伯利亚原始森林时就发现了这一点。我隔着旅客直升飞机的舷窗，观察森林的雪景如何在脚下展开，它宛如一层均匀的深色皮肤覆盖在地表，只有几条河流如同蜿蜒的白色带子将它分割成数块。近年来发生的斗争——现代文明与原住民传统世界的斗争、石油经济与保护自然的斗争似乎都失去了踪影。

  可突然间，森林中会出现一条宽阔的卡车道路，高压电线沿着开辟的一片林区成排架设，输油管道汇集在泵站附近。工人们住在列车车厢中，吊车将管道铺设入地下。很快这里就会挖掘出一个碎石开采场。几年前，这里还是一片无人触及的荒漠，现如今，它已经是俄罗斯最神秘的公司之一——苏尔古特石油天然气公司的新油田。

  西西伯利亚单调的原始森林并不是那种给人留下极深刻印象的风景，但它却是俄罗斯的命脉所在。2019 年，俄罗斯近

半（42%）的石油出自汉特—曼西斯克自治区，也就是尤格拉省（Югра）。这是一个相当大的产量，比俄罗斯自身需求量的两倍还多，其中大部分当然用于出口：欧盟 30% 的石油进口自俄罗斯。而为了维持跛脚的经济，俄罗斯需要更多外汇，所以它今日的石油开采量远远超过了苏联时期。

但对本土居民，即属于芬兰—乌戈尔系的汉特人、曼西人、森林涅涅茨人而言，尤格拉不只是油田，它在他们心中重要得多，因为这里是他们仅有的一切。当俄罗斯人进入西伯利亚后，汉特人就退入森林深处，不声不响地生活着。要不是现在已经无路可退，他们大概率还是一如既往地隐居山林。这些人原本可以比阿拉伯的酋长还要富裕，但时运不济：他们被俄罗斯殖民了 400 年。

直升飞机上有十余名乘客，其中一位是 60 岁的塔吉雅纳·皮亚克。她穿着自己手工缝制的裙子，上面点缀着珠饰，头戴一块方巾。皮亚克答应带我熟悉一下当地的情况。就像许多遵循传统生活方式的当地居民一样，她们一家也生活在原始森林中，经营着一个小型养鹿场。

直升飞机会将居民们送往努姆托湖畔旁的同名村庄。对于汉特人与森林涅涅茨人来说，这不只是一座湖泊，还是一处圣地，早在沙皇时期，人们就从大老远跑来参加各种仪式。在涅涅茨语中，努姆托意为"上帝的湖泊"，汉特语中的"托雷姆拉尔"也是一个意思。按照迷信的说法，至高神托鲁姆（Торум）的女儿变化成潜鸭，飞到了湖中心的小岛上。这是最神圣的地方，附近甚至不允许垂钓。

直升飞机在空中盘旋了两圈，最后落在一处几十户人家的村庄。有人骑着雪地摩托来接机。雪地摩托离开后，四周又笼罩在一片寂静中，只有远处传来一声狗吠。

近年来，努姆托的生活发生了变化。汽车疾驰在 3 月份的乡间道路上。此前，这里根本没有通向外界的正常通路，现在却铺设了一条从新公路干线到油田的冬季公路。苏尔古特石油天然气公司在努姆托盖了房子，修起了文化之家与东正教教堂。公司向当地居民提供了雪地摩托、燃料、建筑材料与发电机。"努姆托——石油公司与当地居民合作的典型案例。"一幅海报这么宣传道。但这些慈善性质的援助并没有那么简单。正如俄罗斯人常说，免费的奶酪只在捕鼠器上。

尤格拉的石油已经被开采了数十年，第一滴原油于 1960 年夏天被提炼。但开采一度集中于尤格拉南部与东部。努姆托附近的土地直到本世纪初还未被点石成金的弥达斯国王染指。那里尚是一片荒芜之地，当地人口稀少，他们以放牧、打鱼与狩猎为生，过着祥和而平静的生活。

40 岁的瓦洛佳夫妇走在乡村道路上，身后拖着两副雪橇，其中一副上睡着一个婴儿。他们要去村外的小溪收网。他们捣碎村子河坝上的冰面，捞出冰渣子，再拉起被称为"兽脸"的、用椴木与椴树韧皮编织的渔网。渔网中挣扎着许多河鲈，夫妻俩将鱼苗扔回水中，其余的甩上冰面。大鱼的数量如此之多，足够全家享用一整个冬天。

我与养鹿人伊利亚·皮亚克同乘一辆雪地摩托，一块去看看他 10 公里外的兽场。我们中途在他的夏季小木屋稍作停歇，

"我不得不迁移夏季牧场，因为它如今靠近公路。鹿群会沿着公路逃跑，然后就找不到它们了。"皮亚克伤心地说。他说，如今最近的油田距离他过冬的小屋尚有12公里，但公司决定在将来开辟一个更近的矿场，距离仅有2公里。

他觉得石油公司给予的补偿是杯水车薪。"一年一桶石油，外加15块木板，"他不满地哼哧一声，"我听说，苏尔古特的养鹿人得到的更多。"

实际上，努姆托区域是禁止开采石油的，因为自1997年起，努姆托湖一带就被设立为自然公园，其大小堪比两个卢森堡公国。设立自然保护区的目的是保证其作为分水岭的重要功能。

但现如今，将近一半的尤格拉土地都在开采石油，因为官方意义上的自然保护区仅占尤格拉总面积的5%。此前，人们知道努姆托藏有石油，但并未预料到它的储量如此丰富，甚至撼动了湖泊的自然保护区地位。当时，所有人都觉得，努姆托自然公园与该地区传统的生活方式在未来不会遭受侵袭。

今天，自然保护区内存在着89口钻井，60%的区域被允许开采石油。从前，当地居民被禁止砍伐森林中哪怕一棵树，现在却能残忍地推倒油田与公路附近的整座森林。离湖泊最近的油田大约有15公里到20公里。很快，这个距离将被进一步缩短。

苏尔古特石油天然气公司是在该自然保护区唯一被许可钻探油田的企业。这是怎么做到的呢？一切都很简单。根据自然公园的章程，公园曾划出过一小片在特定条件下允许钻探油田的区域。令保护委员会大为震惊的是，"苏尔古特石油天然气公司"在 2004 年弄到了该区域的石油开采权。随着公司的胃口越来越大,它已经开始打量位于努姆托附近,具有重要自然价值的沼泽与水库。

2014 年,娜塔莉亚·科玛洛娃(Наталья Комарова)成了尤格拉的省长,女省长在俄罗斯极为罕见。她刚一上任,就积极着手推动石油公司的利益发展。但他们的共同计划遭遇到相当大规模的反对。有两位官员挺身而出反对该计划,分别是自然公园的园长谢尔盖·拉夫连季耶夫(Сергей Лаврентьев)与负责汉特-曼西斯克自治区自然保护区的专家塔季扬娜·梅尔库什娜(Татьяна Меркушина)。与此同时,努姆托的居民也表示了反对,某位官员甚至将这次反对活动与 1930 年代汉特与森林涅涅茨人的民族动乱(卡济姆起义)相提并论。

一半的努姆托居民,总计 59 人签署了反对开采计划的请愿书。他们得到了俄罗斯绿色和平组织的支持,后者收集了 3.6 万份签名。人权议会主席米哈伊尔·费多托夫(Михаил Федотов)与来自"社会人民阵线"(Общественный народный фронт)的普京狂热崇拜者们在总统面前批评了该计划。但到了 2016 年 10 月,这场战斗还是以失败告终:汉特-曼西斯克自治区政府通过了新的自然保护区区域规划案,其中大部分面积被用于石油开采。现如今,整片区域被公路、输油管道与泵站分割得七零八碎。

除了大自然与养鹿民众外,受这一决议牵连的还有谢尔盖·拉夫连季耶夫与塔季扬娜·梅尔库什娜两人。他们都没有续签工作合同。拉夫连季耶夫已经退休。梅尔库什娜如今在汉特-曼西斯克的某个大学宿舍中当值班门卫。这就是俄罗斯有原则的官员的下场。另外，梅尔库什娜与拉夫连季耶夫的领导、自然资源部的副部长叶甫盖尼·普拉东诺夫（Евгений Платонов）在会见我时说，他的两位下属均是自愿辞职。"他们是为了可观的退休金。"他面无表情地回答。

努姆托的居民们已经平静下来，不再有大声疾呼的举动。"对所有人来说，这都是非常难过的决定。公园应该提供工作岗位。但如今，工作也丢了，保护区也没了。"自然公园访客中心的工作人员娜塔莉亚·维拉（Наталья Выла）说。

与此同时，石油开采已经偷偷深入自然保护区中心腹地。2019年2月，一场关于自然公园内3口钻井的公众听证会在距离努姆托200多公里的地方召开，附近村庄的养鹿人对此甚至毫不知情。

我驾驶雪地摩托从努姆托向东前进，像一根接力棒一样被一个养鹿人传递给另一个养鹿人。我的终点是距离努姆托100公里的穆尔塔诺夫（Мултанов）一家，我受邀去他家做客。他们经营着一家典型的汉特人现代鹿场。兄弟五人养有近五十头鹿，这个数量在汉特鹿民中很常见，他们驯养的鹿比苔原涅涅茨人要少得多。冬夏两季的牧场位于不同地区，但相隔不远，所以他们不需要像苔原涅涅茨鹿民那样远距离迁徙。

院子里盖有几间小巧精致的建筑：圆木搭建的小木屋、夏季厨房、仓房还有澡房。早在沙俄时期，汉特人就开始在牧场修建固定住所。时间似乎在昏暗的小木屋里被冻结。身为一家之主的叶菲姆老汉（Ефим）席地而坐，喝着热茶。玩得精疲力尽的6岁孙儿正酣睡在一旁，发出轻微的鼾声。女主人一边为大衣缝上手套，一边面带笑容地与客人交流，而正在为布料点缀珠子的年轻未婚妻恰恰相反，静静地端坐一旁，甚至不露出面孔。印花布的方巾紧紧地包裹住姑娘的头，遮严她的面孔，甚至比穆斯林的黑面纱还严实。第一位到达西伯利亚的芬兰探险学者，马蒂亚斯·卡斯特伦，早就震惊于汉特文化中女性的卑微地位。当外面的世界过去了170年后，这里的情况依旧没有改变。在有陌生男子的场合，汉特人不允许未婚妻说话。

低矮小木屋的另半边是一张床炕，主人与客人一同睡在这里，男人躺在右侧，女人在左侧。床炕旁边的架子上放着一颗注视前方的、戴着王冠的熊头，它的眼睛上盖着古老的钱币。

汉特人崇拜熊：根据神话，熊是他们的祖先。穆尔塔诺夫家与许多今天的现代家庭一样，也使用发电机与电灯，但他们仍在用锅炉取暖。屋子在上半夜很暖和，但到了下半夜会冻得像冰窖，以至于人在大清早完全不想钻出被窝。

穆尔塔诺夫的近邻是一家国有石油公司——俄罗斯天然气石油公司。一片愁闷的、荒原似的工业区在几公里外就开始延伸，放眼望去尽是粗壮的电线杆与电缆、泵站、储油槽。俄罗斯天然气石油公司于1990年代开始修建这片区域，这里的基建看起来比努姆托老旧得多，也破败得多。叶特雅哈河（Етьяха）是一条流经穆尔塔诺夫家的牧场的河流。根据公司统计，3年前因为管道破裂，有6吨原油流入了这条河，但公司的员工悄悄告诉穆尔塔诺夫一家，实际上流入河流的原油超过了300吨。

叶菲姆与维达利带我来到了灾难现场。即使此时的大地还银装素裹，但灾难的事发地点还是肉眼可寻，树木根部依旧留有重油的痕迹。穆尔塔诺夫父子劈开河面的冰层，水中立刻浮现出一层七彩油膜。"当时河里的油层厚达一米，所有的鱼都被闷死了，油污随着春汛流进森林。"维达利·穆尔塔诺夫说道。捕鱼是汉特人重要的生计，但现在穆尔塔诺夫一家已经不可能在叶特雅哈河捕鱼了。他们转向了另一条河，这条河在10年前也因石油泄漏而受污染。"但愿那里的河水已经彻底干净了。"

穆尔塔诺夫父子从雪堆下刨出管子与垃圾。"他们就是这么善后的，挖个坑一埋就了事。如果不是我们写了申请，他们就连这也不想干。政府委员会的人来了，他们就赶紧清理一下区域，委员会的人走了，他们也跟着走了。他们之所以清理泄漏残余，也纯粹是为了少交些罚款。"

据穆尔塔诺夫所言，公司因石油泄漏缴纳罚款1万欧元。但穆尔塔诺夫一家却死了上百头鹿——石油混入了鹿的呼吸道。鹿民们至今未收到赔偿。这听起来格外糟糕，特别是与芬兰拉普兰地区相比——当地政府会为每一头因猛兽袭击或车祸死亡的鹿补偿鹿民。现在，穆拉塔诺夫一家正在与俄罗斯天然气石油公司打官司。当这家人开始弄出动静时，公司就撕毁了与他们的合同，依据该合同公司每年会支付给鹿民170欧元。公司与其他鹿民的合同还在生效中。

根据自然资源与环境保护部副部长谢尔盖·顿斯基（Сергей Донский）所言，俄罗斯一年的石油泄漏量高达160万吨，也就是墨西哥海湾石油泄漏量[1]的两倍还多。这还不是真实的数值，因为眼下的数值仅仅依据各公司主动上报的数据。2014年，仅在尤格拉一地就确定了超过2500处输油管道破裂，污染了4700公顷土地。

为什么管道会如此频繁地破裂呢？俄罗斯石油公司的收入远高于美国公司，但对管道维修与服务的投资却比美国公司少得多。绿色和平组织控诉公司在压低环保成本：当石油价格下降时，公司为了保持利润就会延缓维检修输油管道。这样的决定并不难做，因为污染环境而遭受的罚款与利润相比微不足道。当我在2018年造访穆尔塔诺夫一家时，俄罗斯天然气石油公司刚刚在他们的牧场附近铺设了新管道，但这并没有给鹿民们带来任何安慰。他们坚信，石油对他们而言有害无利。

"石油公司猛于虎。"沉默寡言的维达利从牙缝里挤出一句话。

然而石油利润的影响是可观的，它直接体现在尤格拉的城市建设中。在原始森林的旷野后是一片截然不同的世界。汉特－曼西斯克市与亚马尔市是俄罗斯最富裕的两片区域。尤格拉地区的人均生产总值是莫斯科的1.5倍，而亚马尔市是莫斯科的3倍，这在俄罗斯是一个相当高的水平。除莫斯科外，这两个地区是俄联邦一等一的纳税大户。

10万人口的汉特－曼西斯克市是尤格拉的省会，这是一面由石油经济打造的森林中的绝美橱窗。这里有宛如阔气城堡的

---

[1] 作者指2010年发生于墨西哥湾Deepwater Horizon钻井平台的石油泄漏事故。

办公大厦、商贸综合体，还有现代滑雪两项竞技中心——该赛事的世界杯决赛会在这里举行，漂亮的冰雪运动馆，这里承办大陆冰球联盟的比赛。这里还有全国最年轻的大学之一：尤格拉国立大学，它建成于2001年，现有3000名大学生。

汉特—曼西斯克之所以被称作自治区，是因为这里生活着原住民，石油公司为他们修建了博物馆与文化中心。市里有一家小型但声名远播的剧院——奥布斯科—尤格拉人民剧院，还有马赛克拼贴风格的宏大博物馆，同时也是著名汉特艺术家根纳季·拉伊舍夫（Геннадий Райшев）的工作坊。但鲜活的汉特与曼西斯克文化已经属于大白天打着灯笼都找不着的事物了。原住民们在自己的土地上变成了微不足道的少数，仅占据了总人口的几个百分点。

苏尔古特扩张得比汉特—曼西斯克还要迅猛，它更要感谢石油经济。这原本是一处鄂毕河附近经营皮草生意的大村落。时至今日，它已摇身一变，成了西西伯利亚增长速度最快的富裕城市，人口达到了38万。如果仅从超市与皮草商店的消费水平来判断，当地居民的购买力高得惊人。城中四处都在为未来的高层建筑夯实地基。尽管有许多宽阔的多车道马路，但塞车的情况依旧常见。

用石油挣来的卢布渗透了文化领域。一位富豪迷上了法罗群岛，于是市立的现代文化中心就年年举办法罗乐队的音乐节。甚至迈克尔·杰克逊也来过一次苏尔古特，他受一位不愿意透露姓名的百万富翁邀请参加私人活动。杰克逊在苏尔古特唯一的梦想，当然是见见孩子们。

我与朋友的朋友约定好在这里见面。鉴于我并不认识他们,所以当一辆英菲尼迪越野车驶入我落脚的廉价旅馆的停车场里时,我并没急于冲向它豪华阔气的车门。这对欢快的夫妻,尤拉与安德烈,操持着一门家庭生意——为矿场提供钻探设备。公司员工大约 800 人,他们的客户不是俄罗斯石油公司,而是外国供应商。此前,安德烈为其他人打工,现在自己开公司。他将一场投标告上法庭,自此以后他就开始了自己的事业,这在俄罗斯本就十分罕见,而更罕见的是,他还胜诉了。

安德烈、尤拉还有他们的女儿,他们一家载着我在城里兜风。我们之后在一家"典型的意大利红酒餐吧"(正如他们的广告语所说)用餐。餐厅里恰好开设了一门面向大众的绘画大师课,参加费用为 2000 多卢布。一名四十来岁的男子,带着女儿与妻子一同来领略绘画的奥秘。安德烈与他握了握手,当他坐下来,在老师的指导下画花朵时,安德烈看着他笑了。"谢尔盖也从事运输行业。他因为经济犯罪蹲过 3 次牢。"他悄悄告诉我。

尽管富裕,但苏尔古特毕竟不是迪拜,也不是摩纳哥,而是普通的俄罗斯城市,其中大部分居民还是居住在多层建筑的普通工薪阶层。其中许多人不是俄罗斯族,而是俄罗斯境内信仰伊斯兰教的其他少数民族。市内修有基督教教堂,但用马赛克、彩色玻璃与《可兰经》经文装饰的清真寺与宣礼塔更加显眼。我穿行在清真商店与贩卖经文的小铺子之间,走向清真寺去会见伊玛姆卡米利(Камель)。

他说,尽管清真寺看起来很大,但实际上并不够宽敞。每逢周五，部分信徒不得不在大街上做祷告。一到节日，这里就汇集了上万穆斯林信徒，人们会在祷告时间封闭周围的街道。"宣礼塔的祷告声仅在周五响起，我们不想打扰其他人。"伊玛姆说。

据卡米利所说，尤格拉约有20%到30%的人口为穆斯林，这听起来令人震惊，尽管这个比例并没有得到确证。开采石油的工人往往来自石油产区：鞑靼斯坦、巴什基尔与阿塞拜疆。最近一波工人潮来自塔吉克斯坦的高加索共和国。卡米利说，在苏尔古特生活着许多民族。在俄罗斯，人们轻蔑地称呼那些外来务工人员为"乌泱泱的外来人"（понаехали）。但在尤格拉，恐怕只有汉特人与曼西人才有权利这么称呼他人。

来自塔吉克斯坦的出租车司机告诉我，他考虑回到故乡。"我丢了工作，现在只好开出租。有人向我提供过1.4万卢布月薪的工作，但在这里2.8万卢布才算一份好工作，我在塔吉克斯坦一个月也能挣到1.4万卢布。一些来这里的人已经悄悄回家了。"他对此深信不疑。

看起来，俄罗斯的经济危机已经刺痛了最富裕的区域，苏联时期关于"北方克朗代克"的老笑话从未像今天这般写实：从前，有一个小伙带着铲子去北方淘金。一个月后，他写信回家："妈妈，请给我寄一笔买铲子的钱。"

经营尤格拉油田的石油公司有4家，每一家公司都有属于自己的城市。卢克石油有限公司的世袭领地是兰格巴斯（Лангепа）、乌连戈伊（Уренгой）、科加雷姆（Когалым），每个城市的首字母均来自公司名称"卢克"（Лукой）。涅夫捷尤甘斯克市（Нефтеюганск）一直是尤科斯公司的掌上明珠，直到该公司的总经理米哈伊尔·霍多尔科夫斯基锒铛入狱，其公司也被国企石油巨人俄罗斯石油公司所吞并，后者的管理者是普京在克格勃时的朋友——伊戈尔·先钦（Игорь Сечин）。尤科斯的安全部主管阿列克谢·皮楚京（Алексей Пичугин）因谋杀涅夫捷尤甘斯克市市长维达利·别杜霍夫（Виталий Петухов）而入狱，谋杀发生在1998年霍多尔科夫斯基的生日当天。

在收购了TNK-BP石油公司后，俄罗斯石油公司拿下了涅夫捷尤甘斯克市附近最大的油田。俄罗斯石油公司被认为是全球效率最低、最落后、中央集权最严重的石油公司。似乎正是因此，它也是工资最低、最混乱无序、石油泄漏事故最多的公司。尤格拉第二大的国营石油公司是俄罗斯天然气石油公司。在1995年的寡头黄金时代，国有石油开采占比仅仅为7%，但现如今已经达到了63%。

苏尔古特是苏尔古特石油天然气公司的世袭领地。与其他公司不同，该公司的总办公室正设于此处——汉特—曼西斯克市。不久前，拒人千里之外的玻璃宫殿旁添加了新的附属建筑。当地市民戏称其为"幼儿园"，因为大家心里都清楚，只有公司子弟才有资格进入总办公大楼。

自1984年起，公司由弗拉基米尔·巴格达诺夫（Владимир Богданов）领导，他本人居住在苏尔古特。巴格达诺夫与他的团队与外界极少接触，我并没有成为一个例外：我既没能获得采访，也没能获得参观的机会。

根据莫斯科石油分析专家米哈伊尔·克鲁季欣（Михаил Крутихин）的说法，苏尔古特石油天然气公司的管理十分专业，但也墨守成规。比方说，它从不外包服务，独自承揽所有工作，从物流到铺路。"它很少采用新技术，不乐意投资。"他说道。

苏尔古特石油天然气公司油田工人的薪资水平依据岗位不同，从2.8万到2.1万卢布不等。比如，钻探助手的月薪据说是6.3万卢布。但同等薪水的购买力仍然下降了。"在2008年，一年的工资足以买一辆车，现在需要两年的工资，"一位公司老员工这么比较，"现在的待遇已经不行了，大部分来油田工作的都是乡下人。"

数十年以来，尤格拉一直是最重要的石油开采地，所以它的储量一直在降低，这是理所当然的。但根据官方数据，先耗尽石油储量的不是俄罗斯，它的储量是美国的两倍还多。按照能源部的说法，俄罗斯已确认的石油储量为1400万吨，按现在的速度足够使用28年。况且，俄罗斯还宣称，他们还有1000万吨开采难度较高的石油。

分析专家克鲁季欣推测，俄罗斯大部分的石油储备是难以开采的页岩石油、极地石油与海底石油。只有当油价上升到50至60美元一桶时，这些难以开采的石油才有意义。而通常条件下开采的石油，其油价为20至30美元一桶。"已经不存在易开采的石油了，一旦易开采的高品质石油耗尽，就要上新技术。"所以依据克鲁季欣所说，俄罗斯会降低石油产量。

另一位来自石油天然气科学院的专家瓦西里·博戈雅夫连斯基认为，将难以开采的石油计入俄罗斯石油储量——是一个狡猾的策略。"按照西方专家的评估，我们的石油储量为1000至1200万吨。这是在当今技术条件下能够开采的储量。至于月球上的油田，那有什么用呢？"

苏联解体后，石油产量曾急剧下跌。与此同时，在其他国家也出现了石油过剩的情况，因为发现了许多普通油田与页岩油田。而为了找到黑色黄金，尤格拉的石油开采也变得越来越深入。打个比方，如果从前的开采深度是2000米，那么现在就要深入到4000米。

整个汉特—曼西斯克自治区都将希望寄托在西部的巴热诺沃（Баженово）地层，依据专家的推算，这里的石油储量是世界第一。但据说，该处石油分散在黏土孔洞中。想要开采它，就不得不采用水平钻探与水力压裂技术。克鲁季欣确信，苏尔古特石油天然气公司是在政府的压力下亏本开采巴热诺沃石油。

我认识了一个在苏尔古特石油分部工作的年轻小伙子，他劝我不要轻信关于石油开采的新闻。他向我展示了一段官方渠道的新闻片段，该新闻报道了俄罗斯石油天然气公司旗下的波良诺夫（Полянов）油田。记者解释了，人们如何第一次用纯国产技术开采页岩石油，即如何采用水力压裂法将液体灌注入钻井。"那个地方我去过一千次，压根没有什么页岩石油，只有普通石油，"年轻小伙笑着说，"在所有的油田人们都是从钻井里抽水，然后排入土地。"

俄罗斯是自然资源的帝国，它的资源一日未被耗尽，它的经济结构一日就不会改变。国家可能因开采技术的发展而抬高自然资源的附属价格，比如研发用于开采极地石油的必要设备。

现如今，人们正在讨论"原料经济创新"，可俄罗斯距离这个话题还很遥远，因为它大部分的技术均是进口。克鲁季欣认为，俄罗斯的技术还很落后，石油的价格低迷与西方制裁严重阻碍了技术发展。

"无数专家试图弄清楚，如果俄罗斯失去了石油与天然气这样重要的出口产品，它可以用什么取代？他们在其他领域寻找过替代项，但都一无所获。"他说道。所以，对于汉特人、曼西人与森林涅涅茨人来说，他们将不得不等到最后一滴石油在他们视为家乡的原始森林中被开采殆尽。

选举

俄罗斯总统大选期间，睡着的人都会投票。
亚马尔-涅涅茨自治区，穆拉夫连卡市

星期天的一大早，伏尔加牌的出租车在荒芜的道路上掀起一阵灰尘，我们驱车赶往位于亚马尔自治区北部的穆拉夫连卡市，我们的目的地是那里的一所中学。俄罗斯以及几百年来作为俄罗斯一部分的西伯利亚在这一天选出了自己的总统。他的任期将是自约瑟夫·斯大林之后最长的一届。我决定在一座有3.3万人口的石油城市亲眼见证这一历史事件。我随机选择了一个投票点——406号选区。我的目的是在13个小时内观察选举的进行情况。穆拉夫连卡市只是恰好顺路。以防万一，我没向任何人透露我的计划。

选举委员会与警长谢尔盖对我的出现大吃一惊，但态度也还友善。我作为驻外的外国记者被允许进入投票大厅。但我更想在入口处采访选民，并做好了在大街上站满一天的准备。不过选举委员会主席，一名十分和蔼的女性，允许我在接待室采访。我很感激她的决定，毕竟户外正刮着暴风雪。而且我在接待室里还能敞开心扉与选民交谈。

一到早晨，中学就对所有人开放。这里开设了免费的小吃店，年轻的民俗舞演员正在表演。某些选民大方地承认他们压根不是为了投票，而是为了免费的面包而来。另一些则是来支持台上表演的孩子们。选举委员会与警察也试图将我护送至小吃店。但我并没有屈服，因为一旦离开，我参与的选举过程就不完整了。某个时刻，一个西装革履的男人面带笑容地出现在接待室，他建议我与他同去市政府办公大楼，他想和我聊聊。我回答说，无论如何都不行。这时，男人自我介绍是穆拉夫连卡的市长。

我注意到没有组织选民、士兵或者钻探工人成批来选区投票的情况。说实话，许多穆拉夫连卡的市民长得一模一样，他们甚至可以多次进入中学。接近傍晚时，投票的队伍明显变短了。

大众非常不愿意揭开投票的神秘面纱。我采访了800人，其中只有1/3愿意透露自己的选票结果。有几人的反应相当激烈。一位中年女性告诉我："我只讲俄语。"某个退休老人冲我大吼，驱赶我离开，不然他会逮捕我。但总的来说，人们的反应还算礼貌。

根据我的调查，毫无疑问地，现任俄联邦总统将在选举中胜出。75%的受访者声称，他们支持弗拉基米尔·普京，其中大部分投票者是女性，而且是各个年龄段的女性，看起来，女性是他的核心票仓。

"投给普京，因为他总是维护世界的安定。"一位与巴尔扎克名篇《三十岁的女人》主人公年纪相仿的女性如此解释自己的选票。另一位女性称赞普京如何妥善地对待乌克兰人。"普京是我的总统与父亲。在他上台以前,我们生活得很贫穷。他上台后,我的女儿考上了彼得堡的好大学。"第三位女性热情地赞扬道。一名中年男性说,他投票给普京,是因为"在困难时期需要一名强力的总统"。

其他竞选人的支持者则表达得更谨慎。许多人认为,选举中就没人可选或者一切早已注定。有几人对我持怀疑态度,盘问我是谁,想干什么,甚至检查了我的证件,然后回头瞄了几眼后告诉我,他们投给了共产党员巴维尔·格鲁季宁(Павел Грудинин)。人们通过投票给国营农场经理兼商人的格鲁季宁,来在选举中表达反对意见。在穆拉夫连卡,他毫无疑问地占据第二名。根据我的调查,他的得票率达到了17%。

在宣称支持格鲁季宁的投票者中年轻男性居多,但他们的总数非常少。"我们被要求投票,因为我们还在大学学习。我们投给了格鲁季宁。年轻人想要变化。"一位大学生解释说。"嗨,使点坏,破坏他们的游戏!我投给了格鲁季宁。"一位女性说。

唯一的女性候选人是知名电视主持人克谢妮亚·索布恰克(Ксения Собчак),在一些男性看来,这简直就是个玩笑。他们声称将票投给了索布恰克,然后哈哈大笑。所以以防万一,我决定还是弄清楚,他们是不是在开玩笑。她真正的支持者大多是年轻男性。

在度过美好的一天后,我从网上搜集了选举委员会的官方投票结果。结果令我大吃一惊。根据结果,当天参与投票的比率高达94%,也就是说有2249人前来投票,可实际上并没有那么多人。我的接待室是唯一的出口与入口。我计算了投票人数，总计是1514位成人，也就是具有投票权公民总数的63%。即使我有误差，来投票的人数也最多达到全部选民的2/3！更有可能的是，真实的选民比率还要更低，因为并不是所有人都来投票了，而且有的人还来回跑了两三趟。

根据官方数据，普京在该选举点的得票率为82%。如果按照我在门口调查得出的75%支持率，以及结合1514名选民来看，胜出者起码还获得了上千张票。

格鲁季宁显然是最大受害者，根据官方统计，他仅有5%的得票率，但根据我的统计，他的票数缩水率排到了第二名。令人诧异的是，格鲁季宁的党代表，也就是共产党人们，并没有在投票备忘录上发表任何意见。

考虑到对许多人而言，声称支持普京只是最省事的答案，结果就更值得怀疑。显然，人们并没有公开其他候选人的部分选票，而许多嘴上说投给普京的选民，实际是否照做？

在计票阶段，不止格鲁季宁，其他候选人也丢失了部分选票。克谢妮亚·索布恰克的官方票数只有8票，但根据我的采访，她至少得到了11票。墙头草与提线木偶般的弗拉基米尔·日里诺夫斯基（Владимир Жириновский）恰恰相反，能得到更多"死魂灵"的票数。在我的调查中，只有3人支持他，但根据官方结果，他得到了9%的选票。

票数看起来十分奇怪，因为这似乎毫无必要。根据我的调查，我可以完全确信，在前来投票的选民中，超过半数均支持普京。通常对于俄政府来说，最重要的是展现选举的高参与度。当时，亚马尔—涅涅茨自治区的省长德米特里·科贝尔金（Дмитрий Кобылкин）被认为是最高效的省长之一。他的高效指数之一就是确保选举的必要结果。根据官方统计，普京与他所在的党派在亚马尔地区总能大获成功，该地区的国民选举积极性可以与朝鲜媲美。

也许，这样做也是有必要的，它弥补了普京在其他地区的选票不足，如此一来就可以避免可耻的二轮投票。根据官方统计，普京的全俄得票率为77%，但如果全俄都像穆拉夫连卡这样，那么普京的全国真实得票率有可能降低，这势必要举行与格鲁季宁竞争的二轮投票。在设有自由预投票与自由媒体到场的情况下，后者甚至有可能胜出。

亚马尔

涅涅茨人所定居的亚马尔半岛坐拥世界上最丰富的天然气与鹿。可天然气与鹿,它们中势必有一方需要退让。

在涅涅茨语中,"亚马尔"意为"大地边缘",这片没有森林的冻土确实名副其实。

亚马尔半岛深入北冰洋 700 公里。当你从直升飞机的舷窗望向它雪白的荒漠时,会错以为飞行在不适宜生存的极地上方,完全弄不清楚哪里是土地的尽头,哪里又是大洋的冰盖。在视线良好的情况下,你也许能瞧见雪堆中的鹿皮帐篷与细烟囱的袅袅炊烟。

亚马尔半岛上生活着 30 万头鹿与 1 万名涅涅茨人,他们是芬兰人的远亲。在俄罗斯所有土著民族中,涅涅茨人更好地保留了"以鹿为生"的传统生活。超一半的居民全年生活在苔原上,随鹿群迁徙超过 2000 公里。冬季时,他们在半岛南部放牧鹿群,夏季时就把它们驱赶向更靠海的北部。涅涅茨人是不屈服的民族。1930 年代至 1940 年代,他们反对集体化,在苏联政权时期成功保存了养鹿业私有制。

亚马尔的反差感很有意思。今天,涅涅茨人在天然气最丰富的土地上放牧鹿。作为亚马尔-涅涅茨自治区的一部分，亚马尔半岛供应了全俄80%，全球20%的天然气。这里的土地富得流油（字面意义上），地下蕴藏大量天然气或者说甲烷，以至于夏天常常发生火灾。2012年俄罗斯巨头俄天然气总公司着手开发博瓦涅科沃（Бованенково）的大型油田，全俄1/5的天然气开采于此处，它们随后被供应给欧洲。这就是俄罗斯大名鼎鼎的"天然气武器"，俄罗斯试图借它影响周边邻国的政治。

博瓦涅科沃已经是过去时了，现在所有人，甚至养鹿人都在谈论萨别塔。俄罗斯公司诺瓦泰克（Новатэк）投资了2200万欧元，在半岛北部建造了一个集开采与液化天然气一体的巨型综合工厂，这一切都发生在5年以内。2017年12月，弗拉基米尔·普京举行了萨别塔港口的盛大开港仪式，并将第一艘天然气邮轮送下水。

如果您想了解大型工业计划如何改变俄罗斯，改变原住民的生活与脆弱的北方大自然，那就去萨别塔看看吧！但到那儿去也不容易。那里当然有机场，但它仅对宾客与公司员工开放。诺瓦泰克公司曾承诺在半年内组织萨别塔的媒体开放日，但一直不见后文，我不得不主动去一趟了。

我被准许参观的可能性微乎其微。在前往萨别塔之前，我计划跟随一个赴半岛西部的俄罗斯调查组进入萨别塔。但我的行程好巧不巧就在出发当天被叫停，原因是该半岛是一个边境禁区。我本以为再没有机会进入那里，但相当出乎我意料的是，我又收到了入区许可，于是我搭乘旅客直升机飞越了苔原与肖亚哈村（Cёях），飞机是唯一能抵达萨别塔的交通工具。

肖亚哈村位于白雪茫茫的鄂毕河钳形河口，四周同样是白雪茫茫的苔原。这就是涅涅茨人的亚马尔了。这里的居民数为600人。这可不是什么被上帝遗忘的村落，而是相当美观讲究的居民点，村民住在崭新的多套间房屋里。这片房屋由开采萨别塔天然气的诺瓦泰克公司专门为居民修建。公司在这里还修建了新的幼儿园、医院、大学生宿舍、宾馆、热力发电站与公共澡堂。澡堂使用的保暖设施还是芬兰Harvia公司产的电热炉。

但"不知感恩"的人们还在抱怨萨别塔。"这水没法喝！"一位当地女居民尝过水龙头的自来水后生气地说道。这样的愤怒并非不能理解。只要瞧一眼地图，就能知道，鄂毕钳形河口东部不是大海，而是淡水河下游。但从去年开始，肖亚哈村的水龙头突然流出了完全不适宜饮用的咸水。更悲伤的是，鄂毕河钳形河口的所有鱼类突然间就消失了。早在2000年初，白色的目荀鲑鱼与白北鲑的数量就有所下降，现在就连秋白鲑都徘徊在濒危线上。根据官员的说法，鱼群大量死亡是因为过度捕捞，但当地居民并不相信这样的解释。"自从他们开始建设萨别塔，这一切就发生了。"肖亚哈居民伊利亚·萨林杰尔（Илья Салиндер）如此说道。

指责的矛头对准了萨别塔港口的建设的工作。人们从鄂毕钳形河口底部挖掘了16吨泥沙用于铺设道路，这造成了致命影响。相关学者早在2012年就警告过，过度挖掘通航航道会导致河水变咸与鱼群死亡。但诺瓦泰克公司认为，水质还没有特别咸，鱼类大量死亡也不是它的过错。

肖亚哈距离萨别塔 120 公里，沿途均是光秃秃的苔原。这段路可以搭乘"乌拉尔"或者"Trekol"牌的越野车，但我并没有找到顺路的车主，不过与当地涅涅茨人同行也很有趣，还能顺道钻入他们的锥顶帐篷，看看他们如何生活。我认识了年轻的养鹿人季马。他有一台几乎全新的 Yamaha Venture，这是一台可靠的高速雪地车。

上路需要特别的着装。尽管 4 月初的亚马尔北部已经不再是一片苦寒，大约是零下 20 至 30 度的低温，但还是要保护好面部，免受寒风侵袭。我得到了一套民族服饰——马利察（Малица），这是一种鹿皮缝制的宽敞大衣，下摆垂到了膝盖，在苔原上没有比这更好的抵御风雪的衣物。大衣里子是毛皮，表面则由布料与毛毡缝制而成。风帽四周，里里外外都是毛皮用料。鹿腿皮的手套与衣袖缝制在一起，末端开有小孔，在必要时可以伸出手指。假如想要掏口袋或者暖和暖和手掌，双手也可以直接揣进大衣。

仅靠马利察在大冬天坐雪地车还远远不够，还得套上一层叫作"鹅"或者"白头鸭"的鹿皮袄子。袄子外覆一层羽毛，背部晃荡着几块彩布，这是为了吓退午夜的恶灵。全副武装后，我感觉十分暖和，只是有种扮成了米其林轮胎人的感觉，走起路来摇摇晃晃，而一想到要上厕所就会犯幽闭恐惧症。好在季马并不觉得我的着装是刻意在适应他们的文化。他很满意我的着装："哈，现在你总算穿正常了，这才是在苔原该穿的衣服！"

季马想在夜晚出发，因为他喜欢驾驶雪地车冲破黑夜。夜晚上路当然要更冷些，但相较于耀眼的白天，在黑夜里更容易发现雪地车的灯光下地面的凹凸不平。对我而言，当苔原刮起雪暴时，能见度几乎为零，但这并不妨碍季马，他就算蒙上眼也能抵达目的地，因为他对每处坑洼都了若指掌。然而对我来说，在雪地车拖动的雪橇上颠簸一路是纯粹的折磨，坚硬如石的冻雪壳路面上结出了一个个小丘包，当你颠簸在这样的路面上时，浑身上下都颤抖个不停。

我们沿路遇见了好几辆雪地车。当积雪消融后，涅涅茨人会赶鹿车出行，但对于有钱人来说，雪地车还是冬天里最好的工具。一路上还遇见各种各样接近散架的交通工具，倘若是在城市里，它们早就被拉去做车检鉴定了。某个人影远远地耸立在泛白的天际线，原来是坏了一辆雪地车，我们搭救了它的4名乘客，尽管对于涅涅茨人来说，困在苔原上并不等于一场灾难，他们可以舒舒服服地躺在自己的保暖大衣里过夜，等待救援。

我们没有立刻前往萨别塔，而是顺道去了一个支满帐篷的村落，与那里的苔原居民交流。第一顶帐篷里住着奥科泰多（Окотэтто）一家。涅涅茨人总共没有几个名字。奥科泰多的意思是"很多鹿"，塞罗泰多（Сэротэтто）的意思是"白色的鹿"。谢尔皮沃（Серпиво）的意思是"白色的鹿皮靴"，萨林杰尔（Салиндер）的意思是"出生自山岗"，拉普坦杰尔（Лаптандер）意思是"沿河而来的人"。人们立马拿我的名字打趣："尤西"（Юсси）与涅涅茨人的"尤恩西"（Юнсси）相像，意为"默默无名的人"。

4月是涅涅茨人走家串门的月份，因为这时候穿越苔原已经不再那么困难：路面上的雪壳还足够结实，气温也不像冬天那么低寒。涅涅茨人四处做客的文化习惯令人感到惊讶：任何人可以在任何时候走进任何一顶帐篷做客，甚至过夜。通常，客人总在深夜来访，比如我们就是在凌晨 2 点半才到达。主人家的职责就是钻出鹿皮被子，准备热茶招待客人。主人还应当在餐桌上准备几杯伏特加。"我们每天都要招待客人。有时候这真的很累，特别是客人深夜来访。"奥科泰多家的年轻媳妇安热利娜（Анжелина）承认说。除了丈夫与客人外，她还要照顾两个年幼的孩子。

亚马尔的生活比其他地方更残酷。现在所有人都尽量在产科医院生孩子，但是当婴儿满月后，人们就为他穿上鹿皮缝制的连体婴儿衣，裹得紧紧实实，放在鹿皮制成的婴儿篮里带往苔原。涅涅茨人的生育率很高，但儿童死亡率也很高，每 1000 个婴儿中就有 60 个夭折，这几乎与加纳和埃塞俄比亚的婴儿存活率持平。人们告诉我，有的父母甚至在自家帐篷中发现孩子夭折了。

当地的孩子将学会在苔原生存的一切知识。6 岁的阿库林娜·奥科泰多观察成年人如何打死鹿，帮他们分解动物尸首。明年她就要前往肖亚哈的幼儿园。她不想离开这里，她已经习惯将苔原视作家园。

涅涅茨人的帐篷一年大约迁徙 10 次。我看过一家人如何将家什装上雪橇，拆掉帐篷：去掉支柱，卷起兽皮。当一切准备就绪后，他们在苔原户外摆上一张矮脚桌，喝一杯上路的茶。

帐篷内可谓是传统与现代比邻。帐篷附近的发电机往往嗡嗡响数个夜晚，低劣的好莱坞电影取代了古老的童话与歌谣。

当我们在帐篷里用笔记本看一部愚蠢的美国电影时，一个年轻鹿民向我提了一个好问题："为什么黑人只扮演喜剧角色？"帐篷里还挂着煤油灯。女主人用鹅毛扫把清理帐篷，用苔藓取代抹布，而帐篷中央的绳子则由4块鹿皮编织而成。

主人与客人肩并肩地睡在鹿皮铺盖里。四处散落着木质玩偶恩塔尔玛（ытарма），它象征逝者与善良的神灵。火炉在午夜彻底熄灭，帐篷里的温度到了清晨低于零度。冬季里，看起来比人还多的狗也睡在帐篷里。它们严格地遵守帐篷里的规矩。一只狗将我的手咬出了血印，就因为我进入帐篷的方式不对。另一只在黑暗中有敌意地冲我吠叫，因为我在深夜打算拉开睡袋的拉链。

涅涅茨人的家庭分工十分明确。男人寻找鹿和负责搬东西，但他们在帐篷里什么也不做。当男人走进帐篷后，他会坐在最好的位置。女人为他摆上矮脚桌，做好冻鱼或者包有带血肉块的鹿胃，备上茶。女人要劈柴，收拾家务，做饭，照顾孩子，缝衣服和自己支帐篷。

尽管女人为家操劳很多，但她在家的生活却受诸多限制：她不能想坐哪儿就坐哪儿，不能走到炉子后边，不能踩踏丈夫的长靴。

我们在午夜穿过苔原，突然看见地平线闪耀着奇怪的红霞，它正在逐渐弥漫，那就是萨别塔。几年前，萨别塔还只是一个服务游牧民族的贸易点。鹿民在那里购买干粮、子弹与一切必需品。现在，它已经是俄罗斯最大的极地开发项目，由来自前苏联加盟共和国的 3 万名劳工亲手打造。亚马尔—涅涅茨自治区所获投资占据了俄罗斯极地区域资助总额的 2/3 还多，而其中大部分都花费在了"亚马尔萨别塔的液化天然气"项目上。

我们决定将萨别塔之行推迟到明天，先就近在帐篷村落里过上一夜。第二天凌晨，我换上自己的涅涅茨服饰，它是这趟俄罗斯天然气中心之行最好的伪装。

我们直接朝红光出发。一开始，我们碰见了天然气油田。混凝土墙壁为钻探设备提供了可靠的保护，将极端天气抵御在外，而工人们却居住在附近数节可怜的车厢里。这些油田工人来自俄罗斯各个角落以及边缘邻国。他们飞来这里工作一个月，然后飞回家休息一个月。

我们继续前往萨别塔的中心。我们穿行在天然气运输管道下，卡车与面包车的车流之间。出人意料的是，一辆越野车居然为了我们掉头返回，车上两个男人径直向我们走来，他们原来是想与"当地居民"合影，我居然被当作了土著。

萨别塔的红光来自村落中央的巨型天然气火舌。尽管开采的目的是获得天然气，但有一部天然气还是要被燃烧，以减轻管道的压力。火焰四周上百公顷的土地遍布输气管道、发电站与工厂组成的迷宫。在这样一幅工业风景中，却能看见毛发蓬松的北极狐来回穿梭。每当"诺瓦泰克"夸耀企业生产的生态性时，这些狐狸，毫无疑问地，就在镜头前摆好靓丽的姿势。

这一工业地狱的桂冠就是管道密布的巨型天然气液化工厂。如果马力全开的话，这台工业机器可以年均生产 1650 万吨液化天然气，这是中国2017年进口天然总量的一半。液化天然气是极地气候为数不多的优势工程，因为液化需要低温环境，相较于波斯湾，这里的液化成本减少了12%。

诺瓦泰克是萨别塔的绝对控股单位，它是一家私营企业，是俄罗斯大型企业中最私营的那种。它的大老板是两位亿万富翁，列奥尼德·米赫利松（Леонид Михельсон）与根纳季·季姆琴科（Геннадий Тимченко），顺带一提的是，后者还持有芬兰国籍。萨别塔的建设令人大吃一惊，不仅因为超快的建设速度，还因为该建设工程抗住了制裁压力而得以落实。诺瓦泰克与季姆琴科自2014年起就被列入了美国的人员与公司制裁名单。一开始，它很难拉到海外投资，但最终日本、意大利以及另一个亚洲国家的银行对它施以援手。

但这就出现了一个问题：这是谁的油田？中国石油天然气公司与丝路基金有将近30%的股权。天然气液化的工业组件沿北部海路直接运输自中国。中国还想从其他国家进口天然气与纤维素的原料，然后自行加工。法国的天然气企业Total控制着萨别塔1/5的区域。

如果没有国家的强力支持，萨别塔压根无从谈起。萨别塔很容易令人想起苏联时期的大型工业计划。国家搞定了交通基建，投入建设了港口，道路与机场。国有核动力破冰船则为航道保驾护航。萨别塔还得到了12年的减税优惠，这使得诺瓦泰克在天然气价格极低的情况下也获利巨大。俄罗斯力图不仅成为管道天然气，也要成为液化天然气市场的大玩家。

芬兰在萨别塔的痕迹不只有季姆琴科的护照。在鄂毕钳形河口沿岸，邮轮从这里出发沿北方航道驶往全世界。覆盖全岸的港口一年工作12个月。萨别塔的交通系统，包括港口与隶属公司的15台天然气破冰机的设计均出自芬兰国家公司Aker Arctic OY公司之手。该公司是极地航运的专家。油轮可以航行在数米厚的洋面冰层中。破冰船的马达由芬兰的Wärtsilä公司研发，而得益于芬兰生产、瑞士ABB工厂组装的"Azipod"型的全方位螺旋推挤器，油轮既可以前进，也可以后退。在东部地区，北方航道的通航季节仅有3个月，但有了新式油轮，通航季节自4月延长到了12月。

按照Aker Arctic公司经理列科－安季·苏奥亚涅纳（Реко-Антти Суоянена）的计算，萨别塔为航海技术领域内的芬兰公司带来了10亿欧元的订单，也就是将近700亿卢布。芬兰人等待着下一笔订单，因为自萨别塔后，诺瓦泰克还要完成类似的工业计划，比如亚马尔半岛东部的"极地液化天然气"计划一、计划二、计划三。

我的鹿民向导在萨别塔有自己的生意。他们向工人出售肉类与鱼，同时也从地上捡拾适用于搭帐篷的木板与金属片，他们会随身带走这些材料。新邻居为涅涅茨人带来了新机遇。养鹿人西蒙·亚乌恩加特（Семен Яунгад）在距离萨别塔不远处放牧自家牲口，据他所说，多亏了油田，现在帐篷里都用上了手机，它在极端情况下是一个救命工具。诺瓦泰克与自治区政府签订了协议，根据协议，公司要为居民提供物质帮助。

但好消息到此为止。许多土生土长的当地居民对萨别塔的意见不小。俄罗斯宣称自己是资源超级大国,但亚马尔却笼罩着一层剥削殖民地的气氛。在世界上最先进的天然气站附近,还会有带婴儿的家庭因为木材不足而在冰冷的帐篷里被冻僵。因为本地不生长树木,所以当地政府从上千公里外为鹿民拉来木材。涅涅茨人不使用电锯,而是用手工双人锯锯开木头,只因为这样产生的木屑更少。鹿民们抱怨说,今年送来的木头少得可怕。

驾驶雪地车就要耗费汽油。萨别塔不给涅涅茨人加油,所以他们被迫从上百公里外的肖亚哈村运来汽油。当地居民同样无权使用漂亮的萨别塔机场,当然也不是所有人都愿意使用机场,因为它修建在涅涅茨人的圣地之上。

尽管只有6%的亚马尔半岛鹿民牧场被用以开采天然气,但事实上这些油田、管道、公路以及铁路将牧场分割得七零八碎,令情况变得很糟糕。比如,人们在博瓦涅科沃修建了世界上最北的铁路线,长度约600公里,还打算将它延伸至萨别塔。俄罗斯天然气总公司计划扩大在西海岸克鲁津什捷尔斯基油田(Крузенштернское месторождение)的生产,那里有对鹿民而言意义重大的数片牧场。涅涅茨人注意到了新的管道与钻探设备,得知了扩大生产的计划。但公司在苔原上没有召开任何一场意见听证会。"我们的生活任命运摆布,"生活在苔原上的鹿民帕达尔涅·奥科泰多说,"国家不需要我们,它需要的是天然气。我们每人每月收到3000卢布补助,这就是我们得到的全部了。"

说实话,涅涅茨人也因为天然气有了一些间接获利。天然气增加了区域的税收,苔原从中分得了一些"面包渣"。比方说,由亚马尔—涅涅茨自治区拨款,芬兰人在这里修建了现代化的屠宰场。亚马尔半岛的养鹿生意是全俄最佳。亚马尔—涅涅茨自治区共有76万5千头鹿,是世界上最大的养鹿中心。亚马尔也是俄罗斯唯一一个在苏联解体后鹿的总数不降反增的地区。半岛上每年超过一半的鹿肉,大约500吨,销售往芬兰拉普兰地区的Polarica工厂。在亚马尔人们告诉我,芬兰购买鹿肉的价格为每千克3欧元。而在芬兰本地,鹿肉的批发价格超过了每千克10欧,但亚马尔更看重出口的机会,甚至对这样的价格差也无所谓。

在返回肖亚哈的路上,我们顺道去了季马的帐篷。我们坐着雪地车寻找他的鹿群,最后在离家几公里的地方找到了它们。这个冬天很艰难。冰盖很厚,岛屿的土地表层坚硬得像钢铁。鹿群无法在这样的条件下觅食,它们的蹄子只能刨开因刮风而变薄的冰层。亚马尔养鹿业不仅仅面临着天然气的威胁。2013年11月,本就厚实的冰盖还碰上了持续降雨,雨水冻结后,冰盖结出了一层坚硬的外壳,大约6.1万头鹿被活活饿死。自2007年以后,人们就没给鹿接种过疫苗,因为觉得没必要。结果到了2016年,亚马尔东南部遭遇了75年来的首次西伯利亚溃疡流行病。2300头鹿与一个12岁的小男孩因此丧命。

半岛上鹿的数量在近年来创下了破纪录的新高,所以牧场也变得越发拥挤。一些俄罗斯学者认为,大自然正在承受过度放牧的痛苦,并建议将现有鹿数量减少到1/3。但在涅涅茨人的文化中,鹿群的规模,家庭中鹿的数量应该是越多越好。

1000头的鹿群规模在这里不罕见，这与渗透入苔原的金融经济相关：鹿民需要钱购买雪地车、汽油、马达与电话。一台雅马哈雪地车就价值100头鹿，所以需要大规模的鹿群。而半岛上87%的鹿属于私有财产，所以想削减它的数量并不那么容易。

现在人们还要与新来的客人争夺牧场——北方野鹿。"它们秋天从北边来，我们的蠢鹿就跟在它们屁股后面走，回头我们还得去找它们！我在这儿生活了50年，从未见过这样的事情。"女主人玛丽亚·塞尔皮沃（Мария Сэрпиво）告诉我，我们在返回肖亚哈的途中寄宿她家。北方鹿的到来有很多解释。其中之一就与鄂毕河钳形口的通航有关。人们推测，因为开辟海路，野鹿再也不能自由活动于亚马尔与格丹斯基半岛（Гыданский полуостров）之间。

涅涅茨人是生命力顽强的民族，许多年轻人想生活在苔原上。尽管如此，很多家长还是希望他们的孩子接受教育。他们担心，在将来光靠养鹿吃不饱饭。如果牧场被啃噬殆尽了，鱼群消失了，怎么办？对于许多人来说，迁徙到村镇并不是一个可行的方案，因为他们在那里没有房子或者公寓。扩张的煤气工业没有为本地居民提供工作岗位，尽管诺瓦泰克声明，他们为24名涅涅茨人安排了工作。如果涅涅茨人在苔原或者牧场没有实现自我的机会，他们就只剩下一件事——酗酒。在俄罗斯北部欧洲区域的瓦兰杰伊（Валандей）村，当石油站建设破坏了本地居民的生存条件后，那里的人们就开始了实际上的自我毁灭。

贫穷早就在亚马尔引发了人民大众的不安与愤怒。我从肖亚哈飞向北部，亚马尔区的行政中心——亚尔—萨列镇（Яр-Сале）。那里的年轻鹿民耶伊科·塞罗泰多（Ейко Сэртэтто）成了涅涅茨人的切格瓦拉，反抗者与革命者。他最活跃的战场是社交平台。当人们在亚尔—萨列镇召开养鹿业前景展望的圆桌会议时，我亲眼看见，塞罗泰多如何被拒之门外。"我们解决我们自己的问题，你解决你的。"区议员哈佳科·耶济恩吉（Хатяко Езынги）坚决地说，并将塞罗泰多推出门外。塞罗泰多认为，解决过度放牧的问题如今已经迫在眉睫，但国家应当为鹿民减少鹿的头数提供补贴。"我很担心，如果再这样不顾我们的意见，未来将会变得更糟。"他说道。

涅涅茨人的真诚好客令人印象深刻。在亚马尔半岛，人类创立了最惊奇的文明之一，它与最极端的气候条件和谐共处。游牧的生活方式，互相帮助与共用土地，这就是涅涅茨人生存的奥秘。但愿，他们的生活方式能够经受住天然气时代的持久考验。

尽管涅涅茨人很难适应现代社会，他们却以哲学的态度面对自然的考验。鹿民玛丽亚·塞尔皮沃相信，大自然会调节一切，无论是反常天气还是鹿的死亡。"如果我们有太多的鹿，我们为什么要主动削减它的数量呢？大自然会亲手杀死它们的。"

交通

西伯利亚没有路,只有方向。
尤龙戈—哈雅,萨斯克拉赫(Саскылах),米尔内,
雅库茨克,奥连克(Оленк),奥尔托—哈雷玛(Орто-Халыма),
科雷马河

    这就开始了。
    我站在冰雪覆盖的荒凉的公路边。尽管现在已经到了4月,零下20度的严寒与刺骨的冷风还是刮得人脸疼。路标上的显眼文字也并不令人感到宽慰:"距离尤龙戈—哈雅——1017公里"。面对眼前雅库特最长的冬季公路之一,我开始怀疑,搭便车是否是一个明智之举。这条道路将通向雅库特西北部阿纳巴尔河下游。
    雅库特的道路,就像所有的西伯利亚道路一样,是一个令人头痛的问题:这里幅员辽阔,但道路却寥寥无几。在占地面积30万平方公里的芬兰,道路干线总长为8万公里,而在面积之于芬兰9倍之多的萨哈共和国,公路的总长度却不足3万公里,而且其中一半的公路——将近1.5万公里——是仅在11月到4月可以通行的冬季公路。冬季公路是雅库特北部所有乌鲁沙与雅库茨克唯一的地面连接,这种季节性道路贯穿沼泽、原始森林、苔原、拉普捷夫海,并在11月天降大雪后,沿着结实

的河流冰面向四面八方展开。

阿纳巴尔冬季公路是共和国最西部的道路，但它远不是最长的一条路。有一条冬季公路从雅库茨克延伸到季克西（Тикси），跨越亚纳河（Яна），这段距离大约是1530公里，而再过337公里就进入楚科奇地界，抵达了比利比诺（Билибино）。这是俄罗斯最北端也是最遥远的建有核电站的城市。那里距离东西伯利亚海岸的佩韦克（Певек）仅有360公里。俄罗斯正在佩韦克修建世界上第一个浮动核能发电机组。这条冬季公路从雅库茨克到佩韦克全长2227公里。

在踏上冬季公路之前，我还搭乘过一辆载满客的丰田海狮中巴班车。我们从雅库茨克出发行驶了1697公里。实际上，从雅库茨克到钻石之城米尔内的道路一年四季通行，但旅客在途中需横渡六条未架桥的河流。夏天时，人们会搭乘渡轮或者浮桥，冬季就从冰面上驶过。4月份的冰面上积起了半米厚的雪渣，这让道路变得危险起来。到了泥泞季节，这里就完全与世隔绝了。

冬季公路上没有班车，所以我只能寄希望于顺风车。这个主意听起来糟糕透了。途经这里的车辆稀少，大约每一小时经过一辆大卡车。我拦下了每一辆车，但车里都坐满了人。路边停着四辆大型筑路机，它们在西伯利亚全年都能派上用场。车里坐着维护冬季公路的工人。

在西伯利亚，严寒自会铺设道路，但这也离不开人与机器的帮助。秋天，一旦沼泽表面结冰，筑路机与挖土机就出动碾平冬季公路的路基，铲掉凸起的冰墩或者小丘。人们将清理积雪，好让地面更快结冰。十一二月的冬季公路尚且不平坦，行驶的速度不宜过快，但随着屡次修平、筑牢以及夯实，道路渐渐变得美观起来，它将维持到3月底，然后进入融雪时期。此时，冬季公路也不可避免地随之融化与坍塌。5月1日后，就连最北边的冬季公路也无法通行，但直到6月份，还有某些胆大的、赚外快的司机冒着车毁人亡的风险奔驰在这些冬季公路上。

我为极地搭便车做好了充足的准备：我有一身羽绒服，双层的鹿皮厚底靴，但即使如此，我的脚拇指还是感到严寒刺骨。我不敢请求筑路机的司机放我进驾驶室暖和一阵，因为我的运气总是不好，我大有可能在这一刻错过唯一一辆驶过的车。在公路边等待了4个小时后，终于出现了一辆仿佛要被庞大货物压垮的卡马斯货车。货车停了下来，魁梧的雅库特司机摇下车窗，我得救了。

伊万出生在雅库特中央区，他一整个冬天都疾驰在冬季公路上，5个孩子一直见不着爸爸。可到了夏天，一切就不一样了。夏天，伊万驾驶着自营巴士穿梭在雅库茨克附近的城郊线路上，他将陪伴家人并且从事最喜欢的体育爱好——雅库特民族摔跤运动哈普萨加伊（хапсагай）。还剩下最后一趟路程，但伊万已经疲倦了。他开始疯狂地咒骂这辆卡车的俄罗斯生产商。"早知道就该在有钱的时候（指2014年俄罗斯经济崩盘以前）买一辆沃尔沃，现在就不受这个鸟气了。俄罗斯汽车的配件都不经用，我们做不出有品质的产品。中国卡车要比我们更好更便宜。他们从欧洲汽车公司汲取技术，而我们就一直试图发明自行车。"他评价说。

这些卡车通常将建筑材料、设备、机器、食品与燃料运送至北部偏远村镇。这一切都需要在道路融化之前运抵村镇，保证村子可以熬过长达半年的与世隔绝。水果都装在可加热的罐头内，鱼则恰恰相反，直接以冷冻的形式从北方运来。伊万的卡马斯装载着建筑材料，他需要在两周内将货运到阿纳巴尔，这一趟可以赚 4 万卢布。路费按货物重量而定，所以他能装多少就装多少，结果卡车只能以 20 公里的龟速在公路上缓慢挪动。我们途中被卡住了几次，但伊万每次都能让车子脱离险情，再晃动起来。"不应该拉这么多的。"他责备自己。

冬季公路不设休息站，所以跑上百公里的卡车都要有备用汽油与配件。所幸，我们找到了一家餐厅。

一杯简单的咖啡就是西伯利亚司机繁重生活的一个透气孔。这里还能弄到一份营养丰富的烤肉串或者当地的佳肴——雅库特的美食是马杂汤，布里亚特的美食是羊肉馅大包子。司机们可以在餐厅交流，甚至还能洗个澡。

我们在阿纳巴尔冬季公路上几乎没见过其他的车辆，只在一个拐角处碰上两只白狼，它们瞧见我们后，不慌不忙地踩着小碎步走开了。在温暖的卡马斯驾驶室内，我一变得无精打采，就立马听见伊万的搭话，看起来，我不是一个好的同路人，一路只会沉默，甚至还敢睡觉！伊万从不休息，他得在 6 天以后——冬季公路关闭前——回到家，不然的话，他的卡车就要在北方困上半年了。

我们赶了一整夜的路，只在路边睡过两三个小时。仪表盘上的速度与距离都有些不切真实。前往奥连克的路程是 300 公里，我们却走了几乎两昼夜。这还算好的，要是碰上冰雪暴，道路还会被封闭数天。

我在奥连克停留了几天。后来，我的运气不错——搭上了一辆去北方的线路班车。这辆载着建筑工人的"大面包"从雅库茨克出发，两名年轻司机连续几个昼夜轮流驾驶。他们在三昼夜内走完了2600公里。乘客的费用是1.4万卢布，这比飞机票便宜7千卢布。

当班车开上结冰的阿纳巴尔河后，路况变得像柏油马路一样轻松，司机将"大面包"的车速提高到90公里/小时。但是，河面也有自己的危险之处。甚至在隆冬，河水也会从冰层缝隙溢出表面。在严寒天气下，卡车如果蹚入水中就会立刻被冻牢。这时候，司机就不得不连续几天挖掘汽车四周的冰层，好让另一辆路过的卡车将它从冰窟窿里拖出来。但不是所有卡车都能得救，当冰层在春天开始融化，有些车子就只能永远地沉入河底。尽管雅库特的寒冬十分残酷，但河面上也不是所有地方都冻结实了。河冰会从下方开始融化，冰层会变得纤薄，有时候司机发现这一点时已经为时过晚。当我们行驶在阿纳巴尔河冬季公路上时，两辆货车在同一时间跌入了雅库特东部的湖水中，其中一位司机身亡。

春天。极圈外的白夜，我们疾驰在阿纳巴尔河面上，与建筑工人们一口口地喝着啤酒。瓦兹旅行者的粉色车顶增添了气氛。突然间，司机与一名乘客爆发了雅库特语的口角。他们走出车子，司机的拳头呼啸着挥舞向乘客的脸颊。然后，他们二人都回到了车里。在剩下的路途中，车厢里一片安静。此时此地，给不礼貌的乘客脸上来一拳要比中途拒载更人道，因为最近的居民点也在150公里处。

我的冬季公路之旅结束了，我最终止步于北纬72度的一片奶白色平原上，一个只有1000人口的尤龙戈—哈雅鹿民村。从这里到北冰洋岸边的阿纳德尔河三角洲大约还有100公里，那里就是路的尽头。

人们常说，在西伯利亚零下30度不算严寒，而100公里不算遥远，这并不算过分夸张。

在芬兰边界线另一侧的卡累利阿，贫穷与道路不通四处可见，同样的问题也出现在这里，只不过在乌拉尔山脉至太平洋的寒冰王国，这样的情况要更普遍。在最东部的远东联邦区，柏油路面的面积是俄罗斯各区平均柏油路面积的1/6。西伯利亚的个别城市甚至没有与外界沟通的道路或者铁路交通，它们中最大的是堪察加半岛的彼得罗巴甫洛夫斯克—堪察加市与泰梅尔半岛的诺里尔斯克市，其人口均为2000人。尽管这些居民自己也生活在欧亚大陆，但却将俄罗斯其他区域统一称作"大陆"。

人们甚至不打算为这些城市通路，因为它们实在太远了。不久前，在2000年初，还没有一条贯穿西伯利亚的常规公路。汽车无法穿梭于车尔尼雪夫斯基市与马格达加奇（Магдагачи）市之间，人们需要借火车载运汽车，沿铁路行驶900公里。2008年，一段连接俄罗斯东西部的公路终于开通。这当然是普京的杰作，他以爱国主义的姿态驾驶国产品牌车"拉达卡琳娜"行驶完了900公里的全部路段。据媒体报道，为了以防万一，普京专车后还跟随了一辆满载卡琳娜配件的卡车。

俗话说，俄罗斯有两个不幸：傻瓜与道路。关于后者，我认为，解决不幸的方式不是修路，而是发明压根不需要道路的新型交通工具。

六轮驱动的卡车和越野履带车能让你到达任何想去的地方，哪怕是河底。早在苏联时期，老人们就驾驶高轮胎、轻骨架的自制车外出捕鱼，巨大的轮胎面积与低压保证了行驶的平稳度。这样的轮胎可以驶过滚木，因为它会随障碍的形状变形，而非直接冲撞。刻纹的巨型低压轮胎常常安装于瓦滋旅行者或者拉达涅瓦。人们还将这种组装车改造成商用越野车特雷科尔（Трэкол）与舍尔普（Шерп）。它们的轮胎直径达到了1.5米，彼此相连，可以向里面充入废气。得益于轮胎的浮性，个别车型甚至可以漂浮在水面。

在北方，雪地车可以克服令人难以置信的距离。但是，想要驾驶或者在严寒中修理它，就得足够机灵。在雅库特北部的萨克雷尔村，我看见过一名司机烧着了自己的布朗牌雪地车。他在修理无级变速带时点燃了汽油。据说，进口雪地车内有大量塑料零件，所以万万不能使用明火，而是要将热茶浇灌在发动机上，或者在车子两侧点燃篝火。

只有在西伯利亚，人们夏天也开雪地车。6月份，当我返回雅库特北部，我看见当地的瓦西里在草原上开着雪地车轧轧作响，车后拖着一艘小船。他肯定地说，只有布朗牌的雪地车才适合在夏天行驶，它的山猫（Lynx）牌芬兰兄弟就需要正常的积雪与压实的路面。我的萨克雷尔朋友谢拉菲姆曾给我发过一段 WhatsApp 视频：布朗牌雪地车被当作刈草机来使用。

唯一一种不会在该纬度地区陷入窘境的交通工具，同样也是千年前使用的交通工具，那就是马或者鹿。骑鹿旅行比驾驶雪地车要舒服得多，只不过尾气换成了从鹿屁股飞出的一粒粒圆豆。动物拉车是不可替代的交通方式，它既不需要昂贵的汽油，也不需要配件。当地居民全年用鹿车拉送食物，克服了数百公里距离。在萨克雷尔，我遇见过一个冬季前往北冰洋沿岸的季克西钓鱼的男人。他在 10 天内驾鹿车跑完了 700 公里。

俄罗斯最糟糕的道路在哪里？事实上，这个问题提得不准确：在西伯利亚要是有路，就该感到庆幸。

据说，拿破仑因为俄罗斯没有路，只有方向而大为恼火。网上举行过最差道路评选比赛，最有实力的候选者通常来自西伯利亚。在一次类似的投票中，来自伊尔库茨克与克拉斯诺亚尔斯克州边界的布拉茨克—科金斯克（Кодинск）路段获得了最糟糕道路的称号。

俄罗斯人口稀少的北方地区正一步步地接入世界道路网。比方说，人们正在雅库特西部荒无人迹的原始森林中铺设一条名为维柳伊（Вилюй）的国道，钻石之城米尔内将借由这条道路与伊尔库茨克州联通，换言之，也就是与整个俄罗斯联通。道路的出现将为数个世纪之久的封闭画上句号，也将给人们带来看待世界的独特角度。这条道路将花费俄罗斯超过 100 万欧元，在建设过程中还将应用到芬兰的技术设备。而在西伯利亚个别地方有路却不能用。比如，勒拿河附近的维季姆（Витим）村庄有一条沿石油管道铺设的工业道路，石油公司禁止当地居民使用这条通往外界的唯一道路。2015年，情况变得紧张起来。全副武装的当地居民自行组织了示威游行，封锁了该道路。

西伯利亚的大河，如鄂毕河、叶尼塞与勒拿河，均是重要的交通水道，但它们的流向都是向北汇入北冰洋，这增加了利用难度。雅库特河流的通航季节为两个半到三个月。勒拿河的长度是世界第11名，但是它一年的通航量只有50万吨，仅为小小的伦敦泰晤士河通航量的1/10。沿勒拿河向东部的亚纳河、因迪吉尔卡河（Индигирка），科雷马河的航道也并不顺畅。因为航道会在这些河流的三角洲地带变浅，人们就不得不将货物分摊到另一艘船只上。

夏天，我两度航行在向北流去的科雷马河上。第一段航程：我坐在一艘由拖船拉动的驳船上，驳船从谢姆昌河（Сеймчан）上游运送货物到切尔斯基市，全程1500公里。船上也载有几辆拉集装箱的卡车，尽管切尔斯基市内总共就没有几公里道路，但很多人还是想驾车出行。第二段航程：我搭乘从切尔斯基返回的空煤船向南行驶。在短暂的通航季，运煤船需要为所有村镇的火炉分送煤炭。人们分给我一间煤船水手长的舱室，我很幸运地睡上了白色床单。午饭是新鲜的宽鼻白鲑鱼。临近傍晚，煤船意外地停靠在一栋渔夫的房子附近，船长划着小船驶向岸边。看起来，这是他朋友的达恰。在船长与朋友钓了大约3个小时的鱼后，我们再次启航，这时候船长已经睡下休息了。

对于拥有32万人口的雅库茨克市而言，勒拿河的存在如今弊大于利。雅库特的主干道是勒拿国道，它自南向北延伸，终点位于勒拿河的另一岸，与雅库茨克市隔岸相望。夏天，人们搭乘公共渡船和快艇过河。冬季公路一年可通行5个月，全长2公里，横跨无边无际的冰面。但到了勒拿河的翻浆期，城市就完全与世隔绝了。秋季的翻浆期通常持续一个月。这时候公共渡船要在拖船与老式芬兰破冰船的护航下才能过河。一辆卡车在使用破冰船条件下的渡河费用几乎高达14万卢布，这立刻导致城内食物价格飙升。有时候，岸边停留着上百辆卡车等待渡河。

春天的情况还要复杂些。通常冰上道路在4月中关闭，但大功率的河道破冰船直到5月下旬才开始工作。这段时间，人们只能乘坐气垫船渡河。与此同时，通往雅库茨克的车流会完全中断一个月。这引起了显著后果——新鲜食物开始涨价，它们变得越来越少，直到最后完全从商店里消失。

人们谈论修建跨勒拿河大桥已经几十年，但至今为止还停留在商榷阶段。最近一次是在2018年11月，弗拉基米尔·普京承诺会修建大桥。大桥全长7公里，根据估算将花费10亿欧元。但这能将城市运力提高3倍，并将每年的渡河费用节省到1.4亿欧元。关于修桥的决定本已经通过，但自从兼并克里米亚后，用于修桥的费用就投在了修建刻赤大桥上。俄罗斯试图吸引中国的承包商，劝说他们自费修建大桥，但看起来，他们并没有找到一个傻兮兮的中国商人。

西伯利亚铁路的任务是消除这片土地的诅咒——它夸张的幅员辽阔。比如，从新西伯利亚到最近的俄罗斯港口需要搭乘火车走完3000公里。在芬兰，人们每隔一段时间就会讨论芬兰—

俄罗斯-中国铁路线运输的可能，但鉴于如今货运的活跃程度，公路干道已经无法负荷修建三国铁路的工作。俄罗斯的铁路运费是世界上最高的，因此俄罗斯东部的水泥要比俄罗斯欧洲地区贵出30%，碎石要贵出60%，谷物贵80%。

雅库茨克市内没有火车站，直到2019年，距离雅库茨克最近的火车站还是439公里开外的托莫特（Томмот）站。自1994年起，人们就开始修建从托莫特到雅库茨克对岸的下别斯佳赫（Бестях）的铁路。但承包商破产了，事情闹到了法院，应当交付工程的日期一年年地向后延。2018年底，货运铁路终于开通，而客运列车自2019年夏天起开始运行。

俄罗斯政府决定在西伯利亚西北部修建一条全长380公里，从拉贝特南吉（Лабытнанги）到纳德姆（Надым）的铁路。这是一项具有历史意义的工程，因为它延续了那条所谓的"斯大林之路"[1]。1950年代初，40万囚犯被派遣修筑全长1200公里，从亚马尔半岛到诺里尔斯克的铁路。

该设想的出发点是修筑一条横贯北西伯利亚，直达东部白令海峡的大路。如果可能的话，还可以从那里出发抵达阿拉斯加。当时，苏美两国正处于友谊期，1949年，高层认真讨论过相关的交通运输问题。

可斯大林大道的命运是悲惨的。领袖过世第二天，该工程就停工了，只有苔原上的囚犯尸骨与上千公里未完工的路基被留作纪念。

---

[1] 指横穿极地的公路干道。

飞机的螺旋桨转动得厉害，苏联时期的内舱铁皮也沿着焊缝抖动起来。随后爆燃的砰砰响声转变为平稳的嗡嗡声。一阵吱吱呀呀、呼哧呼哧声过后，飞机离开了地面，终于晃晃悠悠地爬上天空。

雅库特境内的大部分航班依旧使用老式的安-24[1]，该机型早在1979年就停产。它的每一次升空就像是一个小小的奇迹，但一旦升上高空，它就能出人意料地平稳保持航线。

我乘坐的飞机正四平八稳地向前飞行，我们脚下是无边无际的旷野、嶙峋的山脊、汹涌的河流、平坦的原始森林以及森林中的热喀斯特湖。机上的服务员为乘客分发热绝缘包装的滚烫午餐，还有塑料小杯装的热气腾腾的茶饮。乘客们没有小桌板，所以每个人都尽力地佝偻身体（取决于他们的身体柔韧度）用餐。

稀疏的冬季公路与通航河流并不能满足雅库特居民的需求，因此空运承担了共和国60%的交通。不过现在的航班数量较苏联时期已经大大减少。比如，当初位于雅库特北部的切尔斯基机场是西伯利亚最漂亮的机场之一。莫斯科的大型飞机直达切尔斯基，商店里总有新鲜水果。但现在，切尔斯基的命运与许多其他雅库特北部村镇一样，是被上帝遗忘的偏远角落。这里的跑道表层覆盖着混凝土，跑道两侧停放的飞机残骸诉说着昔日的荣光。

我们这趟航班由极地航线公司运营，这是一家仅为雅库茨

---

[1] 安东诺夫-24客机——译者注。

克服务的国营公司，专事雅库特境内航运。航班目的地是中科雷姆斯克（Среднеколымск），或者叫作奥尔托－哈雷玛（Орто Халыма），它位于科雷马河沿岸。飞行全程3小时。原则上，我应该降落在那里。

但根据起飞时的信息板，飞机也有可能降落在白山，它距离中科雷姆斯克大约100公里。起飞半小时后，驾驶室的舱门打开了，身着飞行员制服的年轻机长钻了出来，但令我大为惊讶的是，机长居然是我在雅库茨克结识的瓦洛佳。我们简单交流了几句，瓦洛佳与我合了一张影并发了Instagram。我问他，我们是否会抵达中科雷姆斯克。"这取决于燃油储量。"瓦洛佳回答说。他的表情令人捉摸不透，让人无法明白他是在开玩笑还是讲真的。

两小时后，我们滑行在混凝土的起飞跑道上，跑道尽头是正在泛滥的科雷马河，浪花冲刷着岸礁。螺旋桨逐渐减速并最终停止转动。我们降落在了中科雷姆斯克。但瓦洛佳说的是对的：情况也有可能变化，如果因为天气状况无法立刻降落在目标地，那么飞机就会中途返航或者寻找百公里外的备用机场，而这里的备用机场十分稀少，并且并不总能提供燃油。

在雅库特坐飞机与在欧洲的意义不同，因为这里往往只是因为没有其他交通选项。人们用飞机和直升机运送食物到偏远的村庄，运送病人、救助陷入危险的人以及森林灭火。如果飞机不能起飞，共和国的生活就会急剧恶化。

瓦洛佳是云端的国王，他从被戏称为"玉米棒"的安-24型飞机开始职业生涯，至今还驾驶这架飞机，将人们分送至各个小村庄。当他第一次进入安-24的驾驶舱时，他被按钮的数量吓坏了。但现在，说实话，他认为多亏了可靠的安-24，他才能在雅库特的高空中安心地展示自我。"飞机需要持续检修，如果能及时更换零件的话，那飞上个一百年也不成问题。"他肯定地说。

加拿大的庞巴迪飞机就是另一回事了。雅库特购买了该机型以替代安东诺夫。瓦洛佳说，庞巴迪的底盘太低，轮胎对于雅库特的混凝土机场而言太窄。螺旋桨的位置太低，可能会被跑道的飞石击坏。航空公司还购买了新的苏凯大型客机（Sukhoi Superjet），它在阿穆尔河畔共青城组装而成。人们将这款飞机视作西伯利亚与国产飞机工业的救星。瓦洛佳说，苏凯是一架正常飞机，但它根本不是俄罗斯自产的飞机，几乎所有的部件都是进口。

在西伯利亚，每年因飞机与直升飞机失事而丧生的遇难者非常多，但如果除以航班数量，那么每趟飞行的遇难者其实比想象的要低得多。对于瓦洛佳而言，最困难的情况莫过于能见度过低。"有一天，我就要飞抵雅库特北部的巴塔加伊机场。根据调度员的测量，当天的能见度应该能达到2600米，但事实上，我最远只能看见身前500米。剩余的燃料不足以让我返航，我不得不在大雾中依靠GPS、雷达与副驾驶员的指导降落。最后，我看见了跑道的灯光，但却无法辨认这是跑道尽头的灯光还是跑道边缘的灯光。我不得不赌一把，所幸我猜对了，我们成功降落了。"

有一天他的同事驾驶着安-24，用于稳定飞机姿态的高度调整器卡在极限位置，飞机在空中跳跃了几米。两位飞行员不得不一起扳动调整器的手柄，才能让飞机降落。

雅库茨克的冬天让情况变得更复杂：需要记住结冰的地方，需要注意发动机的温度。但瓦洛佳说，冬天对于飞行员来说是最轻松的季节。"冬天的天气基本晴朗。夏天，飞行员就要不停地因为云层而改变高度，而且高温也不利于螺旋桨的工作。"

苏联时期的机票价格相当便宜，甚至老太太都可以一大早坐飞机，从村庄飞到乌鲁沙行政中心买饼干，并且在傍晚赶回家。现在的机票变贵了。西伯利亚城市之间的机票比莫斯科与欧洲城市间的还要贵许多。一趟雅库特境内的单程航班可能收费3万卢布。瓦洛佳也认为这机票的确昂贵，但他还说，基建本身也在被消耗。燃油的价格也上涨了，因为它们都经由夏天的河道油轮运往远方机场。"安东诺夫的一个配件就可能价值70万卢布。挡风玻璃价值200万。飞一趟北方机场的机票价值20万卢布。但哪怕只有两名乘客买票，我们也得起飞。"

瓦洛佳不打算一辈子都待在安东诺夫的驾驶舱里。他想驾驶波音飞机，毕竟人总要往高处走。

驾驶波音飞机也意味着更高的薪水。作为安东诺夫的飞行员，他的月薪大概是14万卢布，但如果可以驾驶波音飞机，他的收入就可以翻一番。"事实上，一切恰恰相反，驾驶安东诺夫比波音复杂得多。需要一直维护飞机，注意它的机油、液压、发动机。每次维修后，飞机就会出现些新特征。"

驾驶波音飞机也意味着改变航线，他将执飞莫斯科与雅库茨克之间的航班。这一点令瓦洛佳很难过。雅库茨克航班的绝佳之处在于可以欣赏到共和国迷人的美景。为了证实自己所言不虚,瓦洛佳向我展示了一段他用手机拍摄的驾驶安-24的视频:他在清晨的曙光中盘旋在锡尼亚河(Синяя)的山峦与石柱之上,它们看起来像大号的巨石阵。

间谍

一个芬兰记者出现在西伯利亚,这绝非偶然。

亚马尔半岛,尤龙戈-哈雅,萨斯克拉赫,纽尔巴(Нюрба),乔赫乔尔,莫赫索戈洛赫,阿纳巴尔河,阿纳德连

"哈,芬兰间谍!"当地朋友面带笑容招呼我,我们在雅库茨克偶然相遇。这是一句玩笑话,但我经常听见这样的说法,这就不怎么好笑了。

有时,同样的绰号被赋予严肃的意味。许多当代俄罗斯人无法区分外国记者与间谍。"尤西,你是间谍吗?"一名熟悉的官员惊讶地问我,当时我正在他家做客。一名来我们村的年轻导演说,他看见空中的无人机时突然笑出声,因为他想到,这也许是我们的飞机,而我们也许是间谍?谁知道呢?"他在到处嗅什么?"村里一位年迈的女性曾这么抱怨。一名亚马尔半岛的涅涅茨人曾开玩笑说,我的巨大行李箱里也许藏着火箭筒。

而如果我真的是一名间谍,那也是一名不称职的间谍。我迄今为止也不知道,距离我们在乔赫乔尔村房子100米远的保护区有什么用?我不了解火箭筒的结构。而且,间谍真的会向全世界书写与讲述自己的生活,带上自己的妻子与孩子吗?当

然，从另一个方面来说，这或许是一个天才的伪装方法。我甚至不知道，在雅库茨克的村庄里能"嗅"出什么？看起来，这里或许真的有些东西。

很少有人能理解，我究竟为什么来到雅库特？

我对外宣称是为了写书，但这着实难以令人信服。对一个抱有成见的人而言，他无论如何都不会相信我是一名自由记者，说服他只不过是浪费时间。最后，怀疑我的谈话者完全糊涂了，因为我告诉他，我关于西伯利亚的写作得到了芬兰Kone基金会的资助。由世界上最大的电梯制造商所创立的芬兰基金会对雅库特有什么神秘企图呢？

这就是问题所在。

就像存在无罪推定一样，在俄罗斯存在欺骗推定，就是说周围的一切都是谎言，而谎言的目的是掩饰真正的行为动机，这通常与钱有关。

人们更愿意相信阴谋的存在，而不是平凡的事实。

怀疑心理在俄罗斯有悠久的历史。怀疑导致了圈子的封闭：为什么不可能是肮脏的事情呢，既然其他人似乎都这么干过？

我的受访者总是不安地问我，我是不是内务部招募的探员，这倒非常符合现代俄罗斯的风格。不，他们并没有向我泄漏国家机密，他们不过是批评本地区域实行的政策。相比于外国间谍，他们看起来更害怕自家间谍。

外国记者与西伯利亚的组合当然引起了更多的怀疑。有时候为了采访一名官员，你就得费上九牛二虎之力。马特维耶·雷特金是酒精管理处的领导，也是贯彻雅库特清醒计划的负责人。

他同意接受一段短暂的交谈，甚至不忘在友好握手时强调一句——在欧洲制裁时期采访当然来之不易。每个人内心深处都为自己的位置担惊受怕。也许，正是因此，雅库特政府完全没想过利用我进行公关营销。我是历史上第一个被派驻到这里的外国记者，但官员们一次也没有主动邀请过我参观某地或者向我展示些什么。我同样吃惊于负责共和国对外关系的工作人员的冷淡态度，他认识我也是出于工作需要。

在更糟糕的情况下，某个接受采访的官员会怀疑我受到别有用心者的指派。当我向纽尔巴乌鲁沙的领导人因纳肯季·瓦西里耶夫（Иннокентий Васильев）提出一个在我看来相当中性的、关于阿尔罗萨钻石公司的问题后，他生气地说："谁派你来这儿的？快说！你成家了吗？你应该操心你的家庭，而不是到这里来提这些问题！"他威胁我说。

我在西伯利亚的一些计划泡汤了，因为它们引起了官员的注意。我本想参观俄罗斯的东方（Восточный）火箭发射基地，这座修建于阿穆尔州的新发射场取代了哈萨克斯坦老旧的巴伊科努尔（Байконур）发射场。我甚至登记了观看火箭发射的媒体参观。但出乎我意料的是，我居然收到了一条告知我没能通过安全检查的消息。事实上，这压根与我无关，短信是在副总理德米特里·罗戈津视察第一次火箭发射后推送的，那次发射最终因操作失败而导致火箭连同卫星坠入大海，所以他们就彻底取消了第二次发射。

我的第二趟旅程是在出发当天被取消的。我在几周前就与一支俄罗斯科考队谈妥了，他们将带我参加亚马尔半岛的探险，这次探险的目的是调查当地突然神秘骤增的乌鸦数量。但筹划此次行程的"极地"探险中心在临出发前的几个小时拒绝了我。其中一位科考成员私下告诉我，这是因为在最后关头，他们不断接到内务部与其他权力机关的来电。好吧，看起来，亚马尔的乌鸦也成了俄罗斯的国家机密，尽管，当然咯，不会有人真的认为普京与这次骤增有什么关系。

显然，俄罗斯在极地地区的主要秘密是鹿。我在 4 月份的旅行引起了真正的恐慌：我计划前往雅库特北部的阿纳巴尔乌鲁沙，想结识当地鹿民并参加他们一年一度的节日。俄罗斯几乎所有的北部海岸都属于边境地区，想要进入那里就要得到内务部安全部门的批准。我拿到了这样的批准，但想要成行就还需要乌鲁沙行政机关的帮助。我敲遍了行政机关的门，但都无果而终，最后找上了阿纳巴尔的区长。我在雅库茨克市举办的活动中发现了他。但当我问他，您是否是西蒙诺夫先生时，"不是！"这个男人坚决地否认并且拔腿就跑。事后，站在他身边的人肯定地说，他就是西蒙诺夫。

几天后，我又在另一个活动中碰见了西蒙诺夫。吸取了上次的失败经验后，我面带微笑地走近他，向他伸手问候道："您好，伊万·伊万诺维奇！"然后我们展开了一段奇怪的对话。一开始，西蒙诺夫试图说服我，国家机关无论如何都不可能给我发放前往他的行政区的批准，尽管我在两周前就拿到了这个批准。当这个话题接近尾声后，他突然话锋一转，开始讨论安格拉·默克尔的难民政策。最后，他开始热情地欢迎我到阿纳巴尔做客。"我们带您去养鹿中心。我下周给您打电话。"

他承诺道。

但西蒙诺夫的电话压根儿没来,所以我决定自行前往,先不列任何详细计划。我的第一个奇怪巧合发生在前往阿纳巴尔的路上。我想顺路前往日林德村(Жилинд),那里的养鹿牧场附近是俄罗斯最大的稀土金属矿场——"托姆托尔"。我想采访一下当地村民,看看他们对这个颇具争议的工程的看法。但我的计划未能实现,因为我搭乘的班车如旋风般地掠过了村庄。当我提醒说我们已经接近目的地时,年轻司机却回答说:"我们还没到日林德。"可20分钟后,司机承认,我们似乎已经错过了村子,调头已经不可能了,因为汽油所剩不多。他的解释听起来非常奇怪,当然,事实也有可能如他所说的那样。但我现在也将周围一切都看作阴谋,怀疑都是欺骗,比方说,我们错过村落就不是简单的巧合。

我在半路拨通了西蒙诺夫助手的电话,询问他们是否会协助我雇一名司机?或许,我还可以搭乘直升飞机抵达苔原?你们会如约带我参观养鹿营地吗?西蒙诺夫通过自己的助手回答我:"不,不,不。"

当我终于抵达阿纳巴尔乌鲁沙行政中心所在的萨斯克拉赫村后,我还是备感失望,因为哪怕在那里我也无法好好欣赏西蒙诺夫的地盘。处处都是惊喜!我先是在副区长的办公室被盘问了一番。他一个劲儿地追问我的访问目的,而他的副手将一切都记录在一个厚厚的文件夹内。后来还出现了边防士兵。我访问边境的许可没有问题,我并不害怕提问,只是这样的会面浪费了我4小时的大好时光。年轻的边防士兵们(其中一位特别卖力,一个劲地想在领导面前邀功)想要弄清楚我在当地的联系方式,询问了我父母的住址,然后因为某个原因还想给我的房东打电话。

当我终于被放行后,我决定在村子里散散步。我尝试与当地人沟通,但许多人都拒绝回答我的问题,让我去问行政中心——他们似乎受过专门的训练,知道该如何回答任何问题。在公共澡堂,我终于与一个雅库特人攀谈起来,但他也是来出差的外地人——一名卡车司机。"这里的当地人胆小如鼠。冲洗钻石的毒素污染了河流,杀死了鱼群,他们却一声不吭。"他抱怨说。但我终究还是认识了一名友善的当地养鹿人,他说,村子附近确实存在西蒙诺夫所说的养鹿营地。他答应带我去那儿,但他后来却失踪了,连电话也关机了。

在我访问阿纳巴尔苔原西部期间,那里应该举行一场盛大的鹿民节日。它由俄罗斯石油巨头公司"俄罗斯石油公司"赞助,这家着手开采拉普捷夫海岸油田的公司正在努力赢得居民们的好感。人们计划用直升飞机将参加者送到节日现场。他们告诉我,很乐意带上我,但飞机上的座位不足了。后来,又飞来了一架备用直升机,但一轮到我,座位又出现了周期性的不足。俄罗斯石油公司在萨斯科拉赫组织了生态学讨论课。我赶到现场并且请求公司代表弗拉基米尔·科津科(Владимир Козинко)向我概述一下他们的石油计划。"不能告诉您。"他如此回答我,并且惊讶于我是怎么来到阿纳巴尔的,就仿佛这一切不该发生一样。

当我搭乘出租车前往最北部的,位于永冻土平原中央的尤龙戈-哈雅村(它甚至比斯堪的纳维亚的最北端还要北),整趟旅程迎来了它的高潮。太阳高照,我兴奋地绕着村子走了一圈。我碰上了一群鹿民,他们在那里看起来比平时还要无精打采。他们答应用雪地车载我去最近的鹿民营地,路程大概是两小时。我钻进我来时的出租车想要取出自己的保暖衣物,但司机一脚油门就把我直接拉到了他当警察的亲戚家门口。这位警察麻利地穿好制服,检查了我的证件,接着与那群鹿民做了一番交谈。一分钟后,他向我宣布我不能前往苔原,因为院子里的三辆西方牌子雪地车都坏了——多么不走运啊!鹿民们耷拉着脑袋,站在走廊里。我问他们是否被禁止与我同行?"是的,"他们回答说。

我向当地的行政长官投诉,但他在我面前暴跳如雷并大喊,我应该立马离开他的村子,至于我的参观是否得到了允许,这根本不重要。他说,内务部命令阻碍我的苔原之行,因为听说我在萨斯克拉赫拍摄了油库相片(这是间谍们做梦都想得到的资料)。

我返回萨斯克拉赫并给叶甫盖尼·拉普捷夫(Евгений Лаптев)打电话,他是这里的村长。在此之前他对我比较友善,甚至帮我安排了过夜的地方。要知道,想在这里找一个过夜的地方可比在苏联任何时期的任何一个地方都要难。但这一次,他的态度变了:"请您离开这里!"他对着话筒大吼。

现在不得不正视现实,我的工作不可能完成了。

我决定离开这里,买了最近一趟飞往雅库茨克的航班。当我登上飞机时不禁想道:我难道真的是历史上第一个被驱逐出西伯利亚，而非流放至西伯利亚的芬兰人吗？

我至今也不明白，既然他们不想让我去那儿，为什么会给我发放边境访问许可？在俄罗斯，你经常要在某些行为背后寻找隐藏的计划或者阴谋，而实际上，对事情的解释往往是完全混乱的，充满了临时的巧合性，谁也没有详细的规划，我们在哪儿，我们想去哪儿，什么允许，什么不允许，一个有职业野心的官员可以拍板的界限在哪里？这些问题都得不到解答。

我尽量以幽默的态度面对官员的玩笑与挖苦，但很难接受他们向我身边完全与此无关的人施压。如果机构打算刁难一个外国人，最有效的方法就是向与他打交道的人施压。在我待在西伯利亚的这段时间里，移民局的工作人员，也就是隶属于内务部的警察们最为擅长此道。

在楚科奇的首府阿纳德连，移民局的工作人员突然冲进我租住的公寓，并且威胁房东要处以 4.2 万卢布的罚款，理由是他没有为我作居住登记，尽管事实上，如果外国公民居留时间小于一周，就不需要登记。房东对我不满地大喊大叫，威胁着要把我赶到大街上。然后我冲着移民局的工作人员大喊大叫，最后当然是以我与房东道歉认错为结局，他们才没继续刁难我们。

我在雅库茨克的一所大学的宿舍里住过整整一周，当时我登记的居住地点是乔赫乔尔，但移民局还是以巨额罚款威胁学校。副校长惊恐地给我发了 WhatsApp 短信，告诉了我这件事。学校最终逃过了罚款，但整件事的目的就在于让学校明白，最好不要与我打交道。但这也有可能是纯粹的巧合吧。

最令人难过的一件事就是警察开始因为我而骚扰我们的女房东奥克佳布丽娜。此前,她虽然决定暑假过后不再将房子出租给我们,但在我的请求下,她还是为我办理了居住登记。我们像往常一样前往莫赫索戈洛赫的移民局,一切都顺利办妥了。但到了第二天,整整一队警察找上了奥克佳布丽娜,询问她我的下落。我当然不住在原来的屋子,那里已经搬入了新的租客。警察在当天又一次折磨了76岁的奥克佳布丽娜并且要求她汇报我的现住址。真是有意思的要求!最后,奥克佳布丽娜犯了心梗,她在医院躺了两天。在这之后她回到家,告诉了我发生的事情。幸运的是,这次的经历反而让她变得坚强。"我给他们打电话,冲他们大吼,这就是他们干出来的事,就这么对待一个老人!"

老虎

绝迹的猫科动物正在重返阿穆尔原始森林。

犹太自治区，库图佐夫卡（Кутузовка），野豹之地，符拉迪沃斯托克

  2 米乘 2 米的金属笼子被放置在茂密森林的沙地上。称它为笼子有些夸张，因为它的四周不是金属棍，而是一层金属薄板，表面开了小孔以供笼内的危险生物呼吸。两辆卡车停在路中央，我们一群人挤在安全的地方——驾驶室与卡车车厢，紧接着两个男人驾驶卡车拽动 20 米长的钢索，打开了笼子的门。什么都没有发生，一片寂静，过去了一分钟又一分钟。

  笼子里突然传来一声干瘪的吼叫，这是大猫在调整呼吸。几秒钟后，一只成年虎用力一跃，冲出了笼子。她在路中央停顿了片刻，狐疑地看了看我们，急忙冲进了森林。一场"表演"落幕了。两岁的虎妞菲莉帕回到了她原本的世界——远东的原始森林。

  菲莉帕的故事是保护繁衍西伯利亚虎，或者说阿穆尔虎的一个缩影，它与俄罗斯近一百六十年的发展息息相关。阿穆尔虎是地球上最北的老虎，它只活动于俄罗斯远东地区，部分活动于中国与朝鲜的边境地区。这种大型动物最重可达 500 公斤，

体长 4 米。阿穆尔虎今天的活动区域可以说是命运使然。它们本是热带物种，但因气候变冷，只能留在降雪地带。因为恶劣的自然条件，它们的领地范围要比孟加拉虎大上许多，达到了几千平方公里。

第二次世界大战期间，阿穆尔虎已经被捕杀殆尽，但到了 1950 年代，多亏了保护行动，这一物种得以再次复兴。但它们在 1990 年代又迎来重创。随着苏联解体，当地人的收入跌入谷底。边境的开放提供了非法贩卖老虎的通道。商贩收购虎皮、虎须、内脏、血液甚至肠子的内容物，老虎的内脏可以入药。据统计，仅自 1992 年至 1994 年，在俄罗斯就打死了 1/4 的老虎。官员对待这件事的态度令人作呕：符拉迪沃斯托克的市长向白俄罗斯总统赠送了虎皮，而保护委员会的主席本人在偷猎活动中被捕。

阿穆尔虎的命运引起了国际组织 WWF 与 WCF 的关注。他们长时间资助防范猎虎的巡逻队，动物园也参与到保护行动中，它们组建了 Alta——阿穆尔豹与阿穆尔老虎联盟[1]。现如今联盟改名为 WCCA——保护野生猫科动物联盟[2]。其中最大的慈善个体是赫尔辛基动物园（Koykeasaari）。芬兰动物园也参与到保护计划中，因为它的园区内也有阿穆尔虎与阿穆尔豹。2016 年，那里的阿穆尔虎还产下了 3 只虎崽子。

近 10 年来，老虎的生存条件终于好转，因为俄罗斯政府

---

[1] Amur Leopard and Tiger Alliance.
[2] Wild Cats Conservation Alliance.

也加入到保护活动中来了。所有人都记得普京用绳子套住躺在地面酣睡的老虎的相片。有流言称，当时为了应对媒体开放日，这只老虎被注射了过量安眠药物并因此死亡。但普京还是在保护动物。今天的保护动物计划几乎就是在 2010 年的保护大会上启动的，普京在该大会上呼吁人们关注濒危物种。

几年内，为了保护老虎以及被老虎捕食的动物们，人们设立了 7 个广阔的自然保护区。最后还实现了不同部门间的协调合作，包括警察、护林员、海关与安全部门。执法力度进一步加大。从前只有被抓现行的猎人才会被判罚偷猎罪，但现在只要发现携带老虎尸首，就可以宣判。2017 年，一位商人因为偷猎打死 6 只老虎，被判处罚款 100 万卢布。

为了协调保护工作，人们设立了"阿穆尔虎"中心，由此前在 WWF 工作的年轻的生物学家谢尔盖·阿拉米勒夫（Сергей Арамилав）统一调度所有活动。中心的管理者是俄联邦总统委派的行政专员，俄罗斯石油公司与俄罗斯天然气总公司被指定为主要赞助商。今天，可以大胆地讨论阿穆尔虎的复兴时代，得益于保护工作，阿穆尔虎的总数上升到了 540 只，这是近百年来的顶峰。

如果不是因为不幸，菲莉帕本不会出现在人类身边，也就不用重返自然。2015 年，一名从符拉迪沃斯托克开往中国边境的司机，在高速公路上拍下了 3 只虎崽子。相片上只有虎崽，这意味着它们的妈妈已经死亡，极有可能是惨遭偷猎者毒手。司机向国家公园的护林员报告了这件事。

几天后,护林员又接到电话:两只小老虎闯入了附近居民家中,并且试图咬死兔子。护林员追踪到两只野兽,将它们麻醉后运往了符拉迪沃斯托克附近的阿列克谢夫卡(Алексеевка)镇。那里有一所野生动物康复中心。在自己地盘迷路的、生病的幼崽或者与人类发生冲突的野兽均被送往那里接受治疗。该中心还从事动物保护工作,普京与酣睡老虎的相片正是在那里拍摄的。

健康的成年老虎可以很快重返大自然,但是幼崽需要培养到一定年纪才能放归自然,这大概需要一年半的时间。在回家前,老虎需要经过多阶段的测试,由专家委员会评估测试结果。这里最关键的是两件事:首先,野兽必须害怕人类。中心给每只野兽圈定了半公顷的兽栏,以保证它们看不见人类。其次,老虎必须能够自行捕猎。为此,人们会定期向兽栏投放活兔与活鹿。

菲莉帕出色地通过了所有测试。兽医卡佳·布莉德琴科(Катя Блидченко)认为,菲莉帕是她饲养过最棒的老虎。"谨慎而坚决的猎手会迅速撕碎它的猎物。"于是,人们决定将它送回大自然。想要抓住菲莉帕很困难,但人们最终还是成功麻醉了它。经过兽医检查后,它被送进了笼子,运送到了指定地点。

不过,菲莉帕并没被送回它的家乡。它出生于符拉迪沃斯托克一带,但俄联邦消费者权益及公民平安保护监督局决定将这只雌虎送至距离家乡 800 公里以西的地方。那里是犹太自治区,是斯大林在 1930 年代设立的共产主义版本的锡安圣地。可那里的犹太居民极少,大部分区域是阿穆尔河北段的不可通行的原始森林。

以前，这里也有老虎栖居，但最后一批早在1950年代就死于猎人之手。这个犹太区没能成为第二个以色列，却见证了第二批老虎的到来。已经有5只老虎定居此处，其中两只名为斯维塔与灰姑娘的雌虎还产下了幼崽。

菲莉帕的家乡是符拉迪沃斯托克与中国之间的一条森林带，它自2012年起被设为国家公园"野豹之地"。这个名字取自远东地区最小的猫科猛兽——阿穆尔豹。该物种曾处于比阿穆尔虎更濒危的状态：在1980年代，它们的数量仅余30头，恰好是填满一把猎枪的子弹数量。但与阿穆尔虎不同，阿穆尔豹并没引起猎人太多的注意，它们自己逐渐克服了灭绝的危机，数量回升到了80头。豹子也有自己强有力的保护人，他就是普京身边的谢尔盖·伊万诺夫（Сергей Иванов）。现在，人们为了丰富基因库，想将动物园里的豹子移往远东地区。

野豹之地也是老虎之家。国家公园内栖居着大约30头老虎，这使它成了俄罗斯老虎数量最密集的地区。在6月，也就是菲莉帕回归自然后的一个月，猫科动物的研究专家与护林员们前往检查安装在公园的摄像头。他们安慰我这项活动并不危险。"现在老虎都吃饱了。"年轻的生物学家彼得·西明（Петр Семин）说。夏天很难瞧见老虎，就算我们突然撞上了，也有可以吓退老虎的信号火炬，但最好不要用武器威胁老虎，因为受伤会刺激它们发动进攻。

从前，人们根据雪地的痕迹追踪猛兽动向。科学家们沿着雪面冰凌的痕迹追踪动物，根据排泄物判断它们的饮食。在新千年，人们改用传感器与数百台安置在必要地点的野外摄像头来追踪野兽。

我与学者们前往国家公园的最深处，那里看起来像是热带森林。道路状况糟糕极了，但这有利于大自然本身。同行的还有身着防螨服装的西明与护林员阿列克谢，他们在这片难以通行的地区大显身手，灵活地跨过倒下的树木，随心所欲地穿行在蕨类植物与带刺灌木丛生的区域，轻松地踩着原木横渡河流。我们四周是高耸入云的橡树、枫树、梣树、雪松还有冷杉。成串的猕猴桃悬挂在树干上。这就是俄罗斯远东的混合原始森林，这样的景象在俄罗斯是独一份的，但这也没什么好奇怪的，毕竟我们是在比索契更南的地方。符拉迪沃斯托克一带的滨海边疆区生长着全国28%的濒危植物。这里唯独没有人参这种传奇的医用植物。采摘人参并贩卖到中国市场同样也是违法的，但它的利润可比猎虎高多了。

我们爬上一节陡坡，靠近了一处小洞穴入口的第一台摄像机。尽管老虎与豹子生活在同一片区域，但他们的实际领地是划分开来的：老虎生活在山谷，豹子生活在山岭。他们的饮食也有差异，豹子以鹿为食，老虎则捕食野猪。

老虎在冬季为了保持体温，需要每天进食20公斤的肉类。它们被认为是相当狡猾的野兽，擅长寻找捷径并且立刻采取行动。它们会长时间地，不慌不忙地追踪猎物，然后发动突然袭击。它们的尖牙与20厘米长的利爪相当实用。但即使对于大体型的老虎来说，成年野猪也是一个难缠的敌手。有时候，一场缠斗下来，两败俱伤，双双殒命。另一种能击退老虎的野兽就是狗熊。

这里生活着两种狗熊：棕熊与黑熊。至于其他动物，它们难逃老虎的利爪。

到了傍晚，我与科学家们一起观看摄像头的记录。它拍下了老虎、豹子、狗熊与獾。有一段视频展示了豹子挠树，两周以后，一只老虎经过了那个地方。在另外一段视频中，一只狗熊正好奇地打量摄像头，另一只狗熊正从树上爬下来。在第三段视频中，狗熊拍掉了摄像头的电池。

多亏了摄像头与传感器，人们如今弄清楚了许多猫科动物有趣的生活细节。如今，人们已经确切地知道，它们和谁？在哪里活动？如何交配？在哪里饲养后代？吃什么东西？比方说，很长一段时间以来，人们都以为豹子是群居动物，但事实上它们是独来独往的。

但不是所有人都乐于见到老虎种群的繁衍。据说，本地人敬畏老虎并且尽量远离它们。但到了19世纪末，当新居民俄罗斯人与乌克兰人来到这片土地，他们将这种野兽视作敌人，而且这种想法至今也没有改变。老虎不仅可怕，它们还与猎人竞争猎物。

从人性的角度来看，当地居民的想法可以理解。许多人成了猛虎爪下的亡魂。最糟糕的情况发生在1990年代，当时的受害者人数创下了纪录——1996年共有5人葬身虎口。在美国记者琼·维兰特（John Vaillant）的纪实散文《老虎：一段复仇与救赎的故事》俄译版中，我了解到一段残酷冷血的真实故事：被偷猎者打伤的老虎踏上血仇之路，找到了仇家并将他撕得粉碎。

但老虎很少攻击人类。我们害怕老虎，是因为这样的恐惧已经植根于我们心中数千年。通常来说，野兽只有在受刺激时才会攻击，比如猎人先开枪，或者抢夺它们嘴下的猎物，再或者是野兽处于受伤或饥肠辘辘的状态。

老虎常常"拜访"库图佐夫卡村（Кутузовка），我在离开自然保护区时顺道去了那里一趟。我认识了当地的退休老人伊琳娜·古德科娃（Ирина Гудкова），她的狗在3个月前被斑纹猛兽咬死了。人们已经很多年没在村子附近看见过它们，但自去年冬天起，老虎开始"探望"村子。"我在早晨5点被狗叫声惊醒，我走出去一看，我的狗已经被撕碎了，而老虎已经消失了。"古德科娃告诉我，她还在等待国家的赔偿。人们还在村子里发现了虎崽的踪迹。"妈妈在教它们狩猎。"古德科娃如此解释。

关于老虎为什么从去年冬天开始进村，古德科娃的解释相当有道理。"上个冬天太艰难了，松球里没有坚果。而所有的森林动物都以它为食。没有坚果，老虎也就没有猎物可捕。"

很显然，保护老虎令库图佐夫卡村的村民们很不满。"为什么要保护老虎？"身为母亲的叶甫盖尼娅·费多先科（Евгения Федосенко）抱怨说。"应该保护孩子们。我们现在不敢任他们单独出门，不得不开车接送他们上学。而如果你把老虎打死了，你还得坐牢。"

想要保护老虎，就该倾听库图佐夫卡村民的意见。对于老虎而言，最危险的敌人是那些为了生存斗争的人以及痛恨它们的人。老虎的命运与俄罗斯的繁荣紧密相关。大量不合法的砍伐森林也对老虎生存造成了威胁。砍伐破坏了食物链。木材被贩卖到中国。甚至日益增长的国际合作也威胁到这些猛兽。现今，人们想修一条直接从符拉迪沃斯托克到中国的公路，这条公路将穿过野豹之地国家公园。

至于菲莉帕，她在新家的生活怎么样？我们收到了一些准确的消息，因为所有返回大自然的老虎都在脖颈处挂有 GPS 定位器。事实上，她刚一获得自由，就捕获了一头小黑熊作为午餐。为了熟悉领地，菲莉帕像其他年轻老虎那样巡视了很多公里。她留在了俄罗斯，尽管许多她的同伴会渡过阿穆尔河，前往中国考察那里的野味情况，不过他们大多会返回俄罗斯。

更有意思的是，生活在稍东边一点的，同样是返回自然的老虎波利亚已经在追踪菲莉帕的痕迹。很有可能在不久的将来，从犹太自治区会传来关于一个幸福家庭的喜讯。

大学

在世界上最寒冷的大学城，作者突然成了西伯利亚教师。
雅库茨克

人们常说，西伯利亚教会人生存。但在我身上，情况还能颠倒过来。我成了一名西伯利亚教师，尽管是兼职。

我每周都要驾驶瓦滋旅行者去一趟雅库茨克市中心，将车停在一栋带有斯大林式巴洛克风格圆柱的建筑物前，穿过双重的前厅挤进建筑物内部，向保安出示我的工作证，接着沿着漫长的走廊一路小跑，去给新闻系的大学生们上课。

2万人的东北联邦大学是位于寒冷之都中心的学术绿洲。2000年起，人们在大学周边修建了配套有现代化宿舍、食堂与游泳池的大学城。每晚，大学生像吟游诗人一样在中心广场演奏雅库特歌谣，演奏甚至持续到禁止喧哗的夜晚10点。

除了活跃的大学生活外，大学城还为学习知识与科学研究提供了便利条件。这所大学培养医学、博物学、地质学、科学技术、经济学、人文与社会科学方面的专业人才。这里的特色专业领域是采矿、永冻土生态系统、古生物学、极寒条件下的建筑技术以及新型石墨烯材料研发。该教育中心此前被称为雅库特大学，但在 2010 年它获得了联邦大学的称号，这意味着它获得了更多的拨款以及一定的官僚特权。比方说，如今这所大学有权在不经莫斯科参与的情况下认证我的芬兰学位，尽管副校长声称，他们并不知道如何操作。

除了新闻工作与写书外，我还在俄罗斯联合培养博士项目资助下，进入东北联邦大学新闻系交换学习。我原本应该在芬兰的大学完成博士学位答辩，但我实在分身乏术，现在只忙于雅库特的生活与写作。作为进修的一部分，我提议给大学生教授新闻课程。我准备无偿教学，但校方执意要与我签订劳动合同。在俄罗斯的大学里，有没有外教是一件很重要的事情，至于外教是谁，反倒不重要，因为学校会因此在教育部获得评价加分，然后就是拨款。所以我的口袋里既揣着进修合同，又揣着劳动合同，两份合同上都画有校长叶甫盖尼娅·伊萨耶夫娜·米哈伊洛娃（Евгения Иваевна Михайлова）的漂亮签名。不过，当我去学校会计处领薪水时，几乎 1/3 的收入在没有任何证明文件的情况下被扣留了。人们告诉我，这笔钱将算入退休金，尽管作为一个外国人我未必会领取俄罗斯的退休金。

我的教学生涯从面向全系的系列讲座开始，这已经算是一个成功。

学生们兴致高昂地询问我关于芬兰媒体、芬兰中小学体系的问题，以及想在课后与我合影。此前，我在办公室提议开设关于"在乌战事"的新闻比较课程，对比俄罗斯媒体、乌克兰媒体与西方媒体。同事们告诉我这个主题不错，之前也有人提出过，但并没有被接受。所以我只是开设了几门针对专栏体裁写作[1]的实践课程。

学生对老师的态度让我受到一些文化冲击。他们会像旧时代一样，在上课前起立，并且用"您"称呼我。而且这些孩子们年纪普遍偏小：俄罗斯大一新生的普遍年龄是17岁，这在欧洲还相当于小孩子。有些学生相当消极被动，他们似乎离不开自己的手机。我尽力用问题调动他们的积极性，但有的学生对于任何提问都只做简单回答。其他外教向我解释说，大学生们最主要的目标是毕业，他们来上课只是迫于要求。但还是有一些对话题真正感兴趣的学生。

我自己在这里学到的似乎比教给他们的还要多。我们有一些有趣的讨论，比如关于当地媒体的话题选择，它们会报道什么，又会对什么避而不谈。我们还谈到了一个非常复杂的话题。有的大学生说，雅库特的公务职位都是凭亲戚关系得到的。部分学生认为这没什么不好，看起来，他们就是其中的受益者。许多学生想从事新闻调查，揭露贪污腐败，以及报道修建大学宿舍、幼儿园的问题，揭露废料处理系统与公共交通缺陷。许多学生对"刚左新闻"与亨特·斯托克顿·汤普森[2]感兴趣。其中一个男孩子计划在记者实习的第一个夏天深入探访毒品世界。我告诫他这很危险。

一开始，我尽力避免棘手的政治话题，因为讨论政治并不属于教师的职责。但大学生们自己时不时地抛出一些复杂的

---

[1] Featuer，一种非虚构新闻文学，具有较强的描写性。
[2] 亨特·斯托克顿·汤普森，美国作家，"刚左新闻"的开创者，代表作是《惧恨拉斯维加斯》。

问题。"您阅读过揭露梅德韦杰夫的文章吗？您认为这是真的吗？"他们问过我。这是指反对派人士阿列克谢·纳瓦利内揭发他坐拥价值10亿欧元豪宅一事。

到了教师生涯的末尾，我也决定直接提出一些尖锐的问题，比如大学生们怎么看待2018年的总统大选？"我们没有任何选择，无人可选。"他们回答说。"但普京是唯一受西方国家尊重的候选人。"其中一个男孩子反驳道。

我向他们讲述了贝灵猫小组的调查报告。根据他们的调查结果，2014年夏天在乌克兰击中马航航班的对空导弹设备来自俄罗斯。这对于年轻人们来说是新鲜的消息，他们听得津津有味。而且没有一个人因为我在学校讨论类似的话题而举报我。所有的学生都上过"反极端主义"的必修课，而在俄罗斯，官员们可以凭借社交网络评论将任何人称作极端主义。

令人悲伤的是，高年级学生中只有寥寥几人将记者作为自己未来的目标。临近毕业的毕业生们对于自己能否找到与专业相符的工作持悲观或怀疑态度。低年级学生中抱有记者志愿的人占大多数。许多人在一些相关独立的新闻媒体，诸如《雅库特周报》或者网络新闻媒体 news.ykt.ru 实习过。

新闻系大约八成的学生是雅库特族，而这也是整个东北联邦大学的普遍情况。尽管这里用俄语教学，但它在很大程度上是纯粹的雅库特人的大学，在这里可以碰见来自共和国最偏远角落，比如阿纳巴尔或者乌斯季扬斯基（Усть-Янский）地区的年轻人，极少数的俄罗斯族来自煤矿城市米尔内与涅廖恩格里。俄罗斯族的孩子们都不在雅库茨克的雅库特大学接受教育，而是尽量去真正的俄罗斯上学，比如新西伯利亚、克拉斯诺亚尔斯克、伊尔库茨克、哈巴罗夫斯克与符拉迪沃斯托克。最优秀的或者最有钱的孩子会去莫斯科。对于雅库特文化发展而言，在大学中用雅库特语教学是最合理的提议，但雅库特没有人讨论这一点。

根据官方数据，大学里的外国留学生人数大约为200人，其中大多数是博士生，比如来自中国的博士生。东北联邦大学加入了北方极地高校联盟，因此获得了学生互换交流的机会，比如与拉普兰的大学进行交流。有些大学生已经有过在芬兰交流学习的经验。在很多人看来，芬兰与挪威更像是人们心目中的北方国家。

新闻系的奠基人已经83岁高龄，在我兼职上课这段时间，他还占着学校的教授席位。我不是很明白他在从事什么工作，但教授本人并不特别想与我交流。我时不时地在教研室看见他，他都坐在角落的桌子后，吃着苹果，用放大镜阅读某张手写的纸片。他直到2019年去世都保留着教授的席位。

新闻系由系主任奥列格·西多罗夫（Олег Сидоров）与副教授瓦列里·纳季金（Валерий Надьгин）领导。西多罗夫是那种典型的对国际合作持开放态度的雅库特知识分子。他是雅库特作协主席以及双语文化杂志《伊林》（Илин）的主编。他撰写了一系列1920年代雅库特活动家的传记以及雅库特1990年代总统米哈伊尔·尼古拉耶夫的生平传记。西多罗夫与其说是记者，不如说是历史学家，而更重要的是，他是一个正派的人，在俄罗斯人们通常这样评价一个值得尊重的人。

纳季金是出生于雅库茨克的俄罗斯人，他广受学生喜爱，喜欢开玩笑。他很不幸地成了我的论文指导教师。如果说西多罗夫在精神上更接近雅库特第一任总统，那么纳季金的观点则更偏向俄罗斯。比方说，他就认同克里米亚并入俄罗斯，只是俄罗斯为此付出了太过昂贵的代价。

无论何时何地遇见我，纳季金总能记起某个关于芬兰人的笑话。而当我穿着毡靴出现在冬天的第一堂课上时，他震惊极了。我当然知道，按照社交礼仪，只有扫院子的人才会穿毡靴，所以我早早就把一双颇具风格的鹿皮靴送去修补，但修补师傅没能兑现承诺，他没能在第一堂课前补好靴子。"噢嚯，穿着毡靴，可真行！这当然够嬉皮士，我还从未见过咧！"纳季金笑得前仰后合，后来还好几次提起这件事。

系主任西多罗夫非常满意学生们能有一个外教老师，哪怕是临时的外教。"现在最重要的就是为他们打开另一个现实，告诉他们欧洲国家的记者是如何工作的，告诉他们芬兰的媒体的现状。"但是，学校对我却持有双重态度，这也反映了今日俄罗斯的普遍氛围。

一方面，学校应当吸引外籍教师，但从另一方面而言，我们这些外国人也构成了威胁。学校处于安全机构的监控之下。我猜他们一定没少折磨负责国际事务的年轻副校长，因为我时不时地收到他的短信，询问我的文件以及动向。

可惜的是，在俄罗斯大学常常听见的不是思想的颤动，而是纸张的沙沙声。这里最重要的是官僚制度。大学生们手捧着纸张等待老师签名，老师又将签好字的纸张送去学术委员会，如此传递下去。我也不想知道纸张上的内容是什么，凡是送过来的文件，我通常一眼没瞧就签字了。幸运的是，俄罗斯的官员们通常会在需要签字的地方打钩，这提供了一定的便利。

大学里的管理制度阶层分明。我不知道校长叶甫盖尼娅·米哈伊洛娃干得怎么样，但当我看见她与丈夫没有搭乘商务舱，而是出现在经济舱时，我感到一阵意外之喜。

她在学校里的地位是上帝之下的第二人。当学校庆祝60周年诞辰时，招待会上的每一次祝酒词与发言都献给了尊敬的叶甫盖尼娅·米哈伊洛娃，就好像这一天是她的命名日[1]。甚至来参加招待会的外国教授也入乡随俗，遵循了这一奇怪的礼仪。

米哈伊洛娃直到2019年年满70岁时才卸任大学校长，现如今她担任大学主席职位。

在俄罗斯，帮助执政党赢得选举也是大学与校长的分内职责。学校还要按照国家机器的要求，派遣大学生参加各类群众活动。宿舍的消防警报一旦拉响，所有学生应当即刻集合在大学城的中心广场上。这种巨婴式的教育方式将会培养年轻人对社会的巨婴式心态。

拨款给联邦大学的启动资金保证它过了滋润的5年，这笔钱如今已经花完。学校面临着财政紧缩与裁员危机，这也是高悬在俄罗斯其他高校头上的普遍危机。普京在临近选举的2017年命令大幅提高政府薪资待遇，大学就不得不缩减编制以完成

---

[1] 东正教国家特有的文化传统节日。东正教家庭往往会以圣徒之名给新生儿取名字，如尼古拉、格里高利等等，这些圣徒的纪念日即为该婴儿的命名日——译者注。

这一任务。现如今，俄罗斯大学的经费大多仰赖学生，其中大部分是自费教育。东北联邦大学一年的学费大约为 3000 欧元，大学生们可以贷款支付学费。教育要依靠年轻人与他们父母的钱包，这是多么令人悲哀的一件事。

但无论如何，这条学术小径倒是给了我观察俄罗斯未来的绝好机会，而未来还未全部丧失。如果大学生们能够找到工作以及实现自我的机会，那么雅库特的新闻业还有光明的前景。

夏

回家

西伯利亚第一年的生活接近尾声。

乔赫乔尔,托莫托,滕达(Тында),黑河,布拉戈维申斯克

2017年5月,我们在雅库特的一年接近尾声。

妻子已经过够了雅库特农村家庭主妇的生活。她想念自己的工作与正常生活。她也受够了家庭教师的角色——我的妻子不得不按照芬兰的教学大纲给大儿子补课。西伯利亚的一年生活加重了我们的家庭教育责任。家长与孩子双方都被"父母是孩子最好的导师"的模式压得喘不过气。

孩子们想念家,尽管他们在西伯利亚也一切顺利。我们的老大已经懒得去学校,他的老师也懒得管他。她或许已经疲于让这个外来的孩子融入当地。作业练习本上的批注越来越少。在老师的默许下,孩子们越来越早放学回家。到了学年末,老大不仅可以翘掉雅库特语课,甚至还可以翘掉俄罗斯文学课。但这并没有妨碍这位小英雄在期末获得"优秀"评价。

两个小儿子在幼儿园干尽了淘气事,打架、逃跑、和幼儿园的保育员"躲猫猫",所以当我们计划夏天离开时,幼儿园保育员认为这是一个非常不错的主意。

我希望在乔赫乔尔再待上一年，但父权专制坍塌了：我不得不让步于全家人的反对。我们决定先返回芬兰，然后再回雅库特住上几个月。这是妻子能做出的最大妥协。

于是，我有机会实现在西伯利亚第一年生活中放弃的几次长途旅行。我准备前往雅库特北部探寻猛犸长牙，去见证一场激动人心的科学实验——人们正试图将原始森林逆向改造成猛犸时期的冻土草原。最后，我还想沿着北海航线航行，了解气候变化如何影响北冰洋。

我提前向奥克佳布丽娜打探，她是否愿意将房子续租给我们（尽管有着各种各样的小毛病，但我还是觉得那里不错）。奥克佳布丽娜拒绝了我们，她已经找到了新的租客——带小孩的一家人。但她对同村的人却说，她一直等着我们回来，而我们消失了。

我们还有另一种得到这栋屋子的可能：买下它。奥克佳布丽娜要价 60 万卢布，如果算上地皮，这个价格可能还要翻一番。我本来考虑出手，但妻子让飘得太高的我回到了地面。

我们原本打算搬去纳姆斯基（Намский）乌鲁沙的霍姆斯塔赫村（Хомустаах），我们在那里有熟人，也有可供住宿的地方，但孩子们坚决要求待在乔赫乔尔。他们说，如果一定要回到雅库特，那就最好还是回到乔赫乔尔，他们在这儿已经有了熟悉的角落、朋友、商店、学校和最喜欢的地方——废弃的锯木厂。

但就像一年前，乔赫乔尔的空房子是大白天打灯笼也找不着啊。

我找到了一栋空房子，却没能说服女房东，因为我们计划秋后返回，这意味着房子将空置整个秋天。"酒鬼会破坏房门搬进来的。"女房东说。我说服了一位奶奶帮我们照看空屋，但女主人还是不满意："她自己就是一个酒鬼！"问题最终得以解决：我和一位叫作柳齐娅的年迈女性谈妥了，她同意将自己多余的房子租给我们。吸取沉痛教训后，我们不再相信什么口头承诺。柳齐娅提出了一个不错的方案：签订一个协议并且将所有费用写在纸面上。"我唯一希望的就是您和您的朋友喝醉以后不要来打搅我们。"她说道。我向她保证，绝不会让这种情况发生。

我们搬离了奥克佳布丽娜家，从墙上取下蝙蝠侠肖像构成的圣像壁，保存好小儿子在西伯利亚一年的绘画杰作，将夏天用的所有家什打包进瓦滋旅行者，并把车停在当地机械师、司机兼我们的朋友阿利卡的院子里。

我们选择的道路并不轻松。我们决定乘火车克服 3700 公里的路程抵达最近的国际大都市——北京。家人们将搭乘飞机从北京回芬兰，而我将返回西伯利亚继续旅程，并在雅库特迎接夏至节。鉴于雅库茨克没有火车站，我们计划先搭乘出租车行驶 439 公里，抵达最近的火车站——托莫托站，再从那里坐火车到达中俄边境。

但大自然却阻止我们离开雅库茨克。乔赫乔尔与雅库茨克位于勒拿河西岸，唯一一条通往托莫托，也是前往广阔世界的公路修在东岸。我们购买了 5 月 17 日从托莫托出发的车票，而就在这一天，雅库茨克四郊的冰雪开始大规模消融。

我们一大早就和乔赫乔尔的居民们告别，坐进了莲娜[1]那辆老旧的斯巴鲁，一路疾驰向雅库茨克，前往也叫作勒拿[2]的大河河岸。

直到昨天晚上，气垫客船还能往返于两岸之间，但冰层在一夜之间裂开，巨型浮冰发出轰隆隆的冲撞声，奔向下游。

司机们在岸边抽烟，一边欣赏着这出大自然的奇景。"今天是没法渡河了。"他们解释说。

看起来在半天内克服439公里赶上远行火车的机会渺茫。但我们得到了天使的帮助，她化身一架极地航空公司的红色涂装米-8直升机搭救了我们。莲娜将我们拉到距离雅库茨克10多公里的马坎（Маган）备用机场。我们花了1000卢布坐进了这架"会飞的小棺材"。它伴着"哒哒"声，低空掠过市中心的高层建筑与流冰轰隆作响的河面，最后降落在对岸下别斯佳赫[3]的草地上。

司机正在等待我们，他将我们的行李丢上车顶。感谢上帝，时间还有剩余，刚好够我们停车瞥一眼这大自然的奇迹——布鲁斯冰川（Буллус），这灰蓝色的庞然大物平铺在森林环绕的河谷。布鲁斯冰川是由永冻土渗出的积水结成的大面积冰层，它在萨哈语中被称为塔伦（тарын）。我们抓住了生命中最惊奇的冬天的最后一团雪，心满意足地撒欢奔驰在雪白的冰川表层。

托莫托的火车站建筑具有民族浪漫主义风格，令人想起雅

---

1 即作者一家人的固定班车司机，见前文265页——译者注。
2 勒拿河（Лена）与司机莲娜（Лена）重名——译者注。
3 Нижний Бестях，雅库特语为阿拉拉-别斯佳赫（Аллараа Бэстээх）。

库特族的夏季游牧帐篷——乌拉哈（ypaxa）。与雅库特旗帜同色的火车已经等候在月台旁。我们将在闷热的小包厢内与3个孩子，5个大行李箱共度一天半的时光。我们轻松地用口袋为最小的家庭成员支好了一张床。

出乎我们意料的是，孩子们居然不觉得无聊，他们在火车里度过了一段愉快的时光。

深夜，我们的列车驶入扬吉（Янги）山脉平原，我们从那里驶往阿穆尔河流域，在贝阿大干线的首府——滕达市停留了数个小时，带孩子们参观了许多当地知名景点。我们这一路下来就仿佛从春季进入冬季，而在看尽雪景后，又折回了夏季。滕达冒出了第一批绿叶，位于边境的布拉戈维申斯克的椴树已经换上了绿装。当地的气温高于20摄氏度，人们在户外穿着夏装。

始建于1856年的布拉戈维申斯克是一座边境城市，是俄罗斯的桥头堡。它的市徽是一道彩虹，这是为了纪念沙皇尼古拉二世在1891年来访。但这座城市也有恐怖的历史：1900年哥萨克在这里进行了大屠杀，他们将所有中国居民赶往河对岸。将近5000人溺毙，其中有许多妇女儿童。但今天，这座边陲省城正努力从邻里关系中获利。这里的许多商业中心由中国人修建。如果说从前俄罗斯会过境赴中国大批量采购，那么如今随着卢布贬值，中国商人正蜂拥至俄罗斯。针对边境区域居民的签证政策放松也有助于旅游业发展。

在布拉戈维申斯克，你能肉眼看见中国大大赶超了俄罗斯。在滨河公园我们瞧见了阿穆尔河对岸的中国城市黑河，那里高楼林立，直冲天际，还有一些仿埃菲尔铁塔式的建筑。从前，黑河只是一座小镇，现在它的规模已经赶上了布拉戈维申斯克，而且比它更现代，也更干净。

阿穆尔河一如既往地将中俄两座城市分隔两岸。人们在更东边的下列宁村（Нижнеленинское）修建了跨河铁路，对岸中国人的两公里路段提前竣工了，比俄罗斯人的300米路段要早好几年。而布拉戈维申斯克只能眼巴巴地羡慕，尽管修桥的计划也隐约出现在阿穆尔州政府的投资计划内。

眼下距离中国边境还有1.5公里，坐船是唯一的办法。我们不得不在火车—码头接驳站上等待数个小时，接受俄罗斯边境官僚的寻常刁难。我们在那里意外地遇见了百事可乐西伯利亚分公司的员工们，他们向我们伸出了援手。他们正前往黑河参加某个员工聚会。几个男人提议帮我们将行李送至安检口，还好我们的包里也没什么违禁品。

渡河只花了10分钟。对岸的黑河以及它的超现代建筑正沐浴在夕阳下，人们正在精心装点的公园里打太极，街道角落挂上了标志俄中两国友谊的国旗。从雅库特的角度而言，我们已经踏上了最近的邻国土地。

西伯利亚与北方在我身后，亚洲与南方在我眼前。

厄瑟阿赫夏至节

摔跤、骑马与仪式——雅库特重要节日的内容,但唯独不可以饮酒。
乔赫乔尔,雅库茨克

　　当我返回雅库特后,大陆性气候决定好好补偿我此前所受的寒冬之苦。想当初,村子在零下50度的冬季苦寒里被冻得嘎嘎作响,现在夏季的正常温度甚至飙升到摄氏35度。这里位于雅库特中央平原地区,其温差之大为世界之最。雅库特人与芬兰人一样,直到夏季才能活跃起来。他们从自己的"洞穴"爬出来,丢掉皮袄,袒露身体。有些人甚至抓住机会抱怨起了炎热。

　　这里的炎热比寒冷更难熬。倘若天气冷了,你还可以烧起火炉,裹紧被子,美美地睡一觉,但要是天气炎热,就怎么也躲不开。万幸夜晚还算凉爽,可太阳一落山,成群的蚊子又该扑过来了。雅库特夏季很少降雨,但会有一两天充沛的季风雨,通向耕地的村路会被雨水冲毁。在炎热的月份,森林还会出现火灾。

　　人们正是在这样火热的氛围中庆祝雅库特最盛大的节日——夏至节。厄瑟阿赫夏至节最早是游牧民族的新年,人们在这一天敬拜太阳神。该节日起源自古突厥语族的腾格里信仰,它的一些特征在雅库特保留到了今日。苏联时期，该节日的宗教根源被冲淡，但近三十年来，人们又在努力弥补失去的事物，复兴传统。厄瑟阿赫在一定意义上是被再造的节日，所以它如今还在寻找自己的形式。

出于实际考虑，不同乌鲁沙的人们在不同的日子庆祝该节日，所以我有幸参加了3次厄瑟阿赫节。每个乌鲁沙有自己庆祝节日的地点，在那里每个族群，邻近的村社——萨哈语为杜埃尔别（туэлбе），或者劳工团体都有自己明确的活动地点——萨哈语为特黑尔格（тыхылге）。被篱笆圈起来的特黑尔格里扎满了帐篷，或者说萨哈语中的乌拉哈，有时候人们还会搭起斜面墙的棚子，或者干脆支起一座小亭子。

在汉加拉斯基乌鲁沙，人们就在距离我家几公里远的地方庆祝节日。庆祝节日的平原被叫作奥尔托多伊杜（Орто Дойду），意为雅库特神话中的中间国度。活动区域内立有装饰性的塞尔盖立柱，乌拉哈帐篷以及棚子，陡峭的山坡上还支起了木栅栏，象征着数层天界。

雅库茨克市的节日地点选在市郊的乌斯哈特涅（Ус Хатыне）。共和国首府的厄瑟阿赫节是共和国内规模最大的夏至节。2017年，参加节日的人数就达到了18万人。但不是所有雅库特人都想庆祝这个节日，所以人们在活动现场旁为年轻人同时举办了科技生活体验活动。

厄瑟阿赫节以一场宗教仪式开幕，准确来说是名为阿尔格斯（алгыс）的祝福仪式。活动参加者需要穿过一条长廊进入活动现场，手持马尾掸子的女性成排站立在长廊两侧，来回挥舞掸子与点燃的百里香。参加活动的人随后将马尾投入八角篝火堆。人们认为，它的烟火将保护人们不受恶灵侵袭。

五彩缤纷的旗帜与桦树条装点着节日现场。人们在场地中央专门立起一株高耸的生命之树，以象征着世界的不同境界。人群在生命之树前排起长队以求赐福。拴在塞尔盖柱上的马儿平静伫立着。按照古旧的仪式传统，人们在这一天需要向天神献祭白色的雅库特马，但现如今主持仪式的大师只需向篝火中倾倒萨拉玛特（саламат），即浓稠的酸奶油，与一杯马奶酒即可。大师将以呼麦的形式向观众讲述节日历史，这像是萨米尔人的尤伊克唱腔（joik）。仪式主持高举双手，迎向太阳高喊："乌鲁伊！阿伊哈尔！"，意为"健康！赐福！"，客人们也随着主持一起呼喊。身穿缀有银吊坠的白色民族服饰的女性们在金属容器内点燃宝贵的香料——粪团。

仪式过后，厄瑟阿赫节就变成了一场体育与文化的盛宴。从舞台处传来口弦琴的震颤与雅库特流行乐的轻柔歌声。民族史诗欧隆克的讲述者们——欧隆霍苏特（олонхосут）——正在比拼技艺。大力士们则在具有民族特色的运动项目中一试身手，其中最受欢迎的项目是抢棍子，又叫作马斯—塔尔德黑或者马斯—列斯特林克（мас-рестлинг），还有摔跤运动哈普萨加伊，在这项比赛中参赛双方都要尽力不让身体接触地面。雅库特跳远类似于三级跳，跳远运动员将用一只脚助跑，然后换脚，最后双脚起跳。图图姆—埃尔吉尔（тутум эргиир）这项运动看起来很奇怪，它又被称作雅库特式回旋，参赛者需要双手撑地，以自己为轴翻身旋转。

节日期间还举办了赛马活动，观众们下注的热情很高。今天，人们都改用纯种跑马参加比赛，短腿的雅库特马因速度劣势被认为不适宜参加赛马，在奥尔托-多伊杜赛马现场只出现了一匹雅库特马，它的驭手也是它的主人——我们村的牧人弗拉基卡。比赛期间，弗拉基卡的牧羊犬一直追在他们身后，但雅库特跑马还是落后于纯种跑马，弗拉基卡在几圈过后就放弃了比赛。

参加厄瑟阿赫节的游客必须身着民族服饰，不过在雅库特倒是人人都有一身民族服装。

男性民族服饰最重要的部分是晃荡在腰间的雅库特短刃，头戴用马尾编扎的帽子。女性通常身穿一袭白色长裙，裙面缀有银色吊坠。此次的雅库特的恩瑟阿赫节还入选了吉尼斯世界纪录：官方公证员证实，此次厄瑟阿赫节是世界上穿着民族服饰参加者最多的节日。世界上的其他地区或许很难再有打破这项纪录的可能。在此之前，厄瑟阿赫节还创下了饮用最多马奶酒与世界上最大的奥苏奥哈伊雅库茨克环舞的吉尼斯纪录。在雅库特，奥苏奥哈伊环舞通常持续到第二天日出之际。在此期间，领唱人演唱一段单调旋律，所有环舞参与者将不断重复这段旋律。我也参与了这个活动，甚至觉得自己模仿得还不错。

我们村里的节日活动是一场奇怪的比赛——修栅栏，它持续了 3 个小时。当地的大力士们需要刨好一根 4 米长的原木，将它拖至节日地点然后插入地面，就像是竖起栅栏桩子。毫无疑问，这道栅栏将修得很漂亮。到节日最后，大力士们总共竖起了 22 根巨大的立柱。

节日的高潮是第二天的日出时刻。日出仪式是节日的重头戏，据说，所有好的事物都来自东方，所有不好的事物都来自西方，所以当第一缕阳光照亮地平线时，人们纷纷将手伸向太阳。

毫无疑问，在雅库特参加夏至节需要极强的耐力，因为反酒精政策的施行，人们都在清醒的状态下庆祝节日，节日现场不准售卖酒精饮料。当然，现场还是能瞧见一两个"步履蹒跚"的小伙子，但他们是绝对的例外。大多数人将在滴酒不沾的情况下度过一个节目丰富的炎炎夏日。人们兴致勃勃地欣赏着民族服装走秀与口弦琴演奏，观看各类运动竞技比赛。这里没有醉醺醺的年轻人。我保持着清醒的头脑坚持了两轮 20 个小时的节日活动，但在第三轮活动时，我没克制住，在媒体帐篷的草垛下喝了白兰地。看来，在下次活动中，我该测试测试自己的毅力了。

猛犸

北方大象从地表消失,但却保留在了永冻土中。

萨哈(雅库特)共和国北部

我的家人们回到了芬兰。他们又生活在了赫尔辛基。他们不得不重新学习如何使用水龙头与室内卫生间。

孩子们回到了芬兰幼儿园,重新认识了他们的老朋友。看起来,重新融入芬兰生活对他们来说不成问题,恰恰相反,他们的生活变得轻松了许多,因为现在他们可以和所有人说芬兰语,在商店购买熟悉的食物,而不是待解冻的"惊喜"。只有我不在这幅全家福中。我依旧在西伯利亚享受夏天,身边是成群结队的蚊子与数十名陌生大汉。

夏季深夜,我乘一艘小船沿着雅库特北部泛滥的河流顺流而下。陡峭的河岸长期受到侵蚀,河流折弯处的部分已经坍塌,袒露出永冻土的冰脉。两个穿迷彩服与长筒雨靴的男人正站在岸边。被河水侵蚀的岸边有一台油泵抽水机,它的几条软管直伸入河水中。我们的小船靠向岸。人们相互握手,展示了自己的收获:小型哺乳动物的古代遗骨。我们走进了猛犸象骨淘宝客的营地。在这条小河流域附近,这样的营地有10个,而在整个雅库特有数百个。一股新的"淘金热"席卷了雅库特,只不过这一次人们在这里挖掘的不是黄金,而是古代遗骨。

猛犸遗骨被发掘于北美、亚洲北部、欧洲甚至是芬兰。但唯有在西伯利亚,在它的永冻土中,才有如此大规模的,保存程度相当完好的猛犸遗骨。雅库特的土地中埋藏着大量年龄在1万至5万年的猛犸遗体,而且不只有骨头被保留了下来。永冻土保存了连带着生物组织的完整干化尸体:皮肤、毛发、脏器、血管、血细胞、肌肉和泛红的肉体。但从经济的角度来说,这里值钱的只有威猛的獠牙。它们重达100公斤,长度超过了4米。猛犸用它们自卫,从雪层下获取食物,但人类完全出于其他理由需求它们。

我们沿着山坡走进一片干枯的树林,那里展开了一片真正的帐篷营地:带火炉的宽敞帆布篷、充当食堂的棚子,甚至还有洗澡用的帐篷。营地能容纳15人左右。营地的头领,绰号"布尔卡"[1]的年迈男性出来迎接新的到访者。他经营着几家食品商店。记者的出现令他有些不安。挖掘猛犸遗骨是一个复杂的话题。在雅库特某些地方,挖掘者们甚至因为纠纷而开枪打死过人。有人因为潜水而失踪,消失在极地的岛屿附近。因此,雅库特政府下达命令控制局势。实际上,这就意味着在全共和国境内搜捕淘骨客。原则上,在大自然中收集骨头是合法的,但不是所有的方式都合法。"你最好不要写到抽水机。"布尔卡拜托我。

---

[1] Булка,意为"圆面包"。

很早以前，大约一万五千年前，那时的西伯利亚北部完全是另一副模样。

那时候不存在落叶松的原始森林，只有平坦的草原，那是一片冻土草原。冬季比现在还要冷上许多，但夏天却足够温暖，适宜草原植物生长。那时候的欧洲已经全面进入冰川期，而北部的西伯利亚大陆还没有结冰。河流带来一层稀薄的土壤，它们经风扬起后，积淀成了肥沃的黄土[1]。

那时候位居自然界顶端的还不是人类，而是大象的远古亲戚——猛犸。它们体重可超5吨，身高可达3米以上，一天可进食数百公斤的花草植物。猛犸象在数千年间适应了北方气候。长长的绒毛、粗厚的脂肪层、比普通大象更小的耳朵与更短的尾巴都可以减少热量流失。猛犸象鼻有特殊的膨胀关节，它能在严寒时保持象鼻的温度。猛犸的数量增长缓慢，雌象每3到5年产一次崽。它们就这样生存着，但大约在一万两千年前突然发生了什么事情，它导致猛犸的生活变得艰难起来，以至于最后彻底灭绝了。

在河水与海水的作用下，冻土可以被融化。很长一段时间以来，人们就这样直接从海边或岸边捡拾猛犸遗骨。在这条河的沿岸，有一个男人直接在茂密的草地斜坡上找到了一根象牙。有人潜入极地湖泊和苔原河流寻找象牙。但我不能写关于象牙挖掘的事情，更不用说抽水机了。这是唯一可以快速突破永冻土层的武器。铲子掘不开永冻土，而硬凿和爆破都可能破坏遗骨。

---

[1] 由风力搬运后积成的黄褐色粉土。

安德烈是小组里唯一的俄罗斯人，他安装了从河里抽水的水泵。软管粗得像消防水管，它的出水口被卷成 U 形，好让水流直接冲刷河岸峭壁的永冻土。抽水机连续工作了好几天，渐渐在峭壁上冲出了一个洞孔。每天大概可以前进 10 米。然后人们需要确定继续前进的深度与方向：向上还是向下。安德烈说，这期间最重要的就是追踪土壤的颜色。"向下是蓝色黏土，它的上层原本是猛犸活动的草地。"他解释说。

但抽水机千好万好，就是有一点不好，那就是——它被官方禁止。这样的活动本身会招致 1000 卢布的罚款，但政府官员还可以没收抽水机与运输工具。这就价值好几千，甚至上万欧元。

冲刷土壤对周边环境造成了恶劣影响。河岸坍陷，河水变浑浊，不过说实话，相比于开采石油、黄金与钻石，这些损害只是零星的，暂时的，微不足道的。而且洪灾对水源造成的污染比几台抽水机恶劣得多，至少营地里的小伙子们是这么想的。

一个名叫因诺肯季的头发花白的男人是这条河的老兵。他披着一身脏兮兮的长披风，向我们展示他的收获。河岸边有一处孔洞，部分已经塌陷，我们不得不缓慢地挪动脚步。很快，我们面前出现了一扇开在峭壁上的，几米高的拱门，拱门内是一道蜿蜒的洞穴走廊，洞穴四壁皆是冰块，它们时不时地反射着外面的日光。因诺肯季走进及膝的脏水中，用手电筒照亮洞壁。洞壁四周均有凸出的，被冲洗到发白的遗骨，其中最漂亮的好比珊瑚。想从这些黏土中发现宝贝，你就得有一双好眼睛。有时候，象牙仅仅会从土壤中伸出小小一角。

今年，因诺肯季仅仅找到一头9公斤猛犸宝宝的象牙，他已经卖掉了它。但因诺肯季的挖掘工作不止是为了钱。他向我们展示了他在几天前挖到的年轻猛犸的下颌。它保留了6根原始的牙齿，它们就像磨盘上的波浪痕。因诺肯季完全可以称得上是一位古生物学爱好者。古生物学是一门研究史前生命的学科。

他们中还有一位真正的科学家，来自萨哈共和国科学院猛犸动物群研究所的青年科研人员斯坦尼斯拉夫·科列索夫（Станислав Колесов）。他还是个竖笛爱好者，现在在写关于野牛的论文。西伯利亚野牛与猛犸几乎同时消失，现今只有部分存留于北美地区。这是因为西伯利亚野牛后来迁徙到北美洲，它们当初迁徙走过的"桥梁"如今已经变成了白令海峡。我和科列索夫钻进了一处洞穴。我们发现洞壁上方脱落了一些带毛发的兽皮以及其他生物带遗骸，而洞壁一侧凸出一根兽角。科列索夫一拽动它，就拉出了一整个带牙齿的头骨。

猛犸是"猛犸草原"最著名的动物，但不是它唯一的居民。与猛犸一起消失的还有周边的生态环境。苔原地区体型第三大的食草动物是长毛犀牛，它们的外形酷似现代犀牛，但与猛犸一样，进化出了厚长的毛发。草原上还生活着麝牛、高鼻羚羊和已经灭绝的森林马。几年前，雅库特在古生物学界引发了一场巨大轰动：人们在一条北部河流附近发现了两具幼年穴狮干尸。

永冻土将古代生态系统的动植物保存到了今天，令科学家们感兴趣的正是它的生态完整性。科列索夫小心翼翼地将猛犸粪球收集进口袋，并且因为发现了两具保存相当完好的老鼠尸体而倍感欣喜。永冻土层中也封冻着古代甲虫、蚂蚁、蜈蚣和蜘蛛。在冻土中封存万年的种子还能发芽。2018 年夏天，雅库特再次引发轰动：科学家们成功复活了冻土中发现的蠕线虫，它的年龄估计有 42000 岁。

按科列索夫所说，古生物学家想要在广阔的、寸步难行的雅库特展开工作，就离不开半合法的象牙挖掘者的帮助。俄罗斯科学中心没有援助大规模科考队的资金，所以他们不可能像猛犸猎人一样铺展开如此大规模的搜寻网络。"他们绝大多数的发现都不会公开。挖掘者们称，他们害怕东西被没收或者吃牢饭。"科列索夫说道。

科学院与大学的实验室冷冻库保存着最有价值的样本。那里存放着 36000 岁的猛犸幼崽尤卡，它的可贵之处在于头颅中还保存有大脑。

在猛犸动物群研究所零下 87 度的冷冻库中还保存着另一个稀有样本——成年猛犸的象鼻。动物遗体每次都能给予越来越多的信息。通过分析化学物质同位素，人们了解了当时的气候与植物状况。借助放射性碳技术，人们可以确定样本的年龄。人们可以通过 X 光摄像技术分析内部组织。胃部的内容物与粪便的微生物与尘埃告诉了人们动物的饮食习惯。即使对于 12000 岁的动物来说，确定死因也是重要的一环。组织的破坏与损伤可以说明动物遭遇了某个不幸的意外，而空荡荡的胃说明动物是饿死的。在溺死的动物的食管中可以发现水草的踪迹，而掉入土坑摔死的动物食管内会有泥土。

当然，对于科学界而言最大的一个问题就是猛犸为什么会灭绝？长期以来，人们认为猛犸灭绝于1万年前。但后来，在北冰洋的弗兰格尔岛发现了一批猛犸遗骨，它们死去的时间是4000年前。它们的体型明显更小：处于隔离状态的动物较少发生突变。

几个世纪以前，当人们开始研究猛犸象时，人们认为西伯利亚的猛犸是被冻死的。现在的看法恰恰相反，猛犸和其他动物是因为温度上升而死亡。降雨量增长，树木、苔原、沼泽和苔藓占据了干燥草原。冬季的冰层变得更厚，导致猛犸觅食困难。牧场消失了，猛犸就得挨饿。

当科学在不断探索，满身泥污的男人们正在将水管拖进洞穴深处。

营地的工作节奏很不一般。人们在抽水机附近大约工作半天，然后迎来一段极长的午休。发动机直到午夜还在嘟嘟作响，人们在充当食堂的帐篷里看电影到很晚，第二天再睡一个懒觉。这样的工作效率当然还有提高的空间，但从另一个方面来讲，这不是清教徒的劳动社团，而是一个猎场，重要的不是时间，是经验与运气。淘骨客大多是当地人或者与当地有联系的人。这里有各行各业的人：司机、牧马人、电脑维修员、商店老板和医生。货车司机萨沙向我展示他的马尾掸子与女儿用珠子缝制的吉祥物。他如果找到象牙，就会将这些护身符留在洞穴里。依据传统信仰，雅库特人被禁止碰触人和动物的骸骨。萨沙通过以物易物的方式安抚亡灵。

为什么数百名男人要在蚊子凶猛的围攻下，在雅库特北部流域度过夏天呢？答案就在于中国。猛犸象牙已经数个世纪为中国的骨雕艺人所需。中国的手工大师们会雕刻出长城图案或者涉及其他中国历史片段的宏伟艺术品。中国的买家直接来雅库特与当地中间商交易商品。对于挖掘者们而言,行情最好的年份是2015年,当时1公斤象牙价值7万卢布,是现在行价的两倍。但无论如何,一个夏天哪怕只能卖出一根象牙也是划得来的。谁要是能找到一根犀牛角那就更幸运了:它大约每公斤价值21万卢布。据说,某处河岸的挖掘组似乎找到了一根犀牛角,但这都是传闻,没人会公开谈论自己的收获。但这样的生意还是有前景的。

目前中国禁止了象牙进口。在此之前,中国是最大的象牙交易市场,猛犸象牙现如今成功替代了非洲象牙,长毛犀牛角也在市场上替代了非洲犀牛角。用已经死去的猛犸的骨头来做雕饰,总比杀死活着的大象强。科列索夫说,按照我们现在的挖掘速度,永冻土内的猛犸象牙还能支撑两千年。

那么这些人是否通过挖掘象牙发财了呢?布尔卡算有钱人,但他说他1990年代干零售业时赚得比这更多。更年轻一点的瓦良京说,他用去年赚到的钱盖了一栋房子。这里最深的洞穴由一个叫奥列克的庄稼汉所挖。他有12匹马和同样数目的奶牛。他的妻子在医院工作,月薪大约是1万卢布。奥列克说,去年他用卖骨头的钱为自己添置了一辆老旧的丰田凯美瑞,这是送孩子上学的代步车。以前,他用马拉雪橇送孩子上学。

"为了不让孩子们难堪,我给他们买了校服和正常的手机。我想给他们留下一份还可以的家业。"

看起来,奥列克攒下了一座小金库。去年,这些小伙子们格外幸运：他们7个人挖到了重达200千克的象牙。每个人差不多分到了7万卢布。有人在雅库特通过象牙生意发了大财。我的一个来自雅库特北部的熟人现在居住在雅库茨克，他每个夏天都雇佣大概100名淘骨客。他用赚来的钱买下了一座金矿。"确实，现在的生意更难做了。符拉迪沃斯托克的边防没收了绝大多数流往中国的猛犸象牙。猛犸象牙出口是合法的，但官员私下可不这么认为。"他说。

俄罗斯是一个难以预言的国度。在未来，猛犸象牙生意会有各种可能。在俄罗斯最民主的情况往往接近于混乱。比方说淘象牙这门生意，任何人都可以挖掘象牙，不需要缴任何税，但理论上这是一门需要许可执照的生意。按理说，中间商应该支付增值税，而出口商也应该获得出口货物的许可。现在，政府想彻底改变这种混乱局面。杜马议会正考虑通过立法将古代生物遗体提高成与石油同级别的自然资源。这样一来，这些"矿床"将通过招标形式被分配，普通人想要进入这里就只能寄希望于侥幸受雇于大公司。雅库特已经有人抗议此项法案，并要求将这片开采场还给本地人。而随着法令的出现，就不得不处理有关抽水机与千疮百孔的河岸的问题。

后来还发生了令所有在河岸工作的人害怕的事情。自然资源保护局的视察员斯列普措夫（Слепцов）与他的助手们正慢悠悠地向这里进发，他们将进行一番检查。到访前一天夜里，挖掘者们就收到了消息。大部分人连夜收拾东西坐船离开了。

少部分人还是决定留下来。

一场大型伪装活动开始了。抽水机被塞进船舱并拉至僻静地方。当视察员的船第二天靠岸时,这里已经没有了抽水机的踪影。视察员的船只绕过布满洞窟的河岸。淘骨客与斯列普措夫相互熟识,但后者扮演了严肃官员的角色。"你们瞧瞧,你们把这河岸弄成什么样了!你们破坏了河岸!现在满岸的窟窿!"他走向最近的一处洞穴,滑了一跤,跌进污水中。在场没人敢笑出声。

人们来到帐篷营地,就着一杯热茶聊起了天。斯列普措夫的意思是这次检查是一个警告。他也是被迫的,这是领导的要求。他说,下周将会有更高级别的委员会来到乌鲁沙,包括共和国环境部部长,甚至还有可能是共和国首脑,伊尔·达尔汗。

"离开这里吧。"他建议说。

当斯列普措夫离开后,挖掘队伍的领头人布尔卡很失落。"这不公平,我们几乎成了罪犯。我们也想办正式文件,不想这么不清不楚。"其他人选择了更激烈的表达方式。男人们打趣说,要在斯列普措夫的屋外栅栏上写"此屋出售"的标语,或者把糖掺进他的摩托艇油箱。

男人们最终还是决定迁往上游。那里的水流更浅,船只过不去,但淘骨客们有一辆无视地形的履带车。这辆酷似坦克的装置可以穿过丛林,无情地推倒一整棵落叶松。严格来讲,这样的交通工具在这里是禁止的。人们花了几天时间收拾营地、搬运抽水机和帐篷。船只被藏在沼泽地。与此同时,人们开始安置新的营地。

最令人难以置信的是，关于猛犸的历史篇章还可能被续写。2014年，拉扎列夫猛犸博物馆下属的雅库特实验室负责人西蒙·格里高里耶夫（Семен Григорьев）一下子名扬天下。起因是他向前来参观的弗拉基米尔·普京许诺，他们会成功克隆并复活猛犸，但格里高里耶夫本人否认新闻报道的说法，他并没有向普京许诺这一点。

实验室与世界著名基因学家黄禹锡（Hwang Woo-suk）主导的韩国秀岩生命工学研究院（Sooam）有所合作。人们对黄禹锡的评价褒贬不一，他以成功克隆狗以及在2005年谎称可以实现人体胚胎克隆而出名。黄禹锡数次来到雅库茨克，甚至赠送了雅库茨克市两只克隆的雅库茨克莱卡犬。但即使对黄禹锡而言，克隆猛犸象也是一项艰难的任务。想要成功克隆，就得事先在永冻土中找到完好无损的DNA样本，但它迄今为止尚未被找到。这是因为DNA样本只有在瞬间冷冻的条件下才能完好保存，而动物死亡后的封冻过程较为缓慢，还有可能经历数次解冻，组织内部的水在封冻过程中也会破坏细胞结构。

看起来，最现实的方案是哈佛大学乔治·丘奇（George Church）提出的计划。他正在研究猛犸的基因组，计划将它定向插入现代大象的胚胎中，以这种方式创造某种中间态生物——长毛象。丘奇希望，全世界很快就能听到大象家族增添新成员的喜讯。

但与此同时，民间的气氛并不妙。

"哪怕找到一根犀牛角，我就能马上离开这里。"安德烈在茶歇时叹气说。他的团队已经工作了一个月，但仍然没有收获大象牙。寻找象牙令人做起了发财的美梦，但现实往往不尽人意。许多人没挣到快钱，反而是历经辛苦后白忙一场。大多数在雅库特挖掘的人将不得不空手而归，更糟糕的还会面临破产。

隔壁小组就幸运得多。农村来的斯拉瓦在高岸边挖出了一座真正的迷宫，在其中找到了两根象牙。他已经卖掉了它们。不过，他的邻居俄罗斯人瓦西里向我展示了货真价实的象牙。巨大的象牙长达3米，健壮的男人在摄像机前扛起它时显得十分吃力。

瓦西里准备用挣来的钱为自己的猎人小屋新添设备。他已经为它安装了太阳能电池，卫星天线与等离子宽屏电视。现在他想修一栋新房子。小伙子们的钱都花在这些地方，他们口中的富裕——首先指的是武器、雪地车与船。瓦西里将卖不上价钱的、开裂的象牙碎片丢进篝火中，"我们就是这样喂饱火焰的"。

稀树干草原

世界闻名的生态学家谢尔盖·济莫夫将打造自己的动物乌托邦。
切尔斯基，科雷马河

"我讨厌这里的大自然。"站在驳船甲板上的白胡子男人说。他的长发掖藏在一顶贝雷帽下。驳船沿着流入北冰洋的科雷马河缓慢航行。男人一根接一根地抽着香烟，一脸阴郁地看着河岸，目光所及皆是寸步难行的低矮落叶树林。它可能被错认为西伯利亚的原始自然面貌，但世界知名的生态学家谢尔盖·济莫夫却认为，这里的自然环境是人为引发的生态灾难。

"这片森林里看不见任何一头大型动物，因为这里没有食物。这里不该出现树林和灌木丛。早在人类到来之前，这里既没有森林，也没有苔藓，而现在这里尽是这种丑陋的、阴湿茂密的森林，你甚至无处下脚。我想摧毁它们。"

济莫夫的大规模灭绝性秘密武器正从集装箱里发出平静的哞哞声。拖船搭载了牦牛。十头牛科家族的长毛代表正咀嚼着草料，大声地饮水，丝毫没想过自己将迎来什么样的工作。这些牦牛由Kickstarter网站众筹购买。它们自蒙古入境，历时3周被运往西伯利亚极地地区。一开始，它们要忍受33度的炎热，乘坐颠簸的货车沿碎石山路抵达马加丹州，然后在那里换乘驳船，开启长达1500公里的水路之旅。好在牦牛们看起来并不在意旅途的艰辛。

那么这一切努力是为了什么呢？

西伯利亚总是吸引有乌托邦信念的人。

苏联时期的科学家梦想着让西伯利亚的河流倒灌，好使西伯利亚南部变为鲜花盛开的农耕地带。苏联解体后，人们在西伯利亚建立起"耶稣再世"的公社，上千名成员准备在一位救世主（前交警）的引领下躲避即将到来的世界末日。

谢尔盖·济莫夫的乌托邦是其中最具野性的一个。驳船就像一艘诺亚方舟，是迈向伟大使命的一步，西伯利亚将在大型食草动物的帮助下悄悄变回北方的稀树草原，变回满是草地与鲜花的猛犸草原。

更新世时代大约在一万二千年前结束。当时地球上近半区域是大型食草动物的草场。西伯利亚北部的冻土草原是猛犸以及其邻居们的国度。随后，气候开始变暖，树木与苔藓覆盖了大地。猛犸曾经活动过的草原如今已经变为肥沃的黄土层，深入地下25米，积在土壤的氧化层下。而在此处的北方永冻土中，黄土层的深度可以达到600米。

济莫夫以恢复猛犸草原为人生志业。据他所说，大型食草动物自身就能维持它们所必需的草场与生态系统。动物们会进食大量的草料，用蹄子踏平土地，这将阻碍树林与灌木丛的扩张。粪便可以加快物质循环，令草原的生长速度比当代西伯利亚原始森林快上10倍。济莫夫认为必须恢复西伯利亚草原，因为这是人面对自然的责任。有一种观点认为，猛犸、野牛与长毛犀牛之所以离开西伯利亚，是因为气候变暖导致树林取代了草场。猛犸如今只保存在永冻土中，淘骨客在挖掘它们的遗骸。但济莫夫认为猛犸的消失另有原因。他认为，是人类杀死了大型食草动物。

"猛犸不依赖气候环境，恰恰相反，它们自己能创造草场。猛犸本应当存活下来。为什么野马、野牛、猛犸、鲸鱼和许多猫科动物都消失了，难道不是因为人类入侵它们的生存地盘并改变了环境吗？无论人出现在哪里，他们总能引发生态灾难。"济莫夫说。按照他的逻辑，今天的西伯利亚大自然不是自然天成的生态系统，而是人类活动的结果。当人类来到猛犸草原，他们更喜欢狩猎一只新的猛犸象为食，而不是学会保存食物。

在切尔斯基市港口，起重机将装有牦牛的集装箱送上一艘较小的驳船。拖船牵着它沿一条科雷马支流逆流而上。河道变得越来越窄，船只终于在航行45公里后擦碰上了满是灌木的河岸斜坡。牦牛们抵达了新家，尽管它们对此还一无所知。

我们抵达了济莫夫的"封地"——一座20年前在森林苔原上建起来的稀树草原公园。

"我都靠自己，没有国家支持。"这位生态学家强调说。公园的任务是以实践检验理论，即借助食草动物的力量将森林变为草原。

6月初，当冰雪刚融化，公园看起来几乎像是被淹没的丛林，大部分草地都被水淹了。凹凸不平的地面上生长着杜香，但在某些地方已经有小草顶破了土层。它们显然已经被啃噬过,随处可见散落的粪团,这是动物活动的迹象。济莫夫自信,食草动物对大自然产生了显著的影响。"15年前,这里还是寸步难行的密林。但只要将土地踏平,草地就会立马出现。草将空气中的湿气吸入土壤,表层的土壤会变得干燥紧实。氧气深入地底,土壤变得更有肥力。"

拖船的工作人员在岸边临时搭起几座晃晃悠悠的板桥。人们打开了集装箱的门,但牦牛们并没有动弹。它们还不打算离开已经习惯的"牛棚",踩着晃晃悠悠的木板走入蚊虫密布的丛林。"这不意外,连我也害怕这些板桥。我理解他们的处境,我和动物打了很久交道。"他一边说,一边用脚来回晃悠木板。

最终,人们架起了更结实的板桥并开始驱赶动物,一会儿向前拽,一会从后面推,还用从集装箱顶用脚踩。济莫夫的儿子,37岁的尼基塔(Никита)抓住牛角向外拽,将最胆小的牦牛赶上了板桥。刚一下船,动物们就匆匆跑过落叶林,冲进一处狭窄的篱笆兽栏。那里存放了两三天的食物。"这是极圈内近一万四千年来的第一批牦牛。"济莫夫自豪地说。

当牦牛习惯环境后,它们会被放入公共牧场。它们将在那里结识其他公园居民。尼基塔说,他们畜养了大约70头动物:30头鹿、15头驼鹿、同样数量的高耐力雅库特马以及3头麝牛。我看见过鹿群,在树叶间还瞥见了一头落单的野牛,它正一边咀嚼树叶,一边警惕地哞哞叫。

"噢吧吧吧吧!"身着迷彩服的饲养员斯拉瓦·莫伊谢夫(Слава Моисеев)高喊一声,大约20头鹿应声而来。莫伊谢夫向它们撒了一把燕麦,鹿群开始贪婪地进食。莫伊谢夫是这里唯一的工作人员,他既饲养动物,也为它们疗伤,他还用奶嘴喂一头小驼鹿喝水,这是猎人们送来的一头小驼鹿,它将成为公园的下一代。

他们把所有能弄来的动物都搜集到这里。鹿群是从当地鹿民处买的。麝牛是济莫夫父子2010年从弗兰格尔岛上用船运回来的。谢尔盖与尼基塔从河里搭救了一头小驼鹿,当时它正在横渡一条大河。他们还想将另一只渡河的驼鹿救上船,可一靠近才发现那是一头狗熊。

现在据说,加拿大的埃德蒙顿市将捐献500头野牛,但它们的运费高达40万欧元,为此需要再次众筹资金。如果科学家们真能克隆并复活猛犸,济莫夫相信,这里已经为它准备好了一切。

但是这位科学家不只寄希望于动物的力量,他自己也用履带车与拖拉机推倒树木。"你瞧,拖拉机碾过四遍的地方已经长草了。可惜平时上路不能驾驶履带车,这对大自然来说可是好事一件。"他肯定地说。

但复兴猛犸草原计划还有另一个目的:减缓气候变暖。当永冻土融化时,它会向大气层释放二氧化碳,更可怕的是,还会释放温室气体甲烷。济莫夫认为,大型食草动物有利于减缓永冻土融化与气候变暖。济莫夫说,更新世时代的生物群落规模比现在大30%。

冬天,动物们将积雪踩踏结实,形成的雪层将土壤的冰点降低了8度,可以防止土壤结冻。夏天,草地的颜色比树林苔藓更明亮，吸收更少的阳光。冬天的树木不会干扰太阳光线向宇宙的反射，所以地面的温度也更低。

济莫夫的模型有些自相矛盾：他既想借助气候变暖恢复猛犸草原，又试图阻止气候变暖。济莫夫希望借永冻土融化释放出黄土层。他展示了自己的试验田。那里的树木被连根拔起，挖掘机向下挖深了40厘米。永冻土的冰芯大规模融化，致使地面塌陷，出现许多深坑。"周围的环境被破坏，土地会下陷20米，古代的肥沃土壤会升上地表。如果气温能再高1.5度，整个北方都将融化。"他的喜悦溢于言表。

济莫夫是世界闻名的俄罗斯学者。他自嘲说，他属于那种"发表最少，但被引用最多"的学者。他的文章发表在《科学》（Science）与《自然》（Nature）杂志上。他不止研究土壤，还想彻底改变它。他的第一个目标就是建成供养数千只动物的稀树草原公园网络。1平方公里的猛犸草原可以养活5头野牛、8匹马、15头鹿，当然还有一头猛犸。计划的最终阶段将涉及百万只动物。根据济莫夫的计算，俄罗斯可以容纳3亿头大型食草动物。"这不是乌托邦。俄罗斯近几年从境外引入了上百万头奶牛。我们将在解决气候问题的同时，也解决全球食物生产问题。我向每个俄联邦家庭许诺两头野牛、两匹马与两头鹿。在雅库特，每人每年可以保证得到一吨肉。雅库特共和国会成为世界上最大的肉食出口国。"

济莫夫认为，鉴于俄罗斯永冻土中储备着巨量碳化物以及许多未经开垦的土地，俄罗斯可以决定地球的命运。

"普京可以控制地球的气候,尽管他自己还不清楚这一点。只有俄罗斯具有改变气候所需要的自然资源储备。签订《巴黎协定》的气候大会花了不少钱,但俄罗斯可以只用1%的花费就解决这个问题。科学已经做好了准备,唯一的问题是人们思想意识的转变。我尽自己所能,但如果人们不听从我的建议,那就让我的后代们成为超级富豪吧。全球变暖有利于俄罗斯。"他笑着说。

"整个大自然都见识到我是掌控一切的阿尔法男。"谢尔盖·济莫夫含着一根茅草,躺在地上若有所思地说。济莫夫是军官的儿子,他们一家属于俄罗斯波罗的海旧礼仪派。如今,他正在俄罗斯中部地区过冬,但令他出名的却是雅库特——这片一切皆有可能之地。

他一辈子都在位于科雷马河下游的切尔斯基市的东北科研站工作。该科研站与西方科学家,包括芬兰科学家有着紧密合作。想要约见济莫夫的外国研究者与记者都齐聚此处。他们"准备花一大笔钱,就为了和我在泥地里走一走",济莫夫如此形容。

除了稀树草原生态系统,济莫夫对粒子物理学也感兴趣。为了解释生命循环,他设想了所谓的海洋循环理论,但迄今为止没有任何一家国际科学期刊同意发表。这套复杂理论的出发点在于"对海洋温度的观测是一场骗局":事实上,底部的水温要比推测的平均水温低得多,底部海水上升到表面就意味着气候变冷。

他对人类的未来持悲观态度。"我们生活在自然资源不再生的文明中。人们为了挖掘金属已经深入到地下3公里,石油开采量一直在增长，而有肥力的土壤层在逐渐萎缩。一旦资源耗尽，现代文明将会迅速崩溃。而地球上的居住人数也会大大减少。"

这样一来，学者与美容师的处境会变得糟糕，而农夫与武器铁匠将得到重视。届时哪怕是保存现有的知识，也得付出巨大的努力。济莫夫认为，为了预防未来的崩溃，需要现在就建立自循环的生态系统。

济莫夫宣称，他将在 3 年后退休，但十分熟悉他的人肯定地告诉我，他总是这么说。将西伯利亚改造成猛犸草原——该项目需要不止一个人的努力。他现在已经将担子交付给了尼基塔。济莫夫说，吸引儿子参加这一项目曾是最严峻的科研挑战。

很早以前，尼基塔就已经实打实地服务科研站与稀树草原公园了。他的资金来自众筹网站、国际基金以及国外研究者。尽管尼基塔也参与发表科研文章，但他很难取代父亲。按学历来讲，他不是生物学家，而是数学家。

稀树草原公园的动物数量在近二十年内没有明显的增长。比方说，马匹数量基本没有变化，虽然它们在当地自然条件下也有所繁殖。麝牛产下了后代，而孤零零的野牛还在急切地寻找交配的对象。大约一半的动物会在公园的第一年死去。野牛用蹄子踩死了一只与它发生争执的驼鹿幼崽。狗熊咬死了马匹，而狼獾撕碎了鹿。马因为误食毒芹而死亡。一头野牛与一头麝牛被蚊子吃干抹净。其他生物在冬天被活活饿死——这里的严寒可以达到零下 50 度。

公园的动物数量取决于食物。在冬季，人们不得不额外投喂动物，首先是马匹，其次是麝牛与鹿。牦牛将面临一个严酷的冬季。许多问题取决于降雪量。鹿群甚至可以在极厚的冰盖下获取食物,但牦牛不行。"不是所有动物都能活下来。能有一半幸存已经非常好了。我们会帮助它们两年,后面就听天由命了。"自认为是一名无神论者的济莫夫说。

当动物数量稀少时,形成草原的进程也会延缓。稀疏草原公园内有一片20平方公里与一片2平方公里的兽栏,较小的兽栏内已经冒出绿油油的草地。但公园还需要更多的植物。不同种类的生物又开始生活在一起,这里的大自然令人想起耶和华见证人[1]的杂志封面,人类、狮子与大象和谐在草地上悠闲地和谐共处。最终,整个地球将变作一个大型塞伦盖蒂[2]国家公园。

在驳船抵达的第三天,一个好消息传遍了稀树草原公园:一头牦牛产下了后代。所有人都大吃一惊,因为没有人发现这是一头有身孕的牦牛。"他们告诉我,这里的牦牛都没有交配过。"尼基塔吃惊地说。

我们立马出发去瞧瞧这个新生儿。小牛藏在妈妈的肚子下,吮吸着奶头。按饲养员莫伊谢夫所说,小牛感觉良好,它会活下来。牦牛兽栏的草地在三天内就被啃噬殆尽,动物们将它踏成一片光秃秃的土地。济莫夫相信,几周以后青草又会长出来的。我们已经踏出了引进牦牛的一步,距离实现济莫夫的理论又更近一步。

---

[1] 耶和华见证人(Jehovah's Witnesses),是一个不认可三位一体,提倡千禧年主义与复原主义的基督教新兴分支,总部设于美国纽约州——译者注。
[2] 塞伦盖蒂,位于非洲坦桑尼亚西北部至肯尼亚西南部地区,那里栖息着大量的哺乳动物与鸟类,每半年出现一次大规模动物迁徙——译者注。

气候变化

世界的命运系于西伯利亚永冻土与北冰洋的冰块。

雅库特，亚马尔半岛，北冰洋

  未必有人会想到，西伯利亚人也会担忧气候变暖。当 11 月的严寒仅仅只有零下 30 度时，隔壁村的男人向我抱怨天气变得太暖。"从前这个时候已经零下 40 度了。"据我的观察，所有西伯利亚的成年人都认为气候变暖了。而他们的判断是正确的：雅库茨克在 40 年间的年平均气温上升了 2.7 度，而冬季平均气温更是上升了 3 度至 4 度。

  与此同时，反常的天气现象越发频繁出现。2016 年 10 至 11 月雅库特东北部出现大量降雪，其降雪量超过了平常整个冬季的总量。雅库特马无法从 2 米厚的雪堆下挖出食物，许多马儿被饿死或者不得不被人打死。西伯利亚西北部的亚马尔半岛入冬后也遭遇了反常的回暖现象以及雨夹雪，这是因为北冰洋无法及时结冰，从而将湿润的空气吹向了大陆。2013 年 11 月，雨水降在厚实的冰凌上，遇冷结冰后形成了一层坚硬的外壳，这导致 6.1 万头鹿因为无法用蹄子刨开冰层找到食物而饿死。

  气候变暖也影响了西伯利亚大自然。原始森林的动物向更北部迁徙。而在雅库特出现了蝮蛇、螨虫以及几种该地从未有过的鸟类——椋鸟与凤头麦鸡。青蛙、紫貂、松鼠、狍子与驼鹿比之前更频繁地出现在北部地区。

生物学家亚历山大·索科洛夫（Александр Соколов）在亚马尔的叶尔库塔[1]（Еркута）科研站研究狐科动物，该科研站位于北极狐活动的南部边界与狐狸活动的北部边界之间。在叶尔库塔区域一开始只有 40 处北极狐洞穴，后来人们又发现了两处狐狸洞穴。北极狐开始向北退却，而狐狸的数量有所增长。苔原食物链中最重要的野兽是旅鼠，它们的数量会在几年内阶段性地循环变化。但索科洛夫认为，现在这个循环被打破了。从前，亚马尔北部的萨别塔只有旅鼠，现在田鼠成了那里的大多数。

气候变暖对于立于永冻土之上的北方基建来说也是致命的。如果冻土开始松动，诸如萨列哈尔德（Салехард）、诺里尔斯克、雅库茨克和阿纳德尔这样的城市就会直接坍塌。根据俄美研究的数据，如果气候果真到了最坏的地步，那么到 2050 年建筑物的承载力将降低 75% 至 90%。

哪怕是现在，建筑物也已经开始倒塌，但这也与错误的设计方案、施工时的疏忽大意、维护时的漫不经心以及地基渗水相关。

气候变化影响了西伯利亚的各个层面，但更重要的是，西

---

[1] 叶尔库塔，位于亚马尔的常设科研站，主要研究方向为生态学、生物学、地理学与地质学。

伯利亚自身如何影响气候变暖。比方说，气候变暖会因为森林大火而来得更快。美国科学家通过卫星图片认定，西伯利亚的森林在一万年间从未像现在这样频繁地燃烧。西伯利亚的森林蕴藏着地球表面17%的碳，而其中大部分燃烧后将有一定风险以二氧化碳的形式冲入大气层。官方数据表明，大部分的火灾是因雷击引起。但俄罗斯绿色和平组织的阿列克谢·亚罗申科（Алексей Ярошенко）认为事实并非如此。

"官员们出于个人原因做此结论。人为引起的火灾有损他们的业绩并且影响收入。他们需要在这样的火灾事件中找到一个能让事情变复杂的罪魁祸首。"

亚罗申科猜测，大部分的火灾是人为引起，因为它们常发生于居民区附近，道路旁以及河流沿岸，而不是更易遭受雷击的高处。森林起火的原因是不谨慎用火以及刀耕火种的耕种方式。随着森林变得越发干燥，发生火灾的可能性也随之增长。

西伯利亚影响气候变化的第二种方式与冰岩圈或者说那层包裹着冰块的地壳有关，它关系着降雪、蓄水地的覆盖冰层、冰川和永冻土。根据联合国政府间气候变化专门委员会[1]的国际报告，永冻土中积攒了1.4兆至1.7兆亿吨碳元素，至少是眼下大气层中碳元素的两倍还多。尽管永冻土的名字听起来牢靠，但它并非永远结冻：如果平均气温再上升两度，冻土面积将在2100年减少近乎一半。与此同时，部分碳元素将以二氧化碳或

---

[1] 联合国政府间气候变化专门委员会（Intergovernmental Panel on Climate Change, IPCC），创立于1988年，致力于评估人类行为技术因素引起全球气候变化的风险。

甲烷的形式进入大气层。

2018年4月，当我还在亚马尔半岛时，距离肖亚哈村34公里的冰雪苔原发生了塌陷，现场四处倒落着巨大的土块，附近形成了一处直径30米的茶杯形深坑。此前，这里还是一座5米高的小丘陵，现在只剩下土堆了。

2017年6月28日清晨，德国商人米哈伊尔·奥科杰托（Mikhail Okojeto）待在距离谷地30公里的自家庄园，他本在户外抽烟，突然间地平线处发生了强烈的爆炸。"我丢下打火机，跑进屋里拿手机。"20秒后，火光逐渐黯淡，冻原上升起了5公里高的烟云。"奥科杰托向我描述。鹿民雅科夫·万加（Яков Ванга）的鹿分布在几公里内，它们因为恐惧四散跑开。狗群也逃跑了，受惊的鸟儿向远处飞去。接下来的一整天，鹿民都在聚拢自己逃跑的兽群。

爆炸过后，一个环形深坑出现在当地溪流附近，坑底是受热沸腾并蒸发的水流。它四周是崩坍的土块、冰碴与沙子。5天以后，地理物理学家瓦西里·博戈亚夫连斯基（Василий Богоявленский）搭乘直升飞机抵达了事发现场，他来收集火山口喷发的气体样本。结果显示，这是有机生成的甲烷气体。人们也使用甲烷为室内供暖，但如果它直接进入大气层，其引发的温室效应将是二氧化碳的10倍。自工业革命后，大气中的甲烷含量翻了一番。今天20%的温室效应是由甲烷引起。

肖亚哈的环形坑已经是4年来第4个因爆炸引发的神秘巨坑了。最大的也是最著名的环形坑出现在2014年夏天，在波瓦年科沃（Бованенково）油田附近。博戈亚夫连斯基认为，类似的甲烷爆炸一直都在发生。比方说，亚马尔半岛冻原上有数十处湖泊，它们就有可能是此前爆炸留下的深坑。这些湖泊都很深，还残留着先前山岗的痕迹。

研究火山口的冻土学家玛琳娜·列伊布曼（Марина Лейбман）却认为，全球变暖才是引起爆炸的原因。"波瓦年科沃喷发前，2012 年到 2013 年的天气温暖得反常。相应的，2016 年也很温暖，第二年肖亚哈就出现了深坑。"她解释说。列伊布曼认为，爆发的甲烷气体来自于永冻土内的水化物。水化物中的气体被锁在冰态水分子之间。甲烷因受热开始气化，它的体积膨胀到 160 倍。巨大的压力导致地面隆起，形成丘陵。

当永冻土开始融化，土地坚实程度降低时，气体就将冲破表层。这一过程可持续数十年。列伊布曼测定了在波瓦年科沃环形口发现的柳树丛的年龄，据此她推算，这里的山丘开始形成于 1947 年。

发生在冻土坑的爆炸吓坏了众人，但却告诉了我们有关甲烷释放的新信息。说实话，现在这些甲烷并不会对气候造成严重威胁，除非像这样的爆炸再来 100 万次。冻土实际释放的温室气体量对气候的影响微乎其微。世界上最大的沼泽区域位于西西伯利亚的鄂毕河流域。联合国政府间气候变化委员会将沼泽认定为北半球甲烷的主要自然源头。根据测算，沼泽每年向大气释放 1500 万吨甲烷，相当于一个冻土带热喀斯特湖形成时释放的甲烷量。湖面常见一些小气泡——这是微生物在分解消融的冻土中的有机物，将它们变成气体。冬天，你在这种湖泊冰面凿开一个小口，就能点燃甲烷。在北冰洋东部，因为受浪涛与海水中热量的影响，冻土冰芯在不断被融化，海岸线也在以每年数米的速度被侵蚀，这也会导致二氧化碳被排入水中或者大气层。

但与全球每年 80 亿吨的甲烷排放量相比，所以这些释放的气体加起来也只是个零头，问题的关键在于另一点：在永冻土融化的情况下，这些气体的排放量是否会剧增？

俄罗斯的温室气体量排放占全球第 4，近乎一半的温室气体来自石油与天然气泄漏。甲烷从油气田、输油管道与天然气管道网进入大气。比如，根据博戈亚夫连斯基的观测，亚马尔半岛的油田正在发生大规模天然气泄漏。自 1980 年代中期那里就开始释放甲烷。作为开采石油副产品的天然气只有绝少部分得到利用。俄罗斯一年会白白烧掉 210 亿立方米这样的附带气体，远超世界上任何一个国家。不过燃气火炬依旧比直接将甲烷排向空中要好得多。

冻土带温度的上升情况根据地理位置，土壤与自然条件不同而有所不同。比如，在亚马尔，根据玛琳娜·列伊布曼的计算，自 1987 年起，各地方冻土温度上升了 2 度至 4 度不等。人们可以通过研究冻土之上的土壤活动层来追踪冻土的情况，也就是弄清楚夏天解冻了多少米的土壤。自 1980 年起至今，亚马尔半岛各地方的土壤解冻深度增加了 10 厘米至 30 厘米不等。

如果活动层在冬季未能冻结实，那么永冻层就会开裂并最终完全消融。现如今永冻区南部边缘正面临这样的情况。"从前，我把棍子插进土壤，它就会死死抵住冻土。现在不是这样了，冻土融化了，地下已经不能保存肉和鱼类了。"来自西西伯利亚尤格拉的鹿民塔西曼诺夫（Тасьманов）向我分享他的经验。中蒙边境的永冻土温度还勉强低于零度，但那里永冻土的消失也只是时间问题。

冻土经历了数十万年才达到今天的厚度。它不可能像冰川和洋面冰盖那么快消融。永冻层可能深达 1500 米，所以即使在最可怕的气候条件下，它也需要数百年的时间才会融化殆尽。是的，因为气候变暖，永冻土开始融化了，但人们并不认为，它是导致气候变暖加速的主要原因，这只是一个相对缓慢的威胁。

美国科学家，冻土专家凯文·舍费尔（Кевин Шефер）根据 2014 年的综合计算提出假设并认为，永冻土到 2100 年将向大气释放 1200 亿吨碳。这占温室气体总排放量的 5.7%，它将提高全球温度 0.29 度。与此同时，甲烷贡献了 0.06 度。2100 年后，冻土将释放剩余 60% 引发温室效应的气体。

但是西伯利亚的永冻土不止在大陆，还在海底。雅库特北部海岸常年接受两片浅海的冲刷——拉普捷夫海与东西伯利亚海。一万五千年前，这两片大海根本就不存在，彼时那里是一片猛犸行走的冻土草原。后来，欧洲与美洲大陆的冰层开始融化，海平面随之上升。当水位上升期结束后，海平面上升了 120 米。永冻层被淹没在水下，并在水压与盐的作用下开始融化。

早在 1990 年代，人们认为水下的冻土处于稳定状态。根据研究者的海底地图显示，它的厚度可达 200 米至 300 米，尽管事实上，这一点并未得到考察。后来从北冰洋传来了令人恐慌的消息。符拉迪沃斯托克的海洋学家伊戈尔·谢米列托夫（Игорь Семилетов）在拉普捷夫海的近岸水下，也就是1981年到1982年苏联科学家打孔取样的地方，钻了几个探孔。结果显示，那里的冻土在以平均每年14厘米的速度融化。而其中几个探孔甚至完全没有发现冻土痕迹。

2018年9月，我随谢米列托夫和他55人的团队出发前往拉普捷夫海，那里此前被称作诺尔坚舍里多沃海（Норденш-ельдово море）。此行的目的是探清水下冻土的状态。此次科考探险将持续5周。我们的科考船是俄罗斯科考主力舰"凯尔德士院士号"。这艘于1980年在芬兰打造的船舰配有4台芬兰瓦锡兰（Wartsila）公司的动力推进器。即使在海风达到22米/秒以及海面上掀起数米高巨浪的情况下，科考船依旧能稳当地缓慢前行。

身处船舱内，我有一种回到1980年代芬兰的感觉。舒适的舷窗采用红木装潢，门锁是芬兰Abloy公司的老款门锁，还有Ericsson公司的转盘电话，甚至茶壶也是国产的欧拉牌。食堂一天供应四顿餐饭，由中央广播通知。浴室一周开放两次。唯一的缺点是船舰内的时间为莫斯科时间，这意味着在拉普捷夫海上，我们需要昼夜颠倒地工作与休息。

我们的科学考察也遭遇了一些波折。刚抵达拉普捷夫海时，我们不得不白白浪费5天，尽管当时正是利于科研的好天气。原因是我们的准入日期被弄错了。可赞助本次科考的俄联邦科学部并不急于更正自己的错误。小道消息称，这是其他学者在从中作梗，此前他们因为这艘科考船产生过一些摩擦。

科学家们全程都在研究水中与空气中的气体成分。当我们抵达拉普捷夫海时,科学家们打开了 3 种不同的声学探测仪。船只开始在空荡荡的海面上曲折航行。根据声呐的信号反馈,屏幕上显示着我们脚下的海底剖面图。接着在一片蓝色平原上出现了仿如火舌般的红色柱状物:"Seep!泄漏!"

这些火舌是水中的甲烷气泡。人们认为,气泡来自永冻层的水合物,从永冻层进入海水。通常,海底渗出的气体不会排入大气,因为它会在微生物与氧化作用的影响下被分解。但是拉普捷夫海的平均深度仅有 45 米,部分气体还是能够冒出海面。

2010 年,谢米列托夫与他同为科研工作者的妻子娜塔莉亚·莎霍娃(Наталья Шахова)在《科学》发表了震惊学界的文章。他们计算得出,拉普捷夫海与东西伯利亚海将每年向大气释放 800 万吨甲烷,这比全世界海洋的甲烷释放量加起来还多。这就意味着北冰洋底有一颗甲烷炸弹正在倒计时。根据谢米列托夫与莎霍娃的计算,东部大陆架蕴藏了 100 亿至 140 亿吨的碳储量。如果冻土消融加速,其中 50 亿吨碳将以甲烷的形式进入大气,这相当于眼下大气中的甲烷总量。如果释放量达到 500 亿,就会引发灾难,这个星球上大部分区域将不再适合生存。

在本次旅途中,谢米列托夫的团队在勒拿河三角洲处测定的甲烷含量是普通水平的 10 倍。小组格外仔细研究了他们此前发现的 3 个大型海底油田。这一次,他们测定了其中一处的排放量。谢米列托夫认为,那里的甲烷排放量在他们 5 年的观测期内增加了 3.6 倍。

科学小组的成员形形色色,有微生物学家、海洋学家、水利学家、生物地球化学家、岩石学家、地球物理学家和冻土研究者。地球物理学家主要研究海底的地层断裂。甲烷似乎正是从那里冒出来。地震数据证实了水下冻土已经崩解的猜测。冻土上层已经融化到距离海底 20 米至 40 米的深度。有许多地方在泄漏气体。但要获取冻土的准确数据，必须使用钻头。一颗深钻头价值数千万欧元，除了石油公司，谁也掏不出这样一笔钱。

大陆的冻土平均温度大约为零下 10 度，而水下冻土的均温大约为 0 度。也就是说，那里的冻土解冻并不需要特别多热量。我们的冻土专家弗拉基米尔·图姆斯基（Владимир Тумский）认为，冻土层只在一开始融化得很快。"随着融化深入，它的速度会一直降低，直到每年几毫米。"图姆斯基猜测，更明显的融化发生在受地热影响的冻土底层，那里的消融情况比断裂处厉害得多。

谢米列托夫的甲烷威胁论备受争议。美国学者大卫·麦克奎尔（David McGuire）认为，北冰洋海底冻土水合物中的甲烷储量仅有大约 3076 千万吨。联合国政府间气候变化委员会不认为海洋甲烷会是百年间内威胁气候的重要因素。芬兰的气象研究所在拉普捷夫海岸安装了测定设备。据小组组长图托马斯·劳里塔（Thomas Laurita）说，他们没有从来自大海的气团中发现高浓度甲烷。恰恰相反，甲烷从西伯利亚大陆飘来，它们来自沼泽与油气开采。

水下冻土仍旧是一个谜，这是冰岩圈内最缺乏研究的领域。很难说甲烷排放是否还会增加，因为关于这个问题的研究才刚刚起步。谢米列托夫坚持称，甲烷威胁不可忽视。"我们不是危言耸听，但这个可能性不容忽视。为了了解更多，就应该研究这个现象。"他说道。

我们在北冰洋的海面上迎面遇见了一艘几乎令人难以置信的船——一艘撑起荧橙色风帆的白色帆船。黛娜女士号自东向西航行，它的船员是一对60岁的波兰夫妇——沃诺夫斯基一家。驾驶快艇航行北冰洋——这简直是科幻小说的主题，哪怕就是在最近几年也不会有人有这样的想法。

21世纪初，就连凯尔德士海军上将号也不可能驶入拉普捷夫海。我们此次线路的最北端是维利基茨基（Вилькицкий）海湾，我们在那里绕过了大陆最北端的切柳斯金（Челюскин）海峡。科学站的建筑物远远地耸立在岸边。从前，维利基茨基海面甚至在9月也飘满浮冰，而此时的北冰洋，恰恰相反，是一年之中浮冰最少的时刻。那时候船只要在破冰舰的陪伴下穿行洋面。2005年，海湾第一次解冻，洋面上没有了冰块，从那以后它只在某年的9月结过一次冰。我们轻而易举地通过了解冻的海湾。

拉普捷夫海洋表面的水温在那一年特别高，比正常水平高出10度。这很不利于海水结冰。西伯利亚影响气候的剧本有很多，其中最悲伤的，同时也是令西伯利亚本身受损的一种是：北冰洋变成了无冰洋。这里的夏季冰覆盖面积在40年间减少了一半，总体体积缩减了3/4。洋面上的冰层厚度不断打破最薄纪录：夏季最薄冰层的纪录保持者暂时是2012年，冬季最薄则归属2017年。

与此同时，常年冰区的面积减少到1/3。著名的俄罗斯科考站原本可以建于流冰之上，但现如今就算在北极点也不找一块适于它扎根的冰，该科考站被迫关停。2013年，该科考站驻扎的冰块开裂，生活区漂向一边，而食物储备漂向了另一边。科学基地的成员们不得不等待核动力破冰船亚马尔号的救援。

按照这样的速度，北冰洋在近年来就会变成无冰洋——常年冰区将完全消失。冰块之所以融化，是因为极地气候变暖的速度是地球其他地区的3倍。根据预测，北冰洋将继续升温，截止到2100年，极地地区的平均气温可能升高整整10度。

尽管气温上升，但大自然的力量并没有停止制造惊喜。谢米列托夫的团队本应该考察位于拉普捷夫海以东的东西伯利亚海的甲烷释放情况，但出人意料的北风向那里送去了大片浮冰，我们不得不放弃这个计划。

在一个美丽的10月天，船只附近平静如镜的海面结出一层纤薄的，仿佛薄饼似的冰层。海面就此开始结冰。拉普捷夫海是北冰洋的制冰工厂。水量充沛的河流向这里倒入比普通海水更易结冰的咸水。风掠过岸边的冰块与无边无际的浮冰，形成一大片化冻的水域。那里将形成新的大型浮冰，横穿极地的洋流将这些浮冰从北送往东，加速海洋披上白色外套的过程。

现在，整个造冰体系都被破坏了。我们恰好碰上了一个德国—俄罗斯—美国联合科研小组，他们驾驶破冰船进入拉普捷夫海北部研究冰面。根据他们的观察，常年冰已经变得像格罗格酒的冰块一样：更薄，更易碎，稍有风暴就会融化与分解。

北冰洋冰层的消失不仅仅对于北极熊与海象来说是致命

的，它们也将通过整个机制反过来影响全球气候变化。其中最重要的因素是"反射率"的降低。有雪层覆盖的冰面与土地能够将 90% 的阳光反射回宇宙。没有雪层覆盖的冰面能反射 60%，水面只能反射 10%。据统计，变薄的洋面冰层与雪层覆盖已经加剧了太阳的热效应，其影响相当于大气层中增加了一半的二氧化碳。

北冰洋似乎离大部分人的生活很远，但实际上，它影响着一切。这里是全球气候系统的中心。北半球的天气取决于北极点与赤道间的温差。因为高低温差的缩减，大气压可能会停滞在某个区域，从而造成气候灾难频繁：寒潮、雪暴、水灾与旱灾。2018 年的冬末春初，芬兰与俄罗斯西部的人们都在滑雪，天气冷极了，但这并不意味着全球没有变暖。同一时间的北冰洋气温升到了同期历史最高。

北冰洋冰块的消失并非某种不确定的威胁，而是一场近在咫尺的灾难。世界将面临一个巨大的危险，整个系统将发生变化，气候甚至在大气二氧化碳含量不增加的情况下也会变暖。据说，正是这种气候急剧变化将火星变成了一颗干燥的死星。如果我们想要阻止它，就要从自身开始：据统计，每个西方人每年平均可以消耗 30 立方米的北冰洋冰块[1]。

有一部分人反而会因冰块融化而高兴地尖叫。对于航海家而言，无冰区不仅不是威胁，反而是良机。北海航道现在有整

---

[1] 来源可见：https://www.theguardian.com/environment/2016/nov/03/your-carbon-footprint-destroys-30-square-metres-of-arctic-sea-ice-ayear.

整 3 个月的通航期——从 8 月到 10 月，而气候变暖可能显著延长这一时期。

北海航道缩短了从欧洲到东亚的距离，相比于借道苏伊士运河，它缩减了 10000 公里的航程。但它至今还不算热门。航道西段较为活跃，那里有从萨别塔港口出发的天然气轮，从隶属俄罗斯天然气工业有限公司的"极地之门"货运码头出发的油轮，还有诺里尔斯克镍工业公司的镍矿货运船。驶过整个北海航道的船只现在还很少见。在最忙碌的 2013 年，总共有 71 只船横渡整个北冰洋，但后来这样的航行就变少了。2017 年，横渡船只仅有 28 艘，也就是苏伊士运河一小时的通航量。整整一个月里，我们在航道东段仅仅碰见过两艘俄罗斯破冰船——索莫夫号（Сомов）与泰伊梅尔号（Таймыр）。

北海航道的冷门不仅与严酷气候有关，也与开销有关。一条通航期极短的航道在航运公司眼中并不是一个有吸引力的方案，因为他们的货运计划是以整年为时段安排的。哪怕北冰洋在秋季结冰较晚，该航道在一年中的绝大部分时期还是被冰层覆盖。船只要驶过北海航道，就要向俄罗斯破冰船支付伴航费用。经计算，只有当破冰费价格下降 85%，一趟航运才能收回成本。北海航道还需要拓深水道以及发展港口基建。这里的信号太差，服务也不行。总共有 6 艘核动力破冰船服役于北海航道，其中两艘很快将退役，另有 3 艘在建，但工作进度缓慢。

俄罗斯有意保护自己在北海航道的利益。它为自己划定了 370 公里的经济带，并以保护生态环境为由确定了航行规则。所有船只必须提前 15 天通报自己的航程，相比之下苏伊士只需要提前 48 小时。只有俄罗斯船只允许在航道运输石油、天然气与矿石。所以中国人自然开始设想如何绕过俄罗斯经济带，穿过北极点直达欧洲。但开辟横穿极点的航线只有在气温升到极高，以至于人人都意识到气候变暖的严重性时才切实可行。

俄罗斯盛邀外国船只光临北海航道，但与此同时又迅速加强北方的国防。2013 年，俄罗斯设立了新的北极军区。苏联解体后，军队一度撤离北极诸岛，但他们现在又在科捷里内岛（Котельный）、弗兰格尔岛与施密特海角（Шмидта）设立了国防卡哨，在北极地区布置了新的防空系统。北方舰队数次在喀拉海（Карское море）与拉普捷夫海进行反潜艇破坏活动的国防演习。

冰块融化引起了天然气与石油公司的巨大兴趣。根据计算，俄罗斯境内北冰洋东部与远东大陆架蕴藏着海量的矿石资源，包括 120 亿吨石油与 11 万亿立方米天然气。只有国有公司被允许在北冰洋开采石油。俄罗斯石油公司联合美国艾克森公司在喀拉海底打了一口测试钻井，但结果并不理想，而且美国公司因制裁也退出了计划。现如今，俄罗斯石油公司正结合地震数据寻找楚科奇海与拉普捷夫海底的石油，但距离下定决心开凿探井还早。暂时所有的忙碌更多是为了增加公司的市值。经过计算，只有当油价上升到 150 美元，极地石油计划才有利可图。

全世界还没有可以预防冰面石油泄漏事故的技术。石油包裹着冰块，能随之四处移动。2010 年，墨西哥湾的泄漏石油只收回了 22%，其中冰面地区的回收率几乎为零。北方少有能分解石油的微生物。而更可怕的是，如果北冰洋石油开采计划真的落实，那么燃烧极地石油储备就一定会增添大气中的二氧化碳，从而加快全球变暖。

回程路上的地平线景观提醒了我们正身处何方。一大早，一块白色物体从拉普捷夫海的西北面冒出来，宛如一艘突然出现的船舰。我透过望远镜观察到那是一座冰山的尖峰，但无法确定它的高度以及与我们的距离。位于我们西北侧的北地群岛也常见从冰川分离出来的冰山。

凯尔德士院士号经过维利基茨基海峡，返回喀拉海，我们从那里继续航行驶过叶尼塞河与鄂毕河的大型三角洲，经过亚马尔半岛抵达喀拉海峡（Карские ворота）南边的新地岛（Новая Земля）。我们从这里由西伯利亚进入巴伦支海，几天后又折回阿尔汉格尔斯克（Архангельск），返回到5周前的起点。科学家们已经满载样品，它们将在实验室中被研究好长一段时间。

尽管北冰洋的永冻土正在消融，俄罗斯的科学界却认为，我们正在进入新的冰川期。但伊戈尔·谢米列托夫认为眼下气候正在变暖，那些参与联合国政府间气候变化委员会工作的俄罗斯水文气象中心的科学家们也认同这一全球共识，认为40万年来的大气最高温度以及空气中二氧化碳和甲烷气体含量提高均由人类活动导致。

但受国家资助的科学团体对此表示怀疑。凯尔德士号的几位研究者就宣称，他们并不完全相信这套气候变暖的说法。许多俄罗斯科学家与政治家偏好谈论气候循环、由太阳活跃程度变化以及地球公转轨道变化引起的气候变化，以及我们实际上正在迈入一个小规模冰川期。

雅库茨克冻土学研究所的工作人员们特别相信这一点。当我在 2008 年第一次造访研究所时，人们介绍我与研究所所长维尼阿明·巴洛巴耶夫（Вениамин Балобаев）认识，他被介绍为气候领域的大专家。头发灰白的巴洛巴耶夫在一间甚至没有电脑的办公室接见了我。他说不出雅库特平均气温的变化，但却信誓旦旦地称不存在任何全球变暖，反而是太阳活跃程度的降低将导致气候变冷。"最后一段温暖期是在 1940 年代，自那以后气候就开始变冷。气候变暖很快就会结束，新的降温期要开始了，估计会在 2050 年达到顶峰。"巴洛巴耶夫预言说。

太阳活跃程度对地球气候循环的影响众所周知。但大量研究表明，它对气候变冷的影响最多只有 0.3 度，也就是说远远低于人类活动对气候变暖的影响。怀疑论者无论如何也无法推翻温室气体对大气升温的影响，因为这属于物理学常识。谁要是想要否认这一点，无异于承认地平说或者否认重力不存在。但俄罗斯总是有自己的说法，无论谈及历史、克里米亚、运动还是气候变化。

巴洛巴耶夫去世于 2011 年，他还没来得及见证自己的理论获得成功，但他的学说延续了下来。当我于 2017 年再次造访冻土学研究所时，新任所长依旧援引巴洛巴耶夫的理论模型，只不过稍微变动了一下日期：寒冷期应当始于 2018 年。但现在看来，这个日期看来需要再次校正了，因为雅库特的冬天似乎还在升温。尽管如此，研究所还是准备了两套稳固雅库茨克建筑物的方案：一套应对气候变冷，一套方案应对气候变暖。

气候变冷说是俄罗斯科学界可悲的谬误。它出现的原因是政治家们希望降低气候变化的影响，因为俄罗斯的经济依赖矿物燃料出口，而这些燃料会产生温室气体。普京质疑气候变化是由人类活动引起，并且宣称变暖只会给俄罗斯带来好处。新闻媒体与中小学也少有讨论这一话题。但是西伯利亚人却亲身感受到了气候的急剧变化。

苏联时期，人们幻想过西伯利亚的气候变暖。一名对未来满怀天真信心的法国记者在《我看见了西伯利亚的生活》[1]一书中描述了实现该幻想的计划。某位别先斯基（Пещанский）教授准备通过挥洒碳粉来融化北冰洋的冰块。工程师鲍里索夫则提议将北冰洋的水注入太平洋，这将形成一股从大西洋到北冰洋的强力洋流。工程师列奥恩季耶夫准备通过核能电池加热贝加尔湖水，这样将提高叶尼塞河的水温，而通过叶尼塞河也能加热北冰洋。

现在人们尝试搞出更荒唐的点子，只要能够平息已经失控的全球变暖。

当然，俄罗斯的外行学者们关于气候变冷的判断也有可能是对的，但无论如何不该放松警惕。极地本身足以说服任何怀疑者：无需任何手段，只要瞧一瞧那里正在发生的变化就够了。

---

[1] Edouard Calic. J'Ai vu vivre la Sibérie. Librairie Artheme Fayard, 1962.

回到乔赫乔尔

一家人又回到乔赫乔尔，当地已经物是人非。

乔赫乔尔，波克罗夫斯科，雅库茨克，奥克乔姆

我们计划趁我旅行的空档期在下一个冬季返回雅库特生活几个月。我在这期间准备结束采访工作，完成信息收集，以及告别大学课堂。其他家庭成员也将围绕各自的生活打转，就像他们上次来时那样。我希望能在 9 月至 12 月前往雅库特，这时候乔赫乔尔的气温明显高于赫尔辛基。但出于妻子工作的考虑，最合适的时间还是 2018 年 1 月至 2 月，所以我们在隆冬时分重返了西伯利亚，恰好是寒冬之牛稳稳当当地占领了萨哈的时候。

12 月时，我返回雅库茨克将我们的物品从瓦滋旅行者搬往新家，但令我感到难过又意外的是，老鼠已经在车里安了家。每个角落都有一窝老鼠，当我试探着坐上驾驶位时，居然遭到一股有力的反抗——一只老鼠从加热器中蹦了出来。我不得不往车里丢些橘黄色的灭鼠毒药包。

圣诞节后，我们在赫尔辛基已经做好了出发的准备。不过这一次我们并没有横跨俄罗斯，而是从大后方的韩国飞抵雅库茨克。雅库特航空每周开设一趟从首尔直飞的航班。许多受过

教育的雅库特人认为韩国是值得学习的亚洲典范。大学里有许多涉及韩国人的合作项目,有钱的雅库特人也会前往韩国诊所追求健康。在宽敞的首尔机场内,我突然在值机队伍中感到家一般的温暖。尽管队伍里所有人都沉默不语,但依据他们的面孔,着装与身体语言可以明显感到,他们不是韩国人,而是雅库特人。后来我在人群中认出了熟人,还聊了起来。

韩国与萨哈共和国没有时差,但我们的航班是在半夜起飞,直到第二天凌晨才飞抵雅库茨克,这造成了生理时钟上的不适。我们在边境与海关前等候了很长时间,以至于我们的小儿子直接睡倒在了航站楼的地板上,这吓坏了所有人。

蓝色的斯巴鲁与我们的老司机莲娜女士已经在停车场等候多时。机场距离乔赫乔尔43公里,但我们并没顺利抵达:我们因为爆胎而困在了半路。后备箱里也没有备用胎,于是莲娜开始在WhatsApp群里发送求救信号:"两个大人与三个小孩,在塔巴金斯卡亚(табагинская)岔路口,目的地是乔赫乔尔,求转发!"零下40度的1月清晨,天空开始微微泛白,雅库茨克的红日已经从山岗后冒出了头。一个半小时后,莲娜的朋友搭救了我们,我们搭上了他的班车。当车子在明媚的晨光中嘎吱嘎吱地碾过乔赫乔尔的雪路时,我们已经疲惫得几乎睁不开眼。孩子们惊讶地发觉车窗外涌现了熟悉的地点。

我们立马安顿好了新家。它位于我们熟悉的卡兰达拉什维利街,距离之前的家仅有六户之隔。我们有两个房间,一间厨房和宽敞的走廊。新家面积更小,但对于两个月的生活而言正好。屋里很温暖,也没有多余的住户——老鼠与蟑螂。我们的生活也受到新的护身符庇佑：门口悬挂着绳子编织的家神，雅库特人称之为德伊比尔（дэйбиир）的马尾掸子，还有兔脚。

我们已经知道，屋子漂亮与否并不是最重要的，最重要的是找到一位好房东。欢快的柳齐娅让我们又一次相信了雅库特的热情好客。她是退休的幼儿园保育员，与丈夫拖拉机手阿列克谢就住在同一个院子里。她送给我们薄饼、浆果汁、肉汤、煎马肉、土豆沙拉还有泡菜。她送给我们二儿子一双毛皮靴。当他们外出时，她允许我们在他们的屋子里用电脑工作。村里人都喜欢柳齐娅。在男人节纪念日活动上，她收获了一整口袋的金鲫鱼作为特别奖。

我们的归来很快传遍了全村。学校的值班员甚至知道我们从首尔出发。"我女儿也在那趟航班上。"她说。孩子的朋友们第一天就来按响了门铃。在大儿子回学校的当晚，他班里所有的男孩就一心想来我们家做客。

乔赫乔尔还在原地，但在半年里着实发生了许多变化。新的儿童活动场地取代了原本快要散架的儿童游乐天地。二战英雄纪念碑也焕然一新。我们的新家旁原本是一处机库，现在已经改造成了文化与青少年之家，人们开始在那里举办村里的一切节日活动。村镇车库也迁移进了一栋更现代化的建筑内，它原先是一家金属制品加工厂，但后来被关停。

更重要的是，除了原来的合作社商店外，乔赫乔尔又新开了一家私营商店，它的老板正是那群贩卖过滤水的年轻小伙子们。他们的商店里甚至有水果与蔬菜，顾客还可以自行挑选，孩子们为此感到格外高兴，因为他们之前在合作社商店就必须用俄语告诉柜台前的售货员自己想要的商品。

我在村委会大楼内租下了一间新办公室，它的窗户面向山坡与山坡上显眼的原始森林。村委会也换了一副新气象。老村长尼古拉因个人原因离职了，他的副手——同属于统一俄罗斯党的年轻欢快的克斯基尔——被选举接替他的职位。村委会大楼里如今响起了球类游戏的碰撞声：人们在会议室里支起了台球架子，在另一间办公室里打起了乒乓球。

乔赫乔尔的日子在生生死死之间流淌而过。我们对门的邻居，70岁的谢苗，是节日活动里主要的领唱人。在1月旧历新年的活动上，他还跳舞跳得生龙活虎，在比赛中尽情耍宝逗笑。一个月以后，我就在他的葬礼告别仪式上向他的妻子表示慰问。举行葬礼的地方正是他一个月前跳舞的文化之家。梗塞放倒了这个不久前还精力旺盛的男人。

我们在雅库特的第二个冬天过得轻车熟路：将冰块捣碎拿进屋，融化成水，将尿盆端出屋子，安装双层玻璃，加固车子的挡风玻璃——这一切做起来是如此熟悉而轻松。而个人的方便问题还是像从前一样，在户外的三角厕所里解决。柳齐娅还有一间澡房，但在严寒中，就算烧了4个小时的柴火，你也享受不到蒸浴，顶多就是简单擦拭一番。瓦滋旅行者还是停在去年冬天的温暖车库里。

我们的两个小儿子没再去幼儿园，大儿子返回了乔赫乔尔中学的原班级。我提前给校长打过招呼，但她似乎忘记通知那位阿姆加连老师。你可以想象，当我和身穿校服的儿子在新年第一天踏进班级时，她露出了怎样一脸震惊的表情。

教学还是老样子：数学课学到了乘法表，体育课还是一样的走队列与躲避球游戏。与去年不同的是，学校没有因为流感而停课，但学校后来因为零下45度严寒关闭了很长一段时间，这把我们的大儿子高兴坏了。

还是去年的那位警察来检查我们的屋子，这一次他没有抱怨满地板的乐高玩具，但却惊讶地瞧着我破洞的居家服。不过地板上的乐高也的确变少了，我引用儿子的博客原文如下："床下的地窖堆满了土豆，差不多有1.5立方米。乐高会透过地板的孔洞掉下去。"房东的女婿住在市里，每个周末会来搬土豆，但他从不碰乐高。

但我们亲爱的瓦滋旅行者却在第二个冬天却变得难堪重负。上一个冬天，它还能不畏严寒地尽职工作，这个冬天它已经在修理厂趴了好几周。有一天，我们在去市里的路上发现，发动机开始报警失温，而加热器开始吐出冷空气。我们将车子拉到了雅库茨克维修。"发动机降温，"机械师说，"是因为油泵出了问题。"但他觉得还是能修一修。可惜的是，经过一番长久而昂贵的维修后，我们可怜的车子比之前更糟了。变速箱被装错了，我只有不断地切换全驱动与后驱动模式，车子才能勉强行驶。刹车要么被卡住，要么就完全失效。我勉强将等待拯救的车子开到了村口，找到了我信任的机械师阿利克。他嘲笑了我的"杰作"很久。上一个机械师偷了懒，有些地方压根就没检查，比如车前轴与曲轴。真正的问题没被解决，反而增添了新问题。"我想，你不是戴着这顶麝鼠皮护耳帽去维修的吧？"阿利克意味深长地看向我。

最终，经过阿利克的一番收拾，我的老头车又站了起来。马达失温的问题在更换风扇与黏性耦合装置后得到了解决。为此他只要了1000卢布的费用，也就是10欧元多一点，我差点没哭出来。

在经历了一系列修理"冒险"后，阿利克将瓦滋旅行者调整到了极佳状态，以至于我开始舍不得将它留在雅库茨克。我们在拉多加湖岸的卡累利阿有一栋达恰，那里的路况比西伯利亚还要糟糕，这样的车子恰好是我们所需的。我考虑横穿整个俄罗斯，将车子开往西部边界，恰好能捎上我们所有的零碎物件。"别冒险，"雅库茨克的创业投资人阿尔谢·托姆斯克劝我，"瓦滋旅行者适应不了这样的长途。你为什么不用卡车托运？这花不了你几个钱，因为从这出发向西的卡车都是空厢。"

我知道这些卡车。这一趟大概需要整整7万卢布。如果自己开车的话，光跑完9400公里路程的油费也要这么多，除此之外还有维修费、夜宿费、至少两周的餐费。而如果我卖掉车子，将我们的物品打包送上前往彼得堡的火车的费用也只需5万卢布，还是比自己驱车更便宜。看来，驾驶瓦滋旅行者横穿俄罗斯已经失去了正当理由，我最终放弃了这个计划。

当要离开雅库特时，我将瓦滋旅行者送往雅库茨克城郊的仓库，它在那里被装载上前往莫斯科的卡车。我们将打包好的物件装进一个单独的木箱。我埋葬了横穿大陆的公路冒险之梦，但这一年来我收获的经历也相当丰富。或许，这样更好，谁知道呢？我还是有可能驾驶瓦滋旅行者横穿大陆，如果我最终不得不将这辆汽车送还给他的注册车主——村委主任的儿子？

临出发前，我尝试从尼古拉那里买下瓦滋旅行者。我们签订了协议，但出乎我们意料的是，国家道路安全监督局并不同意注册这笔交易。原因是法院的执法专员禁止交易这辆汽车。我迄今为止还驾驶着这辆尼古拉名下的车子。

2月将尽，我们的时间所剩无几。在将车子送往莫斯科后，我还想去一趟西西伯利亚。家人们计划返回芬兰并在那里等我。"下一次，你们要是还想来，就得自费了。"我对孩子们说。他们不敢相信自己的耳朵，听起来就好像有人自愿来西伯利亚一样。

在整整两年的生活与旅行后，我怎么看待西伯利亚？我的想法是否发生了变化？旅行就是我了解西伯利亚的方式，我是作为一个浪漫的旅行学者认识了西伯利亚。

旅行目的是认识当地人，熟悉大自然，弄清楚如何使用自然资源以及气候如何变化。

我的旅途可比百年前的芬兰开拓学者们轻松不少，尽管这片大地幅员依旧辽阔，但我可以借飞机与汽车之便克服部分路程。令我喜出望外的是，我确信，相比于本世纪初，西伯利亚已经有了更好的速溶咖啡。

西伯利亚原住民可怜的受难者形象是单一片面的。西伯利亚人民从来不是生活在原始的隔离状态下，他们总与邻近民族保持联系，并且与更遥远地区的外民族有生意往来。他们的未来取决于如何与其他民族打交道，以及如何利用现代技术与信息延续自己的生活方式以及保护重要的生活条件，即周围的自然环境。本土居民不会消失，恰恰相反，他们有别于俄罗斯的文化遗产、种族特征、对家乡土地的眷恋，以及更高的出生率都保证了他们在未来亚洲北部地区将有一席之地。

"西伯利亚"的概念自有魔力，但许多西伯利亚人过着与其他地方一样的普通城市生活。他们光顾同样的购物中心与IMAX影院，只不过驾驶着方向盘在另一侧的汽车。多亏了自然资源，许多西伯利亚地区远比俄罗斯欧洲地区的省份富裕。2010年以后的俄罗斯政治与经济危机影响了日常生活水平，但说到底，这里的生活水平也比20年前要强。

西伯利亚有它的意义。理智可以理解俄罗斯，但少了西伯利亚，就不能理解俄罗斯。

苏联解体不仅让俄罗斯变得更加俄罗斯，也让它变得比之前更加西伯利亚，更像一个极地国家。俄罗斯依赖西伯利亚。假如没有它，俄罗斯就不是世界上面积最大的国家，不是横跨整个大陆的帝国。没有来自西伯利亚的自然资源收入，俄罗斯不可能维持落后地区的经济。如果没有西伯利亚，俄罗斯就没有资本在叙利亚、乌克兰大秀肌肉，也无法参与网络战争，组建起庞大的公关公司，比如今日俄罗斯之类，筹办奥林匹克运动会与世界杯。多亏了西伯利亚的资源，全俄罗斯的生活水平相比1990年代得到了提升。但这些资源也惯坏了这个国家。因为这些资源，俄罗斯开始被孤立，上层人物们开始不受道德约束地肆意妄为。西伯利亚的自然资源也是俄罗斯的诅咒，走向世界的绊脚石。

但西伯利亚却完全不依赖俄罗斯。它有自己的发展动力：

自然资源和受过教育的人民。它更接近亚洲与北美。它在很多方面呈现出俄罗斯光明的一面。西伯利亚本可以成为推动国家发展的力量，而不仅仅是喂饱莫斯科。但这有一个前提，那就是俄罗斯要放弃对西伯利亚的严格监管与控制，给予它自由，权力与为自己行为负责的可能。俄罗斯想发展东部地区，又害怕它独立发展，而中央官僚主义与基于蒙古—鞑靼汗国传统（俄罗斯直至15世纪依旧处于其控制之下）的国家独裁体系又阻碍了发展。

鉴于大部分西伯利亚居民是俄罗斯人，所以导致它与国内中部地区差异的并不是文化，而是地理位置。遥远的距离是造成中部地区与外省关系扭曲的关键。

所以，西伯利亚人认同以莫斯科为中心的国家体制，这一点看起来十分反常。尽管如此，大部分西伯利亚居民还是自认为俄罗斯人，而"西伯利亚脱离俄罗斯"听起来毫不真实，就好比加利福尼亚脱离美国。

但西伯利亚最成功的地区完全有可能成为俄罗斯的加利福尼亚。

少数民族居住的地域是另一种情况，但人数稀少与其他因素也妨碍了他们的独立：图瓦太贫穷，布里亚特基本上被俄罗斯化，而雅库特离不开这些共和国，而且也因为自然资源而过分重要。

西伯利亚是俄罗斯的宝库，有时候你会觉得，俄罗斯非常害怕失去它。中国在西伯利亚的开发中确实有一席之地，但它不是军事化的，不是政治性，甚至不是人口扩张，而是经济发展。

中国尝试借西伯利亚实现自己的目标，而且已经获得了巨大的成功，比如说，俄罗斯修建了一条从西伯利亚到中国的天然气管道作为友谊礼物[1]。

何况富有的西伯利亚对美国来说也是一块肥肉，位于东边的阿拉斯加总比莫斯科更容易管理西伯利亚吧？但没有人愿意为此开启核战争。日本已经放弃了政治意义的扩张，只梦想着拿回千岛群岛。

在西伯利亚，欧洲的俄罗斯与亚洲的俄罗斯之间冲突相当明显。居民的心态迄今为止还是继承自汗国的泛家长主义[2]，但在寻找契合的社会模式与考虑移民时，西伯利亚人又将目光投向了欧洲与美国，而非亚洲。

莫斯科的社会学家弗拉季斯拉夫·伊诺泽姆采夫（Владислав Иноземцев）认为，与亚洲的邻近实际上强化了西伯利亚人的欧洲身份认同感。西方社会与它多样的价值消费——这是他们所希求的，只不过重点在于"消费"这个字眼，而非"多样"。聪明人不难猜到，当人们自己都不愿意承担责任时，社会是不可能发展的。

在更大的全球化背景下，最能影响西伯利亚的，同时也影响全世界的是气候变化。西伯利亚自身是少数在全球变暖中受益的幸运儿之一（如果可以这样形容的话）。如果当地可以发

---

1 "西伯利亚力量"——由俄罗斯天然气公司与中石油共同建设的天然气干线管道，它将天然气从雅库特输送至诸多亚太国家。
2 泛家长主义——一种领导方式，即领导者通过满足服从者需求来换取他们的忠诚与服从（《社会学百科辞典》，2009 年）。

展起农业或矿业，那么不适宜生活的区域就会得到改善。西伯利亚也有足够的面积容纳未来的气候难民，只不过它的位置过于偏远。不过说实话，如果西伯利亚的生活水平变得格外吸引人，那么就会有大量移民开始涌入。但从另一方面讲，正如老话所说，在俄罗斯河水总是从东流到西，人也总是从东走到西。

永冻土的融化也为西伯利亚带来了不少令人担忧的"惊喜"。比方说，如果富含地表水的冻土层消失，西伯利亚就会变成一片沙漠（因为雅库特降雨量实在太低）。西伯利亚的大自然令人称奇，这是一片人烟稀少的区域，但并不意味着，它能够经受大量人工干预。应当保护西伯利亚免受短视的生态剥削。没错，西伯利亚属于俄罗斯，但它也是全人类的财富，是这个星球不可或缺的气候缓冲器。这是一位沉睡的巨人，最好不要惊醒他。

在这一年半里，西伯利亚教会了我们什么？准确来说，是生存。如果我们可以在这里生存下来，我们将足以应对任何困难。

我们实现了最基本的目标：尽管患上了风疹，遭遇了严寒，经历了交通危机，但还是活了下来。西伯利亚教会我们敬畏，教会我们不要与雷霆般的自然之力嬉戏。它教会我们谦恭。从职业意义上讲，这个地方之于我就像丰饶之角[1]，但工作总是要求奶牛般的温顺。西伯利亚让我们接受了一个事实，那就是我

---

1 丰饶之角（рог изобилия），希腊神话中可以倾倒出任何心愿之物的羊角，象征食物丰饶。

们只能部分掌控自己的生活。我们在一定程度上可以依靠自己的力量摆平事情，但当汽车突然在如火焰般灼人的严寒中熄火，当暖气片突然爆裂，当生活在小村庄的孩子面临血液感染的威胁时，我们就得完完全全依靠别人的帮助。所幸，在西伯利亚人人都明白相互帮助的意义，没有人会对遭遇不幸的人袖手旁观。

西伯利亚也教会了我与妻子一些新的东西。不论某些人怎么预言，我们还是生活在一起，尽管我们的关系在严寒中出现过一些裂缝。为了实现我胡闹一般的念头，妻子做出了牺牲。不过，我想我们在共同的人生旅程开端就谈论过这一点。这个梦想的实现堪称奇迹，它证实了她有多爱我。如果没有她，我们就不可能在西伯利亚待上一年，我无法离开家庭独自生活。在旅途中，我总是十分想念我的家人们。

只会说母语的孩子们学会了如何在异域环境生存。他们见识了另一种生活，认识了真正的严寒世界、明亮的星空、院子里的冰块、大街上的厕所、自由放牧的马匹与奶牛、讲另一种语言的人群，他们有着别样的行为方式与另一种样貌。他们见识了不同条件下人们的生活，以及他们之间如此之多的共同点。

我们的大儿子在学校学习了俄语，他已经能够相当好地理解一切，我亲耳听见他如何小心翼翼地与同学用俄语交流。是的，他的英语更好，但他在芬兰还在继续学习俄语。

孩子们学会了热爱自己的国家。他们想念芬兰，想念朋友们与芬兰的一切。我的二儿子在俄罗斯与雅库特爱国主义的压力下突然蜕变成狂热的芬兰爱国主义者。芬兰的食物、芬兰幼儿园甚至芬兰家具对他而言都是世界上最好的。他说，哪怕是通心粉与香蕉出现在芬兰也会是世界一流。他现在时常画芬兰国旗，并且无止境地在车里播放芬兰国歌。不过，这并没有妨碍他在朋友面前炫耀自己的西伯利亚经历，诸如："你坐过俄罗斯的直升飞机吗？"

离开西伯利亚的前一天，我问孩子们，你们觉得西伯利亚什么最棒？他们要么选择奇巧巧克力，要么选择冰淇淋。当我问到，他们最怀念芬兰的什么东西时，答案就变得复杂且五花八门。4岁的小儿子想念留在家里的乐高龙。7岁的二儿子期待室内的洗手间。而我们的大儿子，唯一入读俄罗斯学校的他最怀念芬兰语。

我们4岁的小儿子表达了一个卑微的愿望，他再也不想去俄罗斯的警察局。他与妈妈去过一次，没有牙齿的囚犯隔着铁窗向他挥手。现在他喜欢在Youtube上听"俄罗斯歌曲"，实际上那是一些我们时不时在电脑上播放的雅库特流行乐。另外，对我们的孩子们来说，如今俄罗斯人就是这些长着一副亚洲面孔的人。

这场"人类实验"的最终结果将在日后揭晓。或许，这段西伯利亚童年将唤起他们对东方邻居的兴趣，就像成长于西伯利亚的芬兰人约翰内斯·加布里埃尔·格拉诺后来成了该地域的专家。也或许恰恰相反，孩子们自此以后完全不想瞧向东方。但西伯利亚已经在他们身上留下了某种痕迹，或许还略带创伤性，但这段经历将终生难忘。

我很早以前就动过前往西伯利亚的念头，并且想和孩子们一起——当然，我并没有征询他们的意见。我想，在这个稚嫩的年纪，如果他们可以在芬兰的温室环境之外生活一段时间，这将影响他们的自我认知。这样的经历会让他们更好地应对生活，这比在纽约或者柏林的舒适房间里待上一年更好。1940年代到1950年代，我的表兄妹一开始在苏联卡累利阿共和国的芬兰占领村度过童年，后来又与身份雕塑家[1]的父母在韦姆兰[2]的芬兰森林中生活。

我想象的西伯利亚生活是另一番样子。妻子与孩子们将享受这里的每一刻，一切都将给他们留下了永久印象。我想象着，我们如何在一年内学会并熟练掌握雅库特语与俄语。我们将自然地融入当地社区。总之，一条红毯大道将在我们面前铺开。

真正的雅库特与雅库特人与我想象的不一样，这是不可避免的。我们认识了村子里的许多人，但认识我们的人更多。尽管如此，我们仍然是他们眼中的奇怪人物。乔赫乔尔的任何居民从未邀请过我们一家去做客。当然，一两年的时间还太短暂，不足以让你融入一个相当封闭的村庄社区。或许，这件事本就超出了我们的能力范围。想要真正地融入当地，至少要掌握雅库特语。俄罗斯是一个熟人社会，哪怕只有一个熟人，事情也会变得简单。但我们就像从天而降，突袭乔赫乔尔，我们与村

---

[1] 阿尔波·萨伊洛（阿尔宾·列奥波利德·埃恩伦德，1877—1955），尼娜·萨伊洛（斯琼克莉，1906—1988），芬兰雕塑家，以雕塑古代民歌传唱人与讲述者的肖像而在赫尔辛基、索尔塔瓦拉（Сортавала）、拉彭兰塔（Лаппеенранта）、沃克纳沃洛克（Вокнаволоке）闻名。

[2] 瑞典的一个省份。16至18世纪，大量人口迁移至此，其中绝大部分是芬兰人。芬兰曾经是瑞典的一部分。

子的第一次接触就是与房东奥克佳布丽娜打交道。但我们与同村人逐渐适应了彼此。或许，我们的融合还会继续下去，但村民和我们心里都清楚，我们在西伯利亚的时间有限。

所幸，我们给村里人最终留下了不错的印象。临行前一天，大儿子的同学科斯加来我们家做客。在离开乔赫乔尔许多周以后，我突然接到来电，电话那头响起了儿童的嗓音，他用俄语问道，我们的儿子什么时候会回来。我们在启程前将所有不需要的物件和食物留给了新房东柳齐娅。当晚，我就收到她的 WhatsApp 短信："尝过了你们的啤酒，举杯祝你们健康！"

我已经提前想象过，当我们的飞机升上高空，孩子们会如何满含热泪地望向远去的勒拿河，被湖泊点缀的原始森林。但实际上，我的家人们正沉浸在归乡的幸福期待中，反倒是我心中涌出万千感慨。我总是称羡那些前往东方，前往俄罗斯的芬兰移居者。当年在彼得堡工作时，我自己动手修补过房间，并在拉多加湖岸边建了一栋达恰。一想到能在异国他乡有一个自己的家，我就激动不已。如果诚实点，我曾想过，或许，我们将在西伯利亚不止待一两年，而是更长时间。我曾半严肃半玩笑地想过，雅库特将突然变成我们的家。如果家人们哪怕有丁点儿这方面的暗示，我也许就会留下来。但西伯利亚始终是我个人的梦想，现在该轮到家人们过上他们想要的生活了。我们将回到芬兰，那里有妻子的工作、孩子的朋友们以及说芬兰语的学校。

我在很早以前就和阿利卡说好，一定要聚在一起喝一顿，但这顿酒后来一直没有消息。在我离开雅库特的最后一周，阿利卡说必须为我送行，况且我的家人们已经离开，这不会妨碍我们。在乔赫乔尔的最后一天，我给阿利卡打电话邀请他来做客。阿利卡答应稍后回复，但看起来，雅库特的内向性更胜一筹，我们就这样再没见过面。

第二天早晨，我将东西装进车，与车库主人尤里告别，驱车上路。我最后一次将目光投向我们村周围的草场，那里的雅库特长毛马正用蹄子刨雪，还有陡峭的山坡，逐渐延伸向原始森林。熟悉的风景沐浴在3月无限明媚的阳光下，我将十分怀念这阳光。

我流下了眼泪。我想拥抱这不可拥抱的事物，但终究徒劳。我徘徊在似乎已然成真，却又未能成真的梦想之间。这是真正的西伯利亚，我在想象中创造了它的形象。

我们离开了永冻土的国度，这是一片红日初升的神奇土地，清脆的口弦琴声响彻四方，这里有最具耐力的马匹、披上粪肥的哈东，后者就像大地所孕育的奇异山包，这片土地上的双眼都缀有蒙古褶，他们那蒙上霜雪的眉毛透过面具瞧向你。这里有友善的玩笑、深沉的冬季宁静、厚积的冰层、严寒的雾气与明媚阳光。这片土地将永远留在我们心中。也许，疯狂的芬兰人一家也将在那里留下传说，它将成为"欧隆克"的新故事并被传唱。

从乔赫尔乔村镇办公室的窗户可以看到山脉的斜坡和顶部的针叶林。

乔赫尔乔一名牧民在零下 50 度的霜冻中骑马。

孔蒂宁在乔赫尔乔村镇办公室里,在领导人的注视下工作。

两个孩子走路去幼儿园。

双层驯鹿皮靴子。

温度计刻度不够用。

在冬天,车头要铺上毛毡,车窗双层玻璃要固定,引擎必须保持运转。

木板房屋，土豆之乡和房东奥克佳布丽娜。

堆满粪砖的哈东是山羊瓦西里的家和孩子们的攀爬架。

二年级学生在萨哈语日穿着民族服装。

乔赫尔乔孩子们演奏口弦琴"霍姆斯"。

牧马人维克托·雷索夫与妻子萨达娜在他们的永冻土农场。

冬季屋里的饮用水是从大石块般的冰融化而来。

在乔赫尔乔原始林中剥鹿皮。

该地区放牧有1000匹雅库特马,它们生活得很自在。

老师带领学生参加"胜利日"游行。

雅库特姐妹卡琳娜和娜里雅娜成为全球社交媒体名人。

木屋的主人拒绝雅库茨克建筑公司的购地报价。

雅库茨克的一些学生歌手技艺精湛。

当冰点温度升至零下 40 度以上时，雅库茨克被浓雾笼罩。

谢拉菲姆把自己的布朗牌雪地车给烧着了。

雅库茨克凯旋体育中心 Cosplay 节的华丽造型。

老婆婆们在乡村俱乐部准备塞满乳清的哈恩香肠（左前）。

雅库茨克的萨满安娜·索弗罗涅娃在她的公寓接待客人。

英格－芬兰人安娜·利特马涅恩。

初创公司企业家阿尔谢·托姆斯基。

安东诺夫-24 客机机长瓦洛佳。

伊万·赫里斯托福罗夫发明了电动口弦琴。

阿伊恩教创始人拉萨利·阿法纳西耶夫（右）以燃烧马尾毛净化灵魂。

纳克恩矿床最深处达 315 米。一条 5 公里长的蜿蜒道路通向开采场底部。

伊琳娜·加贝谢娃是国营企业阿尔罗萨的一名员工,她正熟练地处理钻石。

萨尔达娜·格利戈利耶娃（左二）在乔赫尔乔附近的森林中执导了她的第一部电影。

乔赫尔乔电影拍摄现场，拍摄助理卡佳·贾茨科夫斯卡娅拿着场记板。

雅库特是冰雕艺术的王国。

开着瓦滋旅行者经过泥泞碎石路前往联合国教科文组织遗产勒拿河石柱。

欧亚大陆最高的火山克柳切夫火山爆发。前方是火山学家的小木屋。

沿斯达诺沃伊山脊骑鹿。埃文基人有骑鹿的传统。

肯吉斯武恩海滩上的海象和海象研究员的小屋。

捕获的海象现场处理，部分肉被埋藏等待变酸。

气候变化和冰面的消融对海象构成了严重威胁。

肯吉斯武恩通常会迎来11.8万只海象,几乎占全世界海象的一半。

埃努尔米诺村的生活因酗酒和自杀而蒙上阴影。海象狩猎带来了就业机会。

埃努尔米诺村村主任鲍里斯·格特罗斯欣演奏他的歌曲《我们是星尘》。

零下 50 度的小镇苏苏曼的房屋和垃圾。

即使在苏苏曼的冰冻气候,鱼亭也能吸引顾客。

司机们在高速公路沿线的阿尔特克卡车停车场休息。

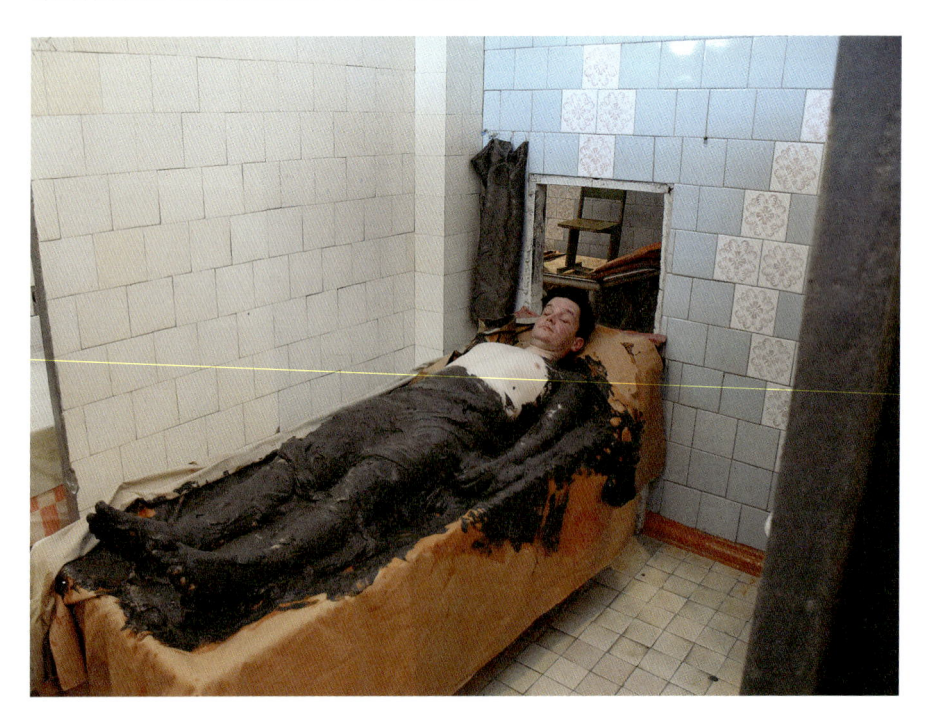

孔蒂宁在马加丹地区的塔拉雅镇疗养院享受泥浴放松身心。

"古巴"汽车旅馆是马加丹高速公路上的"绿洲"。

运煤车司机弗拉基米尔·舒马罗夫在乌斯季涅拉火力发电厂的院子里。

卡车司机在高速路最高点奥利昌斯基山口修理制动软管。

俄罗斯道路管理局在奥利昌斯基山口设立的厕所。

生态学家谢尔盖·济莫夫用驳船将一集装箱牦牛运到他的稀树草原公园。

两岁的母老虎菲莉帕在犹太自治区被放归山林。

萨别塔的天然气生产厂建在涅涅茨鹿民的牧场上。

亚马尔半岛一半以上的涅涅茨人常年生活在苔原上。

春季是涅涅茨人串门的季节。女主人的职责是照顾客人。

一家人乘雪橇穿越亚马尔半岛一望无际的苔原。

西伯利亚的道路很少，瓦滋旅行者是通过爬树干爬出沼泽的。

盛装参加厄瑟阿赫夏至节。

拔河是雅库特夏至节庆祝活动中受欢迎的项目。

河岸受到侵蚀崩塌，永冻土的冰脉袒露。

用水柱冲刷永冻土希望找到猛犸象牙的人。

要在河岸边冲刷出洞穴，重点是找到古地层。

猛犸象的象牙长4米，重达100公斤。

凯尔德士院士号科考船在北冰洋薄薄的冰层上。

俄罗斯教士受尊崇。

坐运输机离开雅库特。